10
18

12, AVENUE D'ITALIE. PARIS XIIIe

Sur l'auteur

Diplomate, historien, Jean-François Parot vit aujourd'hui en Bretagne. Pour écrire les aventures de Nicolas Le Floch, commissaire au Châtelet dans la France de Louis XV et de Louis XVI, il s'est appuyé sur sa solide connaissance du Paris du XVIIIe siècle. Il a reçu le prix de l'Académie de Bretagne pour *Le Sang des farines*. *L'Enquête russe* est le dixième volume de cette série au succès sans cesse grandissant. Son œuvre est traduite dans de nombreux pays et sa série est à l'origine du grand feuilleton de France 2. *L'Année du volcan*, son nouveau roman, paraît aux Éditions Jean-Claude Lattès en janvier 2013.

Site web de l'auteur : www.nicolaslefloch.fr

JEAN-FRANÇOIS PAROT

L'ENQUÊTE RUSSE

Les enquêtes de Nicolas Le Floch, commissaire au Châtelet

10
18

Grands détectives
créé par Jean-Claude Zylberstein

JC LATTÈS

Du même auteur
aux Éditions 10/18

Les enquêtes de Nicolas Le Floch,
commissaire au Châtelet

L'Énigme des Blancs-Manteaux, n° 3260
L'Homme au ventre de plomb, n° 3261
Le Fantôme de la rue Royale, n° 3491
L'Affaire Nicolas Le Floch, n° 3602
Le Sang des farines, n° 3960
Le Cadavre anglais, n° 4169
Le Noyé du Grand Canal, n° 4369
L'Honneur de Sartine, n° 4505

ISBN : 978-2-264-05906-2

À Alain et Monique Deschamps

LISTE DES PERSONNAGES

NICOLAS LE FLOCH : marquis de Ranreuil, commissaire de police au Châtelet
LOUIS DE RANREUIL : vicomte de Tréhiguier, son fils, lieutenant aux carabiniers à cheval de Monsieur
AIMÉ DE NOBLECOURT : ancien procureur
MARION : sa gouvernante
POITEVIN : son valet
CATHERINE GAUSS : sa cuisinière
PIERRE BOURDEAU : inspecteur de police
BAPTISTE GREMILLON : ancien sergent du guet, son adjoint
PÈRE MARIE : huissier au Châtelet
TIREPOT : mouche
RABOUINE : mouche
GUILLAUME SEMACGUS : chirurgien de marine
AWA : sa gouvernante
CHARLES HENRI SANSON : bourreau de Paris
LA PAULET : tenancière de maison galante et devineresse
SARTINE : ancien lieutenant général de police et ancien ministre
VERGENNES : ministre des Affaires étrangères
LE NOIR : lieutenant général de police
AMIRAL D'ARRANET : lieutenant général des armées navales
AIMÉE D'ARRANET : sa fille

TRIBORD : leur majordome
LA BORDE : fermier général, ancien premier valet de chambre du roi
BARON DE CORBERON : ancien chargé des affaires de France en Russie
PRINCE BARIATINSKI : ministre de Russie à Paris
LE COMTE DU NORD : fils de Catherine II, tsarévitch de Russie
LA COMTESSE DU NORD : sa femme
DIMITRI : son secrétaire
IVAN PAVLOVITCH KOUTAÏSSOFF : ancien esclave turc, barbier
PAVEL : son maître d'hôtel
NIKITA PALINE : majordome de l'Hôtel de Lévi
OLGA : femme de chambre de la suite
COMTESSE SKZRAWONSKI : dame à portrait
PRINCESSE DE KESSEOREN : aventurière
BARONNE D'OBERKIRCH : amie d'enfance de la comtesse du Nord
BOEHMER : joaillier de la Couronne
KOEGLER : maître orfèvre
SCHULTZ : négociant allemand
IVAN DIMITRIOVITCH KRIPAEEV : moine errant, vieux-croyant (*raskolnik*)
COMTE IGOR ROVSKI : officier de la garde impériale russe
ANNE DESMARETS : institutrice
GOLIKOFF : négociant en eaux-de-vie
VEYRAT, dit LA JEUNESSE, dit PIQUADIEU : valet de place
LACHÈRE : hôtelier
RICHARD HARMAND : son commis
PACÔME HARMAND : maître perruquier, son père
GERMAINE RAVEUX, dite LA TISON : tenancière de maison de jeu

PROLOGUE

« Mets en regard les afflictions présentes et les biens à venir. Et jamais qu'aucune faute ne te fasse relâcher ton combat. »

Marc l'Ascète

Quelque part en Russie, janvier 1777

Aux supplices infligés qu'aucun être humain n'aurait supportés s'étaient ajoutées les souffrances d'une vie d'errance, affres de la faim, morsures du froid, brûlures du soleil. Il éprouvait encore dans sa chair les blessures causées par les pierres jetées contre lui dans la traversée des villages. Et ces combats menés contre des chiens pour se disputer ordures et charognes… La rage et la frustration lui mordaient l'âme. Se remémorant sa vie, il serrait si fortement les dents que la salive lui coulait de la bouche.

Il en avait toujours été ainsi. Aussi loin que remontait sa mémoire, les mêmes images se mêlaient en cauchemars tourmentés. Enfant trouvé sur un tas de fumier, des moines l'avaient recueilli. Sorti du maillot, il servit d'abord de souillon dans les cuisines du monastère. Un jour, l'attention de l'abbé s'était portée sur le pauvre enfant. Intuition sans doute d'un avenir alors opaque, le vieillard s'y était attaché, ordonnant qu'on lui inculquât les rudiments. Cela jusqu'à l'arrivée des soldats du tsar. L'*higoumène* arrêté, son successeur, voulant effacer toute trace de ses vertus, avait ignominieusement chassé l'enfant, le condamnant à une vie d'errance. Il avait trouvé asile dans un nouveau sanctuaire de *vieux-croyants*[1], poursuivant ses études jusqu'à ses dix-huit ans. Une nouvelle fois les soldats avaient surgi pour dévaster son refuge et l'obliger à prendre la fuite. Il restait de cet intermède le souvenir d'un moment de quasi-bonheur et sa transformation en religieux lettré. De nouveau sur les chemins, il conservait de cette période un sentiment amer d'inachevé.

Et puis il avait rencontré d'autres errants. Que de fiévreuses conversations ! Son esprit exalté prenait appui sur ce qu'il apprenait. Il prit en haine les théories dénoncées par ses compagnons. Comment pouvait-on affirmer que la Terre tournait autour du Soleil, que de la nature venaient tous les bienfaits, et qu'une vie autonome sans Dieu pouvait exister ? Il écouta et suivit ces *stranniki*[2] qui prêchaient la pauvreté, l'humilité, la pénitence et la prière, guérisseurs et prophètes. Son exaltation grandissant, il jugea dès lors leur ferveur tiède et rejoignit les *khlysty*[3]. Il participa à leurs célébrations, étranges cérémonies dans des clairières de forêts perdues. De ces mystiques, il apprit que seul un ascétisme rigide

1. *Vieux-croyants* : fondamentalistes orthodoxes hostiles aux réformes du patriarche Nikon au XVIIe siècle.

2. *Stranniki* : dissidents orthodoxes, moines errants.

3. *Khlysty* : dissidents orthodoxes aux croyances proches des bogomiles et des cathares.

favorisait l'union avec Dieu. Il en tira les dernières conséquences. Son corps fut l'autel de ses ultimes renoncements... Il s'abandonna à la contemplation, renonçant aux sens et activités de l'intelligence et aspirant à être conduit vers la *divine obscurité* qui dépasse toute existence. Un temps, il se laissa séduire par celui qui se présentait comme le tsar légitime, Pierre, le mari de Catherine II, la grande *paganista*[1] qui régnait là-bas sur la Babylone mère de tous les vices. Il faudrait au plus tôt en exterminer l'engeance... Ayant percé à jour l'inconsistance de Pougatchev et l'illusoire de son entreprise, il s'en était rapidement séparé.

Et maintenant sa quête allait aboutir. Il ne sentait plus le froid, la torpeur l'envahissait, la fin approchait, il baignerait bientôt dans la *présence*. Il entendit le hurlement proche des loups. À bout de forces, il s'affaissa dans la neige et se mit à prier. *L'ombre de la mort est la vie humaine. Donc, si quelqu'un est avec Dieu, il peut dire clairement : « Quand je marcherai dans l'ombre de la mort, je ne craindrai pas le mal, car tu es avec moi. »* Il perdit conscience sans entendre au loin le galop d'un cheval...

1. *Paganista* : païenne.

I

DISJECTA MEMBRA

« Il faut être au moins droit quand on veut entrer dans cette carrière-cy. »

Vergennes

Versailles, mai 1782

Après deux grossesses et la naissance d'un dauphin, le visage de la reine s'était arrondi, revêtant avec l'accentuation des traits un air souverain qui contrastait avec l'expression mutine d'antan. Cette espèce de sérénité pleine d'elle-même rappelait à Nicolas celle de Marie-Thérèse, disparue un an auparavant.

L'air noble, l'admirable buste,
Le port majestueux, et la démarche auguste,
Telle enfin, que Junon l'avait, dit-on, jadis.

Quelle que fût la splendeur de ses atours, ceux-ci tendaient à se simplifier par rapport aux fantaisies de jadis, même si leur originalité continuait à agiter les femmes de qualité et à inspirer l'imagination des modistes de la ville. Elle agitait avec nonchalance un éventail de soie devant son visage, cherchant sans doute à dissimuler les traces d'un érysipèle qui l'avait longtemps tourmentée.

Les nuages amoncelés entre la souveraine et le *cavalier de Compiègne* s'étaient peu à peu dissipés. La reine avait été sensible à la discrétion d'une fidélité qui aurait préféré périr plutôt que de s'abandonner à un mot d'amertume. Imperméable aux persiflages et provocations, Nicolas était demeuré le serviteur sans états d'âme de la Couronne. Elle s'enquit des nouvelles de Louis, en garnison à Saumur. Échaudé par les revirements d'humeur du passé, Nicolas répondit en sobriété, courtisan rompu aux chausse-trapes de la cour.

Elle considéra l'assemblée convoquée afin de préparer la visite que le tsarévitch, héritier de l'Empire russe, devait effectuer en France. Souvent transparente dans ses sentiments, qu'elle ne savait pas toujours dissimuler, la reine semblait détester l'idée du séjour du comte et de la comtesse du Nord. La nature même de l'*incognito*, voulu mais artificiel, ajoutait aux pièges qu'un tel événement recelait. Son caractère incongru revêtirait par la force des choses un aspect d'obligation d'autant plus pesant que l'étiquette devait être adaptée aux circonstances.

Nicolas parcourait du regard le cabinet de la méridienne dont les travaux d'aménagement venaient de s'achever. Il admirait la perfection des détails. La reine l'observait.

— À quoi rêvez-vous, monsieur le marquis ?

— Je demande pardon à Votre Majesté. Je demeure sans voix devant l'ornement sculpté des lambris, prolongé sur les panneaux vitrés des portes par des branches de roses d'une exquise élégance.

— Voilà un muet disert et un amateur éloquent ! s'écria-t-elle avec un rien d'ironie, travers dont elle avait du mal à se déprendre. À l'occasion, je ne manquerai pas de vous demander conseil.

Prostré de dévotion, M. de Séqueville, introducteur des ambassadeurs, tendit des papiers à Marie-Antoinette. Elle les examina en silence. Il apparaissait incongru à Nicolas, qui pourtant dans ce domaine en avait vu d'autres, que cette réunion se tînt chez la reine et qu'il lui revînt de décider des égards et des manifestations qui seraient prodigués et organisés pour les Russes. Cela édifiait et donnait quelque idée de l'influence accrue de celle qui venait de donner un dauphin à la France. D'autant que M. de Maurepas disparu, le roi n'avait pas changé sa vie et ses habitudes. La cour s'était mise en ébullition, conjecturant sur le choix d'un successeur au *mentor*. Il n'en fut rien et le roi gouverna par lui-même, sans qu'on pût pénétrer s'il consultait quelqu'un. Restait que la reine demeurait influente pour les grâces de cour et les emplois depuis le ministère jusqu'à la place de commis des barrières. Mais en octroyant une faveur, elle faisait un ingrat et vingt mécontents.

M. Hennin, premier commis des Affaires étrangères, qui représentait son ministre, toussa, attirant l'attention de Marie-Antoinette, qui l'interrogea du regard.

— Madame, Votre Majesté n'ignore pas, murmura-t-il en sourdine, que nous redoutons que l'impératrice ne se mêle, au détriment des intérêts de la Couronne, des tentatives de médiation dans la guerre avec l'Angleterre.

— Et le prince Paul dans tout cela ?

Cette question demeura sans réponse. Une dame du palais venait d'entrer et annonçait l'arrivée non prévue de Vergennes. L'attention de Nicolas flottait, occupée à suivre du regard les volutes d'un bronze. Il éprouva cependant un imperceptible changement dans les attitudes et il se mit en mesure d'observer le jeu de scène en vieil habitué de ce pays-ci. Le premier mouvement fut celui du commis qui recula jusqu'à la muraille autant que le permettait l'exiguïté de la pièce, comme s'il avait voulu s'y fondre. M. de la Ferté se tassa sur lui-même et plongea le nez dans ses papiers. La reine eut un mouvement de tête, fit la moue et se mordit la lèvre inférieure. Il sembla à Nicolas que cette venue la contrariait. Était-elle si dépitée de voir survenir une autorité qui changerait l'ordre de cette réunion ? Vergennes entra et s'inclina. Sa corpulence sembla emplir le salon, établissant aussitôt une prépotence marquée.

— Madame, dit-il, sans préambule. Daigne Votre Majesté m'autoriser à répondre à une question que j'ai saisie au vol.

— Je vous y convie, monsieur. Éclairez-nous de vos lumières, qui sont grandes. Le roi me l'assure chaque jour.

— Au préalable, j'ai le triste devoir d'annoncer à Votre Majesté les revers de notre flotte au large de la Martinique. Le roi vient d'en recevoir la nouvelle encore confidentielle. Le comte de Grasse a été fait prisonnier par l'amiral Rodney. Le *Ville de Paris* a été pris avec quatre vaisseaux de ligne. Les pertes se montent à trois mille hommes…

La voix du ministre se brisa.

— … Ainsi cela crée les circonstances les moins favorables pour l'arrivée des Russes. Si l'on peut supposer que le prince Paul n'a pas, à coup sûr, l'influence la plus avérée à la cour de Russie, et encore moins auprès de son impériale mère, il demeure toutefois que sa présence et la satisfaction qu'il éprouvera des égards à lui réservés pèseront lourd dans la conjoncture présente. Le sort des conversations en cours, des plus secrètes, dois-je le préciser…

Il s'arrêta et jeta un regard sévère sur l'assistance que son propos avait jetée dans la consternation.

— … en dépend peut-être. Nul ne sait ce qu'un jour osera décider le grand-duc. Il a marqué à Vienne son opposition à Potemkine, affirmant à qui voulait l'entendre *qu'il le casserait et le chasserait dès qu'il serait en état de le faire* ! Qu'il comprenne que nous ne faisons aucun obstacle au succès de la médiation impériale entre l'Angleterre et la Hollande et que nous sommes fâchés que la partialité des ministres russes pour l'Angleterre excède les bornes qu'un médiateur ne peut outrepasser et qu'elle établisse un préjugé contre les assurances des sentiments contraires qui nous ont été si souvent données.

— Et donc ? dit la reine avec un rien d'ironie qui détonnait dans ces circonstances.

— Et donc, Madame, convient-il de mesurer et de proportionner avec circonspection les conditions de l'accueil qui sera réservé au comte et à la comtesse du Nord. En un mot, il faut se le concilier, et par tous les moyens.

D'évidence la reine ne paraissait guère heureuse de cette perspective. Elle hocha la tête avant de reprendre la parole :

— Il me revient par ma sœur de Naples[1] que ce comte du Nord est un sauvage. Il a, à tout propos, multiplié les changements de résolution et n'a pas répondu tout à fait aux attentions délicates du roi et

1. Marie-Caroline, reine de Naples.

de la reine. Imaginez, monsieur, la scène qu'elle m'a contée…

Vergennes ouvrit la bouche, sans doute, pensa Nicolas qui observait la scène avec amusement, pour tempérer la reine et lui conseiller la discrétion. Ce fut en vain.

— … elle en dit long sur la nature du personnage. Ne s'est-il pas précipité sur un gentilhomme russe l'épée à la main en l'abreuvant d'injures ?

Vergennes, qui s'était rapproché de Nicolas, lui parla à l'oreille.

— Razoumovski, qui a le mérite, si j'ose dire, d'être l'amant de Marie-Caroline et l'ancien de la grande-duchesse Nathalie, la première femme du prince ! Elle faisait, dit-on, absorber à Paul, chaque soir, un peu d'opium pour favoriser ses infidélités. Le pauvre homme, on peut comprendre son irritation !

— Comment ? dit la reine.

— Je confiais au marquis que le prince est un ressort compressé qui a besoin de temps à autre d'une détente.

— Qu'il retrouve son calme et se détende ailleurs que chez nous !

— Nous écoutons les ordres de la reine.

— Nous songeons à un opéra. L'*Iphigénie en Aulide* conviendrait, je pense. Ainsi qu'une pièce, *Athalie*, avec chœur et grand bal paré. J'y tiens essentiellement et désire sur ce dernier point…

Le ton était impérieux.

— … que la cour soit brillante, fastueuse même, en hommes et en femmes. Il faut montrer à ces gens ce que nous sommes. Pour les hommes, il est essentiel de savoir de bonne heure le moment précis de l'arrivée du prince Paul. Si c'est à la fin de ce mois, rien de plus aisé puisqu'il ne s'agira que de retarder le départ des colonels. Si c'est plus tard, ce sera plus difficile, beaucoup de militaires ayant regagné leurs garnisons. Aussi, tâchez de faire insinuer que la fin mai me serait la période la plus agréable. Ah ! Ranreuil, faites passer à son colonel que la reine souhaite que le vicomte de Tréhiguier paraisse à notre bal. J'en parlerai à mon frère Provence.

Voilà une faveur de taille pour un lieutenant, se dit Nicolas. Et qui va faire événement. Gast, je m'en serais bien dispensé ! Enfin, ainsi je verrai Louis. Il s'inclina en silence.

— Séqueville, qu'en est-il du logis ?

— Pour la première question, ce sera sans doute début juin, le comte viendra par Lyon après un séjour à la cour de Savoie. Les logis les plus superbes leur ont été proposés un peu partout. Les Russes n'en ont accepté nulle part. Point de difficultés, d'ailleurs, ils se contentent d'hôtels garnis au hasard. Nos postes ont approché la suite du prince pour prévenir qu'à Paris il y a peu d'hôtels garnis disponibles pourvus d'appartements susceptibles d'accueillir le prince. Enfin, le prince a les entrailles fragiles et susceptibles de dévoiements fréquents, aussi ne se nourrit-il que de compotes et d'eau de Seltz. Que Sa Majesté veuille bien excuser cette évocation…

— Fi ! Voilà bien des difficultés ! Nous aviserons.

— Que Votre Majesté se rassure, dit Vergennes. Le comte et la comtesse pourront toujours habiter chez leur ministre à Paris, à l'Hôtel de Lévi, rue de Grammont. Je m'en ouvrirai au prince Bariatinski.

— Quant au protocole, reprit Séqueville après un hochement d'approbation du ministre, pour l'audience chez le roi, le comte sera reçu comme un grand seigneur, sans honneurs particuliers tirant à conséquence. On n'ouvrira qu'un battant du cabinet du conseil et le visiteur sera présenté par le prince de Poix, par moi-même et par le ministre plénipotentiaire de Russie. Pareillement chez la reine et partout. Reste une question : Mme de Chimay ne devant plus conduire la comtesse du Nord chez la famille royale, devra-t-elle cependant la reconduire jusqu'à l'antichambre de Sa Majesté ?

La reine eut un geste d'agacement. Le ministre chassa une mouche, ne répondit pas et se tourna vers Nicolas.

— Il faudra d'ordinaire veiller à la sûreté de nos illustres visiteurs. Il y a d'ailleurs un conseil prévu à cet effet. Et, en outre, écarter du prince les escrocs qui entêtent toujours ce genre de déplacement. Paul est amateur d'antiques. À Rome, il a eu le malheur de tomber entre les mains d'un brocanteur de mauvais aloi qui, à ce qu'on m'a dit, pourrait meubler avec ses croûtes les trois quarts de l'Angleterre. Le comte du Nord lui a acheté plus de choses bâtardes que légitimes ! Il faudra veiller à cela aussi. Paris ne manque pas de filous de la sorte. Que le lieutenant général de police prenne ses dispositions.

— Il ne me convient pas, reprit la reine, que ces gens-là nous en imposent. Le roi et moi n'entendons pas en faire plus qu'il n'en faut pour un *incognito*. Que viennent-ils se mettre par le travers de...

La reine n'acheva pas sa phrase. Derechef Vergennes exposa les raisons et plaida la prudence. Impatiente de rompre la réunion, Marie-Antoinette torturait d'une main nerveuse le pli de sa robe de piqué bleu et laissait échapper des soupirs de lassitude, sinon d'agacement, que justifiait le ton compendieux du ministre. Elle jeta un regard de connivence amusé à Nicolas. Vergennes ayant achevé, chacun se retira.

Mai 1782, palais Catherine, à Tsarskoïe Selo

La tsarine envisageait, rêveuse, les splendeurs de la chambre d'ambre. La lumière des bougies se reflétait dans chacune des facettes ; le chatoiement en était presque insupportable. Sur la corniche du plafond, des *putti* dorés contemplaient l'immense pièce. Souvent la nuit, elle se levait, abandonnant l'amant du moment pour venir réfléchir à cet endroit. Une question l'obsédait. Était-ce une bonne décision d'avoir autorisé ce voyage de Paul à travers l'Europe ? Le pire avait été évité, il n'irait pas saluer le roi de Prusse, le vieux Fritz, son vieil ennemi. Restait la France... Elle tenta de plonger en elle-même. Hélas, il était bien son fils. De ce côté, le doute ne pouvait s'élever. Mais pour le père... Oh ! Que cela était loin... Une bouffée de haine remontait du passé quand elle songeait au tsar Pierre, son époux. Et que dire de ce méchant peuple se laissant berner par de folles rumeurs, le croyant sorti de la tombe, qui avait favorisé la folle équipée de Pougatchev ? Alors, de qui était Paul ? De quels reins féconds auxquels elle avait livré un jour son corps insatiable ? Soltikof ?

Elle ne comprenait pas son fils. Tout l'éloignait de sa mère et souveraine. En avait-elle éprouvé du plaisir malin à lui révéler les turpitudes de sa première femme, lui dévoilant point par point les détails de sa liaison avec Razoumovski. Elle soupçonnait d'ailleurs ce dernier d'user de sa faveur pour mettre la femme de Paul dans les intérêts de la France. Elle se mordit les lèvres. On lui avait imputé à crime la mort en couches de sa belle-fille. Elle avait dû écrire des lettres et encore des lettres à Voltaire, à Grimm, cette langue de vipère, à Mme de Bielke, sa confidente, qui tenait bureau d'esprit à Hambourg. Elle fit même publier dans une gazette de Clèves un article de commande pour insinuer que cette mort était due à une malheureuse malformation de la princesse.

Potemkine, demeuré son conseiller et ami même s'il n'avait plus accès à son lit, se moquait de cette crainte irraisonnée qui la hantait à la pensée de son successeur. Aussi était-elle soulagée de savoir Paul éloigné, pris dans la griserie du voyage. Et puis l'effroi la reprenait. Elle tremblait comme une jeune fille à l'idée que, loin d'elle, il pourrait venir à l'idée de Paul de fomenter quelque trame et de rechercher des appuis et des moyens auprès des souverains que son programme prévoyait de visiter. C'est que la splendeur de son règne, sa volonté largement forlongée de poursuivre dans la voie de la grandeur ouverte par Pierre le Grand ne lui suscitaient pas que des amis en Europe. Elle espérait que le tsarévitch ne tenterait pas de s'immiscer dans la négociation qu'elle favorisait entre les Insurgents américains et l'Angleterre. Elle jubilait à l'idée de couper l'herbe sous le pied des Français, de ces Bourbons qui l'avaient, Louis XV le premier, toujours traitée de haut. Elle entendait apparaître comme l'arbitre d'un conflit qui tirait sur sa fin. Elle en espérait un surcroît de gloire et d'influence. Que Paul n'aille surtout pas lui gâcher la tâche à Paris.

On pouvait s'attendre à tout venant de ce… Elle n'osait même pas le mot qui lui venait en tête tant les extravagances de cet esprit bancroche suscitaient, même parmi les proches du tsarévitch, inquiétude et soupçon. Et ce n'était pas cet échalas de molle princesse allemande qui en imposerait à son époux, quelle que fût la terreur que Catherine lui occasionnait. Elle avait dû à plusieurs reprises la tancer et avait retiré à l'influence du couple leur premier-né

Alexandre, qu'elle considérait déjà comme son vrai successeur. La jeunesse de l'enfant lui semblait repousser à des temps inaccessibles le jour où, dans son cercueil ouvert, elle aborderait dans la cathédrale Pierre-et-Paul les rivages de l'éternité.

Allons, se dit-elle, au lieu de m'égarer dans mon angoisse, j'aurais tout intérêt, s'il est encore temps, à prendre les mesures nécessaires pour éviter toute dérive à Paris.

Certes, elle possédait dans la suite du comte du Nord des yeux et des oreilles. Une pensée affreuse la saisit, qui la fit frissonner. Devrait-elle un jour en arriver là ? Il importait avant tout d'être sûre, de tendre des filets qui, peut-être – l'espérait-elle vraiment ? –, ne prendraient rien. Ce qu'ils recueilleraient serait de toute manière utile. Elle réfléchit un moment, se pencha pour caresser la tête de milord Acton, son chien favori, qui l'avait suivie dans les galeries désertes du palais.

Une idée germa bientôt. Il suffirait pour compromettre Paul ou, à tout le moins, pour sonder son âme au plus vif, de lui tendre un piège et de constater ce qu'il ferait de cette tentation. Elle soupira, c'était cela le bon plan. Une conversation avec Potemkine lui revint en mémoire. Depuis des années, il lui parlait d'un homme jadis par lui sauvé des loups lors d'une battue et qu'il s'était attaché. Il en disait grand bien, et c'était bien là une marque de la folle générosité de son ancien amant, reconnaissant à ce pauvre moujik d'avoir été son sauveur. Il l'avait constitué son homme de confiance car ce vagabond était étrangement un lettré. Il avait même eu la fantaisie de lui faire enseigner le français, si nécessaire à la cour. Elle avait fait enquêter sur l'homme et ce qu'elle avait appris... Elle le ferait chercher. Peu à peu les détails se mettaient en place. Il rejoindrait la suite du comte du Nord en accompagnant des marchands par voie de mer. Il approcherait le tsarévitch muni d'une lettre affectueuse de Catherine et porteur d'une icône protectrice. Non… À la réflexion, ce serait le plus mauvais prétexte. Elle savait ce qu'elle devait faire… Elle tenait des fils que Paul croyait invisibles. Elle se vit en araignée au milieu de sa toile. Le moujik devrait rejoindre la France de manière à être à Paris avant l'arrivée de Paul. *Et ce que je sais de lui…* Elle frémit.

Elle envisagea avec plaisir son retour à Saint-Pétersbourg où elle devait présider au lancement d'un vaisseau de soixante-quatorze canons avant de se retirer à Peterhof jusqu'en septembre. Rassérénée, elle songea au gaillard qui dormait dans sa couche, une bouffée de désir monta et après un dernier regard aux splendeurs de la chambre d'ambre, elle pressa le pas dans la galerie qui conduisait à ses appartements. Celui-là, peut-être, ne la trahirait pas.

Mai 1782, Hôtel de Sartine,
rue du Faubourg Saint-Honoré

Il semblait que Gabriel de Sartine ne tînt pas en place depuis son départ du ministère. Il jouissait d'une substantielle pension accordée par le roi, qui lui conservait estime et confiance. Il avait fini par quitter l'Hôtel de Chalabre pour louer une nouvelle demeure rue du Faubourg Saint-Honoré ; il était sur le point d'acquérir une maison de campagne à Viry-Châtillon. Sartine avait vieilli, offrant ainsi l'apparence qu'il avait toujours souhaitée. Mais le travail du temps procurait à son visage jusque-là long et maigre une sorte de douceur, comme si un sang nouveau avait coloré et gonflé ses joues. Une aménité paisible remplaçait la flamme nerveuse de jadis. Le poids et les angoisses du pouvoir, les soucis de la guerre, la perpétuelle crainte des cabales et de la défaveur, avaient disparu. Même si la tristesse avait un temps enveloppé un départ imposé, la bonté du roi et ses attentions tempéraient par leur générosité la cruelle acrimonie du destin. Un exil lointain n'accompagnait plus, au cours du présent règne, la disgrâce d'un ministre. L'expérience et les connaissances acquises dans de grands emplois en faisaient un mentor dont les discrets conseils et l'entregent maintenaient l'influence. Outre son rôle maçonnique, Nicolas le soupçonnait d'avoir conservé une activité occulte en marge des services qu'il avait organisés. Il était reçu par le roi dans ses cabinets à des heures inhabituelles. Necker, avant sa disgrâce, s'en étranglait de rage.

Aussi Sartine avait-il récupéré sa tranquillité d'âme et une superbe gazée de hauteur bonhomme qui lui seyait à merveille. Si parfois un accès cassant d'autorité reparaissait, un de ceux qui jadis effrayaient tant ses entours, il durait jusqu'au moment où une alerte intérieure lui indiquait qu'une borne avait été franchie. Un hédonisme de bon aloi remplaçait la tension d'antan, se donnant libre cours dans une liberté reconquise et une allègre spontanéité. Sartine redevenu lui-même déployait ses meilleures qualités, comme une pierre brute, peu à peu érodée par le temps et les éléments, finit par offrir la douceur de sa patine.

Cette réunion avait été sollicitée par M. Le Noir. C'était la quatrième fois que Nicolas revoyait son ancien chef. Il éprouvait une joie sans mélange de ces retrouvailles où l'absence de contraintes, la dissolution des liens hiérarchiques établissaient enfin une sorte d'égalité dans la relation maintenant ancienne des deux hommes. Le Noir, pour une fois, paraissait détendu et insouciant. Il pensait, et cela le rendait heureux, être enfin son propre maître.

Les nouvelles de la cour furent rapidement effleurées, Sartine feignant de n'y prendre qu'un intérêt amusé. Nicolas observait que le lieutenant général de police ne savait comment aborder le sujet qui lui tenait à cœur. Il décida de l'y aider. Sartine, à qui rien n'échappait, précéda le commissaire.

— J'apprécie que vous m'ayez demandé à dîner. Mais l'intérêt de visiter un vieil homme… ?

Nicolas, qui n'avait que onze ans de moins que l'ancien ministre, sourit.

— Qui conserve, dit Le Noir, toute la mémoire, et plus encore, du siècle !

— Peuh ! Le siècle, c'est beaucoup dire, du quart de siècle serait plus juste. Il me semble, mon bon ami, que vous tournez autour du pot. Vers quoi se dirige votre propos ? Menez-m'y, cher, menez-m'y. Et promptement, je vous prie.

Le naturel revenait au galop.

— Bon ! Me voici traversé. Nous souhaitions, Nicolas et moi, vous consulter…

— Allez, allez, coupa Sartine avec un ton de commandement recouvré, la pythie vous écoute.

Il dissimulait mal une sorte de satisfaction.

— Vous savez l'arrivée prochaine à Paris du comte et de la comtesse du Nord.

— Qui fait en jeune homme bien élevé son grand tour ou le tour des grands.

Il ricana. Le Noir toussa.

— En savoir plus long serait utile au roi. Nous allons triompher en Amérique ; la paix se profile et les ennuis commencent… Chacun s'en veut mêler. La Russie de Catherine entend participer au festin, à notre détriment évidemment ! L'Autriche, la Prusse observent le concert et souhaitent s'y adjoindre. Quant aux Américains que nous avons aidés de notre or et de nos hommes, ils piaffent de reprendre un jeu solitaire. Par-dessus tout, l'Angleterre à genoux agite tout ce beau monde.

— Bref, dit Sartine sarcastique, il faut pénétrer le secret de la caravane du Nord.

— Le roi le souhaite, Vergennes le veut et nos plénipotentiaires l'espèrent.

— Cela va de soi. C'est sagesse et raison de ne pas s'abandonner au hasard.

— Aussi votre sentiment nous serait-il précieux quant aux moyens d'en user pour parvenir à nos fins.

Sartine se leva et se mit à arpenter son salon tout en marmonnant. Il s'arrêta devant Nicolas, posa les mains sur ses épaules et le regarda dans les yeux.

— Nicolas, murmura-t-il, comme toujours, vous êtes notre homme. Il n'y a que vous capable d'entrer dans les arcanes d'une mission aussi délicate.

Il avait repris le ton du ministre. Le Noir souriait, béat. Il ne ressentait désormais nul ombrage de l'autorité de Sartine que, parfois, dans le passé…

— Ce qu'il faut, reprit l'ancien ministre, c'est accéder au plus haut, sinon au plus près.

— Au plus haut ? Que voulez-vous dire ?

— Hé ! Que voulez-vous comprendre ? Quoi d'autre que d'approcher le prince et de s'en faire accepter.

— Et le comment de la chose ?

Sartine reprit sa déambulation, se frottant les mains avec une sorte de jubilation nerveuse.

— Oh, oh ! Les vieilles méthodes sont à reprendre. *Comment, comment*, aurait dit Saint-Florentin.

Il reprit place dans sa bergère.

— Nous sommes, nous avons été… la meilleure police de l'Europe. Les souverains nous l'envient.

Celle qui retrouvait les montres qu'elle faisait elle-même dérober pour mieux les restituer, si vite que l'honneur en rejaillissait.

Il se frappa la poitrine.

— Je ne compte plus les ordres dont j'ai ainsi été honoré !

— J'entends bien, dit Le Noir l'air inquiet. Mais comment y parvenir ?

— *Comment*, toujours *comment* ! Allons, ne soyons pas timorés. Si les choses n'ont pas changé et demeurent égales à ce qu'elles ont toujours été, nous avons peuplé les chancelleries étrangères de nos gens. Où logera le comte du Nord ?

— La question n'est pas tranchée. Tout peut encore changer dans les plans du prince. Soit l'auberge, soit la résidence de son ministre à Paris.

— Je reprends. Là où il se trouvera, un objet précieux lui appartenant doit lui être dérobé. Sa perte aurait de telles conséquences que l'intéressé en sera réduit à faire appel à nous. Benoîtement, notre Breton apparaîtra, il écoutera, enquêtera, avisera, disparaîtra et reparaîtra avec l'objet en main. Joie du prince, aussitôt ouvert à tout.

Il claqua des doigts.

— Que ce soit le marquis de Ranreuil ajoutera son piquant. On recevra avec gratitude et élan la proposition d'adjoindre cet élément dans sa suite afin d'assurer sa sûreté.

Sartine avançait, virevoltait, mimait la chose, imprimait sur son visage sévère mille grimaces censées singer celles du prince, de Nicolas ou d'imaginaires interlocuteurs.

— Voilà qui est bel et bon, dit Le Noir. Encore faut-il savoir ce qu'on doit dérober et surtout qui s'en chargera.

— Foin de réticences ! Du détail le chef ne se doit point mêler. Vous avez dans vos services, si rien n'a changé depuis que j'eus l'honneur de les diriger, de nombreux hommes à talents particuliers qui traiteront de la question ou s'adresseront à ceux qui recourent à d'aussi condamnables occurrences. Qu'on lâche ces chiens-là et le gibier sera vite attrapé !

— Et quel objet ? demanda Nicolas. Une montre, si facile par ailleurs à dérober, ne me semble pas de rigueur et ne laisserait pas de jeter le soupçon sur la chose.

— Certes, dit Sartine. C'est bien là le *hic* et le *hoc*. De plus, il convient que cette enquête demeure environnée de…

— *Ténèbres*, dirent dans un parfait ensemble le commissaire et le lieutenant général de police.

Sartine les considéra, étonné.

— Oui, c'est cela. On dirait que vous vous êtes donné le mot. Car imaginez le scandale et les conséquences d'une découverte de notre plan.

— Et l'objet ? réitéra Nicolas, qui demeurait obsédé par ce détail qui n'en était pas un.

— Il serait sage de prendre l'avis de notre ministre en Russie. Encore que la discrétion requise… Qui est en fonctions ? Il y a longtemps que Juigné a rompu. C'est Vérac, je crois. Peu importe, il me revient que le baron de Corberon a fait l'intérim comme chargé d'affaires. Il peut nous être utile. Il est rentré il y a peu et connaît bien le pays.

Nicolas fut surpris de la science de Sartine, si retiré en apparence du monde de la cour, sur des points aussi précis.

— Je vous donnerai un billet pour lui. Il demeure pour l'heure à Troissereux. Il vous sera de bon conseil. Vergennes, son lointain cousin, l'autorisera, sous le sceau du secret, à nous informer de ce qui pourrait nous intéresser pour la bonne marche de notre affaire. Et peut-être aurez-vous l'heur, vous qui en avez le goût, de visiter et consulter sa bibliothèque.

— Car..., dit Le Noir qui venait de comprendre, c'est Nicolas qui sera chargé d'ordonner cet...

— Et qui d'autre ? Il y faut une tombe et un pur-sang !

Dans le carrosse qui les ramenait à l'hôtel de police, Le Noir et Nicolas demeuraient silencieux. Pour le commissaire, la mission qui venait de lui échoir lui paraissait receler bien des périls.

Mai 1782, château de Troissereux

Le baron de Corberon se révéla hospitalier et disert. Il ne bouda pas son plaisir d'accueillir dans sa province un gentilhomme, de bonne maison et qui le régalerait des dernières nouvelles de la cour. Encore jeune, plein d'allure, petit, mince, le cheveu châtain et l'œil noir, l'air redressé d'un ancien officier des gardes-françaises, il maniait une langue rapide et précieuse. Il fut intarissable, gambadant dans ses souvenirs, sautant d'historiettes en anecdotes avec une juvénile agilité et un esprit de primesaut, parfois entrecoupés d'accès d'aigreur et de regrets d'un poste quitté trop tôt. Pourtant il qualifiait la Russie de *maudit pays* à qui il devait ses rhumatismes. La suite, hélas, n'avait pas répondu à ses grandes espérances.

— Mesurez, monsieur le marquis, la fragilité de nos destins. J'aurais dû suivre le conseil d'un mien parent qui soutenait qu'à l'instar du perroquet il convenait de ne lâcher un barreau que lorsqu'on avait la certitude d'en tenir un autre.

— Monsieur, comme me le disait souvent M. de Sartine, l'incertitude est la marque de la subordination. L'avenir couronnera sûrement vos attentes. Pour en revenir au comte du Nord…

Nicolas monta à la parade afin de maîtriser le flux désordonné du discours de son hôte.

— … quel portrait peut-on dresser de lui ? Par quels moyens s'attirer ses bonnes grâces ? Que vous en semble ?

— Voilà en perspective un travail d'Hercule et, assurément, une chose malaisée. Peu de personnages sont aussi ondoyants que le prince. Il apparaît divers dans ses attitudes et contradictoire dans ses sentiments. Une tête intelligente au demeurant, mais dont le mécanisme ne tient qu'à un fil. Que ce dernier vienne à se rompre, toute la machine se détraque, et alors plus de raisonnement, plus de bon sens. Bref, le portrait de *Mélanthe* par Fénelon et la déraison elle-même en personne. Pressentez-vous avec lui quelque voie qui vous paraît aisée et sablée à souhait, dans laquelle vous vous engagez pensant toucher au but, qu'un retournement se produit au moment où vous pensiez acculer la bête. Alors elle vous fait face et, chasseur l'instant d'avant, vous voilà aussitôt gibier à quia. Y a-t-il quelque calme rade dans laquelle vous tentez d'ancrer votre esquif et de là toucher terre ? Alors, peut-être… c'est selon.

— J'ai une question plus délicate à vous soumettre, sur laquelle je comprendrais que vous ne puissiez m'éclairer. Mais comme moi-même, vous êtes un serviteur de la Couronne et rien de ce qui peut appuyer ses intérêts ne vous est étranger.

Nicolas, saisi d'un de ces scrupules dont il n'était jamais parvenu à se départir, fit une pause. Il allait en effet user d'un stratagème ou d'une facilité de langage qu'il regretterait aussitôt. Était-elle nécessaire ou superflue ?

— Puis-je vous confier, dit-il en baissant la voix comme autrefois M. de Breteuil dans son cabinet à Vienne[1], que M. de Vergennes, votre lointain parent je crois, attache, pour ne parler que de lui, un prix extrême à ce que vous pourriez me confier, d'utile cela va de soi.

Il vit une lueur d'intérêt s'allumer dans le fier regard de M. de Corberon.

— Je suis votre serviteur, celui de M. de Vergennes, et Sa Majesté peut compter sur mon dévouement.

— Nous en sommes assurés, commenta Nicolas. Ma présence en est la preuve.

— Que souhaiteriez-vous connaître de surcroît ?

— En un mot comme en cent, le tsarévitch Paul et sa femme font un tour d'Europe et sont sur le point de visiter le royaume. Pour des raisons d'État dont le détail vous est connu, il est impératif que nous approchions au plus près du prince, bref que nous entrions dans ses bonnes ou mauvaises grâces. Pour cela, il est impératif de savoir quel objet précieux accompagne les princes et si celui-ci posséderait une telle importance que sa perte serait pour le couple impérial de nature si grave qu'elle le compromettrait.

— Je vois, je vois…, murmura le baron avec un rien d'effarement dans la voix.

Il réfléchit un moment.

— Je songe soudain en vous écoutant à une scène, enfin une querelle de famille entre l'impératrice Catherine et sa belle-fille parce qu'elle ne portait point un bijou d'une richesse exceptionnelle dont

1. Cf. *Le Sang des farines*, 10/18, n° 3960.

elle lui avait fait présent à l'occasion de son mariage. Elle était si colère qu'elle furibonda de terribles imprécations dans le cas où la grande-duchesse ne l'arborerait pas lors du prochain bal de cour. Il m'étonnerait que la princesse n'ait pas emporté la chose dans sa cassette.

— Et ce bijou ?

— Une broche[1], monsieur, une broche ! Une pièce exceptionnelle comme on n'en vit jamais ! Une fabuleuse émeraude entourée d'un cercle de brillants et d'une couronne de vingt diamants de la plus belle eau. Oui, j'en puis parler ; j'eus le privilège de l'admirer de près.

Au cours des deux jours qu'il passa à Troissereux, Nicolas, outre les chasses et la fréquentation de la fameuse bibliothèque, apprit du baron de Corberon une foule de détails sur la vie en Russie. Le pays était riche en possibilités pour les commerçants français qui, cependant, devaient en permanence affronter la corruption des bureaux et de la douane et compter sur leur ambassade pour arranger leurs affaires. Il dressa une description haute en couleur de l'entourage du comte du Nord et de la triste position du tsarévitch à la cour, contraint de se résigner à une vie oisive et rétrécie sous le sourcilleux contrôle de sa mère. Il démêla avec clarté les raisons anciennes de la rancune russe à l'égard de la France, venue de l'accusation d'avoir favorisé la guerre avec la Turquie et par ce moyen de faire la loi dans les affaires de la Pologne.

En confiance avec Nicolas, il s'abandonna à des confidences personnelles, lui avouant être très avancé en maçonnerie avec pouvoir de transmettre

1. Cette broche a été vendue chez Christie's à New York, le 22 avril 2010, pour une somme de 1 650 500 dollars.

ses connaissances et d'instituer des frères. Il bondissait du léger au grave et, après les descriptions des débauches de l'impératrice, glosait de sérieux propos sur le caractère religieux des Russes, leurs superstitions et leur dévotion pour les images. Il décrivit le prince de Ligne, doux, poli, bon enfant, poussant parfois la gaieté jusqu'à la folie, mais redoutable diplomate au service de l'Autriche. Il en conservait un souvenir mêlé. Nicolas l'avait jadis croisé chez M. de La Borde. Ses plaisanteries qui lui permettaient de dire à la Sémiramis du Nord les vérités les plus importantes avaient causé aux partis français et prussien des torts irréparables. Corberon et lui avaient courtisé la même femme. Les yeux fermés, il prononça un prénom, *Natalia*...

Le retour vers Paris offrit à Nicolas la pause indispensable pour revenir un peu sur lui-même et sur sa vie. Les jours s'écoulaient si vite que parfois il se prenait à songer que, peut-être, sans les vivre il cheminait à côté d'eux. Le visage d'Aimée s'imposa à lui. Que ressortait-il d'une liaison poursuivie depuis tant d'années ? S'installait-elle dans une durée qu'aucun des deux amants ne mesurait ? L'habitude laissait-elle pointer sa tête d'ennui ? Les légères animosités qui ne manquaient pas de les opposer n'avaient point de suites. Les libertés qu'ils s'octroyaient et qui aboutissaient à des retrouvailles plus ardentes en atténuaient la répétition. L'incertitude présidait désormais à leur amour et tout les dirigeait vers des récifs dangereux. Nicolas s'interrogeait chaque jour davantage sur la vraie nature d'une liaison qui ne s'alignait nullement en ce qui le concernait sur les errements de la vie libertine. Celle-ci impliquait d'éviter comme la peste tout attachement, tout sentiment amoureux. Seul le désir devait mener la danse. La différence d'âge s'imposait davantage. Plus les années passaient et plus Aimée lui semblait impatiente.

Sa position auprès de Madame Élisabeth, sœur du roi, dévote peu portée aux débordements insouciants de la jeunesse, lui pesait et la conduisait à un étourdissement de plaisirs, recherchés comme autant de dérivatifs à la vie d'étiquette et de réclusion qu'elle menait auprès de la princesse. Pour Nicolas, l'exaltation du corps, pour nécessaire qu'elle fût, ne suffisait plus. Dans son cœur il aspirait à d'autres horizons. En un mot, il s'ennuyait un peu, la passion assouvie, affamé d'une conversation que sa propre culture, sa réflexion, cette contention d'esprit et la permanence de son débat intérieur exigeaient. Qu'Aimée prît conscience de cet état sans pouvoir l'assouvir, et c'en serait fait de la tendresse passionnée. Elle s'étiolerait en dépit des ressauts des flammes prêtes à s'éteindre.

M. de Noblecourt observait sans surprise cette transformation, mais, sachant d'expérience combien il est hasardeux de conseiller dans ces matières, il ne disait mot. Il vieillissait sans qu'il y parût vraiment. Seul signe de cette évolution, les instants de rêverie et de silence, inhabituels chez un être de nature volubile et diserte, se multipliaient et prolongeaient ses méditations éveillées. La lecture du *Mercure de France* était devenue un moment sacré durant lequel il résolvait avec brio les énigmes et les logogriphes[1] soumis aux lecteurs.

Il semblait que les usages qui prévalaient dans sa maison, la régularité de son existence, les attentions et précautions qu'autour de lui ses amis et le domes-

1. *Logogriphe* : énigme utilisant les parties ou les syllabes d'un mot.

tique[1] multipliaient, entouraient ses jours de quiétude et le préservaient de ces à-coups si funestes à ceux que la goutte, aux aguets, menaçait. Il regrettait son médecin Tronchin mort l'année précédente, se livrant en maugréant aux soins de Semacgus et du docteur de Gévigland. Le dimanche, au premier rang, marguillier désormais honoraire de Saint-Eustache, il suivait la grand'messe accompagné de Nicolas quand aucune enquête ne retenait celui-ci. Mouchette veillait sur lui avec une scrupuleuse attention sous le regard bonasse de Pluton, désormais admis à part entière aux pieds du patriarche. Certains soirs, il se faisait conduire par Poitevin à des rendez-vous mystérieux.

Pourtant Nicolas n'était pas dupe de cet apparent arrêt du temps. Il savait bien que l'inéluctable se produirait et à cela jamais il ne parviendrait à s'accoutumer. Même Catherine, la plus jeune de la maisonnée après lui, commençait à ressentir le poids de l'âge et les conséquences de ses campagnes passées. « Ah ! gémissait-elle, j'ai trop zouvent gouché dans la boue. » Certains matins, les membres noués, elle maugréait en se massant énergiquement avec le schnaps de son pays. Elle en imprégnait des bouts de toiles dont elle s'enveloppait, exhalant alors dans l'office les fragrances de la quetsche et de la mirabelle.

Ainsi en allait-il de l'hôtel de Noblecourt, vivant d'une existence préservée, dans un équilibre et une régularité de couvent que seule rompait parfois l'intrusion violente des enquêtes menées par Nicolas. Mais c'était précisément cette espèce de monotonie heureuse qui apportait la tranquillité d'âme si nécessaire à un homme tenaillé à tout instant par les convulsions du siècle.

1. *Domestique* : dans ce sens, l'ensemble de la domesticité.

Quant à Louis qui surgissait lors de ses congés, fringant, chargé des lettres et des douceurs que sa tante Isabelle adressait à son frère depuis son couvent de Fontevraud, c'était désormais un jeune homme qui avait pris la stature de son père au point que, de dos, on les confondait. Apprécié de ses chefs et de ses hommes, il faisait la fierté de Nicolas pourtant inquiet de le voir piaffant d'impatience d'un service de paix à Saumur alors que la guerre menaçait de s'achever sans qu'il y eût pris part. Il avait écouté les conseils de Nicolas sur la nécessaire régularité, rigueur et prudence d'une vie d'officier. Pourtant, bon sang ne saurait mentir, une idylle avec une dame avait failli tourner au drame sans la sagesse du colonel qui avait réussi à calmer les choses auprès d'un mari outragé, mais peu décidé à en découdre. Nicolas, informé, avait bondi à Saumur pour tancer un Louis penaud à qui il avait derechef martelé ses recommandations de prudence et de discrétion. Cependant, à tout hasard, il avait entraîné son fils hors la ville et là, dans un champ désert, il avait complété ses précédentes leçons. Il lui avait enseigné quelques bottes décisives récemment apprises d'un maître espagnol de passage à Paris dont il avait retrouvé le portemanteau dérobé par des malfaisants.

Paris, au Grand Châtelet, courant mai 1782

Nicolas réunit un conseil de guerre dans le bureau de permanence avec Bourdeau, le sergent Gremillon et Rabouine. Informé au préalable de l'étrange projet formé par Sartine, l'inspecteur bougonnait. Le commissaire en développa les raisons, ouvrit quelques voies et ne dissimula pas les périls de l'entreprise.

Un long silence suivit cet exorde et chacun se referma dans ses pensées. Ne voyant poindre aucun commentaire, Nicolas reprit la parole :

— J'entends que l'affaire puisse vous apparaître comme extraordinaire et que vous en demeuriez confondus. Diantre, ressaisissez-vous, il s'agit du service du roi.

— Tu nous la bailles belle ! tonna Bourdeau. C'est une chose de faire dérober par un tire-gousset une bourse ou une montre pour la plus grande gloire de la police, c'en est une autre de s'introduire dans une demeure où séjourne l'héritier d'un trône, hôte de la Couronne !

Nicolas choisit un biais lui permettant de ne point affronter Bourdeau directement.

— J'en conviens aisément, mais qu'y puis-je ? Nous obéissons à des instructions dont nous ne sommes pas maîtres !

— Que, je suis persuadé, Sa Majesté ignore.

— Et c'est heureux ! Où irions-nous si nous la compromettions avec les sourds agissements que la raison personnelle condamne mais que la raison d'État justifie.

— Oh ! La belle raison, monsieur le *loyoliste* !

Il y eut un éclat de rire général qui détendit la tension de cet échange.

— Ne perdons pas de temps. Quels sont nos avantages ? Sur quels éléments favorables pourrons-nous asseoir notre projet ?

— Quel objet devons-nous viser ? demanda Gremillon.

Nicolas sortit un papier sur lequel le baron de Corberon, dessinateur de talent, avait représenté la broche de Catherine II avec sa pierre et ses diamants.

— Comment peut-on supposer qu'un tel joyau soit conservé sans précautions au vu et au su de tout le monde ? Allons, Nicolas, c'est une affaire mal engagée.

— Pierre, il ne faut pas jeter la cognée. Poursuivons l'examen de la chose. La difficulté qui subsiste, c'est l'endroit où logera le comte du Nord. Jusqu'au dernier moment il y aura hésitation sur sa destination. S'il demeure chez son ministre, nous avons le plan de l'hôtel, les empreintes des clés et au moins six complices dans le domestique prêts à nous aider. Le reste sera affaire d'habileté. Donc il nous reste à trouver le magicien *ad hoc*. Nous ne pouvons évidemment charger de cette tâche l'un des nôtres qui, découvert, jetterait le soupçon sur les vrais responsables de cet emprunt.

— Dieu, que le mot est élégant !

— Il est exact puisque nous subtilisons pour *rendre*.

— *Ad majorem Dei gloriam !* Je te sens au fond un peu emprunté. Tu montes à la tranchée avec une évidente mauvaise conscience.

Il y avait de la vérité dans les propos maintenant goguenards de Bourdeau.

— Allons, reprit-il, je rends les armes et je sonne la retraite. Où trouver le voleur de Bagdad susceptible d'être l'homme de la situation ?

— Et qui ne nous filera pas entre les doigts, sa mission achevée. Il faut donc découvrir un instrument que nous tiendrons et qui aura intérêt à nous complaire.

— Gremillon a raison, reprit Bourdeau, c'est un *phénix* qu'il nous faut trouver. Un maître de l'art du gobelet, capable de s'introduire discrètement dans un hôtel très surveillé, d'une intelligence déliée, propre à affronter tous les périls d'une pareille entreprise et, surtout, d'une honnêteté si scrupuleuse qu'il ne s'enfuira pas avec le butin !

— Puis-je avancer une proposition ? murmura Rabouine. Nous avons arrêté, il y a peu, un voleur, jeune encore, qui s'était introduit chez le duc de Chartres, et qui avait réussi à s'emparer d'un tableau de maître et à s'échapper en plein jour du Palais-Royal.

— Ajoutant, dit Bourdeau, le crime de vol à quasiment celui de lèse-majesté, s'étant attaqué à un prince de sang.

— Comment s'appelle-t-il ?

— Dangeville, dit la Fouine.

— Il n'est pas si habile que cela, s'étant fait prendre.

— Point, il a été trahi par un marchand de tableaux qui l'a dénoncé. Il avait eu le malheur de s'adresser, pour revendre son butin, à celui qui avait vendu le tableau au prince !

— Et de surcroît imprudent ! Que pourrait-on lui promettre ?

— Risquant l'échafaud, la grâce serait la carotte nécessaire.

— Soit, dit Nicolas. Reste que nous serons contraints de lui dévoiler nos batteries. Qui nous garantit qu'il tiendra sa langue ?

— Au point où nous en sommes, enfonçons-nous, dit Bourdeau, l'air moqueur. Cet homme-là a bien des proches, une maîtresse, une famille. Voilà d'excellents moyens de persuasion sur lui. Nous voilà voleurs, poursuivons ! J'aimerais assez passer pour un maître chanteur.

Tout ce qu'il y avait de noble en Nicolas se rétracta. L'État pouvait certes user de moyens divers que la morale de l'honnête homme réprouvait, mais il y avait des limites que lui se refuserait toujours à franchir.

— Brisons là, je ne mangerai pas ce pain-là, je verrai ce prisonnier. Je lui parlerai. Il ne sera pas besoin d'user de manœuvres aussi basses.

Tous considèrent leur chef. Il leur rend leur fierté. Le reste n'est que détails pour lesquels ils vont s'efforcer. En un mot, Nicolas Le Floch a convaincu et reconquis les siens.

Quelques jours après cette réunion, ses doutes surmontés, Nicolas décida d'organiser ce qui avait été décidé. Il demeurait toujours convaincu de la témérité d'un projet dont une réflexion approfondie ne cessait de lui démontrer les périls et avait tenté d'en convaincre Sartine qui s'obstinait, ancré dans une volonté sans doute sous-tendue par celle de Vergennes. Dangeville fut tiré du cachot du Grand Châtelet où il croupissait, attendant un jugement dont l'issue ne faisait aucun doute. Le geôlier le traîna dans le bureau de permanence. Nicolas avait emprunté au père Marie une assiettée de son fricot du jour et un pichet de vin. Il vit apparaître un homme sale et dépenaillé, pieds nus et en haillons, les jambes entravées aux chevilles par une chaîne qu'il fit aussitôt ôter. Le considérant, le commissaire relut le signalement du prévenu dans un dossier remis par les gens du lieutenant criminel : « *Le sieur Dangeville,* alias *la Fouine, a cinq pieds cinq pouces et demi. Parfaitement bien fait, depuis la tête jusqu'aux genoux, les jambes fort minces. Il a une fort belle tête, un grand front, fort peu de cheveux sur le toupet, les yeux bruns et les sourcils, une cicatrice sur le front au-dessus de l'œil gauche et la barbe fort brune, le contour du visage est parfaitement correct et sa coiffure est deux boucles en ailes de pigeon*[1]. »

Le visage que Nicolas contemplait n'avait que peu de choses à voir avec le signalement. Il l'invita à s'asseoir. L'homme, surpris et hébété, obéit. D'un

1. Signalement authentique d'un prisonnier de l'époque.

geste la soupe lui fut désignée. Il s'y jeta avec une sorte de voracité sauvage.

— Monsieur, dit Nicolas avec une courtoisie qui parut surprendre le prisonnier, je constate à votre appétit que vous n'êtes point *à la pistole*[1].

— Je n'en ai guère les moyens. La vie est dure pour les pauvres.

— Il ne tient qu'à vous que cette situation s'améliore et…

— Et ? La route est battue. Il n'y a plus rien à espérer.

— Parlez-moi un peu de ce que vous subissez. Le régime du Grand Châtelet vous convient-il ?

Dangeville eut un pauvre sourire.

— La plupart d'entre nous manquent de pain. Les bons jours, un quignon et une soupe… à l'eau…

Il regarda derrière lui, mais le geôlier était resté dans le couloir.

— … Les geôliers sont gens ordinairement cruels et tellement âpres au gain. Si vous n'êtes pas pourvu…

Soudain il se tut, inquiet, considérant Nicolas avec crainte.

— Monsieur, pardonnez-moi, je dégoise… Vous m'avez restauré, je vous en suis reconnaissant, mais que voulez-vous de moi ?

— N'y voyez pas malice. Le roi en sa bonté souhaite l'amélioration des prisons et toute information est utile à ce projet.

— Alors il lui faut bien dire que, dans ses prisons, chacun couche sans draps ni couvertures, sur une paille pourrie qu'infestent rats, souris et vermine.

— Nous en prenons note, dit Nicolas en versant du vin à Dangeville, qui le but aussitôt avec avidité.

1. *À la pistole* : régime privilégié moyennant finance.

Cependant, monsieur, savez-vous ce que la justice vous réserve ?

— Hélas, j'en suis bien conscient. Pour le vol d'une toile !

— Certes, mais de grand prix et chez un prince de sang ! Vous serez exécuté.

L'homme baissa la tête.

— La vie s'est mal conduite avec moi… Je n'ai jamais tué personne. J'ai volé, oui.

— Vous ne me semblez pas ancré dans le mal. Comment en êtes-vous arrivé à mener cette vie de brigand ?

— Oh ! Je ne veux pas vous lasser.

— J'insiste.

— Je suis né à Chartres. Mon père était peintre en émail. À sa mort, j'ai poursuivi dans cet art. À trente ans, je me suis marié et mis à mon compte avec un autre artisan. L'installation a coûté cher. Nos affaires marchaient leur train jusqu'au jour où mon associé s'est enfui en Espagne avec une femme qui dansait dans les foires. Le pire c'est que, dans cette fuite, il avait emporté les fonds de la boutique et ceux, importants, que nous avaient avancés des particuliers pour des travaux commandés. Je me suis retrouvé pris à la gorge, menacé, poursuivi, saisi. Ma femme en est morte de chagrin. Depuis, ma fille est en nourrice. Où trouver le moyen de la payer ? On n'embauche plus. Que faire ? Gagne-denier ? Décrotteur ? Je me suis mis dans la carrière et, je le dis sans entorse à la vérité, en me conduisant dans le vol et la revente le plus honnêtement possible.

Il soupira et se mit à pleurer. Nicolas réfléchissait. Il était frappé de la manière dont s'exprimait le prisonnier, mais aussi de la profondeur de son désespoir. Aurait-il la volonté et la force nécessaire pour s'engager dans une entreprise aussi risquée ? Une voix froide lui disait : « N'est-il pas qu'un pauvre homme que la vie a brisé et qu'a-t-il à perdre en l'occurrence ? Et aurait-il la hargne nécessaire ? » Une autre murmurait : « Ne vas-tu pas l'engager dans une voie encore plus funeste que celle à laquelle il était fatalement voué ? » Pour le reste son jugement estimait qu'on pouvait faire fond sur Dangeville ; il lui paraissait homme à garder le secret de l'entreprise. Il se décida.

— Monsieur, sachez que j'ai une proposition à vous faire. À coup sûr vous êtes condamné. Il vous reste une chance minime d'échapper à l'échafaud et, sans m'engager à vous promettre ce que je ne saurais tenir, de connaître peut-être une nouvelle vie. Il s'agit aussi, si la chose peut vous tenir à cœur, du service du roi. Il s'agit d'user du mal pour faire le bien…

Dangeville ne comprenait rien au discours de Nicolas.

— Je vous explique. Vous êtes habile, vous l'avez prouvé en vous emparant d'une toile de grande taille en plein jour dans le palais d'un prince. Êtes-vous en mesure d'accepter de mettre votre talent, enfin… votre expérience, à distraire un objet dans un hôtel particulier ? Nous vous y aiderons. La police, je suis commissaire au Châtelet, vous aidera à préparer l'opération. À tout le moins, vous sauverez votre vie et je m'engage d'honneur, si échec il y avait, à prendre soin de votre enfant. Si vous acceptez ma proposition, vous quitterez votre cellule, logerez ici dans une chambre particulière au pot et au feu du roi. Je vous laisse réfléchir.

Nicolas passa dans le cabinet voisin, là où parfois il se grimait au gré des enquêtes avec de vieilles hardes. Bourdeau l'y attendait, qui avait suivi la conversation entre le commissaire et Dangeville.

— Alors ? Qu'en penses-tu ?

— On aurait pu tomber sur une plus mauvaise bête. Mais en aura-t-il le sang-froid ? Il a les défauts de ses qualités.

— Certes, mais ce sera uniquement sur le terrain que nous en serons assurés.

— Je crois cependant qu'on peut lui faire confiance. Pendant très longtemps il a mâché à vide[1].

— Une fois requinqué, il le faudra prendre en main et l'aider à préparer la manœuvre.

— Tu as raison et d'ailleurs nous n'avons pas le choix, le temps presse.

Nicolas repassa dans le bureau de permanence. Dangeville, la tête dans ses mains, paraissait réfléchir.

— Monsieur, puis-je connaître votre décision ?

— Je n'ai point le choix. Je vous crois honnête homme… Mais…

Nicolas sourit, l'appréciation était paradoxale venant d'un filou patenté. C'était le monde à l'envers.

— Mais ?

— … Me donnez-vous votre parole de ne point abandonner mon enfant ?

— Vous l'avez. Ainsi, vous voilà des nôtres.

1. *Mâcher à vide* : n'avoir pas de pain et, par extension, souffrir.

II

UN CADAVRE À L'HÔTEL

« Le sage réfléchit et suspend son jugement. »

D'Arconville

La difficile mission de Dangeville fut préparée avec le dernier soin. Les conférences se succédèrent chez Le Noir au cours desquelles Sartine souvent surgissait. Il apparut rapidement qu'en dehors d'une visite à Versailles le couple russe serait accueilli à la résidence du prince Bariatinski, ministre de Catherine II à Paris, où un appartement lui serait préparé. La vieille machine policière se mit en marche. Dans le bureau de permanence s'accumulèrent bientôt les plans de l'hôtel de la rue de Grammont, proche de l'hôtel de police. À la description la plus large s'ajouta la plus resserrée. Chaque pièce, chaque détour, chaque réduit, chaque issue, les portes, les fenêtres, les caves, furent inventoriés. Des empreintes à la cire des clés furent recueillies par les domestiques, la plupart des mouches ou des informateurs. Nicolas prit conscience que le projet impliquait une organisation dont il n'avait jusque-là pas soupçonné l'ampleur.

Relayant l'action initiée par Sartine à la marine, que ce dernier suivait toujours dans une ombre propice, Vergennes avait complété le tableau de concert avec ses collègues concernés par la guerre. Cette agence dirigée par un ancien militaire avait ses propres règles. Nicolas se soucia aussitôt de cette situation féconde en difficultés. Il s'effraya de l'agitation ainsi déclenchée, convaincu qu'un secret, déjà malaisé à préserver lorsqu'il n'était détenu que par quelques-uns, s'avérait menacé dès que le grand nombre s'en mêlait. On s'agitait et on exigeait beaucoup en vue d'une action mystérieuse que chacun aurait voulu traverser. Cependant il fallait en passer par là et s'en remettre à la chance, situation que le commissaire n'appréciait guère.

Il tenta bien de centraliser ces efforts divergents. Il constata que chaque service mobilisé avait tendance à marcher sur les brisées des autres. Les rivalités alimentées par des animosités personnelles exaspéraient les inévitables conflits. Vergennes, qui disposait du service créé par Sartine, tentait d'unifier sans succès les missions des uns et des autres. Le grand nombre d'agents subalternes qu'on fut contraint d'employer compliquait aussi la préparation d'un plan délicat. Certains abusaient de leur position, ne respectant rien, obligeant ceux qui les employaient à dépenser des trésors d'énergie en vue de les contrôler, au détriment de leurs missions.

La contemplation de ce tableau indignait Nicolas. Il constatait un désordre, fouillis d'activités parfois contradictoires qui conduisaient naturellement à des querelles d'autorité. Il aurait souhaité que lui et les siens fussent les seuls à la manœuvre. Il n'en était rien. Il ressentait avec force la contradiction existant entre la nature même de l'opération projetée et la complexité de sa préparation.

Au milieu de ce tumulte, Dangeville, serein, manifestait la meilleure volonté, faisant part sans timidité des objections qui, dictées par sa pratique, lui venaient à l'esprit. Nicolas et les siens finirent par le considérer comme l'un des leurs. Au cours d'une de leurs réunions quotidiennes, le sergent Gremillon prit soudain la parole :

— Nous nous efforçons, en perdant notre temps, de trouver les voies pour permettre à notre homme de pénétrer l'Hôtel de Lévi. Pourquoi ne pas éviter ce problème ? Effaçons-le !

— Que voulez-vous dire ? demanda Nicolas, étonné.

— Que si Dangeville était déjà dans la place, le problème serait résolu.

— Certes ! Voici une séduisante proposition ! Mais par quelle magie l'y placerez-vous ?

— Permettez-moi d'observer que vous ne lisez pas suffisamment les gazettes et les affiches et que vous oubliez de consulter les bureaux de placement.

— Fichtre, dit Bourdeau en s'esclaffant. Voilà M. Gremillon plein de loisirs ! Il faut qu'on y veille ; il n'a point suffisamment de besogne ! Et sa cervelle se donne relâche !

— Que non, monsieur l'inspecteur. Riez et écoutez. J'ai seulement constaté que l'ambassade de Russie embauche des domestiques en supplément dans la perspective de l'arrivée du comte du Nord rue de Grammont. On le comprend, ce pauvre ministre, il devra faire bonne figure devant son futur souverain. J'en déduis, moi, faible esprit, qu'avec une bonne recommandation monsieur que voilà pourrait fort bien y être engagé, à l'Hôtel de Lévi, comme frotteur par exemple. On en demande trois. C'est un emploi qui, chacun le sait, permet de circuler partout.

Pour le coup, Bourdeau, admiratif, singea une révérence devant Gremillon rouge de confusion.

— Serviteur, sergent ! Que voilà une idée délurée, mais ô combien propice à nos desseins ! La raison fait découler ses grâces sur nous.

Nicolas appréciait chaque jour davantage la présence et l'intelligence de Gremillon. Bourdeau avec ses manières bougonnes avait dès l'abord adopté le sergent, le faisant profiter de son expérience. Avec Rabouine, ils formaient désormais un quatuor dont nulle fausse note ne troublait l'harmonie.

— Quelles objections contre ce projet ? Une me vient à l'esprit ; un frotteur est par définition un domestique qui travaille le matin…

— Ou lorsque les appartements intérieurs ont été abandonnés par leurs occupants, ajouta Rabouine.

— Dans ce cas, dit Dangeville muet jusque-là, il sera le premier qu'on suspectera. Aussi ne devrais-je pas disparaître après le… la substitution.

— Et ?

— Lorsqu'un tire-laine écume les chalands, il a toujours une chaîne de complices qui se repassent la marchandise et disparaissent. Il faudra des éléments intermédiaires pour transmettre le bijou à l'hôtel de police, tandis que je resterai tranquille sur place.

— Vous risquez d'être malgré tout inquiété, reprit Nicolas. Peut-être aurions-nous avantage à choisir, si cela est possible, une activité plus générale.

— On demande laquais, valets de pied, garçons de cuisine, remonteur de pendules et valets de garde-robe.

— Ah ! fit Bourdeau, voilà une fonction qui me paraît convenir. Tâche continue tout au long de la journée. Circulation dans les chambres de la résidence. De plus, on s'écarte devant le cortège du titulaire, on se bouche le nez et on détourne la tête. Et j'ajoute que l'objet peut être dissimulé dans la matière et les liquides !

— Pouah ! dit Rabouine. Cela sera fort peu ragoûtant.

— Je pense, dit Dangeville, que M. Bourdeau a raison. Reste que la résidence de Russie doit posséder des latrines et des toilettes à l'anglaise.

— Rien n'est moins certain. Les annonces réclament trois valets de garde-robe. Il y a toujours des pots et des seaux…

Nicolas secouait la tête.

— Je préfère le frotteur. Il peut dissimuler bien des choses dans son attirail. Bien ! Le choix est fait. Nous allons intervenir auprès du bureau de placement des domestiques. Nous y avons plusieurs correspondants.

Il saisit une plume et un papier, y écrivit quelques lignes, le tendit à Rabouine qui sortit pour l'expédier par quelque vas-y-dire de service avant de revenir reprendre sa place au conseil.

— Nous aurions pu également, poursuivit Bourdeau songeur, remplacer le vrai bijou par sa réplique.

— Et la raison de ce subterfuge ?

— Procurer du temps, avant que le changement soit éventé.

— Nous n'avons guère le temps. Une commande au *Petit Dunkerque*[1] est hors de question. Nous ne possédons pas le modèle exact de la broche, sinon un mauvais croquis qui n'est pas à l'échelle.

— Autre chose, hasarda Dangeville. Un voleur d'habitude s'attache à tout prendre qui soit de valeur. Si seule la broche disparaît, quelle que soit sa valeur, il y aura soupçon redoublé…

— Que cela dissimule autre chose, compléta Nicolas. La remarque est juste. Il faudra dérober

1. *Petit Dunkerque* : situé à l'angle du quai de Conti, ce magasin vendait des bijoux fantaisie.

d'autres bijoux, mais cela complique l'action et… la restitution. La broche de l'impératrice est connue et par conséquent chacun peut supposer que le voleur en était informé et appâté. Maintenons nos épures au plus simple : frotteur, et qu'il disparaisse aussitôt. Nous ferons tout pour entraver une éventuelle poursuite. Un embarras de voitures par exemple. Il faudra d'ailleurs procéder à quelques changements dans les apparences. Dangeville, nous vous mettrons dans les mains d'un de nos grimeurs les plus habiles. Il vous transformera à un point que nul ne pourra faire le lien entre le frotteur et vous.

Nicolas venait de trancher. Il sentait confusément que l'affaire était si délicate qu'il convenait d'en rester aux trames les plus élémentaires. Le diable nichant dans les détails, toute modification multiplierait les risques de faire échouer l'opération.

— Donc, poursuivons la préparation. Que Dangeville soit à ce point connaisseur de l'Hôtel de Lévi, qu'il puisse s'y diriger les yeux fermés. Qu'on songe à lui fournir les outils nécessaires pour forcer un meuble ou une cassette. Enfin des rossignols si les clés forgées à partir des empreintes ne fonctionnaient pas.

— Il demeure, Nicolas, à déterminer la date à laquelle nous procéderons. Oui, n'oublions pas que le but de la manœuvre est de te permettre d'aborder le prince et de t'insinuer au plus tôt dans ses bonnes grâces, tout reconnaissant qu'il sera de retrouver la broche de la grande-duchesse.

— Tu as raison, Pierre. Malheureusement ce choix est limité. J'en ai longtemps parlé avec Vergennes et Séqueville. Le 20 mai, le tsarévitch doit être présenté au roi à Versailles. Le retour à Paris constitue le moment propice pour me permettre de joindre mon canot à la croisière russe ! Je sais aussi que le couple impérial s'est fait marquer une loge au Théâtre-Français tout au long de son séjour dans notre capitale. Quand iront-ils ? Une seule certitude : le prince a déjà porté son choix sur deux pièces, *Le Mercure galant* et *La Partie de chasse d'Henri IV,* avec représentation dans l'après-dîner du lundi 27 mai. Reste qu'il y a les choses fixes et les événements inattendus... Nous sommes à la merci du moindre revirement.

La réunion prit fin sur cette constatation sceptique sous laquelle perçait l'inquiétude de Nicolas. Il demeurait au fond de lui atterré. Comment en était-il arrivé là ? Policier, il ne savait que trop ce que cette charge impliquait, et notamment des actes que l'honnête homme en lui condamnait. Il sentait bien qu'un intérêt supérieur justifiait son action tout en conduisant souvent à poursuivre le mal par des voies diverses et biaisées, pour ne pas dire scélérates. Il en éprouvait une lourdeur d'âme, un dégoût que la seule pensée du service du roi contrebalançait sans en dissiper le poignant. Il s'en voulait enfin d'entraîner dans cette aventure ses adjoints et plus particulièrement Dangeville à qui, emporté par un sentiment louable et généreux, il avait, sur son honneur, beaucoup promis.

Mercredi 22 mai 1782

Nicolas faisait le point des préparatifs. Il en était satisfait tout en appréhendant qu'un grain de sable ne vînt gripper un mécanisme bien huilé. Gagnant le Grand Châtelet, il se détourna jusqu'au fleuve et rêva, accoudé à un parapet. La journée était claire. Un printemps radieux succédait à un hiver très doux qui s'était aggravé fin février. La Seine, de même qu'en 1740, année demeurée dans la mémoire comme chargée de calamités, avait été prise par les glaces. Le dégel survenu, la débâcle avait renversé l'estacade construite entre l'île Louviers et le pont de l'île Saint-Louis, entraînant force bateaux chargés de grains, bois, charbon et de toutes sortes de marchandises. Son impétuosité avait brisé deux moulins et un puisard. On craignit que les ponts ne fussent ébranlés au point que le prévôt, en accord avec le lieutenant général de police, avait ordonné à tous leurs habitants de déménager sur-le-champ.

Louis devait arriver dans la journée et l'hôtel de Noblecourt bruissait d'une agitation inaccoutumée. Le vieux magistrat offrait un grand souper en l'honneur du lieutenant aux carabiniers de Monsieur. Y seraient conviés le docteur Semacgus, M. de La Borde et l'amiral d'Arranet. Aimée était malheureusement de quartier chez Madame Élisabeth et Bourdeau pris par une célébration familiale. Awa et Poitevin feraient le service sous le regard vigilant de Marion. Catherine avait, le matin même, chassé Nicolas de son office à coups de torchon, soucieuse de conserver le secret du menu concocté pour le *petit*.

Il trouva Bourdeau soucieux tenant à la main un mot de M. Le Noir qu'il tendit au commissaire.

— Les ennuis commencent.

Nicolas lut le message à haute voix.

Pour Nicolas Le Floch ou, en son absence, pour l'inspecteur Bourdeau.

Le comte de Rovski, officier aux gardes de l'impératrice de Russie, arrivé depuis peu de Pétersbourg et descendu à l'hôtel de Vauban, rue de Richelieu, a été trouvé ce matin égorgé dans sa chambre. Il était à Paris pour faire sa cour au Grand-Duc. Le constat a été fait par M. Sirebeau, commissaire de police du quartier du Louvre. Le secret ayant été gardé jusqu'à présent, il convient de vous porter au plus tôt sur place, avant que l'ambassade de Russie ne prenne connaissance de la chose.

Signé Le Noir

— Voilà qui ne va pas arranger nos affaires. Il faut agir sans désemparer.

— Au grand galop ! Fais appeler une voiture.

— C'est fait et, pour gagner du temps, Sanson et Semacgus sont en voie d'être prévenus. Je vais aussi ordonner le charroi...

— Pour Sanson, as-tu bien précisé sa nouvelle adresse au faubourg Saint-Martin, rue Neuve Saint-Nicolas, dans la partie aujourd'hui appelée Neuve Saint-Jean[1] ?

— Quelle science ! Je tire mon tricorne et salue bien bas !

— Je n'ai cessé, dit Nicolas, l'air faraud, de parfaire ma connaissance de la ville. On ne peut tenir Turgot, Vaugondez ou un autre dans la poche.

— En parlant de cartes. La fréquentation des géographes a-t-elle profité à notre ami Naganda ?

— Il adresse avec une régularité louable des exemplaires d'une précision extrême qui font l'admiration du roi. Il m'en parle avec délice à l'occasion.

— Te rends-tu compte que tu parles de tes rencontres avec Sa Majesté comme tu le ferais du suisse de Saint-Eustache ?

Le fou rire prit Nicolas jusqu'à l'apparition du père Marie venu lui indiquer qu'un fiacre les attendait sous le porche.

Le trajet fut bref jusqu'à l'hôtel de Vauban. M. Sirebeau, prévenu par Le Noir de leur venue, les

1. Aujourd'hui, rue du Château-d'Eau.

attendait avec l'air un peu pincé de quelqu'un qui aurait tiré les marrons du feu pour d'autres.

— Je peux me flatter d'être chanceux de transmettre cette affaire au plus distingué de mes confrères.

— Surtout, mon cher, n'y voyez pas malice ; je n'y suis pour rien. Nous ne décidons pas de ces choses-là. En revanche, votre aide me sera précieuse.

— Elle sera limitée, mes connaissances sont courtes. J'en ferai le résumé et vous demanderai la permission de rejoindre mes bureaux. D'autres affaires m'attendent.

— Comme il vous plaira. Je vous écoute.

Il les entraîna dans un petit salon pourvu d'une bibliothèque, d'un guéridon et de trois fauteuils recouverts de cuir de Cordoue.

— Lachère, l'hôtelier, m'a fait chercher ce matin.

— À quelle heure ?

— J'allais vous le préciser. À dix heures. Son valet…

— Le sien ?

— Certes. Le valet du voyageur. Il lui montait son chocolat le matin vers neuf heures. Il a gratté l'huis sans obtenir de réponse. Il s'est pourtant décidé à ouvrir la porte. Malheureusement, elle était fermée à clé. Il est descendu avertir Lachère. Ils ont bien hésité sur la marche à suivre, supposant que M. de Rovski était rentré fort tard comme cela avait été le cas à plusieurs reprises depuis son arrivée à Paris. L'attente se prolongeant, l'hôte décida de faire forcer la porte par un serrurier et m'envoyer quérir.

— Eh, quoi ! Il ne disposait pas du passe habituel ?

— Apparemment non. Bref, il faut dire que ces gens-là sont toujours inquiets quand il s'agit de riches étrangers. J'ai fait prévenir monseigneur qui a intimé de ne rien faire sinon le constat d'usage et, surtout, de ne rien déranger et d'attendre votre venue.

Nicolas ouvrit les bras, tout sourire.

— Me voici ! Je vous rends à vos travaux.

Le commissaire s'inclina sans un mot et sortit sans saluer.

— Je crains que tu ne te sois fait un nouvel ami !

— Oh ! Depuis vingt ans j'ai l'habitude. Il y a les bons et les autres. Au moins celui-là ne dissimule pas son sentiment ! Cours me chercher ce Lachère.

— Tu ne veux pas voir le…

— Plus tard. Il ne faut pas laisser refroidir le souvenir. Si tu laisses filer le temps, la mémoire n'a que trop tendance à battre la campagne.

Bourdeau revint suivi d'un petit magot engoncé dans un habit grenat, poudré à frimas, son triple menton noyé dans une cravate de batiste serrée à l'excès. Il semblait ne pas tenir en place et sautillait d'un pied sur l'autre. Il avait d'évidence beaucoup de choses à dire. Sachant par expérience que le flot entraîne quelquefois des pépites, Nicolas considéra le nouveau venu d'un air engageant sans dire mot.

— Serviteur, monsieur l'inspecteur, serviteur.

— Commissaire, grommela Bourdeau.

— Ah ! Commissaire. Voilà qui est mieux. Une maison si réputée le mérite bien. Quelle affaire ! Tout est là, avec ces jeunes étrangers. Paris, Paris, le miroir aux alouettes. Sont-ils niais ! À peine arrivée, une foule de quémandeurs se précipite sur eux. Quelle voracité ! Les filles, monsieur, les filles, une engeance, elles se collent comme des sangsues. Bienheureux encore si ces malchanceux n'en viennent pas heurter à la boutique de Saint-Cosme pour pallier les malédictions d'un coup de pied de Vénus.

En ai-je vu ! En ai-je vu ! Celui-là par exemple. Un bien beau jeune homme. Et quelle stature ! Il s'est aussitôt, oui, aussitôt, à peine arrivé, entiché d'une drôlesse qui lui fut présentée par je ne sais quelle revendeuse à la toilette, ou bien proposée ou gagnée au jeu, passion à laquelle, fort affriandé, il me parut sacrifier sans relâche. Les visites se succédaient dans son… Mais vous devez le savoir…

Il fit un clin d'œil.

— … Il y a belle lurette que je fais ce métier dans lequel j'ai succédé à mon digne père. J'ai commencé fort jeune. Vos hommes, messieurs, sont toujours là. Ah ! Ah ! Zic, zac, ils écument et espionnent. J'étais enfant encore sous M. Berryer, lieutenant général de police, avant que paraissent ces…

Il fit une sorte de génuflexion.

— … hommes dignes, de vieux Romains, le grand Sartine et l'honnête Le Noir qui ont rétabli l'honneur de leurs gens. Bref, ce M. Berryer était assez enclin à la paillardise. Il était pourtant parvenu, le malheureux, à l'âge inévitable de l'impuissance. Hé ! Hé ! Il aimait continuer à tisonner les restes d'un feu mal éteint. Il disposait de mouches préposées à la surveillance des mauvaises mœurs et, chaque matin à sa toilette, il se délectait en se faisant lire par un valet les rapports circonstanciés de la nuit. Pourquoi donc vous ai-je rappelé cela ?

Il réfléchit un moment, le menton dans la main.

— Oui ! Je pense que le laquais engagé a dû vous rapporter les allées et venues du jeune monsieur et que, tout en me faisant jaser, vous en savez autant que moi. Sinon La Jeunesse vous chantera des couplets avec refrain, oui, oui !

— La Jeunesse ?

— Le valet engagé par M. de Rovski.

— Où se trouve-t-il pour l'heure ?

— Je l'ai placé de faction au premier étage après que votre confrère a mis des scellés sur la porte de l'appartement de M. de Rovski. Cet établissement est honorable et tient à préserver sa réputation. Point de bruit, point de scandale, il faut écarter les curieux. Pour le reste, je vous en préviens, le spectacle est affreux, j'en frémis encore !

— Le spectacle d'un égorgement est toujours affreux, dit Bourdeau.

— Que dites-vous là ? Un égorgement ? Vous voilà loin du compte. De quoi parlez-vous ? Ce n'est point cela que j'ai eu le malheur de découvrir... mais je vous laisse le constater vous-même. Égorgé ! Hé ! La chose est plaisante en vérité. Allez donc le voir, votre égorgement.

Et sans que les policiers, interdits par cette volée verbale, aient eu le temps de pousser plus loin, le petit poussah pirouetta avec légèreté et, multipliant les courbettes en toutes les directions, disparut.

Nicolas et Bourdeau gagnèrent l'étage et trouvèrent, assis sur un tabouret, un homme dont l'apparence ne justifiait en rien le surnom. Grand, maigre, le cheveu jaune et rare, il dormait, ronflant la tête baissée. L'inspecteur tapa du pied sur le sol.

— Que voilà une belle surveillance ! Mais, attends... cet homme... je le connais. Je crois bien ne pas me tromper.

— Tiendrais-tu, par hasard, un bureau de placement pour les domestiques à usage des nobles étrangers ?

— Non, en revanche je suis savant du fond et du tréfonds de cette ville. Je te présente Jacques Veyrat, alias Piquadieu, souteneur, escroc et voleur. Réfugié en 1758 dans l'Enclos du Temple, avec donc l'immunité et l'asile. Enfin... un temps. À la suite d'une embûche par moi tramée, il est pris de corps en 1759.

— Tu causes comme une archive du Grand Châtelet.

— C'est le fait de mon grand âge ! Le susdit avait par ses activités une connaissance approfondie du monde galant, de la cocange[1] et des filous de tout acabit. Sartine, à la réflexion devant cette riche expérience, considéra que l'élément était prometteur. Du coup il a été engagé comme mouche émérite. Il n'y avait pas à hésiter, c'était cela ou les galères, ou pire même. Je ne l'ai point croisé depuis. Pour qui travaille-t-il désormais ? Tu vas admirer sa surprise.

— Avant que tu ne l'éveilles, pourquoi le nommait-on Piquadieu ?

— Ah ! Il pillait les troncs des églises !

Il claqua des mains. L'homme s'ébroua comme une vieille haridelle surprise par le canon. Il se frotta les yeux, considéra l'inspecteur, sa ganache s'affaissa et il se leva titubant.

— Diable ! Monsieur Bourdeau ! Si je m'attendais.

— Quoi ? Que jamais on ne se reverrait ? Tu es mon obligé, ne l'oublie pas. Pour qui travailles-tu désormais ?

— C'est un honneur pour vous de voir votre ouvrage et je vous suis reconnaissant de m'avoir remis sur la voie droite.

— Oui, oui, joue-moi du flageolet ! Au fait, si tu veux bien.

— Je suis trop vieux pour ce jeu-là. Je me suis recarré dans la valetaille pour étranger. Avec ma science… Je suis assez heureux de leur procurer ce qu'ils souhaitent.

1. *Cocange* : triche.

— Je n'en doute pas, le bon apôtre ! Allons, on ne quitte jamais ce clapier-là ! Tu voudrais me faire accroire que tu ne retournes rien de ce que tu glanes et apprends ?

— Point, foi d'honnête homme.

— Ou alors tu t'es mis à ton compte, reprenant le cours de tes filouteries. Il y a récidive... Nous verrons cela. Empresse-toi de nous conter ce que tu sais, sinon... Ton client a été tué. Je t'écoute.

L'homme bougonna et se mit en mesure de vider son sac.

— Le jeune monsieur est arrivé à Paris il y a peu. Il avait gagné la France par voie de mer jusqu'en Hollande et ensuite, ayant changé de paquebot[1], avait débarqué à Calais. M. Lachère, dont j'ai la confiance, m'a fait appeler pour me présenter. Je convenais, j'ai aussitôt pris mon service.

— En quoi consistait-il ? demanda Nicolas, silencieux jusque-là.

— L'habituel. Je réveillais le maître, lui portais son chocolat, l'aidais à sa toilette, le rasais, le coiffais, lui passais ses habits, tenais son linge et répondais aux requêtes qu'il voulait bien me faire.

— Quelles étaient-elles ? De quelle nature ?

— Celles habituelles d'un jeune étranger ébloui par les plaisirs de la ville. Le jeu, les filles et les achats dans les boutiques, tailleurs, bijoutiers, et j'en passe.

— Et, bien sûr, tu organisais ta prise comme entregent dans tout cela ?

— Bast ! Il faut bien amasser son magot pour les vieux jours. Je ne suis plus jeune.

1. *Paquebot* : terme déjà utilisé à l'époque. Dérive du mot anglais *packet boat*, navire du Nord porteur de dépêches et de voyageurs, qui donna paquet-bot, puis paquebot.

— Et quels étaient les goûts de M. de Rovski ?

— Des poulettes, brunes et dodues, de préférence. Des caillettes, quoi ! C'était des exigences incessantes. Il aimait le nombre et exigeait la fraîcheur, ne pouvant souffrir une haleine infectée. Je devais y veiller ainsi qu'à la santé de la fille. L'amour, disait-il, ne veut pas que son dard plonge dans la fange.

— Comme cela est élégamment exprimé ! Un vrai poète !

— Il ne s'attachait point et elles non plus... Comment dire ? L'importance de son tribut, loin de combler ces dernières, les éprouvait et, bien que sensibles à la générosité de l'homme, elles renonçaient toujours à une deuxième entrevue.

— Je vois, reprit Bourdeau. Et cet escadron galant, comment le lui procurais-tu ? Chez tes anciennes connaissances ?

La Jeunesse éclata d'un rire grinçant.

— Elles sont bien trop vieilles et passées de mode. Aujourd'hui elles boucanent sur les rives du fleuve, comblant les gagne-deniers. Non, je passais par une mère de la place. Pas les nouvelles, sans conscience et seulement intéressées du revenant-bon, mais d'une sérieuse à la réputation sans faille et sur laquelle on puisse compter.

— Et le nom de ce parangon ?

— Oh ! Sûr que vous la connaissez. Son négoce est varié. C'est la Paulet, dont la maison est sise à l'enseigne du *Dauphin couronné*, faubourg Saint-Honoré.

Nicolas ne fut pas surpris d'apprendre ce qu'il savait parfaitement. La Paulet, sous le manteau de la devineresse, dissimulait la tenancière d'un tripot, certes élégant, mais aussi l'organisatrice de jeux clandestins et la maquerelle qu'elle demeurait depuis toujours. Restait que ses activités étaient mesurées, prudentes, favorisées par l'habitude d'une vie consacrée tout entière à la galanterie. Elle avançait, à peine masquée, jusqu'aux frontières incertaines et mal délimitées de l'interdit, assurée de l'impunité que lui procurait sa longue familiarité avec la police et, en particulier, avec le commissaire Le Floch. Il est vrai que, dans la balance, les services rendus pesaient lourd.

— Et donc, c'est elle qui fournissait les victimes de cet Hercule ?

— Qui, à ce que j'ai cru comprendre un soir, l'abus du vin l'avait quelque peu submergé, aurait prodigué ses qualités d'étalon à la grande impératrice de Russie. Ainsi la Paulet s'efforçait de répondre à la demande, tout en rechignant ne pouvoir longtemps pourvoir à une répétition si particulière.

— Soit ! Passons à l'événement présent. Qu'as-tu à nous en dire ?

— Peu de choses. Hier soir j'ai habillé le jeune homme. Il devait souper je ne sais où.

— L'as-tu attendu ? Qu'as-tu fait ?

— Je n'avais pas à le faire, il m'avait donné soirée libre.

Nicolas nota l'imperceptible crispation du visage ridé de Veyrat. Bourdeau s'en aperçut aussi. Tous deux eurent le sentiment que la question l'avait gêné et que le témoin était en train de leur celer quelque chose.

— J'ai mangé dans une auberge cul-de-sac des Provençaux et j'ai regagné ma soupente rue Basse-des-Ursins en l'île.

Nicolas n'appréciait guère qu'on donnât autant de détails qui n'avaient pas été demandés.

— Non sans avoir, au préalable, rapporté l'emploi du temps de ce riche étranger à qui de droit. N'est-ce pas ?

Veyrat accusa le coup et regarda Bourdeau avec effarement.

— Bon ! Si tu refuses de jaser, je demanderai à l'intéressé que tu sais de me communiquer un certain registre…

Ce fut le coup de grâce.

— C'est facile de tout savoir quand on est de la pousse. C'est vrai que j'ai point dételé. On a trop sur moi pour me lâcher…

Ce fut dit avec amertume et un mauvais sourire.

— Y a toujours des gens qui vous tiennent et vous contraignent. Je fais rapport comme vous le savez. Moi aussi, je sers le roi, tout comme vous, itou !

— Mais oui, tu as raison. La suite. Ce matin ?

— Je suis arrivé à huit heures pour préparer le chocolat et son complément.

— Complément ?

— Oui, le jeune homme m'avait confié une bouteille d'une eau-de-vie de son pays, très forte !

— Car tu l'as goûtée ?

— Pouah ! Du feu. Bref il m'ordonnait d'en panacher le chocolat. Ce *réconfortatif* chassait, selon lui, les brumes de la nuit. À mon avis cela tuait le ver, à coup sûr.

— Bon, nous nous dispersons. Tu prépares le chocolat à l'office, tu le bats, le fouettes, tu le coupes et…

— Je monte réveiller monsieur, qui ne répond point. Je réitère. Je gratte, je toque. Rien. Au bout d'un moment je pousse la porte qui n'était jamais fermée. Seulement pour cette fois, elle l'était. Toujours pas de réponse. Je préviens M. Lachère qui m'accompagne au premier étage et tente à nouveau de réveiller M. de Rovski. Pour le coup et à bout de ressources, il faut avoir recours au commissaire. On préfère attendre et alors seulement M. Lachère songe à son passe, qu'il conserve dans sa caisse. Point de passe ! On fait chercher l'homme de l'art et, la police survenue, la porte est enfin ouverte.

— Y avait-il une clé à l'intérieur ?

— Pas de clé.

— Aussi on peut penser, s'il y a eu meurtre, que…

— Je vous arrête, monsieur.

— Monsieur est le commissaire Le Floch.

— Ah ! J'en ai entendu parler. Oh ! Il y a bien eu meurtre, vous le constaterez pour d'évidentes raisons.

— Monsieur Veyrat…

— Je préfère *La Jeunesse*.

— Peu importe. Y a-t-il dès l'abord un détail qui te paraît devoir être relevé ? Un point curieux ou remarquable ?

— Je sais qu'il écrivait beaucoup. Il rangeait soigneusement les feuilles dans une cassette en lentille qu'il fermait avec une petite clé.

— En lentille ?

— Oui, du beau bois avec des cercles.

— Je suppose, murmura Nicolas, qu'il veut dire loupe de noyer.

— Et cette cassette ?

— L'horreur du spectacle ne m'a pas permis de vérifier sa présence dans l'appartement.

— Et quoi d'autre encore ?

— Les tableaux.

— Disparus.

— Oui… non… enfin des petits tableaux représentant le Seigneur, la Vierge, des saints, toujours alignés sur la commode. Et la lampe…

— Que cela est confus ! Que nous dégoises-tu là ?

— Je dis que j'ai vu ces tableaux retournés, faces contre le bois du meuble, la lampe à huile éteinte et renversée. M. Lachère en était fâché pour son tapis !

— Voilà qui est curieux, mais je n'en distingue pas la signification. Est-ce là tout ce qui t'a frappé ?

— Tout. Je le jure.

— Ne jure point, faux témoin ! lança Bourdeau en riant. Demeure ici. On t'appellera en cas de besoin.

Ils brisèrent les scellés et poussèrent la porte. Au début, ils ne distinguèrent qu'une grande pièce plongée dans la pénombre. Les volets de bois intérieurs étaient à demi poussés et seuls des rais de lumière traçaient au centre deux lignes parallèles. Les détails surgissaient peu à peu, à mesure que leurs yeux s'habituaient. À gauche, la muraille était coupée d'une cheminée de travertin surmontée d'un trumeau orné de rocailles. Devant celle-ci, deux fauteuils chargés d'habits et un guéridon avec une bouteille, deux verres et des papiers. De la porte on n'apercevait entre cette partie et l'alcôve qu'une grande table ronde couverte d'une tapisserie portant un flambeau à cinq branches avec des bougies consumées. Entre les deux croisées donnant sur la rue de Richelieu, un sofa vide trônait. Nicolas regardait chaque détail avec intensité, essayant de les inscrire dans sa mémoire. Il remarqua qu'en effet, conformément au récit de La Jeunesse, de petits tableaux de bois semblaient renversés sur l'une des deux commodes encadrant la cheminée. Des débris de verre jonchaient le sol et une coulée d'huile avait gagné le tapis central. Il semblait qu'on y eût piétiné, mais la nature du liquide ne permettait plus d'y relever des traces utilisables. Une odeur trop connue le saisit aux narines ; c'était celle, métallique et écœurante, du sang. Il hocha la tête, engageant d'un geste Bourdeau à avancer. En approchant le lit dont, jusque-là, ils n'avaient distingué que l'extrémité, un désordre de draps et de couvertures apparut. Bourdeau alla ouvrir les croisées ; un flot de lumière envahit soudain la pièce.

Lorsqu'ils approchèrent, un spectacle atroce les figea sur place. Une tête renversée en arrière les regardait, les yeux troubles. La bouche semblait ouverte dans un dernier cri. Les bras déjà rigides paraissaient repousser un invisible adversaire. Silencieux, ils contournèrent la couche par la droite et découvrirent l'horreur du drame. Le corps allongé sur le dos en travers du lit, à peine vêtu d'une chemise de nuit, n'était plus que sang et le bas du torse mélangeait sang, chairs et tissus tailladés.

— Il semble qu'on se soit acharné sur le bas du corps, dit Bourdeau, pâle comme jamais ne l'avait vu Nicolas.

Il se tenait à distance pour éviter de patauger dans la mare noirâtre qui couvrait le parquet. Nicolas se pencha sur le visage révulsé et semblait renifler.

— En effet, curieux égorgement ! En tous cas, cela évite de songer à un suicide. C'est un meurtre, et des plus cruels. Rien ne te frappe ?

Bourdeau observa à nouveau la victime, le sol, le lit.

— Tu as raison. Il n'y a aucune trace de pas, en dépit du sang répandu ! Comment est-ce possible ?

— C'est précisément ce que je me demande. Mais je crois envisager la chose… Les hypothèses ne sont pas nombreuses. L'absence de traces à droite du lit indique que l'attaque a été portée à gauche. Je pense que le meurtrier s'est jeté sur M. de Rovski, l'a immobilisé en se couchant tête-bêche sur lui, avant de porter les multiples coups nécessaires. Avec quelle arme ? Sans doute nous ne la trouverons pas.

— Et la victime dormait-elle quand elle a été surprise ?

— Si j'en juge par sa tenue, c'est plus que probable. S'est-il défendu ? Il était jeune et robuste… Mais il pouvait aussi être pris de boisson si j'en juge par l'odeur. Pour commencer, recherchons dans cette chambre ce qui pourrait nous apporter quelques lumières sur son occupant.

D'une manière systématique, ils dressèrent un inventaire des objets et hardes du défunt. Nicolas constata que les petits tableaux étaient en effet des représentations des saints, du Seigneur et de la Vierge. Autant il semblait que la lampe à huile, qui participait sans doute d'une forme de dévotion, avait été balayée brutalement, vu la distance où se trouvaient les débris de verre par rapport à la commode, autant les images pieuses avaient été retournées avec soin. Ce détail avait-il une signification ? Dans une sacoche de cuir il découvrit les passeports de la victime, des lettres de recommandation pour le ministre de Russie à Paris et pour diverses personnes russes de Paris, des bourses pleines de thalers et de louis ainsi que des lettres de change sur des maisons de la place.

Il examina tout ce qui faisait le trousseau d'un jeune noble : une épée, une paire de pistolets, un portrait de Catherine II entouré de diamants, des plaques et des ordres russes et polonais, un nécessaire de voyage en vermeil ciselé, une écritoire en cuir doublée de soie avec son encrier et son saupoudroir. Il découvrit avec amusement une lunette *à la libertine*, qui par un jeu de miroirs permettait de fixer la scène au théâtre tout en lorgnant les loges voisines, et… un jeu de baudruches de la plus fine texture. Il semblait à Nicolas être revenu au temps heureux où il dressait des inventaires après décès à l'étude de Maître Bertic, notaire à Rennes… *Item une méchante commode… Item un fauteuil en cuir de Cordoue… Item, item…* Et là, dans cette riche chambre d'auberge, des chemises, des caleçons, des cravates de dentelles, *item des culottes, item des habits.* Ah ! Un document intéressant : celui d'un passage par bateau entre Saint-Pétersbourg et Amsterdam puis d'Amsterdam à Calais. Quelques livres galants dont *Thérèse philosophe* et des gravures, de celles vendues sous le manteau aux étrangers de passage dans les galeries du Palais.

Bourdeau le héla. Il baissait la tête, considérant sa main.

— Vois un peu ce que j'ai ramassé dans la garde-robe qui outre cela renferme force flacons d'eau-de-vie moscovite… pleins et vides.

Il s'essuya la bouche.

— De quoi réveiller un mort ! Vois donc, est-ce un jeton ?

Il tendit la chose à Nicolas qui découvrit une petite pièce d'argent portant en son centre une devise en anglais *WE ARE ONE* (*nous ne faisons qu'un*) et *AMERICAN CONGRESS*, le tout orné d'une chaîne à treize maillons, chacun frappé du nom d'une colonie anglaise du Nouveau Monde. Au revers, un cadran solaire, le mot latin *FUGIO* (je fuis) et une devise *MIND YOUR BUSINESS (faites votre travail)* ainsi que la mention *CONTINENTAL CURRENCY 1776*. La pièce était trouée et attachée à un anneau.

— D'évidence, une monnaie des Insurgents. Il n'y a pas place au doute ! Reste qu'il est légitime de s'interroger sur la présence de cette pièce dans l'appartement d'un jeune noble, russe de surcroît !

— D'autant qu'elle paraît avoir été arrachée à une chaîne plus longue.

Nicolas continua son inventaire et trouva, plié en quatre, un petit papier : « *La Gambut, brune piquante, assez bien, grande et jeune. À l'endroit voluptueux où l'on dispose l'offrande de l'amour, vaste et profond. Elle a une prédilection pour les grands hommes. Tarif à débattre. Rabais sur la nuit avec souper.* »

Bourdeau, qui continuait à fureter en prenant garde de ne point déranger d'éventuels indices, poussa une exclamation de surprise. Nicolas se retourna et le vit tenant grand ouvert une sorte de carnet relié en veau.

— Par ma foi, voilà qui est étrange ! Toutes les feuilles ont été arrachées, et vivement. N'aurait-il pas été plus facile d'emporter l'objet ?

— Qui te dit que quelqu'un a cherché à l'emporter. Peut-être le mort en avait-il détruit lui-même les pages !

— Sans doute, mais il est possible que celui qui a détruit les pages souhaitait qu'on imagine précisément ce que tu viens de suggérer.

— D'abord, procédons par ordre. Où l'as-tu découvert ?

— Dans un portemanteau. Au fond, sous d'autres carnets identiques, mais dont les feuilles sont vierges.

Bourdeau avait levé l'objet à hauteur de son visage et l'exposait à la lumière qui entrait à flots dans la chambre.

— Peste, voilà qui ne laisse pas d'être intéressant !

— Et quoi, encore ?

— Un nuage de je ne sais quoi qui serait susceptible de nous interroger.

Il tendit le carnet avec précaution à Nicolas.

— Considère, reprit-il, cette couche rosâtre et ces empreintes de doigts…

Nicolas porta l'objet à ses narines.

— Et ma foi parfumée à ce qu'il semble, au lilas, au muguet ?

— Ce n'est point poudre à perruque ?

Nicolas passa son doigt et goûta du bout de la langue le produit recueilli.

— Non, c'est plus élaboré et d'une consistance différente. Hé, hé ! Il y a de la femme derrière cette poudre.

— Cependant, Nicolas, beaucoup d'hommes se maquillent et, à l'instar des femmes, se blanchissent le visage à la céruse.

— Habitude dangereuse et nocive, car, selon Semacgus, c'est un poison redoutable. Reste qu'il s'agit là de vestiges de poudre colorée et parfumée dont la nature me laisse croire qu'il s'agit d'un cosmétique féminin. Dans l'énergie prise à arracher les pages, un nuage s'est formé et s'est déposé sur la reliure. Si tu regardes mieux, tu en trouveras des traces sur le portemanteau.

Bourdeau retourna dans la garde-robe et en revint en secouant la tête.

— Tu as raison !

— D'ailleurs je n'ai trouvé nulle trace de ce type de parfumerie dans les affaires du comte. Il est donc d'une provenance extérieure. Reste à savoir laquelle. Le rose est la couleur des courtisanes ; pour les femmes de condition, c'est le rouge qui prévaut. Il faudra consulter un gantier parfumeur. Et aussi tenter de déterminer si ces pages arrachées, dont nous n'avons nul vestige, l'ont été cette nuit ou à un autre moment.

Nicolas s'approcha du cadavre. Il fit un signe de croix et, à ce que supposa Bourdeau, une brève oraison, avant de fermer les yeux de M. de Rovski. Il passa un doigt sur la joue et le considéra.

— Point de poudre de visage. Cela confirme la chose.

— Il a pu se laver.

— Je crois que nous avons fait le tour de ce qui était possible de relever ici. Nous allons maintenant approfondir notre enquête. J'ai comme l'impression que notre *valet-mouche* a plus à nous dire qu'il a bien voulu le faire jusqu'ici.

— M'est avis que le drôle a *matachié*[1] son discours d'oublis et de mensonges. Il a bel et bien cherché à nous empaumer !

— Nous pouvons déjà nous flatter d'avoir réuni quelques éléments d'assurance. *Primo*, il y a meurtre, *secundo* le *modus operandi* est particulièrement atroce. De l'examen superficiel du cadavre, il ressort que la mort est intervenue dans la soirée plutôt que dans la nuit ; l'ouverture nous en dira davantage. *Tertio*, il y a des traces à peine discernables, mais qui pourraient laisser supposer que plusieurs personnes sont venues dans cette chambre. Deux indices confortent cette hypothèse, la découverte d'un jeton ou d'une pièce de monnaie sans conteste appartenant à un Insurgent. Objet détaché d'une chaîne rompue ? Certainement, mais dans quelles circonstances ? Enfin, traces de poudre de visage, appartenant d'évidence à une visiteuse.

Nicolas se frappa la tête.

— Et j'allais oublier le carnet aux pages arrachées. Nous ne pouvons d'ailleurs pas exclure que d'autres pièces manuscrites aient pu disparaître. À nous deux, monsieur Veyrat ! Et vous aussi, tenancier de cet hôtel si évasif sur ce qui se passe dans votre établissement ! Il nous faut prendre en compte qu'il s'agit d'un étranger et d'un Russe. Le comte et la comtesse du Nord approchent. La coïncidence est fâcheuse. Et je suis en mesure de t'assurer que nous risquons d'avoir bientôt sur le dos le ministre de Russie. Cela nous impose rapidité dans l'action et secret le plus absolu. Enfin, le plus longtemps possible.

1. *Matachier* : teindre de différentes couleurs.

— Tu veux dire qu'ils voudront nous mettre des bâtons dans les roues ?

— En tous les cas, saisissons-nous des indices utiles, car le droit d'aubaine du roi sur la succession va s'exercer rapidement. Des scellés seront mis. Les officiers des bureaux des Finances vont s'abattre comme un vol de corbeaux, en s'immisçant dans l'affaire pour la consommer en frais et en tirer le maximum pour le Trésor. Donc, enlevons le corps, faisons-le porter à la basse-geôle et mettons nous-mêmes les scellés avant que d'autres y viennent patauger. Et maintenant, sus aux témoins ! Faux ou véridiques...

Nicolas consacra quelques instants à noter dans son petit carnet noir ses observations. Bourdeau remarqua qu'il multipliait les points d'interrogation. Le charroi du Grand Châtelet était arrivé et un sergent du guet vint les avertir que tout était prêt pour enlever le corps. Il fallut d'abord trouver de la paille pour étancher le sol. Le corps, enveloppé dans une pièce de toile, fut porté dans une charrette. Les scellés furent posés. Les objets personnels saisis furent confiés au sergent, à charge pour lui de les acheminer jusqu'au bureau de permanence.

La Jeunesse se présenta et demanda à se retirer. Il lui fut répondu d'avoir à patienter, on avait encore besoin de lui pour préciser certaines de ses déclarations. Il en parut troublé et Nicolas observa ses lèvres mordues qui, dans un mouvement instinctif, dévoilaient des dents gâtées et décelaient une évidente inquiétude.

M. Lachère les attendait en bas de l'escalier, plein d'effroi devant l'agitation qui bouleversait son établissement. Il se précipita sur eux.

— Messieurs, messieurs, voyez le remue-ménage, considérez la fange que tout cela entraîne. Un endroit si réputé ! Je ne m'en remettrai pas.

Le petit homme sautait lourdement d'un pied sur l'autre en se tordant les mains.

— Allons, dit Nicolas d'un ton lénifiant, tout s'achève et le calme revient…

— Mais, mais, ma plus belle chambre ! La porte, les dégâts… La pension non payée.

— Il suffit, dit Bourdeau. Veuillez sans barguigner répondre aux questions que le commissaire va vous poser. Vos inquiétudes trouveront leur solution.

— Monsieur Lachère, êtes-vous assuré que la victime est sortie hier soir ?

— À dire vrai, je n'en sais rien.

— Vous n'étiez point présent ?

— Non. J'avais conduit Mme Lachère à la Comédie Italienne voir une pantomime des plus plaisantes. Imaginez que…

— Point, nous n'imaginons rien. Qui, hier soir, est en mesure de nous renseigner sur le mouvement des entrées et des sorties de votre hôtel ?

Nicolas eut l'impression qu'une gêne s'installait chez son interlocuteur.

— Il faut vous dire qu'hier soir les choses étaient un peu différentes et peu conformes aux errements de la maison…

— Ce qui signifie ?

— Que l'hôtel n'est pas vraiment plein. Il est même vide. Les autorités nous ont demandé de conserver des chambres libres en vue de l'arrivée des Russes… Vous savez, le comte du Nord.

— Mais vous avez accueilli M. de Rovski ?

— Justement, parce qu'il était russe. Je n'ai pas cru devoir…

— Bon, cela est une chose, mais pour hier soir ?

— M. de Rovski disposait de deux clés, celle de sa chambre et un passe de la porte de l'hôtel que je lui avais confié. Et de plus il avait son valet.

— Il prétend que son maître lui avait donné sa soirée.

— Et comment était cette clé qui ouvre sur la rue ?

— Ornée d'une passementerie rouge et or. Moi seul connais la signification des soieries de couleur utilisées. Ainsi, de cette manière, si la clé s'égare nul n'est censé découvrir son origine.

— J'entends bien. Le problème, c'est que nous n'avons nulle part trouvé trace de cette clé. L'auriez-vous reprise par hasard lors de la découverte du corps, ce matin ?

— En aucune façon. La porte était close au verrou comme je vous l'ai dit. L'autre clé était absente et, par malheur, mon propre passe enfin, celui qui ouvre l'entrée de la rue, égaré. Oh, ma pauvre tête !

— Il faut donc en conclure que l'assassin, puisque meurtre avéré il y eut, ferma la porte et emporta avec lui les clés, c'est-à-dire celle de la chambre et celle de l'hôtel. Qu'en dites-vous ?

M. Lachère demeurait coi.

— Encore une chose. Êtes-vous assuré que le valet de votre client ait quitté l'hôtel hier soir ?

— Je n'ai aucun moyen de le savoir.

— Mais la porte de l'établissement était close…

— De l'extérieur, messieurs, de l'extérieur. On peut sortir, mais une fois repoussée la porte, on ne peut entrer.

— Je vois. Quelle curieuse situation que cette maison vide, aux chambres non occupées, à l'hôte absent, à l'accès interdit, aux clés disparues !

— Certes, certes ! D'habitude mon commis assure la permanence de nuit pour répondre à telle ou telle situation ou demande.

— Nous y voilà ! D'habitude ! L'habitude est pourvoyeuse de la camarde, parfois ! Quelle succession étrange d'événements ! Et comment se nomme-t-il, ce commis absent ? Et pour quelle raison absent ?

— Richard Harmand. Oh ! Un brave jeune homme qui loge chez son père rue de la Verrerie, au coin de celle Bar-du-Bec.

Il prit un ton dévotieux.

— Ce père est perruquier de monseigneur le duc d'Orléans. Il se nomme Pacôme et on fêtait hier soir son saint patron, faute de ne point l'avoir célébré le 14, en raison d'un accès de goutte.

— Et par conséquent ?

— Je lui avais accordé sa soirée. Mesurez que, hors M. de Rovski, mon établissement est presque fermé. Et Mme Lachère tenait tant à son spectacle que je n'ai pas cru modifier nos plans. Si j'avais su !

— Ce commis possédait donc une clé lui permettant d'ouvrir la porte de l'hôtel et aussi le passe général pour les chambres ?

— Assurément. Le contraire eût occasionné des difficultés que seule la possession de ces passes permettait d'éviter. Il a toute ma confiance. Je me repose en tout sur lui.

— L'attendez-vous aujourd'hui ?

— Il devrait être déjà là. Je m'étonne…

— Comment, le commis absent, le valet de Rovski a-t-il pu entrer ce matin. Étiez-vous présent ?

— Non… Je suis arrivé peu après. Je loge dans une maison adjacente… Il devait avoir le passe de son maître.

Cela supposait, songea Nicolas, que le comte n'avait nulle intention de sortir ce soir-là.

— Cet Harmand, j'entends l'interroger dès son arrivée. Veuillez, je vous prie, le lui signifier.

— Messieurs, je suis votre serviteur.

Il salua et se retira courbé, quasi à reculons.

Nicolas réfléchit un moment et regarda Bourdeau qui hochait la tête. Il fut sur-le-champ convaincu que son adjoint et ami pensait la même chose que lui. Entre eux le phénomène était fréquent, fruit d'une connivence de deux décades.

— Je ne goûte guère cette série de coïncidences qui aboutissent à faciliter les conditions d'un assassinat.

— Et à nous compliquer la compréhension du crime. Et quant à La Jeunesse…

Dans le vestibule, ils retrouvèrent l'intéressé qui les attendait, assis sur un ployant. À leur vue, il se leva d'un bond.

— Veyrat, dit Nicolas, nous avons quelques questions à te poser. Ton ami Bourdeau et moi souhaiterions savoir où tu as soupé hier soir. Le détail de ton menu nous agréerait, tant gourmands nous sommes l'un et l'autre.

Cet exorde débité à dessein sur un ton des plus patelin surprit jusqu'à l'inspecteur, qui écarquilla les yeux. Le valet fixait Nicolas, la bouche ouverte sans répondre.

— Allons, mon ami, un petit effort ou nous serons contraints à cheminer de conserve jusqu'à ce tripot du cul-de-sac de… des Champenois.

— Oui, oui, c'est bien cela.

— Tu confirmes avoir soupé dans une taverne du cul-de-sac des Champenois ?

— Sans doute, sans doute.

— Bien ! Cela est confirmé. Notez la chose, monsieur l'inspecteur. Il y a cependant un petit problème que nous allons tenter de résoudre. Il y a trois quarts d'heure, ne nous as-tu pas affirmé avec l'aplomb d'un homme d'expérience et de sincérité que tu avais soupé cul-de-sac des Provençaux…

L'homme tenta d'interrompre le commissaire sans succès.

— J'ai confondu…

— Ta, ta, ta ! Tu n'as rien confondu du tout. La vérité c'est que les Provençaux te sont venus à l'esprit pour te sortir d'embarras. Dis-toi bien que nous avons un témoin qui t'a vu fort tard ici, dans cet hôtel où ton maître a été… égorgé.

Le piège était grossier, mais l'expérience prouvait qu'il aboutissait dans la majorité des cas à la déconfiture du témoin. Vieux cheval de retour, le Veyrat se tortillait, bâillant comme une carpe sortie de l'eau. Bourdeau lui donna le coup de grâce.

— Allons, ne fais pas ta mauvaise tête ! Elle est dans ta poche, donne-la-moi gentiment. Tu es battu à ruines et rien ne te permettra d'échapper à ce qui t'attend si, sur-le-champ, tu ne vides pas ton sac.

Cette injonction fut accompagnée d'une forte bourrade en forme d'argument encourageant. Aussitôt Veyrat mit la main dans sa poche et en sortit une clé galamment ornée d'une passementerie de soies jaunes et bleues, et baissa la tête, piteux et tremblant.

— Et l'on disait de toi jadis que tu étais un *barbet* retors et aux nerfs d'acier ! Fausse réputation !

— J'ai vieilli, monsieur Bourdeau. La main n'est plus là.

— Bon. Au lieu de nous lamenter sur le passage du temps, il serait bon que tu bafouilles la vérité. J'espère pour toi que tu as eu la sagesse de te maintenir à la lisière de ce meurtre.

— Écoutez-moi ! Je ne suis pour rien dans tout cela. Je vais tout vous dire. L'histoire est banale. La Paulet ne voulait plus fournir pour les raisons que je vous ai données. C'est une bonne mère. Elle a toujours veillé sur son troupeau. Elle trouvait qu'il transformait les chatières en portes cochères et empruntait par trop souvent le souterrain de la rue de la lune. Ses filles lui revenaient brisées et meurtries…

— Je reconnais bien là le langage fleuri de notre amie !

— Le comte m'a donné l'ordre de pourvoir à ses plaisirs de ma propre initiative. Il y a de cela plusieurs jours.

— Ma foi ! Le métier, tu le possèdes au bout des doigts, non ? Aucune de ses ficelles ne t'est méconnue.

— J'avais quelque peu perdu mes accointances avec le monde de la galanterie. Que pouvais-je faire ? Cependant, il n'est point malaisé par les temps qui courent de relancer ses filets. J'ai renoué avec des appareilleuses, des courtières de débauche, et quelques maquerelles de la ville. Le plus simple, c'était de recourir à des filles du voisinage dont ce n'est pas le métier habituel. On y trouve des domestiques, des couturières, des travailleuses en chambre qui dorent la pilule par accès lorsque leurs moyens périclitent. Chacun sait où les dénicher.

— Je vois que tu n'as rien perdu de ta science de ce monde-là !

— Faut bien vivre. Je cherchais quand par chance le ciel me vint en aide…

— Je vous saurais gré, monsieur, de ne point mêler le ciel à ces débordements.

Bourdeau sourit à la réaction de Nicolas.

— Bon, si ça vous arrange. Un soir j'accompagnai le comte dans un tripot de jeu où il perdit beaucoup au pharaon. Une femme de qualité s'est approchée de moi pour m'interroger sur lui. Elle en paraissait entichée au point que l'idée me vint de les apparier. Constatant son appétence et persuadé qu'elle était fille à avoir vu péter le loup, je n'hésitai point et lui en fis galamment la proposition. J'affirmai que, soucieux des plaisirs et de la santé de mon jeune maître, je ne verrais qu'intérêt à ce qu'il trouve une liaison distinguée et régulière en rapport avec sa condition et sa délicatesse. Je ne lui dissimulai aucunement la nature et la qualité des appétits animaux de M. de Rovski, conséquence d'une ardeur juvénile… Cela parut ne la point rebéquer, bien au contraire.

— Et en ménageant sans doute au passage tes intérêts propres de manière confortable ? Ce qui est pratique habituelle des maquereaux dont tu possèdes de longue main l'expérience.

— Ma foi, c'est la rançon que le vice règle à la vertu. Nous fîmes affaire et la description de cette bonne fortune convainquit le comte d'avoir trouvé la perle rare. Je repris donc contact avec la dame et une entrevue fut organisée hier soir. M. de Rovski me confia le passe. J'étais chargé d'introduire la visiteuse et de me retirer.

— Voilà une histoire fort circonstanciée qui fourmille d'affirmations, de détails précis, de zones d'ombres également. Nous allons reprendre tout cela point par point et je t'engage, avec toute l'amitié que nous te portons, à ne laisser de côté aucune information.

— Je me livre serein à votre indulgence, car pour ce coup on ne peut rien me reprocher, sinon d'avoir rapproché la dame de mon maître.

— Reste, dit Nicolas sarcastique, qu'un pompon rouge et or s'est malencontreusement transformé en pompon jaune et bleu. Devrons-nous consulter quelque faiseur de charmes pour élucider ce mystère ? Monsieur Piquadieu, je vous le demande ?

III

PIÉTINEMENT

> « De complots ténébreux coupables artisans. »
>
> *Voltaire*

Piquadieu accusa le coup et la sueur qui perla à son front n'avait rien de simulé. Il se mordait les lèvres dans un ricanement incontrôlé.

— Alors, jeta Bourdeau, tu nous la craches, cette vérité, ou va-t-il falloir te l'arracher lambeau par lambeau ?

Il y avait dans ce propos de telles menaces implicites qu'il redoubla la panique du valet. Ignorait-il que le roi dans sa mansuétude venait de supprimer la question ?

— Je… je ne me l'explique pas. C'est la clé que le comte m'avait confiée.

— Tu veux savoir ce que je crois, dit Nicolas. Le comte n'avait nulle intention de sortir hier soir, non plus que de souper. Ce vigoureux jeune homme avait, je le crains, d'autres appétits, une fâcheuse propension pour les liqueurs fortes. Des bouteilles vides et l'odeur persistante qu'exhale encore la bouche du cadavre témoignent avec éloquence de ce que j'avance. Il est mort sans doute dans l'ivresse de l'alcool. Que s'est-il donc passé ? Subsiste-t-il une vérité dans ce que tu nous as lâché ? Le comte t'avait-il donné ta soirée ? En as-tu profité ? À partir de là surgissent plusieurs hypothèses environnées de ténèbres ; la première, c'est bien toi l'assassin. Pour d'obscures raisons, tu massacres ton maître et bouleverses la pièce pour nourrir d'autres présomptions. Contre qui ? Pour faire accuser qui ? Qu'en dis-tu ? Je te conseille de parler. Cesse de jouer à cligne-musette avec nous, sinon, comme te l'a dit Bourdeau, il t'en cuira.

Soumis à cette avalanche de questions, l'homme se tortillait, apparemment saisi de réflexions contradictoires, mais toutes sinistres.

— Ce n'est pas moi, je n'y suis pour rien.

— Cesse de palinoder, dit Bourdeau. Écoute le commissaire, il te veut du bien.

— Si ce n'est toi, c'est donc un autre. Seconde hypothèse : tu as facilité un complot contre ton maître. Comme fomentateur secondaire et complice, tu en répondras tout autant que si tu étais l'auteur du meurtre. Nous tournons en rond. Alors ?

Nicolas ne goûtait guère ce jeu cruel où la menace alternait avec des espérances de mansuétude. Il savait qu'il était pourtant nécessaire pour ameublir les résistances d'un personnage plus matois et retors que son accablement présent pouvait le faire supposer.

— Peut-être, reprit-il face au silence de Piquadieu, as-tu fait affaire avec la dame en question dont la qualité ne me semble pas aussi garantie que tu voudrais nous le faire accroire ?

Il décida de poser une question *ex abrupto* sur un autre sujet, méthode qui avait fait ses preuves.

— Et cette dame, où l'avais-tu rencontrée ?

— Je vous l'ai dit. Au jeu.

— Certes, mais dans quel tripot précisément ?

— Un salon d'entresol à l'angle de la rue Saint-Honoré et de la rue de la Sourdière.

— Bon ! Revenons au détail. Tu empruntes le passe du comte de Rovski. Il n'y a personne à l'hôtel, tu le sais. Tu introduis la dite dame et, bien sûr, pour ce rôle de… d'intermédiaire, tu touches cette récompense qu'on accorde d'ordinaire à ce genre de services. Après, qui sait ce qui est arrivé ?

Dans cette quête d'une vérité qu'il souhaitait arracher, Nicolas n'oubliait pas les autres éléments relevés dans l'appartement du comte. Il n'en faisait pas état, soucieux d'obtenir une déclaration du témoin susceptible de servir de base à des constructions ultérieures. Veyrat semblait réfléchir. Un difficile débat intérieur l'agitait dans lequel il se débattait, pesant le pour et le contre. Nicolas mesurait qu'un homme de cet acabit pouvait d'un mot, d'une confidence, l'orienter sur une mauvaise piste ou ne distiller qu'une part infime et dérisoire de la vérité sur laquelle l'enquête ne prendrait pas pied.

— Monsieur Le Floch, j'ai confiance en vous. Chacun prétend que vous êtes un homme à qui on peut se fier…

Voilà encore, songea Nicolas, un hommage du vice à la vertu.

— … C'est bien cela qui s'est passé.

— Et quoi ? Tu l'as tué ? Tu as fait entrer la dame ?

— Non ! La dame. J'ai fait affaire avec elle. Et comme je ne voulais pas perdre le bénéfice de ce truchement…

— Comment cela ? s'écria Bourdeau. Ne pouvais-tu en parler à ton maître ?

Veyrat hésita un moment à poursuivre.

— C'est que la dame en question avait exigé en condition absolue que je ne prévienne pas mon maître.

Craignait-elle de ne pas convenir ? La voyant si affriandée, je n'y ai pas vu malice et j'ai consenti à respecter ses exigences. Je jugeais d'ailleurs que par son apparence et sa beauté, elle était de nature à le satisfaire.

Il avait le ton de la sincérité. Mais allez savoir avec ce type de filou ! Restait, se disait Nicolas, le point intrigant, celui de la couleur des passes. Qu'allait-il répondre à cela ?

— Bien, je te veux bien croire. Il demeure que ton passe possède un pompon jaune et bleu alors que celui que M. Lachère avait confié à M. de Rovski était orné d'un exemplaire rouge et or. As-tu une explication ? Et entends bien qu'il ne s'agit pas d'un détail !

— Vous me mettez à la géhenne.

— Réjouis-toi de n'y être point soumis.

— Reprenons, tu arrives à l'hôtel à huit heures.

— Oui.

— Nous savons qu'il était à cette heure vide. Enfin, juste habité par un cadavre. M. Lachère n'est pas encore venu et le commis Harmand est absent. Comment ouvres-tu ?

— Avec ce passe que vous m'avez ôté tout à l'heure.

— Bigre ! Tu ne dis pas la vérité. Celui confié au comte est différent. Celui-ci appartient à l'hôtel. Seuls M. Lachère et Harmand l'utilisaient.

— Hein !

Bourdeau lui décocha derechef une bourrade qui le fit vaciller.

— Qu'as-tu à jaser là-dessus ? Te voilà dans le trébuchet. Crois-tu que ta trémeur[1] tant puante ne nous soit pas sensible ? Que prouve-t-elle à ton avis ?

— Je dois vous avouer…

— Ah ! Enfin un mot de bonne volonté.

1. *Trémeur* : terreur.

— … qu'ayant dissimulé à mon maître l'heureuse surprise que je lui ménageais, je ne pouvais lui demander son passe. J'ai voulu m'adresser à M. Harmand…

— Sa complicité, plutôt.

— … Il était absent. Connaissant le tiroir où il rangeait le passe de l'hôtel, je l'ai emprunté.

— Et que comptais-tu en faire ?

— Le remettre en place. J'étais décidé à arriver le premier à l'hôtel le lendemain. Il n'y avait aucune raison que la chose fût connue.

— Tout cela est bel et bon, intervint Bourdeau, mais par quelle opération cette clé aujourd'hui se trouve-t-elle dans ta poche au lieu de se trouver dans le tiroir du comptoir du commis ? Il y a là un mystère dont tu dois nous éclairer les ombres. En bref, pourquoi n'as-tu pas remis la clé en place ? La question est simple et ta réponse se doit de l'être aussi.

Veyrat prit un air buté qui augurait une résistance que rien ne viendrait briser.

— Tu ne veux rien dire ?

— Je n'ai plus rien à faire ici.

— En effet.

Bourdeau sortit en coup de vent après un signe de Nicolas. Il revint presque aussitôt accompagné de deux exempts.

— Veyrat dit *La Jeunesse,* vous serez écroué à la prison royale du Grand Châtelet. Votre cas est pendable, tant nourri déjà est votre dossier. Vous y demeurerez au secret aussi longtemps que l'enquête en cours ne sera pas achevée et qu'elle aura ou non démontré votre innocence dans ce meurtre.

— Il vous en cuira. Je suis protégé.

— Fi ! Monsieur, des menaces maintenant ? Que voilà une belle raison ! Et qui éclaire notre lanterne.

Les deux exempts entraînèrent Veyrat qui se débattait.

Dans la voiture qui les ramenait au bureau de permanence, les deux policiers tentaient d'ordonner le fatras d'informations glanées rue de Richelieu.

— Un officier russe de noble extraction, résuma Nicolas. Un voyage à Paris sans doute destiné à faire sa cour au tsarévitch. Vie dissolue, jeu et filles galantes. Les habitudes du *grand tour*.

— Et n'oublie pas le goût pour l'eau-de-vie !

— Ses appétits et sa conformation lui font rechercher des filles galantes. Mais aucune liaison soutenue ; elles refusent de renouveler leurs rencontres. On a ramassé un extrait d'un de ces almanachs du plaisir où sont répertoriés les filles, leurs spécialités et leurs tarifs. Nous pouvons penser qu'hier soir il ne voulait pas sortir. L'alcool, sans doute, mais rien ne permet d'écarter d'autres raisons. Peut-être attendait-il une visite ? Lorsqu'il a été surpris et massacré, il se trouvait vêtu de sa seule chemise. Il avait bu, sans conteste possible. J'ajouterai à tout cela les icônes retournées mais non jetées au sol, une monnaie américaine, des traces indistinctes, un grand carnet aux pages arrachées. Pourquoi ?

— Pour la notule sur la fille, qui te dit qu'il s'agit de son écriture ? Nous n'en avons trouvé aucun autre spécimen.

— Et demeure la question des clés non entièrement résolue. Qu'attendre de l'absence du commis de l'hôtel qui décidément tarde à paraître ?

— De tout cela, quelle conclusion tires-tu ?

— Davantage de questions que de réponses ! Qui est réellement le comte de Rovski ? Nous ne savons rien de lui. J'interrogerai Corberon et Vergennes. Il serait trop long de consulter notre ministre à Saint-

Pétersbourg. La victime jouait gros jeu, avait-elle des dettes ?

— En tout cas le vol n'est pas le mobile de sa mort. Rien n'a été volé. Et aucune trace de l'arme du crime.

— Sauf ces feuilles arrachées dont nous n'avons nul vestige. Attendons l'ouverture.

— Cette affaire tombe au plus mauvais moment alors que nous sommes mis en cruelle[1] avec la préparation de notre coup chez les Russes. Après l'ouverture, s'imposera une visite à un parfumeur et à la Paulet. Une autre au tripot où jouait le comte et où il a été remarqué par la dame en question. Il faudra entendre Harmand quand il paraîtra.

— Et je crains de devoir visiter M. Franklin afin d'essayer de savoir qui est ce mystérieux Américain qui aurait perdu sa médaille dans la chambre d'un officier russe. Il est probable qu'il me prodiguera un apozème lénifiant de sa façon et débitera des apophtegmes de son habituel ton pédant.

— Tu ne le goûtes guère ?

— Tu ne l'as pas comme moi escorté d'Auray à Paris lors de son arrivée en France.

À la basse-geôle, ils arrivèrent peu après le cadavre qui, déshabillé et lavé, gisait sur une table d'ouverture. Sanson et Semacgus s'affairaient et préparaient leurs instruments.

— Bel exemplaire ! dit le chirurgien de marine. Estoqué au bon endroit. La chose est rare. Je ne l'avais jamais vue jusqu'à présent.

Tandis que Bourdeau allumait sa pipe de terre, le commissaire exposa à ses deux amis les circonstances constatées de la mort du comte de Rovski et les questions qu'elles suscitaient.

1. *Se mettre en cruelle* : s'inquiéter.

— Il n'y aura guère de difficultés pour déterminer les causes du décès, dit Sanson en hochant la tête.

— C'est pourquoi il convient de s'attacher au détail, le principal étant connu.

Le silence s'établit. Nicolas ouvrit sa tabatière où figurait le portrait du feu roi. Une série d'éternuements lui fit un moment oublier le présent. Son cœur se serra. Il songea avec nostalgie à cette époque déjà lointaine, celle de sa jeunesse. Un long moment s'étira, coupé çà et là par les remarques laconiques des deux praticiens. Nicolas contemplait la voûte en ogive, il remarqua les concrétions calcaires qui s'étaient formées comme dans une grotte. Jadis il en avait observé d'identiques dans les souterrains du château de Ranreuil où, un jour, en dominant sa peur, il s'était engagé. Soudain il revit la forme gracile d'un écureuil qui se faisait surprendre au pied d'un grand chêne près des douves. Pourquoi certaines scènes du passé resurgissaient-elles soudainement sans que rien ne les ait appelées ? Mais déjà Sanson prenait la parole après avoir proposé à Semacgus de conclure. Depuis des années ces politesses étaient d'usage entre les deux hommes.

— Messieurs, la victime est de sexe masculin, âgée d'environ vingt-cinq ans, taillée en Hercule. La mort est due à une blessure faite par un instrument piquant. On s'est acharné à porter de nombreux coups qui ont touché les vaisseaux artériels et veineux du bas-ventre, déclenchant une hémorragie foudroyante et fatale. Pour le reste nous avons constaté un foie…

Il regarda Semacgus.

— Sanson veut dire que nous sommes étonnés qu'un homme aussi jeune possède un foie aussi abîmé.

— Il était fort porté sur l'alcool, indiqua Nicolas.

— Ceci explique cela, reprit Sanson. Enfin l'homme était avantageusement conformé, s'apparentant plus à Priape qu'à Hercule précédemment évoqué, ce qui recoupe ce que vous nous avez appris. Nous notons l'acharnement sur les organes de la génération. Cette constatation peut sans doute vous intéresser.

— Au plus haut point.

— J'ajoute, dit Semacgus, que, vu l'état du cadavre, il est difficile de savoir s'il avait sacrifié à Vénus. Le drap dans lequel il nous a été apporté ne porte aucun témoignage. Cela cependant n'est pas probant, la chose ayant pu se dérouler en dehors du lit.

Nicolas et Bourdeau procédèrent à une fouille plus approfondie des vêtements du comte sans que celle-ci fournisse de plus amples informations sur leur propriétaire.

— Que recherchez-vous avec tant d'acharnement ? demanda Semacgus étonné.

— Un exemplaire de son écriture qui nous permettrait de comparer celui-ci avec une note manuscrite que nous avons trouvée dans sa chambre.

— Une question, dit Bourdeau. Avez-vous l'un ou l'autre eu l'occasion auparavant de constater des blessures de ce type ?

Les deux praticiens réfléchirent un moment.

— J'ai connu, dit Sanson, un cas accidentel.

— Quant à moi, j'ai connu un cas similaire à Naples, où mon navire faisait escale. Une femme jalouse avait planté une broche dans cette partie-là de son époux infidèle.

— Toutefois, l'examen de ses affaires a montré qu'il usait de ces jaquettes préservatrices en peau de boyau. Reste que nous n'en avons découvert aucun vestige utile.

— Certaines traces sur le cou du comte, dit Semacgus, paraissent fraîches et pourraient laisser supposer le contraire.

— Que voulez-vous dire, Guillaume ?

— Il subsiste les témoignages frais, enfin récents, de ce qu'on nomme communément suçons.

— Que vous estimez avoir pu être faits hier soir ?

— C'est possible sans être certain. N'excluez pas que celle qui pratiqua ces douceurs a pu faire disparaître, je dirais, pour en revenir à l'essentiel, l'étui du déduit…

— Voilà qui ne facilite pas la compréhension de ce qui s'est déroulé hier soir rue de Richelieu. Et sur l'heure du décès, vos lumières ont-elles une réponse ?

— Nous estimons du fait de la *rigor mortis* que le drame a dû se produire au large entre dix heures et minuit, avec décès immédiat.

La séance s'achevait. Nicolas donna les instructions nécessaires afin que le corps du comte soit mis en bière et qu'il soit présentable quand l'ambassade de Russie ne manquerait pas de se manifester. Il s'enquit auprès de Sanson des conditions de sa nouvelle installation et de la santé de son épouse. Enfin les deux policiers remontèrent en voiture pour gagner la boutique d'un maître mercier gantier et parfumeur réputé, chez lequel Nicolas avait bien souvent accompagné Aimée d'Arranet.

Les rues Saint-Denis et aux Ours les conduisirent, autant que le permettaient les embarras de la circulation, jusqu'à leur destination.

— On va bientôt fêter la *Carole*, observa Bourdeau en observant au coin d'un carrefour une petite statuette de la Vierge où brûlait une lampe à huile.

— Oui, le 3 juillet pour célébrer le miracle…

Nicolas se signa sous le regard goguenard de l'inspecteur.

— Et toi, tu crois encore à ces fadaises. Qu'un Suisse ivre ait donné un coup de sabre à ce bout de plâtre et qu'après cela du sang ait coulé ? C'est un spectacle pour un vain peuple qu'on tient esclave par ces mômeries. Et pour perpétuer la superstition, ne va-t-on pas promener une nouvelle fois un mannequin de paille habillé en Suisse et le brûler au milieu des obscénités et de la populace. Bel événement en vérité ! Et tout s'enchaîne. Qui croit encore qu'on puisse user au sacre du roi d'une ampoule descendue du ciel au bec d'une colombe ! Le beau volatile, en vérité ! Qui a jamais vu guéri un écrouelleux touché par les mains du monarque ?

Nicolas ne rétorqua rien à cette violente sortie d'un homme qu'il aimait et estimait, mais dont les propos outrés ne laissaient pas de blesser cruellement ses croyances et ses fidélités. *La Cloche d'Argent* offrait aux chalands son éclatante devanture, assemblage compliqué de bois sculptés en ronde bosse figurant des guirlandes, des fruits et des nœuds. Les vitrines de glaces serties dans de fines colonnettes laissaient entrevoir sur des étagères les plus séduisants produits de la boutique. Le bec de cane abaissé, de suaves émanations s'emparaient de l'odorat des visiteurs. Un homme d'une quarantaine d'années, qu'ailleurs sa tenue aurait pu faire prendre pour un vieux muguet, les accueillit. Il reconnut Nicolas.

— Ah ! L'honneur de vous revoir, monsieur le marquis. Mille grâces. C'est sans doute pour vous aujourd'hui ? Que puis-je vous proposer ? Quels sont vos désirs ?

Nicolas tenta de l'interrompre sans succès.

— Des pommades ? Nous en avons de toutes les sortes. À chacune sa senteur de fleur, rose, jonquille, jasmin, œillet, héliotrope, fleur d'oranger double… À moins que vous ne préfériez des spécialités, fruits de mes recherches en alambics et cornues. Pommades à la duchesse ou à la moelle de bœuf pour faire croître les cheveux, ou encore celle de limaçons en pain, excellente pour le visage car elle ne contient ni fard ni substance dangereuse pour la peau.

— Comme l'est la céruse ?

Le marchand, interloqué, fixa Nicolas.

— Monsieur le marquis sait le secret des fards ! Je m'incline bien bas devant son encyclopédisme. Préfère-t-il une eau de senteur, à la bergamote, à la lavande, ou du vulnéraire d'arquebusade, ou encore des pastilles parfumées pour tenir la bouche fraîche, ou un cordon riche pour montre ou des pastilles à brûler pour assainir délicieusement le logis ? Ou encore des poudres, ou des savonnettes de Naples, les plus délicates qui soient, aux senteurs de fleurs, ou marbrées et ambrées de toutes espèces…

Nicolas essayait d'arrêter le flot des propositions marchandes.

— Peut-être pourrais-je aussi suggérer de la poudre de fèves pour dégraisser les cheveux ?

— Non, non ! Maître Gervais. Ma chevelure se porte bien. Ce sont les poudres qui m'intéressent. Ou plutôt je souhaite consulter votre expérience de ces produits et vous demander votre avis sur l'un d'eux, recueilli dans une affaire que je traite.

— Je vois, dit le marchand, déçu sans doute de lui voir échapper une perspective de vente. La visite est celle du magistrat et non de l'homme de cour.

— Ils se confondent, dit froidement Nicolas.

— Bien sûr, bien sûr, s'empressa d'ajouter Gervais, inquiet d'avoir froissé une pratique.

Nicolas sortit de sa poche un petit carré de papier qu'il posa sur le comptoir avant de l'ouvrir avec précaution.

— Maître Gervais, que pourriez-vous nous dire de ce produit-là ? Il m'intéresserait de le savoir, car votre science est, je le sais, grande dans ce domaine.

Le parfumeur se rengorgea, considéra le dépôt, le flaira doucement pour éviter de dissiper la poudre, y posa un doigt circonspect avant d'en porter une part infime sur sa langue et fit la grimace.

— Monsieur, dit-il avec une componction digne d'un bonnet carré de la Sorbonne, cette chose…

Là, il fit une grimace de dédain qui s'aggrava en un rictus de dégoût.

— … trouble mon goût et mon sens des proportions.

— Ah ! Qu'est-ce à dire ?

— Que cela n'est pas français et qu'il s'y trouve mêlés dans le plus grand désordre des éléments contraires. Il s'agit pourtant d'une poudre à visage, mais mal conçue et d'une vulgarité sans nom. Cette matière est indigne d'une maison qui se tient ! Vous ignorez sans doute qui use de poudre rosée ?

— Sachez, monsieur, dit Bourdeau agacé, que le commissaire sait tout.

— Maître Gervais, vous n'imaginez pas le service signalé que vous rendez à la justice du roi.

À chaque mot du commissaire, le parfumeur s'inclinait, émettant un petit rire chevrotant de contentement.

— Cependant, vous serait-il possible de me préciser encore davantage l'origine de cette poudre puisqu'elle n'est point du royaume ?

— Hélas ! Je puis seulement vous confirmer qu'elle n'émane ni d'Angleterre, d'Italie ou d'Autriche, non plus que des autres royaumes voisins.

— Merci, maître Gervais. Je souhaiterais vous acheter des gants de peau de buffle pour faire des armes. La taille juste en dessous de la mienne.

Plusieurs modèles lui furent présentés.

— Combien la paire ?

— Une livre dix sols, monsieur le marquis. Leur qualité est unique, mais si vous en prenez deux paires, je vous laisserai le tout pour deux livres.

— Soit ! Je désirerais aussi un portefeuille de maroquin.

— À serrure d'or, d'argent, à secret ?

— Serrure d'argent à secret. C'est pour mon fils.

— J'en fais compliment à monsieur le marquis. C'est un bon choix. Présent princier. Je le fais, pour vous, à vingt-cinq livres.

Sortant de la boutique, Bourdeau souriait.

— Voilà une information qui t'a coûté bon !

— Qui veut le moins doit lâcher le plus. Reste que maître Vachon, mon tailleur, me croirait déshonoré d'accepter des rabais. Il est davantage soucieux que je le suis de ma qualité ! Dans l'avenir, la police devra souvent recourir à ces détenteurs de connaissances particulières. Ne les décourageons pas.

— Celui-ci ne manque pas d'aplomb, il n'a pas l'air de se prendre pour un boutiquier.

— Hé ! Ce n'est pas à toi que je vais apprendre ce qu'est un marchand mercier, gantier et parfumeur de surcroît, appartenant à l'un des six corps. Leur corporation se réunit à l'église du Saint-Sépulcre, rue Saint-Denis, qui accueille aussi, à leur grand déplaisir, les plombiers et les vanniers. Si le libertin que tu es…

— Libertin ! Libertin ? Qu'est-ce à dire ?

— Ah, ma Doué ! Le voilà qui prend feu comme le Suisse de la rue aux Ours ! Si tu préfères, sceptique en fait de foi et, à tout coup, un peu blasphémateur, mon ami républicain, dit en riant Nicolas. Tu verras là un magnifique tableau de Le Brun où saint Louis, patron des merciers, présente Louis XIV prosterné au Christ ressuscité.

— Et pourquoi cette magnificence ?

— Cette puissante corporation avait offert cinq cent mille livres au roi pour les dépenses de la guerre. La France y a gagné la Franche-Comté. En remerciement, le roi finança la décoration de leur église. En bas du tableau figure Colbert avec à ses pieds des chaudrons débordant d'écus, symboles de sa bonne gestion des finances du royaume.

— Que ne fait-on encore pareillement appel à eux, et surtout aux autres, en ces temps de déficit ?

La sonnerie de la montre à répétition de Nicolas fit entendre son petit tintement.

— Bigre ! Déjà quatre heures de relevée. Comme le temps passe. C'est cependant la bonne heure pour faire visite au tripot indiqué par Veyrat.

— Au coin des rues Saint-Honoré et de la Sourdière. Pourquoi toujours dans ce quartier-ci trouve-t-on ces lieux clandestins de jeu ?

— As-tu jamais lu le rapport de nos confrères Rochebrune, Delafleutrie et Chenu qui, il y a vingt ans de cela, enquêtèrent sur ce phénomène ? La rue Saint-Honoré à elle seule regroupe le quart des perquisitions opérées, suivie par quelques rues avoisinantes, l'Arbre sec, Croix-des-Petits-champs et d'Orléans.

— Cela correspond en gros à des lieux de galanterie, maisons de débauche, que nous connaissons bien. Les vices s'aimantent les uns aux autres.

— Tu sais les difficultés rencontrées par nos gens dans les contrôles. Mille obstacles et pièges sont mis en place pour retarder leur entrée et permettre la fuite des joueurs. Souterrains, couloirs dérobés, et passages secrets sont autant de voies d'accès ou de dégagement. Il y a des grilles, des guichets et des miroirs d'observation. Rien ne peut rivaliser avec l'astuce des tenanciers. Pierre, as-tu jamais joué ?

Il y eut un silence.

— Jadis, un peu, à mes débuts. Lardin m'y avait entraîné, mais je compris assez vite les périls de cette passion. Jean-Jacques m'y a aidé, qui condamne le jeu dans ses écrits. Et puis je me mariai et tu connais

Mme Bourdeau, elle tenait la queue de la casserole et aurait aussitôt traversé mon péché.

— Faisons-nous passer pour des joueurs impénitents. Autour de ces maisons patrouillent toujours des rabatteurs.

— Recrutés pour la plupart chez d'anciens joueurs ruinés qui payent leurs dettes de cette façon.

— Nous descendrons de la voiture avant notre destination et nous déambulerons l'air badaud. Gageons que nous intéresserons quelque embaucheur. Et comme nous sommes inconnus, car point chargés de la police des jeux, il y a de grandes chances qu'on ne nous prenne pas pour ce que nous sommes.

La mise en scène fut respectée point par point. Au bout d'un petit quart d'heure, leur lent cheminement, faussement innocent, fut interrompu par un petit homme pauvrement vêtu, chapeau hors d'âge et souliers fatigués. Il se plaça sur la même ligne que les deux policiers et se mit à murmurer entre ses dents sans les regarder.

— Ces messieurs se promènent sans doute ? Recherchent-ils l'un des divertissements que procure notre bonne ville ? Pas loin, d'accortes nymphes vous attendent, qui seraient trop heureuses de vous embarquer pour Cythère.

— Le maraud a des lettres, marmonna Bourdeau, la bouche de travers.

— Je vois, dit l'homme devant leur silence maintenu. Ces messieurs sont des amateurs appétés aux émotions qu'offrent ces petites figures colorées qu'on tient en main et qu'on jette au hasard. Je connais, messieurs, une bonne maison, honnête et fréquentée par le beau monde de la cour et de la ville. On y joue au brelan, au biribi, au pharaon, à l'hombre et à la bassette. Au choix, au choix !

Il leur glissa un petit carton puis, d'un bond, s'écarta et se dirigea vers la rue Gomboust.

— Nous l'avons bellement hameçonné, le bougre ! Voyons un peu ce qu'il nous propose : « *Rue de la Sourdière, au premier au-dessus de l'entresol. Académie de l'Horloge. Jusqu'à minuit.* » Bon ! Nous voilà à pied d'œuvre. Peignons sur nos visages la candide apparence du provincial encanaillé !

La maison désignée comprenait au rez-de-chaussée une boutique désaffectée et fermée. Un sombre couloir courait à sa droite. Ils l'empruntèrent et au premier tombèrent sur une porte à judas de belle apparence qui contrastait avec la pauvreté générale de la demeure. Ils soulevèrent le marteau. Au bout d'un moment, le guichet s'ouvrit et, sans qu'ils puissent distinguer le visage de leur interlocuteur, une voix s'éleva.

— Que veut-on ?

Était-ce un homme ? Une femme ? Il y avait incertitude à le savoir.

— Nous sommes deux commerçants de Dreux, dit Bourdeau. De passage à Paris pour récupérer des créances, nous souhaiterions faire fructifier notre avoir, tout en nous distrayant un peu.

Il y eut derrière le guichet comme un soupir d'intérêt.

— Et, dit Bourdeau, si nous nous adressons à vous, c'est qu'un aimable piéton nous a donné cette carte.

Il l'agita devant le guichet.

— Je vois, je vois.

On entendit un verrou qu'on tirait et la porte s'entrouvrit. Une femme déjà âgée, toute vêtue de satin vert sombre, les dévisageait. En la voyant, Nicolas comprit pourquoi ils avaient pu hésiter sur le sexe de leur interlocuteur. Un soupçon de moustache masculinisait un visage ridé et revêche. Maintenant qu'ils étaient dans la place, il convenait de ne pas lâcher la dame, pour autant qu'elle fût la tenancière des lieux.

— Vous connaissez sans doute La Laudry à Dreux ? dit-elle s'adressant à Bourdeau.

Le vieux renard à qui on ne la faisait pas répondit du tac au tac sans une once d'hésitation :

— N'y a point de Laudry à Dreux, et je m'y connais. En revanche, La Devavre tient une officine que fréquente la meilleure société et où j'ai perdu des fortunes !

La femme le considéra un moment et parut satisfaite. Elle les fit entrer dans un petit cabinet orné de glaces sans tain. Nicolas se demanda s'il ne s'agissait pas là d'un vestige d'une ancienne maison galante. Les glaces les réfléchissaient à l'infini, offrant la curieuse impression de se trouver au milieu d'une multitude. Sans doute derrière l'un de ces miroirs sans tain se tenait un cerbère prêt à porter aide à la maîtresse des lieux. La dame se plaça derrière un petit bureau et les observa, ses petits yeux plissés d'ironie.

— Et ces messieurs entendent risquer leurs mises dans quel choix de jeux ?

— Hélas, madame, nous sommes provinciaux et donc novices. À Dreux, nous pratiquons des jeux de commerce tout simples. Le piquet ou l'impériale…

Nicolas trouva Bourdeau fort convaincant dans son rôle de pataud candide. La femme eut un sourire retenu. Elle comprenait sans doute à qui elle avait affaire et quel bénéfice elle en pouvait tirer.

— Les jeux de commerce procurent des fortunes à Dreux… Enfin, ici, messieurs, les possibilités sont innombrables. Si cependant vous voulez m'en croire, choisissez les jeux les plus facilement courus, ceux que le beau monde de la cour et de la ville pratique avec passion…

Elle leur fit un clin d'œil.

— … et avec au résultat les perspectives les plus ouvertes de pactole.

— Madame, je répète ce qu'a dit mon camarade. Nous nous en remettons à vos sages conseils.

— Soit, messieurs. Je vous propose de tenter votre chance à nos tables de biribi ou de pharaon. Ces jeux favoriseront votre petit avoir avec les plus grandes occasions de le voir fructifier.

Nicolas et Bourdeau se regardèrent. Tous les deux savaient sur le bout des doigts les traquenards du jeu et de la cocange. Le biribi en particulier comprenait un tableau sur lequel étaient inscrits soixante-dix numéros. Le jeu consistait à placer sa mise sur une des dix-sept parties du tableau. Le numéro gagnant, porté sur une boule, était tiré d'un sac par le banquier. Restait que celui-ci avait toujours l'avantage. Quant au pharaon, c'était bien pis.

— Ce sont des jeux de cartes ?

Il y eut en face un nouveau rictus méprisant.

— Le biribi point, mais le pharaon oui. Les joueurs misent sur une ou plusieurs cartes. Le banquier en tire deux qu'il dispose à droite ou à gauche.

— Voilà qui est tentant, ne trouves-tu pas ? dit Nicolas s'adressant à Bourdeau en s'éventant de son tricorne, vieux signal entre eux que le moment était venu de changer de ton.

Pierre, à la grande surprise de la tenancière, vint se placer derrière elle et lui saisit les bras. Elle se débattit en vain.

— Madame, dit Nicolas imperturbable, peut-être ignorez-vous qui nous sommes ?

La tenancière ne semblait pas perdre son aplomb.

— Vous n'êtes apparemment pas ce que vous prétendez être. M'imaginez-vous si bigaude[1] que je ne

1. *Bigaud* : stupide.

m'en serais point aperçue ? Ah oui ! Perdre des fortunes aux jeux de commerce ! Le beau conte ! À qui voulez-vous le faire gober ?

Elle tapa du talon de son soulier à plusieurs reprises. Soudain, l'un des panneaux de glace pivota sur lui-même et un homme surgit l'épée à la main qui, la lame en avant, se jeta sur Bourdeau. Ce dernier fit un écart et, dans le même temps, Nicolas qui manipulait son chapeau en tira en un éclair son pistolet miniature et appuya sur la gâchette. La petite pièce s'emplit soudain de fumée et de l'odeur de la poudre. Quant à l'homme, il se mit à hurler et à jurer, le bras fracassé. Son malheur n'était point achevé car Bourdeau lui asséna sur la tête un coup de son gourdin de poche.

— Alors, madame, il paraît que vos précautions ne servent en rien à protéger vos arrières. Cela ne va pas nous inciter à beaucoup d'indulgence avec vous. Qu'en dites-vous ?

— J'en dis que vous êtes des bandits.

— Point d'injures.

— Combien voulez-vous ?

— Je crains, madame, qu'il n'y ait derechef méprise de votre part. Vous nous prenez pour des malandrins venus piller votre fond, or nous sommes des policiers.

— Ah ! La pousse ! Je préfère. Je la traite depuis vingt ans. Faites donc prévenir M. Le Camus.

— Oh ! Je suis persuadé que M. Le Camus, inspecteur de fort bon aloi, aurait quelque intérêt à poursuivre avec vous des relations que ses fonctions imposent. Mais... Mais il se trouve que nous sommes bien au-dessus de ce Camus-là et qu'un mot de nous le jettera à la Bastille tout aussi facilement que nous pourrions vous faire mener sur-le-champ dans des lieux moins amènes.

Il parut que ces quelques paroles jetées par le commissaire avec une certaine véhémence battaient à brèches les défenses pourtant fortes de la mégère.

— Alors, gémit-elle, un ton au-dessous, cela va me coûter bon. Les profits de ce soir ?

— C'est qu'elle nous prend pour des maltôtiers ! s'écria Bourdeau furieux.

— Madame, reprit Nicolas, comprenez bien à qui vous vous adressez et ayez souci de vous-même.

Elle n'en semblait pas convaincue. Il fallait donc en venir à des méthodes que l'honnêteté de Nicolas réprouvait, mais qui avaient maintes fois fait leurs preuves.

— Comme il vous plaira. L'inspecteur va appeler le guet et les exempts. Vous serez immédiatement conduite à la Salpêtrière… Non, à Bicêtre, et placée sur ma recommandation dans une de ces fosses immondes que visitent volontiers le dimanche nos bons Parisiens.

Le visage contracté de la femme s'affaissa soudain dans une débâcle de larmes.

— C'est toujours ainsi, l'argument porte. Allons, répondez à nos questions. Recevez-vous beaucoup de monde chaque soir ?

— Ce que peuvent contenir mes salons, répondit-elle d'une voix lasse. Six tables de jeu. Environ une trentaine de personnes.

— Soit. Parmi ceux-ci, des étrangers ?

— Très souvent. Les embaucheurs sont intimés de privilégier cette clientèle-là. Elle est argentée et ne pleure pas ses pertes.

— Qui sont fréquentes, ces pertes, je suppose ?

— Vous dites vrai. Au point où j'en suis… Le banquier peut aider le hasard. La cocange aussi.

— Je suis heureux de vous l'entendre dire ! Et parmi ces joueurs fortunés et malchanceux, se trouvait-il ces derniers temps quelques étrangers ?

— Moins d'Anglais qu'auparavant en raison de la guerre[1]. Il en reste malgré tout. En revanche, j'ai noté l'accroissement de joueurs russes. Ils perdent des fortunes…

— Et gagnent quelquefois ?

Elle eut une grimace en coin.

— Au début, pour hameçonner… Ensuite c'est la débâcle. Cela me cause souci, car il y a des mauvais payeurs, réticents à régler leurs dettes.

— Ce fut sans doute le cas récemment ? Et de qui s'agissait-il ?

— Un jeune noble russe a beaucoup perdu, mais a payé rubis sur l'ongle. Une grande dame de la même nation. Sa robe à la prisée fût montée à au moins trois cents livres !

— Voyez donc la marchande d'habits ! grogna Bourdeau.

— Cela fait partie du métier de savoir soupeser les gens sur la mine.

— Et donc, cette grande dame ? La pouvez-vous décrire ?

— Grande, bien en chair, la trentaine passée, perruque.

— Maquillée ?

— Certes, mais je n'ai pas distingué ses traits car elle portait un loup.

Elle savait bien, songea Nicolas, qu'une véridique et ouverte contribution au travail de la police était la seule voie de salut.

1. En dépit de la guerre, les nationaux des nations belligérantes continuaient à voyager sans entrave en France et en Angleterre.

— Et cette dame a beaucoup perdu ?

— Plus encore ! Plusieurs milliers de livres sur plusieurs soirées.

— Elle a réglé sa dette ?

— Plus ou moins.

— Comment cela ?

— Une partie… Enfin le quart. Pour le reste, des promesses.

— Et vous êtes femme à vous satisfaire de paroles ?

Elle ricana et ses petits yeux s'étrécirent encore.

— Point ! J'ai accepté un gage et consenti à un règlement à tempérament moyennant intérêt.

— Ce gage ?

— Un bijou.

— Veuillez nous le présenter, madame.

Elle hésita un instant, puis plongea la main dans son corsage pour y cueillir au creux de sa maigre poitrine une petite clé avec laquelle elle ouvrit un tiroir de son bureau. Bourdeau s'approcha et contempla, interdit, un amas de rouleaux de louis d'or et d'objets divers, des bijoux pour la plupart.

— Après la fripe, voilà l'usure !

Elle présenta à Nicolas une broche ornée de diamants et de rubis entourant le portrait d'une dame en habit de cour. Un *E* majuscule, surmonté d'une couronne, étincelait de tous ses brillants. Le commissaire, après l'avoir examinée, l'empocha à l'indignation de la tenancière.

— Vous m'assassinez ! Voleurs !

— Des insultes maintenant ?

Elle se calma.

— C'est l'émotion, monsieur… Je ne veux en aucun cas mettre en doute l'honnêteté et la conscience qui se peuvent lire sur votre visage et que confirme la hauteur de vos paroles…

— Il suffit, madame ! C'est insulter à l'équité de la police que de prétendre se rédimer de ses fautes par de basses flagorneries. Nous saisissons cet objet pour lequel nous vous donnerons reçu. S'il s'avère que rien ne s'y oppose, il vous sera rendu. Au fait, qu'auriez-vous fait si la dame n'avait pas consenti à vous abandonner ce gage précieux ? Vous ne répondez pas ?

Il désigna l'homme inconscient gisant à terre.

— Vous lui eussiez sans doute dépêché ce grand flandrin pour la menacer et lui apprendre à respecter sa parole ?

Elle ne répondit pas, l'air farouche.

— En l'occurrence, silence vaut aveu !

Bourdeau s'était éclipsé pour aller chercher le guet. Nicolas l'observait.

— Quel est votre nom ?

— Germaine Raveux, mais on m'appelle la Tison.

— Beau nom de guerre en vérité ! Que vais-je faire de vous ?

Il laissa se prolonger un menaçant silence. Ce fut elle qui finit par le rompre, incapable de supporter plus longtemps ce mutisme lourd de sous-entendus.

— Mais, monsieur, je me suis ouverte à vous en toute sincérité. Je peux encore vous être utile.

Son visage se plissa dans un mouvement méchant et astucieux.

— Songez que cette dame qui vous intéresse reparaîtra bientôt pour reprendre sa broche. Qui peut vous prévenir alors ? Hein ? Faut savoir ce qu'on veut.

— C'est une proposition à examiner. Cependant, puisque nous parlons de Russes, qu'avez-vous à dire sur ce jeune homme qui a beaucoup perdu et, sans barguigner, a réglé ses dettes ? Aurait-il eu un contact avec votre dame à la broche ?

— Oh ! Elle aurait bien voulu, je gage ! Elle le dévorait des yeux sans qu'il s'en aperçût.

— Ce fut ainsi ? Mais ils ne se parlèrent point ?

— À aucun moment. Mais le valet du jeune noble s'entretint longuement avec la dame et j'eus le sentiment qu'une intrigue se nouait.

— Tiens donc ! C'est certain que votre expérience…

— Vous pouvez m'en croire. J'ai dans ces affaires une longue pratique. Il m'arrive d'apparier de jeunes étrangers à quelques belles filles dans la nécessité.

— Vous feriez mieux de ne point vous en vanter. Connaissez-vous la Paulet ?

— Ah ! Qui ne connaît pas cette vieille vache ? Chacun s'interroge sur sa longévité dans la carrière. On raconte qu'à son âge elle est acoquinée depuis des lustres avec un de vos collègues, un commissaire qui pourrait être son fils. Un beau gars, dit-on, qui n'est pas ragoûté de faire la grenouille à l'envers avec cette truie. Il succède, à ce que je sais, à un garde-française qui avait embobiné la dame avant de partir avec sa caisse et l'une de ses filles ! Enfin, elle mène son train, protégée et soutenue par la pousse ! C'est une redoutable, une dévoreuse, une insatiable. Les filles, le jeu et maintenant la *devinerie* !

En collectionneur d'âmes, Nicolas écoutait sans illusion ce dégorgement d'horreurs, cet épanchement de haine, ce débordement d'immondices qui étaient chez les pires de ces femmes la marque d'infamie de leur industrie. Il n'ignorait certes pas ce qu'on disait de lui, médisances sans doute aussi relayées par des confrères jaloux.

— Madame, je vous autorise à demeurer libre. Oh, ne vous réjouissez pas trop vite ! La surveillance sera étroite autour de vous, tant que durera l'enquête que je mène et après sa résolution. Vous êtes en dette à votre tour et le moindre écart de votre part entraînera aussitôt les foudres de la loi. Est-ce assez clair à votre entendement ?

Elle acquiesça, vaincue.

— Et pour commencer, il me plairait, dans le cas où votre dame russe réapparaîtrait, d'en être immédiatement informé. Faites porter message au Grand Châtelet par un vas-y-dire pour le père Marie, huissier, qui me le remettra. Tâchez de connaître le nom et l'adresse de cette dame.

— Mais je les ai !

Elle ricana.

— Il n'aurait plus manqué que je laisse la pigeonne s'envoler sans savoir où elle nichait.

— Et qui est-elle ?

Elle fourragea dans un tiroir et en sortit un petit carton que couvraient deux lignes d'une écriture maladroite et qui ne sembla pas au commissaire très aristocratique. Elle le tendit à Nicolas qui le lut à haute voix.

— Princesse de Kesseoren, hôtel de Russie, rue Christine, tiens donc ! Vous gardiez donc des atouts en réserve ? Cela ne plaide guère en votre faveur. Je vous en préviens, c'est le dernier écart que je tolère.

Lorsque Bourdeau revint, accompagné des gens du guet, ils placèrent l'homme inconscient sur un brancard et l'emmenèrent. Nicolas désigna le tiroir du bureau.

— Mesurez votre chance qu'on ne saisisse pas votre trésor de guerre ! À nous revoir !

Dans le fiacre, Nicolas raconta à Bourdeau les derniers éléments arrachés à la Tison. Il lui rapporta en riant les propos tenus sur leur amie du *Dauphin couronné*.

— L'apprendrait-elle, plaisanta l'inspecteur, qu'elle serait flattée de la liaison qu'on lui prête ! Allons-nous à l'hôtel de Russie ?

— Dans un premier temps, j'y ai songé. Je ferai prendre d'abord des informations. Si nous avons affaire à une vraie princesse, étrangère et russe de surcroît, il faudra traiter cela avec des pincettes.

— C'est le marquis qui parle ?

— Non, le diplomate. J'ai jadis beaucoup appris à Vienne auprès de M. de Breteuil[1].

Il tira la broche saisie rue de la Sourdière.

— Vois-tu, il s'agit d'un portrait de l'impératrice.

— Feue ton amie la reine de Hongrie, Marie-Thérèse ?

— Non ! De la grande Catherine.

— Et ce *E* majuscule ?

— C'est l'E de Catherine, en russe *Ekaterina.* Un portrait de cette richesse est une distinction impériale.

— Comme ta tabatière du feu roi ?

— Oui, avec cette différence que c'est la comtesse du Barry qui me l'a offerte.

— Nous voilà bien avec ces Russes ! Un meurtre à éclaircir et un vol à organiser !

— J'augure mal des deux affaires.

Nicolas reconduisit l'inspecteur chez lui faubourg Saint-Marcel. Il descendit même embrasser Mme Bourdeau, rouge de confusion de cette attention et d'être surprise en tablier en train de préparer un souper de fête en l'honneur des vingt-cinq ans de l'aîné de ses fils. Le commissaire promit d'envoyer un présent et embrassa le jeune homme, tout aussi ému que sa mère, sous le regard attendri de Bourdeau.

Dans le fiacre qui le ramenait rue Montmartre, Nicolas se remémorait les événements de la journée. Son ambition, fondée sur l'expérience et l'observation minutieuse des faits, lui murmurait que cette

1. Cf. *Le Sang des farines*, *op. cit.*

affaire sortait de l'ordinaire, qu'elle ne laissait pas de recéler des obscurités difficiles à éclairer et qu'enfin elle risquait de toucher à des intérêts d'État. Était-ce simplement le jeu ou la débauche qui avaient déterminé ce crime étrange ? Il ne servait à rien de multiplier les conjectures. L'enquête apporterait sans doute d'autres lumières signifiantes.

La figure tutélaire du chanoine Le Floch ressurgit dans sa rumination. Certes il pouvait s'abandonner lors de longues soirées d'hiver à quelques jeux innocents dont les pertes étaient soldées par des haricots que Fine, sa gouvernante, conservait soigneusement dans une bouteille afin de lester les fonds de ses tartes. En chaire, le bon prêtre tonnait, affirmant que le gain des jeux était un projet honteux et un véritable larcin. Il citait Aristote dénonçant les joueurs comme des voleurs de gens qui leur étaient inconnus. Il rappelait que saint Cyprien stigmatisait le jeu comme une invention du démon, source de crimes, d'infamies et de sacrilèges. Contre cette terrible tentation, il recommandait une extrême aversion et d'éviter à tout prix les jeux de hasard si on souhaitait mériter la grâce. Quant au marquis de Ranreuil, joueur modéré de société, il moquait avec une aimable ironie son vieil ami le chanoine, tout en mettant fréquemment en garde Nicolas contre les conséquences d'une fureur si communément partagée.

La vue de l'hôtel de Noblecourt réjouit le cœur du commissaire. Son fils était sans doute arrivé et chacun s'apprêtait à célébrer son retour. Il éprouva soudain fortement le bonheur d'être père.

IV

ENVOLÉES

> « Avec une machine que je construisis et que je m'imaginais être capable de m'élever autant que je voudrais... »
>
> *Cyrano de Bergerac*

Louis tendit la main à son père mais, n'y tenant plus, se jeta dans ses bras. Il dépassait maintenant Nicolas d'une demi-tête. Une nouvelle fois celui-ci fut saisi de la ressemblance avec son père le marquis de Ranreuil et aussi de ce quelque chose d'adouci qui venait d'Antoinette. Après les premières effusions, les questions se bousculèrent sous les regards attendris de Marion, Catherine, Poitevin et Awa, venue donner la main à la bonne marche de la soirée. Au-delà du tumulte, retentirent soudain des coups de canne répétés qui marquaient l'impatience du maître de maison de participer à la joie générale. D'ailleurs Marion, la première à se remettre de l'émotion qui les avait tous emportés, frappa dans ses mains et de sa petite voix fluette rappela à Catherine et à Awa que les préparatifs du souper réclamaient leur attention. Nicolas, la main sur l'épaule de son fils, l'entraîna vers l'appartement du vieux procureur. À mi-chemin ils furent accueillis par la masse grondante et gémissante de Pluton qui mit ses pattes sur le bel uniforme du jeune officier et s'employa à lui lécher affectueusement le visage, tandis que Mouchette miaulait en frottant sa petite tête contre les jambes du commissaire.

— Ah ! s'écria une voix triomphante, bienvenue à l'enfant prodigue.

M. de Noblecourt en perruque régence, debout, la canne à pommeau d'agate à la main, habit feuille morte, bas blancs et souliers à boucles d'argent, les accueillit dans la bibliothèque où la table avait été dressée. Près de la croisée donnant sur la rue Montmartre, l'amiral d'Arranet, M. de La Borde et Semacgus devisaient, un verre à la main. Noblecourt appuya sa canne contre un secrétaire et ouvrit les bras pour étreindre Louis.

— Comment vous portez-vous, monsieur ?

Noblecourt prit la pose d'un père noble de comédie.

Par sa bonté, par sa substance,
L'Irancy de ma cave refait ma santé
Et je lui dois bien plus en cette circonstance
Qu'aux ânes de la Faculté !

Il jeta un regard vindicatif vers Semacgus qui feignait de ne point entendre la philippique, mais qui se tourna pourtant vers son vieil ami, savourant à l'avance ce qu'il allait répondre.

— Vous savez qu'étant chirurgien de marine, je n'ai pas l'honneur du compliment que vous me décochez. En revanche, je vous trouve bien affaibli. Peut-être un repos allongé et la diète, j'ajoute l'obscurité et, ce qui vous sera plus malaisé, le mutisme de la carpe vous profiteraient-ils ce soir ?

— Et pour quelle efficace raison, je vous prie ?

— Votre mémoire me paraît défaillante. Votre quatrain pèche par son liquide. Ce n'est pas de l'Irancy, c'est du lait d'ânesse. Et savez-vous de qui est ce morceau, plagiaire ? Du roi François, le premier !

— Cela nous promet une soirée des plus intéressantes ! dit La Borde.

— Au fait, reprit Semacgus, avez-vous résolu la dernière énigme de la *Gazette de France* ? Cela nous donnera idée de l'état de votre prétendue alacrité d'esprit.

— Il me provoque, l'insolent ! Vous en êtes tous témoins. Je relève le gant. Où se trouve la *Gazette* ?

Et avec une agilité qui surprit son monde, il gagna sa chambre pour en revenir le journal à la main.

— Je l'ai résolue à peine l'avais-je lue ! Écoutez :

Sans retard ni retour, je vais comme le temps.
Entraîné comme lui, j'entraîne aussi de même ;
Un abyme est le terme où, comme lui, je tends,
Et comme lui toujours je change et suis le même.

Il y eut un grand silence. Ce fut l'amiral qui prit le premier la parole.

— Je gage qu'il s'agit d'un *vaisseau* porté par l'océan ; il transporte des marins, il peut couler dans l'abîme des flots. Il change, car on le radoube et on le repeint, mais la carène demeure la même.

— Hé, hé ! Ce n'est point mal vu.

— Nous allons pouvoir en juger, dit La Borde sortant de sa poche le dernier exemplaire de la *Gazette* plié en quatre.

— Écoutons d'abord la solution de notre hôte.

Noblecourt laissa durer un silence d'attente.

— Messieurs, le mot de l'énigme est *fleuve*. Le fleuve qui entraîne, immuable, et qui se jette dans l'abîme de la mer, toujours semblable à lui-même !

La Borde ouvrit la *Gazette* dans le silence qui se maintenait.

— La solution est… est…

— Allons, ne nous faites pas languir !

— *Fleuve !*

Les vivats éclatèrent, que Noblecourt reçut avec une feinte modestie.

— C'est le fait de l'habitude, il court sur son erre. Cela ne prouve rien, dit Semacgus. Si nous donnions à notre ami quelques mots pour un bout-rimé de sa façon ? Dans ce domaine deux preuves valent mieux qu'une.

— Qu'à cela ne tienne ! Je relève ce gant-là également.

— Allons, que chacun donne un mot. Pour moi, Épidaure.

Noblecourt se saisit d'un papier et d'une mine de plomb pour noter les éléments de son pensum.

— Ex voto.

— Aurore.

— Haro

— Restaure, rugit Semacgus derechef.

— Bobo.

— Maure.

— Ex abrupto.

— Mémento.

— Vous ne m'avez pas gâté ! Mais je rechampirai en allégresse le tableau, et sans regimber.

— Nous lui avons fourni les boulets, ses bouches les porteront-elles ? s'exclama l'amiral d'Arranet.

Catherine apparut avec un paquet et une lettre.

— C'est un moine qui a aborté le dout.

— Un moine ! Voyons cela.

Nicolas brisa le cachet qui portait l'empreinte d'une croix et d'une colombe, déplia le billet et le lut à haute voix.

Monsieur le marquis et cher fils,

Vous savez mes connivences avec mes confrères pour les choses savoureuses, fruits du travail des hommes bénis par le Seigneur. L'un d'eux m'envoie de sa lointaine vallée de Savoie des saucissons, dits de Magland, au parfum si délectable que je dois m'en épargner la tentation, en tous cas pour cette moitié de l'envoi que je vous adresse avec ma bénédiction.

Dom Guy Raccard

— C'est un présent du père Raccard, exorciste du diocèse de Paris. J'ai conservé avec lui des relations espacées mais chaleureuses depuis l'affaire de la rue Royale. C'est un bec-fin !

Il défit le paquet et découvrit un lot de saucissons dont le parfum fumé emplit la pièce de ses effluves appétissants.

— Catherine, ordonna Noblecourt, qu'on nous serve à nouveau de votre délicieux vin de sureau, et découpez-nous quelques tranchettes de cette merveille, que nous en tâtions, puisque de surcroît elle jouit de la bénédiction de l'Église et que, vu son origine, le diable n'est pas au fond du boyau.

— Alors, amiral, dit La Borde, qu'en est-il de notre marine ?

— Vous évoquez l'étrange défaite de l'amiral de Grasse. Hélas ! Mauvaises manœuvres et point de réflexion préalable à l'action. Un de nos vaisseaux, *Le Zélé*, avait abordé la nef amiral *La Ville-de-Paris*. Avaries, désordres, ordres contraires. Bref, *Le Zélé* en danger d'être pris par l'Anglais, de Grasse vole à son secours, compromettant son tout pour une unité ! La brise était mauvaise et contraire à nos intérêts.

L'ennemi supérieur en nombre. Le combat s'engagea dans les plus exécrables conditions. Et je dois avouer que tout laisse à penser que le pavillon de *La Ville-de-Paris* fut amené bien avant qu'il fût hors de combat. Nous n'avons à déplorer que cinq vaisseaux perdus, mais la capture de l'amiral de Grasse par Rodney change la donne du tout au tout et constitue, vu de Londres, un signalé succès !

— Peste, dit La Borde. *La Ville-de-Paris* était cependant fort avarié puisqu'il a coulé avant d'atteindre l'Angleterre, ayant perdu dans l'affaire la moitié de son équipage.

— Vous paraissez bien au fait…

— Il n'y a guère de mérite : j'ai reçu le *Courrier de l'Europe* qui donne tous les détails. La nouvelle n'a pas percé. Ni à Paris ni à Versailles. La capitale sera touchée au vif de consternation et de désespoir de voir détruit un vaisseau portant son nom et qu'elle avait financé.

— En fait, la capitale est tout feu tout flammes en raison de l'arrivée du comte et de la comtesse du Nord. L'un très laid, l'autre très grosse !

— Un boulet ramé ! s'exclama l'amiral.

— Mais comment se peut-il qu'un fermier général soit mieux informé que le premier valet de chambre du feu roi ? demanda Semacgus.

— La finance est source d'information, messieurs, et le sera chaque jour davantage. C'est l'esprit du temps. Il semble à ce qu'on rapporte que de Grasse n'a point la dignité qui sied au malheur. On assure que le roi d'Angleterre, le recevant, lui aurait dit « *je vous reverrai avec plaisir à la tête des armées françaises* » et que notre bon marin n'a pas saisi le sel ironique du compliment.

— Allons, allons, dit Noblecourt. Ne nous attristons point par ce fâcheux épisode d'une guerre que nous allons gagner. Voici le saucisson et le vin de sureau.

Catherine apparaissait, un plateau dans les mains. Chacun se précipita.

— Ce petit goût de fumé est délicieux.

— Et ce ferme, si moelleux !

— Et cet assaisonnement, à la fois présent et subtil !

— Une rondelle appelle aussitôt sa compagne, dit Louis, regardant Catherine et désignant l'assiette vide.

— Alors, mon garçon, dit l'amiral, et cette vie de garnison, que t'en semble ?

Louis se leva et se mit au garde-à-vous.

— Repos, repos. Voilà bien des manières. Hum, je veux dire d'excellentes manières.

— C'est hélas la routine. Des exercices, toujours des exercices, de la théorie. Et la guerre se poursuit sans que nous y participions. Heureusement il y a les montures.

— Es-tu satisfait de la monture que t'a offerte Monsieur ?

— Non seulement elle m'a valu bien des envieux par son éclat, mais, dans les prémices, elle s'avéra rétive et capricieuse. Elle ne cessait de rebuter[1]. En alternant douces paroles, comme vous me l'avez appris, mon père, et quelques étrillades nécessaires, je l'ai tenue haut à la main et suis parvenu à la manier[2] !

— Bien ! Écuyer à l'instar de son père. Pour les guerres, ne t'emballe pas, mon garçon, il y en aura toujours assez pour délurer les sangs trop chauds !

— Et puis il y a le cercle, le jeu, les femmes, ajouta Semacgus, gaillard.

1. *Rebuter* : cabrer.
2. *Manier* : faire aller avec art.

Louis rougit et Nicolas jeta un regard courroucé sur Semacgus qui, confus, baissa la tête. Le retour de Catherine fit diversion.

— Monzieur est servi ! s'écria-t-elle d'une voix tonitruante.

Ils se dirigèrent vers une table ovale dressée dans un angle de la pièce. Poitevin allumait les flambeaux. Avec majesté, Noblecourt organisa sa table. Il présidait avec en face de lui l'amiral d'Arranet, Semacgus à sa droite et Nicolas à sa gauche. Louis prit place à gauche du vieux marin et La Borde à sa droite.

— Alors, ma bonne Catherine, pour le retour du petit devenu grand et surtout en l'honneur de…

Il se souleva pour s'incliner.

— … monsieur le comte d'Arranet, lieutenant général des armées navales, que nous avez-vous concocté ?

— Nous est de drop, monzieur. Ce n'est boint bour vous, ces délices-là ! Monzieur Guillaume a donné des instructions. Burée de navets, tisane de belle des prés, flan à la camomille. Vous avez eu tout votre saoul avec le saucizon !

— Ah ! Par tous les chiens verdâtres de l'enfer, *vade retro,* démone ! Je mangerai de tout, dussé-je en crever et me faire éclater la sous-ventrière !

L'amiral écarquillait les yeux devant cet échange vif dont il ne percevait pas le caractère joué et outré. La Borde arriva à lui glisser quelques mots à l'oreille qui mirent d'Arranet dans le secret de ces scènes renouvelées.

— J'approuve, dit doctement Semacgus, les sages conseils de Catherine et le délicieux en-cas qu'elle vous a préparé !

— Paix, vous ! Allons, le menu, lui seul, et plus un mot de dérive.

— Donc nous aurons des asperges à la Bombadour, suivies d'œufs en crépine et de boulets aux six clous. Enfin un dessert à la façon de mon pays, car « *un dessert sans défaut vaut seul un long dîner* ».

— Et ce dessert ?

— Des *zuckerstrauber* aux côtes de rhubarbe, accompagnés de confiture de coings – autrefois le bon Nicolas mettait la main pour m'aider à leur ébluchement –, de framboises, de reinettes et d'églantier. Ah ! *Da wollen die Montmartre strasse maien knecht zufrieden seyn !* Et je dis, pour ceux qui n'entendent point ma langue, que ça zignifie : *avec cela, les gars de la rue Montmartre en mai seront satisfaits !*

Un long murmure suivi d'un éclat de rire marqua une unanime approbation.

— Quelles nouvelles de la cour et de la ville ? demanda Louis.

— Il faut éclairer notre jeune provincial, répondit La Borde. Outre la visite du comte du Nord, un incognito qui ne l'est pas, la ville est agitée de craintes. On ne saurait exprimer les terreurs qui se sont répandues dans la société à l'occasion des fêtes de célébration de la naissance du dauphin.

— En dépit, ajouta Nicolas, des précautions presque excessives prises par la police et la ville. Il y a là un principe de sûreté qu'on exagère à dessein.

— En janvier, règlements pour reculer les cheminées dans l'entour de la grève en prévision de la venue du roi et de la reine. Bateliers, plongeurs, rebouteux avaient été distribués avec leurs bateaux le long des quais pour repêcher les malheureux que la curiosité pouvait précipiter dans la rivière.

— On a même consulté l'Académie des Sciences. Elle a recommandé de ne laisser personne sur le Pont rouge qui, n'étant qu'en bois, pouvait ne pas soutenir une trop grande foule, d'élever des barrières le long du quai de Gesvres, et, dans la salle construite dans la cour de l'Hôtel de Ville, d'installer des traverses, munies de filets de sécurité, sous le plafond de toile, pour permettre l'accès des pompiers en cas d'incendie. Même les prêtres furent mobilisés pour apporter leur secours spirituel ! On ne prendrait pas davantage de mesures à la veille d'une bataille.

— En outre, précisa Nicolas, on a préparé un nouveau et important règlement pour la manière de faire circuler les voitures, reprenant d'ailleurs les mesures préconisées dans un rapport que j'avais jadis préparé pour M. de Sartine. Quant à M. Morat, directeur général des pompes, il a certifié ne point craindre le feu, mais redouter plutôt les paniques résultant des cris de quelque femmelette clamant au feu pour peu qu'il y en eût ou qu'elle crût en voir.

— Reste que l'ordre ainsi établi a prévenu les excès et les malheurs trop ordinaires à de semblables fêtes, sur lesquelles pèse toujours le souvenir de la catastrophe de la place Louis XV en mai 1770.

— À ceci près que lors du bal à l'Hôtel de ville, la cohue des voitures était immense et qu'au cours du bal, leurs majestés ont été si pressées que la reine a cru étouffer et que le roi, aidé par votre serviteur, a été obligé de lui faire place à coups de coude.

Catherine et Awa parurent, présentant deux plats d'asperges à la Pompadour, nappées de leur sauce.

— Et le comment de cette splendeur ? demanda Noblecourt.

— C'est une recette de monzieur de La Borde. À lui l'honneur de vous la dire.

— En effet, dit l'intéressé, une manière que le roi aimait pratiquer dans les petits appartements. La recette est aisée. Comme toujours les plus simples sont souvent les meilleures. Il faut peler de belles asperges, celles par exemple du potager de Versailles où je conserve mes entrées, les attacher et les faire cuire doucement à l'eau bouillante. Cuites, il les faut fendre dans le sens de la longueur et les placer dans une serviette chaude. La sauce, toute de rapidité, consiste à fondre dans une casserole un morceau de bon beurre dont on veillera surtout à ce qu'il ne soit point rance, le manier à une cuillerée de farine, du poivre, trois jaunes d'œufs et le jus d'un limon. Nous lierons cette sauce au bain-marie. Une fois achevée et bien chaude, hop, nous plaçons les asperges sur un plat creux et nous la versons dessus.

— Mais, s'exclama l'amiral, c'est d'une facilité où moi-même je pense que j'excellerais ! J'ordonnerai dès que possible la manœuvre avec Tribord comme gâte-sauce.

— Vous avez droit par exception à quelques asperges, reprit Semacgus s'adressant à Noblecourt attentif. Voilà un aliment très sain, peu nourrissant, rafraîchissant, apéritif, laxatif, digeste et propre à émousser l'âcreté de la bile. Mesurez, monsieur le procureur, que nos réquisitions sont douces et compréhensives à votre humeur chagrine !

— Maître Semacgus a prononcé. Nous obéirons donc.

— Certes, mais seulement arrosées de l'eau de votre puits, le vin ne convient guère.

Et, pendant quelques instants, M. de Noblecourt se consacra avec une dévotion que personne ne troubla à la dégustation de ses asperges. Il est vrai que chacun sacrifiait à Comus dans une unanimité non concertée.

— Ah ! Ces pointes enrobées de sauce fondent sous la langue !

— Avez-vous lu, dit La Borde, l'ouvrage de M. Choderlos de Laclos, officier d'artillerie, seulement connu jusqu'ici par *L'Almanach des Muses* et par une certaine *Épître à Margot* si peu obligeante pour la sultane d'alors ? Mme du Barry, dont la faveur était à son comble, mais qui entendait être respectée, lui suscita, toute bonne fille qu'elle était, quelques difficultés.

— Oui-da, j'ai lu ce roman en lettres, répondit Noblecourt en s'essuyant le pourpoint constellé de taches de sauce. On a dit de M. Rétif qu'il était *le Rousseau du ruisseau*, je suis assez d'accord avec M. Grimm qui va glosant que M. Choderlos est *un Rétif de la bonne compagnie.*

— Aimée, qui s'est précipitée dessus, s'étonne de tout le mal que les femmes seraient obligées d'en dire, quelque plaisir que leur ait procuré sa lecture. Elle ajoute qu'un homme qui les connaît si bien et garde si mal leur secret ne peut que passer pour un monstre. Elle est transportée par le manifeste de Mme de Merteuil en faveur des femmes.

— Nicolas, dites à ma fille de ne point jouer les bas bleus et de ne se point commettre dans des lectures d'ouvrages qui prônent le désordre des principes et des mœurs. Cela ne sied pas à quelqu'un qui accompagne Madame Élisabeth !

— Il y a pourtant, amiral, de la morale dans ces *Liaisons dangereuses.* Laclos, après nous avoir peint des personnages vicieux, n'a pas osé se dispenser d'en faire justice. Le récit remplit parfaitement le titre. M. de Valmont est tué par l'ami qu'il a trahi. La conduite de Mme de Merteuil est à la fin des fins démasquée ; elle attrape la petite vérole qui la défigure. Elle y perd un œil et l'auteur d'affirmer que « *la maladie l'a retournée et qu'à présent son âme est sur sa figure* ».

— Belle manière en effet, après avoir distillé le poison tout au long de l'ouvrage, de conclure qu'il est dangereux ! J'approuve l'amiral. Trois lignes n'effacent pas l'impression de l'ensemble, quelque agrément que j'aie pu prendre à la beauté d'une langue qu'il honore en l'illustrant. Il a le mérite fort rare dans ce roman par lettres de conserver à chacun de ses protagonistes, en dépit de la multiplicité de leurs origines, son style particulier et son ton distinct. Mais ces menées perverses, cette immoralité dont je n'ignore pas qu'elle est commune aujourd'hui chez ceux qui devraient tenir à honneur de donner l'exemple de leurs mœurs me sidèrent par leur perversité !

M. de Noblecourt s'agitait comme chaque fois que l'indignation le prenait. Semacgus, inquiet, sonna l'entracte en frappant des mains à l'arrivée des œufs en crépine.

— Messieurs, je réclame l'honneur de vous en conter la manière, ayant offert à Marion et Catherine cette vieille recette de famille.

— Ciel ! dit Noblecourt hilare. Voici la Faculté qui pousse au crime.

L'œil du vieux magistrat s'était allumé à la vue de la masse odorante, croûtée et dorée à merveille, qui venait de faire son entrée, portée par Awa.

— Que nous faut-il ? Du jambon cuit, des ris de veau, du foie gras, des champignons et des noisettes en poussière. Je passe le tout au lard fondu et, peu après, je mouille de jus de veau pour faire mitonner le tout une petite moitié d'heure. J'assaisonne l'ensemble lié d'un coulis de viande. Oubliez le plat afin qu'il refroidisse. Prenez alors douze jaunes d'œufs frais pris au cul de la poule.

— Nous en avons toute une flopée, à Vaugirard, murmura Awa, qui écoutait Semacgus avec adoration.

— Les plus belles, celles qui viennent d'Houdan ! Les blancs, je les monte en neige. La main du chirurgien, qui est la légèreté même, va mêler en douceur tous les éléments, les jaunes délayés avec de la crème et ajoutés au ragoût. Dans un plat, étendez votre crépine, y placez votre ragoût avant de replier les bords de la toilette. Passez au four. Je vous invite à tâter de cette réussite dont la légèreté n'a d'égale que le haut goût.

Semacgus fit office d'écuyer tranchant. Le couteau de service s'engageait dans une masse élastique qui laissait échapper des vapeurs parfumées avec des petits sifflements d'affaissement.

— Cela se déguste sur un lit d'améliorée dont la verdure amère rafraîchit la symphonie des arômes.

— Comme il parle bien quand il redevient humain ! ironisa le vieux procureur. Ce plat ne risque-t-il pas d'altérer ma santé ?

— Pour sûr, mais pour ce soir je vous le tolère sans excès. Votre santé altérée ? Que ne la faites-vous boire ? Voici Poitevin et votre Irancy.

L'éclat de rire fut général.

— Pour être juste, je dois rendre à César ce qui lui appartient. J'ai emprunté ce calembour à M. de Bièvre, maître du genre. Et j'aimerais, étant chirurgien, vous en rapporter un autre. Ce même marquis, évoquait l'un de mes confrères, Daran, inventeur des bougies élastiques pour sonder la vessie. Une dame demande qui était M. Daran. C'est, répondit notre homme, un savant singulier qui prend nos vessies pour des lanternes !

L'allégresse fut générale. Poitevin dut frapper le dos de l'amiral qui, pourpre, paraissait sur le point d'étouffer. Louis tressautait sur sa chaise, pris d'un inextinguible fou rire. Quant à l'hôte, il fut contraint de déboutonner son habit.

— Le grand architecte en soit loué, remarqua Semacgus alors que le calme revenait, la joie règne ici alors que tant de gens s'homicident.

— Que dites-vous là, s'étonna l'amiral.

— Mais les suicides deviennent si fréquents que seuls désormais les cas extraordinaires sont relevés ! Un M. de Chailly, directeur à la Régie des domaines depuis plus de trente ans, s'est trouvé réduit, en raison d'une diminution d'appointements, à la simple qualité de vérificateur. Il s'est vu déshonoré alors qu'il n'était que victime du déficit. Il a voulu se brûler la cervelle, mais s'est seulement emporté une partie du visage. Il est aveugle, muet et dans un état pire que la mort.

— Il y a près d'un mois, ajouta La Borde, l'abbé Pizana, éditeur de *Métastase*, a été trouvé mutilé et sanglant dans son lit. Tout cela pour une question d'honoraires non réglés.

— Et, renchérit Noblecourt, le fils d'un mien ami, le notaire Duquesnoi, reçu en janvier dans la compagnie, est monté sur le toit de sa maison, place des Victoires, avec un pistolet. Il a manqué son coup et s'est servi d'un rasoir pour s'achever. Nul doute qu'à la fin il se serait précipité dans le vide ! Quel temps vivons-nous ? Pourquoi cette désespérance ?

— Les vieilles coutumes ayant été abandonnées, on ne poursuit plus les suicidés jadis promenés ignominieusement sur des claies. Cela dissuadait d'y recourir. Et la morale ? Que dire d'un clergé moins indigne que l'on prétend, mais dont on ne retient que les exemples scandaleux, éloignant ainsi les fidèles des autels !

— C'est, amiral, en partie conséquence d'une cause plus générale. Notre société, même si elle a atteint un niveau de progrès et de lumières inégalé, reste incertaine, instable, mouvante, hantée d'espoirs et de craintes. Aucune position n'est assurée. On murmure silencieusement que tout cela ne peut durer. Le peuple subit en silence bien des injustices et les réformes pour renflouer la vieille machine de l'État monarchique échouent les unes après les autres.

— Allons, Semacgus, ne nous assombrissons point par ces perspectives, que je ne verrai pas. Je le déplore, car je suis curieux, et la curiosité c'est la vie ! Mes amis, nous pourrons enfin voler…

— Comment ? dit l'amiral. Une société de bandits !

Noblecourt frappa la table de joie et fit tinter les cristaux.

— Non point ! Voler comme les oiseaux…

— Oui, dit Louis. J'ai entendu parler d'un certain Blanchard qui a conçu une machine destinée à permettre à l'homme de s'élever dans les airs.

— Il y a encore loin de la spéculation à la pratique, dit Nicolas. J'ai assisté à ses tentatives et, malgré la jeunesse de l'inventeur, ceux qui comme moi ont vu sa machine ont acquis au moins beaucoup de confiance dans la suite. Elle devrait fendre l'air comme un vaisseau et ramasser sous elle un volume de cet élément assez considérable pour la soutenir et l'élever.

— Use-t-il de voiles ? demanda d'Arranet.

— Non. Son appareil est d'un bois léger et solide traversé par deux petits mâts à égale distance de l'avant et de l'arrière avec un siège entre eux. L'extérieur est recouvert de carton vernissé. Il se tient dans l'intérieur, une soupape pouvant renouveler l'air. Il y a des glaces comme à une gondole. À la machine sont adaptées six ailes de dix pieds d'envergure sur dix de large. Il les fait mouvoir par un ressort en systole. C'est du moins ce qu'il espère[1]…

1. Blanchard présenta son projet le 5 mai 1782.

— Tout cela est prodigieux, dit Noblecourt. Ah ! Je souhaite vivre encore quelque temps pour admirer cela. Encore que ces essais ne laissent pas d'être bien périlleux. *Cave ne cadas*[1] *!* Il serait judicieux que ce Blanchard-là fasse provision d'essence cordiale pour se ranimer en cas de chute et de moelle de bœuf pour oindre son corps meurtri comme le recommandait M. de Bergerac[2] ! Mais voilà le grand plat annoncé ! Accours, volupté des sens !

Catherine et Awa venaient de surgir, portant avec précaution un grand plateau où trônaient deux plats d'argent. Entourés de tranches de truffes, deux poulets qui paraissaient enflés, la peau dorée et soufflée. Des arômes suaves emplirent la bibliothèque. Marion suivait ce cortège, appuyée sur une canne, escortée de Pluton qui gémissait sourdement et de Mouchette qui poussait de petits cris d'enthousiasme.

— Ne manquent plus que les hennissements de Sémillante à cette procession gourmande ! remarqua Noblecourt. Qui est l'auteur de cette merveille ?

— C'est Marion ! s'écrièrent d'une seule voix les deux cuisinières.

— Alors, à elle l'honneur de nous la présenter. Poitevin, avancez un fauteuil à notre amie et un verre de vin pour la rafraîchir.

Marion fit quelques manières, en personne férue de politesse, but quelques gorgées d'un breuvage sur lequel, à l'occasion, elle ne crachait pas, en bonne Bourguignonne qu'elle était.

— Messieurs, voilà des poulets aux six clous. À votre habitude, je vais vous régaler de la manière. Je taille, enfin, mes filles…

1. Prends garde à la chute !
2. Cyrano de Bergerac, *Les États et Empires de la Lune.*

Elle chercha du regard Catherine et Awa, qui baissèrent la tête, confuses d'être ainsi honorées.

— … m'y ont aidée car mes doigts ne sont plus aussi agiles qu'autrefois, des morceaux de truffe en forme de gros clous et je les enfonce dans les blancs de poulet avec une cheville de bois, six de chaque côté, ce qui fait douze par pièce. On devrait dire aux douze clous, mais c'est ainsi, l'autre terme a prévalu. Les poulets doivent être tendres, gros, bien nourris, tout cela est à considérer. Je prépare une farce bien tempérée avec des écrevisses et des filets de soles que j'introduis par le croupion, excusez-moi du terme. Le reste est bête de simplicité. Au four dans une daubière avec les assaisonnements utiles. Je mouille en prudence jusqu'à cuisson avec du bouillon triple mêlé d'un peu de miel et d'une bouteille de Marsala, autour des tranches de truffes, point trop cuites surtout.

L'approbation fut une nouvelle fois unanime avant qu'un long silence ne s'installe. Semacgus avait veillé à ce que leur hôte ne bénéficie que d'une aiguillette de blanc et de deux tranches de truffes, arrosées d'une petite cuillère de sauce, au grand désespoir du bénéficiaire. Les perspectives évoquées d'une crise de goutte et de douleurs qu'elle ne manquerait pas d'occasionner le convainquirent d'accepter cette sage modération.

— C'est magnifique, dit Louis qui avait hérité des qualités de gourmet de son père, savourez comme vont de pair le goût de la volaille et les saveurs des écrevisses et du poisson.

— Le tout, dit Semacgus, relevé par les truffes et le délicat mélange de la sauce où rien ne l'emporte et où tout transparaît.

— Messieurs, messieurs, dit Noblecourt sentencieux, rappelez-vous ce que disait le grand François Marin…

— Ami du roi, enfin le feu roi, et protégé par Mme de Pompadour, précisa La Borde.

— … qui répétait que « *la science du cuisinier consiste à tirer des sucs nourrissants et pourtant légers, à les mêler et à les confondre ensemble, de façon que rien ne domine et que tout se fasse sentir* ». C'est ce que Semacgus vient d'exprimer. Je vous prie de me pardonner si je me répète.

Un concert de dénégations s'éleva. Le vieux procureur qui, par instant, plongeait sur un petit papier où il notait quelque chose, fut accablé de compliments sur sa verdeur et la vigueur de sa mémoire.

Nicolas n'écoutait plus. Perdu dans ses pensées, celles-ci le transportaient bien loin du salon de l'hôtel de Noblecourt. Au début aucun de ses commensaux ne s'en rendit compte, l'expression amusée de son visage ne témoignant pas de cette fuite. Trompant son monde, lui-même en était-il conscient ? Quel étrange ressort de l'esprit le faisait parfois échapper à la réalité ? Le phénomène se reproduisait souvent dans les circonstances les plus inattendues et dans les lieux les plus variés. Il se revit soudain dans les landes qui constituaient les marges entre le château de Ranreuil et la zone des marais. Très antique point de refuge, la forteresse était bâtie au creux d'un vallon afin de n'être point repérée par les envahisseurs venus de la mer. Il voyait, sentait presque, le jaune puissant des ajoncs, celui plus acide des genêts qui tranchaient sur le gris violet des bruyères. Il entendait les cris aigus des oiseaux de mer. Il se sentait hors la commune condition, le cœur débridé et la respiration plus ample. Il buvait à longs traits l'air salé venu de l'horizon, là où le libre océan battait les falaises de Pénestin.

— Et vous Nicolas qui êtes homme de goût, que pensez-vous du nouveau Théâtre-Français ?

— Beaumarchais ?

— Non, dit Noblecourt en riant, pas les auteurs, le nouveau bâtiment construit au Luxembourg[1]. Sujet sur lequel, à l'habitude, je me trouve en controverse avec l'ami La Borde.

— Pardonnez-moi. J'ai eu une absence.

— Elle devait être plaisante ! dit Louis. Vous sembliez aux anges, mon père.

— Je m'y trouvais, en effet. Où se situe le débat ?

— Je prétends, dit La Borde, que le Théâtre-Français qu'on vient d'achever, par son emplacement et sa grandeur dépouillée, demeure un chef-d'œuvre de notre temps. Le théâtre doit être le monument par excellence qui anticipe les pensées futures par la commémoration des fêtes passées !

— Et dans celui du Luxembourg, vous voyez un temple du goût ?

— Nos architectes se sont tous formés à Rome. Ne voyez-vous pas, vous qui fîtes jadis séjour dans cette ville, qu'on a voulu recréer, avec les cinq rues qui montent vers le Théâtre-Français, le contraste qui s'offre au promeneur lorsqu'il débouche des ruelles obscures sur la place lumineuse qu'occupe la masse puissante du Panthéon ? Hé, quoi ! Monsieur de Noblecourt, vous qui, en cuisine et en musique et dans bien d'autres choses encore, prônez le maintien de la tradition passée, voilà qu'on vous présente sur un plateau d'argent un monument inspiré de l'antique, et vous le dépréciez. Fi, monsieur ! Quant à moi, que l'on me pardonne mon amour pour les anciens. Cela m'empêche-t-il de rendre toute la justice qui est due à quantité de belles choses que les modernes ont faites ?

— Ah ! C'est le monde à l'envers. Ainsi l'érudition devrait l'emporter sur le goût et si les Grecs ont

1. Aujourd'hui l'Odéon.

fait une sottise visible, grossière et palpable, faut-il que nous les imitions ? Arrêtons sur ce chemin. Je vous vois tous béats devant ces innovations qui n'en sont pas. Le dorique, le dorique, crient ces amateurs enfants de Panurge ! Pourquoi d'ailleurs s'arrêter en si beau chemin ? Hein ?

M. de Noblecourt s'arrêta, rafla d'une main sûre son verre empli de vin et le vida d'un seul trait sous le regard inquiet de Semacgus.

— Allons-nous en écoliers prendre nos modèles dans les ruines romaines de Naples ? Oui, oui, remontons jusqu'à l'origine des choses. L'antiquité des Grecs et des Égyptiens, n'est-ce pas trop récent ? Que dans l'architecture les petits génies de notre siècle aillent donc puiser aux sources de la plus haute antiquité, avant le déluge s'il est possible. La cabane, mon ami, la cabane, voilà la véritable architecture !

— Je ne trancherai pas, intervint Nicolas. Je trouve simplement que la façade avec son péristyle en saillie et ses huit colonnes doriques sont une décoration bien austère, dépouillée même, et qui rappelle l'idée d'un temple. Rien dans tout cela qui annonce Melpomène ou Thalie. J'ajouterai que la distribution particulière des loges est si mal combinée qu'il s'y trouve nombre de places où l'on voit mal et d'où l'on n'entend guère mieux.

— On rapporte même, dit Semacgus, qu'un souterrain a été creusé à partir des fondations du théâtre pour permettre au duc d'Orléans de passer aisément de son palais du Luxembourg à sa loge et qu'il ne peut l'emprunter vu son étroitesse et… sa propre grosseur !

— Messieurs, dit La Borde, veuillez considérer la masse et non les détails. La splendeur et la grandeur qui émanent de l'ensemble !

— Non, non ! La masse m'assomme et je ne suis pas un bœuf ! Je suis un vieux monsieur, je tiens à mon confort et ne souhaite pas fatiguer mes pauvres jambes en l'honneur des Grecs ! Les escaliers sont trop raides et sans repos…

— Mais c'est pour ne pas occuper trop d'espace.

— Au détriment du spectateur ? Et cela pour le prix des places ? Au parterre le prix est cinquante fois celui de l'ancien Opéra. Je reprends. Ces escaliers sont donc incommodes à gravir et encore davantage à descendre, certains passages sont ridiculement resserrés et la prodigieuse élévation de la double galerie rendra l'hiver le froid insupportable en dépit de toutes les précautions que l'on voudra bien prendre. Et que dire du lustre, du peu de lumière qu'il dispense et d'autres détails qui n'en sont pas, sur lesquels je préfère passer pour ne pas vous accabler, mon cher La Borde !

— Il est extraordinaire que vous me replaciez le même discours, à quelques bouts près, que vous teniez jadis sur la nouvelle salle de l'Opéra ! Par les arguments, vous dépassez en mauvaise foi le Président de Saujac, et d'au moins cent coudées !

Il y eut comme une grande excitation joyeuse tant les débats, avec leur véhémence et leurs colères feintes, ravissaient les convives, y compris l'amiral qui, au début, s'était inquiété de la chaleur des échanges, n'en mesurant pas l'exagération voulue.

— Messieurs, dit l'amiral levant son verre, je voudrais porter une santé à notre hôte, qui nous régale et nous ravit. Ces poulets resteront un souvenir inoubliable, cette peau croustillante, cet accord si parfait entre le contenu et le contenant, qu'augmente encore le velouté parfumé de cette sauce ! Ah, merci, monsieur ! Et reconnaissance de la part d'un vieux marin plus accoutumé durant de longues années au lard rance et au pain moisi des cambuses, et aux sempiternelles antiennes des carrés.

Il fut applaudi par l'assemblée.

— Merci, amiral. Il y avait longtemps que je souhaitais avoir l'honneur de vous traiter. Voyez, ici les choses sont simples. Un groupe d'amis très chers. Tout va à la suite, la cuisine, le vin, la littérature, les spectacles, l'amour et l'art sont d'intarissables sources de joyeux propos ! Et pour achever en feu d'artifice, je vais vous livrer le fruit de mes cogitations pour les mots – vous ne n'avez pas gâté ! – qu'il fallait que je rimasse.

La curiosité fut portée à son comble. Il sortit un petit papier.

— Écoutez, messieurs :

J'ai quatre-vingt-dix ans, j'arrive d'ÉPIDAURE ;
Esculape a reçu mon premier EX VOTO.
On aime ses vieux jours autant que son AURORE :
Chacun sur mon voyage avait crié HARO !
L'expérience soutient et le succès RESTAURE ;
Me voici rajeuni et presque sans BOBO.
Mon front était ridé, mon teint celui d'un MAURE,
Quand je parlais, mes dents partaient EX ABRUPTO.
Une seule restait servant de MEMENTO.

Une acclamation générale salua la péroraison.

— J'en veux une copie ! s'écria l'amiral.

— Il s'est encore vieilli ! murmura Semacgus. Mais c'est pour le nombre de pieds….

Heureux qui dans ses vers, sait d'une voix légère,
Passer du grave au doux, du plaisant au sévère !

Les adieux se prolongèrent dans la rue Montmartre où Louis et Nicolas avaient accompagné les invités jusques à leurs équipages. Il se faisait tard et Louis, soudain écrasé par la fatigue du voyage, salua son père. Ils remirent au lendemain le moment de se parler plus longuement. Nicolas rejoignit l'appartement de M. de Noblecourt, qu'il désirait saluer avant son coucher. Il le trouva devant ses livres. Il avait ôté sa perruque et son crâne nu luisait à la lueur des chandelles. Il semblait courbé, vieilli, et murmurait des mots sans suite.

— Monsieur, dit Nicolas après avoir marqué sa présence d'une toux discrète, je souhaitais vous donner le bonsoir. Cette soirée a été une réussite qui marquera ses participants. L'amiral ne tarissait pas d'éloges à votre égard.

— Peu m'importe. Tout cela aura une fin. La sagesse est de se dire que c'est sans doute la dernière fois que je réunis mes amis.

— Oh ! Que je n'aime pas ce ton-là ! Trop d'Irancy, trop de truffes, trop d'animation et l'animal est triste. Reprenez-vous ! Tout cela peut augurer une crise de celle qu'on ne nomme pas.

— Vous avez raison, mais j'ai du vague dans le cœur. Et le vague, c'est du trop-plein et le trop-plein crée le vide.

— Allons, point de *talapoin* ce soir, point de *tao*. Une nuit sereine après une soirée parfaite.

— Vous en parlez à votre aise. Considérez mes livres. Vous les connaissez, vous en avez souvent usé. Comme moi, vous les aimez comme des personnes. Ils me sont si familiers qu'au toucher seul je les pourrais reconnaître. Leur odeur même à chacun m'est familière. Et puis, eux, ils sont immortels et assurés de leur éternité. Ils continueront à vivre, glissant de main en main, immuables et sereins, transmettant le savoir et la sagesse. Immortels, oui, car qui pourrait envisager de détruire un livre ? Sauf l'Inquisition… Ils seront toujours là quand nous n'y serons plus. Jadis je les acquérais avec le sentiment, non seulement d'une possession, mais encore d'une assurance contre la mort. Aujourd'hui mon amour pour eux n'a pas varié, mais j'éprouve chaque jour davantage la vanité de cet attachement et l'inanité de cette sauvegarde. Comme une poignée de sable tout soudain s'échappe de ma main. Tant d'ardeur consacrée à la vie, alors qu'au bout du compte on s'interroge si l'on n'a pas perdu sa peine !

— Vraiment, je ne goûte guère cette pente où vous glissez.

— Vous apprendrez, Nicolas, comme le disait notre Montaigne, *qu'il ne se voit point d'âmes, ou fort rares, qui en vieillissant ne sentent à l'aigre ou au moisi.*

— Je connais, dit Nicolas riant, des exceptions qui savent trousser gaillardement le bout-rimé !

Cela tira un pauvre sourire à Noblecourt qui s'assit, invitant par là même son visiteur à faire de même. Mouchette, folâtre, sauta sur le fauteuil, se percha sur le dossier et, aguichée par les lueurs qui dansaient sur le crâne ivoirin du vieux magistrat, se mit à le tambouriner de ses petites pattes, avant que de frotter amoureusement sa tête contre l'oreille de sa victime.

— Voyez comme la chatte vous aime et cherche à vous distraire.

Nicolas sentit que le moment exigeait de fixer l'esprit de son vieil ami, de l'attirer sur un autre terrain qui lui fasse oublier cet accès de mélancolie. Il le mit au courant, en exagérant le pittoresque du récit, de l'enquête en cours. Il évoqua aussi, comme s'il se parlait à lui-même car Noblecourt était une tombe, les préparatifs de l'opération voulue par Vergennes et Sartine.

Le vieux procureur, après avoir longuement médité, s'attacha avec clarté à établir les avantages et les inconvénients d'une opération dont on pouvait accepter la nécessité, tout en déplorant les moyens utilisés.

— Vous avez, mon ami, depuis plus de vingt ans, été associé à bien des affaires secrètes où les intérêts du trône et de l'État exigeaient de faire la balance, sans excès d'angélisme, entre des choix difficiles. Sur ce coup-là, illicite à coup sûr, je vous sens incertain et troublé. Soit que les conditions de cette action vous déplaisent et agissent sur votre tempérament, soit que votre intuition, qui si souvent vous a tracé la voie, éprouve confusément la crainte des suites de quelque chose que vous n'avez ni voulu ni même pensé.

— Cela est vrai que depuis les commencements j'éprouve des doutes sur les instructions que je suis chargé de mettre en œuvre.

— Vous en êtes-vous ouvert à Sartine ?

— Certes ! Mais vous le connaissez, trop heureux d'être à nouveau aux affaires, même secrètes. Les a-t-il jamais quittées d'ailleurs ? Il écoute sans entendre et ne veut que le but sans consentir vraiment à s'intéresser aux détails. La *cuisine,* comme il a coutume de le dire, ne le retient pas et la raison d'État l'emporte sur les objections raisonnables et toutes autres considérations. Ce prétexte-là se donne de beaux privilèges, tout ce qui lui paraît utile devient légitime et tout ce qui est nécessaire honnête, pourvu qu'on aboutisse.

— Soyez prudent, conclut Noblecourt. J'appréhende pour vous les suites de cette affaire dont les tenants ne correspondent pas aux aboutissants.

Il cligna d'un œil.

— Merci de m'avoir distrait… J'ai observé que vous-même…

Nicolas se retirait quand il fut rappelé.

— Pour votre autre enquête, une coïncidence me frappe. Pourquoi un Russe ?

— Il est à Paris pour faire sa cour au tsarévitch Paul.

— Bon, et c'est alors qu'on le tue ! Mais quand l'arbre tombe, le caillou roule. Bonne nuit, Nicolas.

Sur cette sibylline remarque qui le laissa perplexe, Nicolas monta se coucher.

Jeudi 23 mai 1782

Au petit matin, il rejoignit Louis qui, debout devant sa table de toilette, se rasait. Ému, il considéra un moment cette scène qui signifiait si bien le temps écoulé et l'enfant devenu homme. Après quelques commentaires sur la soirée, le fils interrogea le père sur Antoinette. Des lettres parvenaient de Londres d'une manière irrégulière, relatant son existence alors que le royaume et l'Angleterre restaient en guerre. Tout en soulignant avec chaleur la tâche qu'elle poursuivait, si utile et même essentielle pour le service du roi, il écartait toute remarque qui aurait pu faire soupçonner au fils les périls au milieu desquels naviguait sa mère.

Nicolas, en discrétion, ne manqua pas de renouveler au jeune homme les conseils déjà prodigués au moment de son départ pour Saumur. Il le mit en garde contre des situations fâcheuses où l'honneur impliqué conduisait de manière fatale à des rencontres inévitables. Il ajouta, faussement jovial, qu'outre l'inconvénient mineur d'être tué, il risquait d'en sortir estropié et, surtout, de déplaire au roi en enfreignant les édits sur les duels.

Soudain rajeuni, Louis baissa la tête sous l'affectueuse algarade et promit à son père de prendre garde et de conserver en mémoire les conseils qu'il avait un temps négligés. Pour adoucir l'impression de cette admonestation, Nicolas remit à son fils le portefeuille à secret et les paires de gants pour faire des armes. L'enthousiasme du garçon émut le père ; par certains côtés Louis était encore un enfant.

Enfin, en prévision du bal offert en l'honneur du comte et de la comtesse du Nord, il le mit au courant de la situation à la cour. La naissance du dauphin avait renforcé l'influence de la reine, chaque jour davantage maîtresse des grâces et des faveurs. Il n'était pas jusqu'à M. de Vergennes qu'elle eût voulu éloigner, tout son système contrariant les vues ambitieuses de la cour de Vienne. Mais sur ce point elle avait trouvé le roi ferme dans ses affections pour ce ministre. Là aussi, il convenait de demeurer dans l'expectative, prudent, et surtout de ne point offrir carrière à des jalousies en prenant part à des intrigues ou des cabales si foisonnantes dans ce *pays-cy*. Pour brocher le tout, Nicolas proposa à Louis de l'accompagner, dès que l'enquête en cours lui laisserait un moment, chez maître Vachon, leur tailleur, pour paraître dignement aux fêtes de Versailles comme il seyait à des Ranreuil.

Il se rendit compte aussitôt qu'il les eût prononcés que ces mots dépassaient sa pensée. Cet accès d'orgueil de leur nom ne correspondait pas à ce qu'il éprouvait au fond de lui-même. Certes le temps avait quelque peu modifié la fière attitude du jeune Le Floch refusant au feu roi son titre de marquis. Les années avaient passé, entraînant des compromis avec cette première posture, pour sincère qu'elle était. Et surtout il ne pouvait pas compromettre l'état, la position et la carrière du vicomte de Tréhiguier pour satisfaire ses propres réticences. Il se reprocha encore une fois cette façon de se mettre en accusation devant son propre tribunal sans que rien vraiment ne justifiât cette intime inquisition.

Il quitta son fils qui allait flâner dans Paris, profitant de ce beau printemps, et descendit à l'office où il trouva Bourdeau buvant un chocolat et devisant avec Catherine.

— Pierre, quelle bonne surprise ! De si bon matin.

— Je crois que ce que je vais t'apprendre ne sera pas de nature à te complaire.

— Hé ! Quoi donc ?

— On a retrouvé dans le filet de Saint-Cloud le corps d'Harmand, commis de l'hôtel de la rue de Richelieu !

V

RICOCHETS

> « Veux-tu que je déchire la toile fatale dont la Parque ourdit la trame ? »
>
> *Shakespeare*

Cette nouvelle laissa Nicolas un moment silencieux. Il en évaluait la portée et les conséquences.

— Les détails ?

— Un corps retrouvé hier soir, repêché et porté à la basse-geôle. Le cadavre correspondait à un signalement donné par sa famille qui s'était inquiétée hier de sa disparition. Le meurtre est avéré. Pieds et mains liés et bâillon dans la bouche. Il n'avait aucune chance de s'en sortir, si toutefois il a été jeté vivant dans le fleuve.

Nicolas, en amateur, apprécia la concision de l'inspecteur, puis plongea dans sa réflexion.

— L'ordre de marche ? demanda Bourdeau.

— Ma conviction, c'est qu'une partie de la solution réside dans ce problème de clés. Avant que de se lancer à l'aveuglette, nous devons avoir clairement les faits à l'esprit.

— Et il y a difficulté à saisir l'imbroglio, même pour nous !

— Il faut donc approfondir la compréhension de ce point particulier, mais capital.

Il sortit de sa poche le petit carnet noir, en feuilleta lentement les pages.

— Refaisons nos comptes et dressons une petite liste pour y voir plus clair. L'hôtel possède trois clés, des passes, qui permettent l'accès rue de Richelieu. Lachère en dispose d'une, qu'il prétend avoir oubliée chez lui. À vérifier. Celle à la passementerie rouge et or avait été confiée au comte de Rovski. La troisième, à l'usage du commis Harmand, ornée d'un pompon jaune et bleu, a été retrouvée en possession de Piquadieu.

Bourdeau semblait la proie d'une vive agitation.

— Piquadieu se moque de nous ! Il n'a pu prendre le passe du commis. Celui-ci ne l'aurait pas laissé à l'hôtel. Comment serait-il rentré dans l'établissement le lendemain matin ? Et d'ailleurs Piquadieu nous a lui-même affirmé qu'il avait projeté d'arriver tôt le matin pour remettre le passe dans le tiroir du commis avant son retour.

— Tu as raison. Il nous ment. Il nous faut absolument découvrir ce qui s'est produit avec ces clés. Cela éclairera la suite.

— Et qu'est devenue la clé de la chambre du comte, disparue elle aussi !

— Nous n'interrogerons pas Piquadieu. Il faut le laisser rassir au secret, il n'en sera que plus tendre !

— Cela réduira ses défenses.

— En revanche, il convient de se pencher sur le cas Harmand, voir la Paulet et rechercher la dame au portrait. Je vais envoyer un mot à Corberon dans le cas où il connaîtrait le comte de Rovski. Si l'homme a été l'amant de l'impératrice, il y a de grandes chances qu'on soit en mesure d'en apprendre davantage à son sujet.

Poitevin apparut.

— Nicolas, il y a à la porte un exempt qui vous attend avec une voiture. Et il m'a chargé de vous remettre ce mot.

Nicolas prit le pli.

— Sans doute des ennuis avec l'ambassade de Russie. Les nouvelles ont mené leur train plus vite que prévu. J'appréhende le pire.

Il lut le message et l'expression de son visage intrigua l'inspecteur.

— Ce n'est pas cela ?

Nicolas soupira.

— Non, je me suis trompé d'ambassade. M. Le Noir me convie… Enfin, écoute.

Mon cher Nicolas,

Vous m'obligeriez en passant sur l'heure à mon cabinet dès réception de ce billet. Pour des raisons inconnues, Benjamin Franklin, ambassadeur des Insurgents américains, souhaite me rencontrer ce matin à dix heures, pour affaire de police confidentielle. Sachant que vous le connaissez, j'apprécierais que vous fussiez présent. Je vous envoie ma voiture.

Le Noir

— Bigre. As-tu idée de ce qui se trame ?

— C'est la seconde fois que les Américains paraissent en deux jours, c'est beaucoup !

— Tu veux dire que cela peut avoir une relation avec l'affaire de la rue de Richelieu ?

— Tu sais ce que je pense des coïncidences. Ce sont des faits qui se rencontrent et cela ne se produirait pas s'il n'existait pas un lien entre eux ! Enfin… je cours, je vole. Pendant ce temps, retourne au Châtelet, tâche de déterminer avec Sanson si les premières observations concernant la mort du commis se confirment. Je te retrouve et nous appliquerons le programme prévu.

Quand il arriva à l'hôtel de police, Nicolas constata un branle-bas inhabituel dans ce lieu si calme en temps ordinaire. Plusieurs carrosses stationnaient devant les degrés qu'il escalada quatre à quatre. Le vieil huissier qui l'attendait le salua et lui dit l'air affairé qu'on n'attendait plus que lui. Il essaya de savoir qui était présent, mais on mit le doigt sur les lèvres en roulant des yeux inquiets, le tout souligné par des haussements de sourcils. L'huissier gratta à la porte, chose peu commune. La voix de Le Noir répondit. Le commissaire entra et prit aussitôt la mesure de l'importance de la réunion. Le lieutenant général de police était debout derrière son bureau, le teint fort animé et tirant sur ses manchettes, signe chez lui d'un énervement patent. Devant lui, deux personnages assis. Dans l'un il reconnut M. de Vergennes, raide et compassé et, à l'évidence, pressé d'en finir. À côté de lui, Benjamin Franklin. Alors qu'il s'approchait en saluant, Nicolas fut dévisagé par celui qu'il avait jadis accueilli à Auray lors de son arrivée en France. Le savant avait vieilli, frileusement enveloppé plus que vêtu d'une longue veste beige à col de fourrure qui surprenait par cette saison. Les cheveux avaient blanchi. Il reconnut les yeux froids et, à la vérité, peu amènes, le nez fort, la bouche aux lèvres rentrées, comme aspirées, sans doute en raison d'un dentier. Il avait encore grossi car, selon les fiches de police que le commissaire consultait avec régularité et en dépit d'affirmations dignes d'un anachorète de la Thébaïde, il fréquentait toutes les bonnes tables, ne dédaignait pas la bonne chère et appréciait fort la bière et le vin. Derrière se tenait un homme jeune à la mine sombre, vêtu de noir, qui paraissait être un garde du corps.

— Eh bien, puisque le commissaire Le Floch est parmi nous, la séance est ouverte.

Vergennes approuva. Nicolas s'interrogea sur le pourquoi du caractère solennel de la réunion.

— Monsieur l'ambassadeur, dit le ministre, vous avez souhaité rencontrer le lieutenant général de police pour une affaire délicate. Il n'a pas autorité pour traiter avec un ministre étranger, fût-il celui d'une nation alliée.

— C'est pourquoi, dit Le Noir, j'ai rendu compte à monseigneur…

— Si nous allions directement au fait, coupa Vergennes, en se tournant, raide, vers Franklin. Nous vous écoutons, monsieur l'ambassadeur.

— Puis-je d'abord, monseigneur, dit l'intéressé d'une voix lourde et avec un accent effroyable, excuser moi d'avoir créé une difficulté à vous pour venir de Versailles. Vraiment, je suis désolé. C'était un gros erreur de ma part, mais je voulais pas déranger vous.

Vergennes chassa les mouches d'une main impatiente.

— Je souhaitais seulement voir M. Le Noir à qui j'ai introduit déjà M. Smith, mon attaché.

L'homme en noir s'inclina, mais personne à part Nicolas ne lui prêta la moindre attention. Cette précision était-elle à destination du dernier arrivé ?

— Je suis gêné d'apprendre, non, d'avoir à vous apprendre le tout ce que je sais. J'irai pourtant *straight*… comment vous dites en français ?

— Droit au but, directement, dit Nicolas.

— Merci, monsieur le marquis.

Il paraissait que depuis leur première et unique rencontre, l'homme se fût renseigné sur lui.

— Droit au but, *well* ! Il y a eu événement fatal de l'hôtel, rue de Richelieu.

— Oui, monseigneur, dit Le Noir qui craignait qu'on ne le crût mal informé. Un noble russe, le comte de Rovski, officier de la garde impériale, a été trouvé, disons égorgé, dans sa chambre. Le commissaire Le Floch a été chargé d'une enquête... Discrète comme il se doit, au vu des circonstances.

— Et quel est le lien, reprit Vergennes, entre cet assassinat et la représentation américaine à Paris ?

— C'est précisément, monseigneur, ce que j'ai à vous exposer. Il se trouve que par un très malheureux imprévu... hasard, oui, hasard, ce comte de Rovski a reçu ce soir-là un de mes concitoyens et que par un très renouvelé opportunité, non aléa, il a perdu dans cette chambre un objet précieux, enfin un souvenir, à lui appartenant.

— Dois-je comprendre, monsieur l'ambassadeur, que nous sommes ici réunis pour rechercher un objet perdu ?

Vergennes avait pris ce ton d'inimitable hauteur et d'arrogante froideur que les étrangers depuis Louis le Grand reprochaient aux Français.

— L'ambassadeur parle sans doute de cet objet, dit Nicolas à la surprise générale, présentant la pièce percée découverte dans la chambre de la rue de Richelieu.

Franklin mit ses besicles et tendit la main. Nicolas y déposa l'objet.

— C'est bien cela que nous cherchons.

— Mais encore ? dit Vergennes dont la froideur s'accroissait.

— Nous avons appris le meurtre et dans ces circonstances nous craignons que des soupçons ne se portent sur l'un des nôtres.

Franklin allait empocher la pièce, mais Nicolas arrêta son mouvement.

— Mille regrets, monsieur l'ambassadeur. Cette pièce vous sera restituée plus tard lorsque nous aurons éclairé les raisons de sa présence là où elle fut trouvée. Mais je dois vous informer que son possesseur est de fait l'un des suspects possibles dans cette grave affaire d'assassinat. Cette pièce américaine appartient bel et bon à l'un de vos compatriotes. Elle était attachée à une chaîne qui s'est rompue dans des circonstances que nous cherchons à éclairer. Dans ces conditions, serait-il possible de s'entretenir avec le possesseur de cet objet, si toutefois vous le connaissez ? Et c'est le cas, étant ici pour cette démarche.

Un long silence suivit le clair exposé des faits par Nicolas. Seul le bruit de la canne de Franklin frappant le parquet le rompait, accentuant le caractère dramatique du moment.

— Monsieur l'ambassadeur, il me semble qu'une question vous a été posée, que je vous saurais gré de considérer.

— Les réponses, monseigneur, ne sont jamais aussi nettes que les questions. Cependant, avant de vous éclairer, sachez que je me suis engagé il y a bien longtemps de ne rien faire que je ne puisse avouer…

— Alors, que faisait votre compatriote chez un Russe récemment arrivé à Paris ?

Le Noir consultait un dossier qu'il avait tiré du tiroir de son bureau. Il en agita soudain une feuille.

— J'ai la liste de votre délégation. Pouvez-vous me donner le nom de cette personne ?

Le piège était trop grossier pour qu'un matois comme Franklin y tombât. Il eut un sourire méprisant.

— Qui vous dit, monsieur le lieutenant général, qu'il faisait partie de mon ambassade ?

— Nous nous égarons, dit Vergennes. J'ai posé une question.

— Monseigneur, daignez, je vous prie, tourner les yeux sur la situation qui domine. Je veux dire que les préliminaires d'une paix imminente imposent à chacune des parties de préserver ses intérêts particuliers. *So*, les cartes sont distribuées et le *deal*, comment vous dites, est mouvant pour tous et non égal.

— La donne est différente à chacun.

— Vous savez combien le Congrès est reconnaissant à la France de son appui.

— En hommes, armement, vaisseaux et financements, ce qui par les temps qui courent pèse lourdement sur un budget très fragile.

— J'en suis bien conscient. Toutefois, il serait de notre part irresponsable de ne point veiller sur nos intérêts propres. Ne pas considérer vous qu'il peut agir de *underhand dealings*… je veux dire.

— Menées sourdes.

— *Yes*, c'est cela, menées sourdes. Je puis bien reconnaître, et vous devez l'accepter, que nous avoir des contacts politiques avec toutes les parties.

— L'Empire russe est-il directement intervenu dans la guerre actuelle ?

— Non, monseigneur, mais il se propose d'intervenir en médiation. Ce qui pourrait être *advantageous* pour notre alliance et le futur traité.

Vergennes eut un sourire ironique.

— Il serait sans doute plus judicieux que nous présentions un front uni face à l'Angleterre au lieu de nous disperser en démarches inutiles. Regardez, monsieur l'ambassadeur, l'état isolé dans lequel notre adversaire est resté jusqu'ici. Il faut tout faire pour l'y maintenir en préservant les mêmes principes qui nous ont conduits si heureusement jusqu'à la conjoncture actuelle, qu'un revers naval ne peut compromettre.

— Mais…

— Je n'ai point achevé. Dans ces efforts multiples de nos ennemis, il y a la volonté affirmée de détacher l'Amérique de la France. Aussi l'action russe, si pleine de considération envers l'Angleterre, devrait vous mettre la puce à l'oreille…

— La pousse à l'oreille. *What ?*

— *To be suspicious, mister ambassador*, dit Nicolas.

— Et vous mettre en garde contre toute action individuelle. C'est dans la parfaite union entre nous que réside le succès des négociations à venir. Nous avons trop fait ensemble pour qu'au dernier moment nous nous divisions. Ce n'est pas le lieu d'en parler. Mais je répète ma question, que faisait cet Américain chez un noble russe ?

— Vous ne pouvez croire, monseigneur, que nous agissons de propre mouvement contre vous. Dieu, non !

Vergennes tira un papier de sa poche, chaussa ses besicles et se mit à lire sur un ton monocorde mais implacable : « *MM. Oswald et Witford, anglais, logés à l'hôtel de Moscovie rue des Petits-Augustins, voient quotidiennement M. Franklin avec un attaché de l'ambassade de Russie. Ils sont accompagnés d'une espèce de valet de chambre qui parle français, court toute la journée et tient des conférences avec eux. On l'a vu entrer plusieurs fois chez ledit Franklin à Passy.* » Ceci se passe de commentaire.

— Je ne savais pas que bon mouvement de vous être en premier d'espionner moi…

L'émotion ou la colère brouillait l'expression de Franklin.

— … Mes congratulations pour votre police.

Il salua d'un hochement sec Le Noir, de marbre derrière son bureau.

— Nous sommes en guerre et nous espionnons les Anglais, pas vous !

— … Je vous dire que cet homme envoyé par le Congrès. Mais ne pas pouvoir moi tout contrôler. Je regrette.

— Comment se nomme-t-il et où le peut-on trouver ?

— Je suis en désespoir de ne le pouvoir dire. Je ne le sais pas et l'homme a quitté Paris.

— Soit, monsieur l'ambassadeur, je rendrai compte au roi de cette entrevue. Je regrette de n'être pas en mesure de lui confirmer la clarté et la sincérité de notre alliance, à laquelle nous sommes si attachés. Je vous salue, monsieur Franklin.

Le ministre plénipotentiaire américain se leva avec peine et salua à la ronde sans un mot. Alors que Vergennes demeurait assis et immobile, Le Noir le reconduisit, suivi de l'attaché, à la porte puis revint près de Vergennes qui, le visage fermé, hochait de la tête.

— Cet homme-là nous ment comme un arracheur de dents du Pont-Neuf ! L'Amérique prend sa place et il faudra désormais compter avec elle ! Ils nous prennent à revers, négociant à tout va avec Frédéric et Catherine des accords commerciaux dont nous pâtirons un jour !

— J'ajouterai, dit Le Noir, que l'homme qui l'accompagnait et qui porte le nom si commun de

Smith n'apparaît nullement sur la liste de la délégation américaine. Qui est-il ?

— Peut-être celui que nous cherchons, avança Nicolas.

— J'opine comme le marquis de Ranreuil.

— Mais, dit Le Noir, comment peut-on imaginer qu'il soit venu me voir avec le suspect ? C'était le jeter dans la gueule du loup !

— Point. C'est au contraire du dernier habile et furieusement bien agencé. Comment irions-nous supposer une pareille audace ? Et d'un autre côté, c'était l'assurance que nous ne porterions pas nos yeux sur l'homme. Il faut le retrouver et, si c'est nécessaire, au mépris du droit des gens, nous emparer de lui et l'interroger. Mais il doit déjà être loin…

Le Noir émit un petit ricanement.

— Non, monseigneur, avant que vous ne paraissiez tous deux et à l'annonce qui me fut faite qu'un homme accompagnait Franklin, j'ai voulu savoir à qui j'avais affaire et, ne trouvant rien sur ce prétendu M. Smith, j'ai immédiatement ordonné qu'on le place sous surveillance !

— Bien, voilà une opportune décision, dit Vergennes. Vous suivrez cette affaire, monsieur le marquis, et quant à l'autre…

— Notre homme prend son service aujourd'hui et sera dans la place en prévision de l'événement que vous savez.

Après que le ministre eut quitté la pièce, Le Noir se tourna vers Nicolas. Contrairement à Sartine toujours impassible dans ce genre de conjoncture, il ne parvenait pas à dissimuler ses émotions. Il s'épongea le front avec un grand mouchoir extrait de sa manche et regarda, piteux, le commissaire.

— Vergennes ne supporte pas la suffisance de cet Américain.

— Cela se voit. Il ne l'a pas ménagé !

— Il fallait donner quelques coups de caveçon. Après qu'on les a aidés, ces gens-là vont nous tailler des croupières. Dans le concert des puissances, nulle n'est amie d'une autre ; il n'y a que les intérêts qui priment ! Et n'oubliez pas que ce Franklin fut l'un de nos plus redoutables adversaires et le massacreur de nos alliés indiens.

— *Renégat de son culte, infidèle à son roi, / Sous cape il se moqua du ciel et de la loi. / Vergennes et Maurepas crurent à ses sornettes, / Et le doyen de tous les charlatans / Trompa les bons avec ses cheveux blancs, / Et les sots avec ses lunettes.*

— Où avez-vous pris cela ? Je ne l'ai point lu dans les libelles saisis qu'on m'apporte.

— Je l'ai reçu de Londres. C'est la légende d'un portrait du personnage.

— C'est vérité ! Au vrai, Nicolas, ce qui m'affecte et me bride dans cette occurrence n'est pas tellement cette péripétie-là que l'autre coup que nous avons organisé. Je persiste à penser, comme vous mon ami, que d'un mal fabriqué ne peut sortir un bien. Fasse le ciel que notre homme marche habilement. Sinon…

— Je vous suis. Il n'y a pas d'affaire où la combinaison des hasards soit plus aléatoire.

— J'ignore, dans la passe où nous sommes engagés, à quel sort insensé la fortune nous mène…

— À vous écouter, à deux alexandrins.

Ils éclatèrent de rire.

— Mon cher, ce que nous appelons sort est une suite inévitable d'antécédents inconnus, de causes secrètes et de combinaisons où nous n'avons pas la main. Faites au mieux et ne me laissez pas dans l'expectative.

Sur le chemin du Châtelet, Nicolas repensa au personnage mystérieux qui accompagnait Franklin. L'hypothèse qu'il pouvait s'agir de l'Américain de la rue de Richelieu lui apparaissait de plus en plus probable. Si c'était le cas, pourquoi cet entretien ? Il convenait de rassembler des informations plus étendues sur le comte de Rovski, qui n'était sans doute pas ce qu'il donnait l'impression d'être. Bourdeau l'accueillit, se frottant les mains.

— Harmand a été jeté dans la Seine sans doute après avoir été assommé. Une bosse à la base arrière de la tête le prouve.

— Il nous faut voir la famille. Peut-être en tirerons-nous quelque chose d'intéressant. Avant de nous y rendre, je vais écrire un mot au baron de Corberon au sujet du comte de Rovski et de ce qu'il pourrait connaître du personnage.

Il tailla une plume et, après un moment de réflexion, écrivit un billet qui fut plié et scellé d'un cachet de cire rouge à ses armes. Le père Marie se vit confier le soin d'acheminer le pli à l'adresse parisienne du baron de Corberon et d'appeler un fiacre qui les devait conduire à la boutique du père d'Harmand. Pour éviter les embarras des ruelles, ils prirent par le quai de Gesvres et la place de Grève, puis la rue du Mouton et, après un bref passage rue de la Coutellerie, s'engagèrent dans celle des Coquilles pour enfin atteindre le carrefour des rues de la Verrerie et Bar-du-Bec.

— Mazette ! s'exclama Bourdeau, en contemplant ébloui la boutique dont les dorures éclatantes et les peintures criardes rutilaient sous le soleil au milieu de la grisaille des maisons environnantes. Le roi n'est pas son cousin, à ce perruquier-là ! Et quel bleu !

— C'est la marque de leur état.

— Comment moi, vieux Parisien, je ne sais pas cela ! J'avais bien remarqué ces boutiques particulières, mais sans jamais m'interroger sur le pourquoi de ce bariolage.

— Apprends donc que rouge et noir s'attache aux barbiers-chirurgiens et que le bleu particulier que tu vois sur cette officine est celui des perruquiers. Il leur appartient.

— Et lis l'inscription au-dessus du porche. Il ne laisse pas de manquer de modestie.

Nicolas ne put s'empêcher de rire en déchiffrant l'inscription de lettres dorées sur fond de marbre noir en trompe-l'œil et en contemplant l'enseigne naïve qui l'illustrait.

PACÔME HARMAND
Maître Marchand Perruquier
Perruquier de S.A.R. Monseigneur
le duc d'Orléans

Fait et vend toutes sortes de perruques
à la mode. Cheveux de France, d'Angleterre,
de Hollande, Flandre, Allemagne
et d'autres, des plus beaux en gros
et en détail.
À l'enseigne de l'Absalon Pendu[1].
Passant, contemplez la douleur
D'Absalon pendu par la nuque.
Il eût évité ce malheur
S'il avait porté la perruque.

1. *Absalon* : ce fils de David révolté contre son père fut tué après que sa longue chevelure se fut accrochée à des branches.

Les policiers poussèrent la porte. Nicolas fut frappé par l'air de propreté qui marquait, contrairement à ses sœurs dans l'activité, la boutique de maître Harmand. Celles-ci rassemblaient habituellement tout ce que la malpropreté pouvait réunir : carreaux enduits de poudre ou de pommade, planches et solives imprégnées, odeurs suspectes d'onguents. Ici, il semblait que tout fût en ordre, nettoyé, briqué et qu'on évitât en priorité tout ce qui aurait pu défigurer une boutique où le bon goût dominait dans la décence la plus exquise.

Un petit vieillard, le visage éteint et ridé à l'excès, vêtu de noir, s'approcha d'eux, les accueillit d'une voix cassée. Ses yeux rougis laissaient couler des larmes.

— Messieurs, que puis-je pour vous ? Pardonnez mon état, mais un deuil familial me laisse sans force et sans ressort.

— Vous êtes bien maître Pacôme Harmand ?

— Oui, monsieur, j'ai cet honneur.

— Monsieur, je suis Nicolas Le Floch, commissaire de police au Grand Châtelet. Je suis chargé, avec mon adjoint…

Il désigna Bourdeau.

— … d'enquêter sur la mort criminelle de votre fils Richard. Que pouvez-vous nous en dire qui puisse éclairer les causes de ce drame pour lequel, monsieur, je vous prie d'accepter mes condoléances.

Le vieil homme se mit à pleurer. Les assistants arrêtèrent leurs tâches, accablés de pitié pour leur maître. Nicolas estima devoir rasséréner l'entretien avant d'entrer dans le vif du sujet.

— Permettez-moi, monsieur, de vous faire mon compliment sur la tenue étonnante de votre boutique qui, par son aspect et sa propreté, change de ce que l'on a coutume d'observer dans les autres établissements de cette activité.

— C'est que, monsieur le commissaire, dit-il avec un imperceptible mouvement de contentement, j'ai toujours veillé à l'organisation de mon état. Contrairement à d'autres, j'ai réparti les activités dans des pièces et ateliers séparés, tant pour l'application des poudres et pommades que pour les tissages des cheveux avec les cordes et les peignes de fer. Ici c'est plus un salon d'achèvement avec les différents modèles de perruques posés sur des têtes-mannequins ou accrochés au mur. Mais je parle, je parle, je m'étourdis en fait ! Messieurs, que puis-je vous apprendre ?

— Je souhaiterais pour l'instant vous écouter.

— Hélas ! Hier, tout était à la préparation de la fête en mon honneur. Tous mes garçons et les femmes qui travaillent ici étaient conviés à une petite ribote. Mon fils avait obtenu de M. Lachère de disposer de sa soirée. Nous l'avons cru retardé. À dix heures, j'ai envoyé un garçon en fiacre voir si Richard était retenu à l'hôtel, rue de Richelieu. Il a trouvé porte close et n'a rien pu apprendre, même après avoir tambouriné un long moment. N'est-ce pas, Jacques ?

Un jeune homme qui peignait une perruque s'approcha. Nicolas nota sa mine ouverte. Il semblait qu'on fût heureux sous la férule de cet artisan.

— Oui, mon maître, point de réponse et pourtant je n'ai pas ménagé mes poings.

— Bien, dit Nicolas. Ensuite ?

— Ce matin, toujours point de nouvelles. Je me suis affolé, n'ayant point été accoutumé par mon fils à ce qu'il découche. J'ai prévenu le commissaire du quartier qui a recueilli le signalement de Richard et l'a, il me l'a assuré, aussitôt adressé à qui de droit. Or à l'aube un corps avait été trouvé… Repêché dans la rivière… Hélas !

Il se remit à pleurer.

— … Et… Et… conduit à la basse-geôle. J'ai eu le malheur d'y reconnaître mon fils. Quel grand malheur !

— Avez-vous le sentiment qu'une menace pesait sur Richard ?

— Nullement. Il était heureux de son état, ayant avec M. Lachère les rapports les plus harmonieux. Il était sur le point de se fiancer. Hélas ! Hélas !

— Où logeait-il ?

— Ici, au-dessus.

— Pourrions-nous voir sa chambre ?

— Certes. Si vous voulez me suivre.

Un escalier en colimaçon s'ouvrait derrière le comptoir de la caisse de la boutique. Ils en gravirent les degrés pour déboucher dans une de ces maisons bourgeoises que Nicolas connaissait bien. On y retrouvait toujours les meubles de famille du siècle précédent, des gravures, des tentures en velours d'Utrecht, des étains et des cuivres astiqués et une série de gravures encadrées qui représentaient les scènes survenues sur la tombe du diacre Pâris, au cimetière Saint-Médard, miracles avérés pour les uns, extravagances pour les autres. Ils durent se rendre au second étage où un petit appartement, chambre et cabinet de toilette, était dévolu au fils de la maison, son unique enfant précisa maître Harmand. Il demeurait, étant veuf, sans descendance et la disparition de Richard doublait le chagrin déjà éprouvé de n'avoir point vu son unique descendant perpétuer une tradition familiale dans la carrière de perruquier.

Sous le regard affligé de M. Harmand, les policiers se livrèrent à un examen en règle de l'appartement. Nicolas eut un regard entendu à l'intention de

Bourdeau : ce qu'il découvrait au fur et à mesure qu'étaient ouvertes armoires et commodes s'apparentait davantage au trousseau d'un muguet de cour qu'à celui d'un commis d'hôtel, fût-il réputé. Le perruquier, qui n'était pas sans soupçonner leur sentiment, crut devoir intervenir.

— Tout ceci peut vous paraître étrange, messieurs. Richard menait deux vies. Il visait sans doute plus haut et sa situation ne lui convenait pas. J'essayais de le persuader de reprendre l'état de perruquier, et qu'avec de la volonté, du courage et l'intelligence du négoce, il serait en mesure de porter notre maison à un haut degré de réputation et de multiplier nos activités. Hélas, ce qu'à mon âge je ne me sens plus la force d'entreprendre !

Nicolas, pensif, considérait les habits et toutes les frivolités qui les accompagnaient, ces superfluités qui, au dire du chanoine Le Floch, nuisent au nécessaire. Existait-il de plus grande disgrâce que celle ne n'être point satisfait de sa vie ? Il songea à certains propos de Bourdeau sur la souffrance de ceux qui aspirent à briser les infranchissables barrières établies entre les divers ordres d'une société où une personne n'était pas égale à une autre. *Si les puissants nous semblent grands*, ajoutait-il, *c'est qu'on nous maintient à genoux*.

— Nicolas, regarde ce que j'ai trouvé.

Bourdeau lui tendit un très joli soulier de maroquin orné de sa boucle en or.

— Hé, quoi ! Un soulier.

— Soupèse-le. Trop lourd pour un soulier de bal !

— Tu as raison.

Nicolas secoua l'objet. Une bourse gonflée tomba en laissant échapper sur le parquet une bonne poignée de louis. M. Harmand, qui avait observé la scène, s'approcha et considéra, stupéfait, le petit tas d'or.

— Comment est-ce possible ? Richard dépensait tout ce qu'il recevait de M. Lachère. Il ne cessait de m'importuner pour que je règle ses dettes. Je m'y refusais, considérant que c'était un pauvre service à lui rendre. Il se serait habitué à plus de rigueur. Il aimait trop la parure et je voulais qu'il s'amendât de lui-même. Mon espoir était vain, je le crains. Je ne sais d'où vient cet argent. J'appréhende de connaître sa source.

— Il y a apparence, monsieur, que votre fils menait une vie qui ne correspondait guère à son revenu. Et cela d'autant plus que vous refusiez de l'aider.

M. Harmand, tête baissée, demeurait silencieux. La fouille de l'appartement se poursuivit sans apporter de nouvelles découvertes. Ils prirent congé du perruquier. Alors qu'ils regagnaient leur voiture, un petit sifflement attira leur attention. Ils se retournèrent. Le jeune garçon perruquier, dont la franche physionomie avait été remarquée par le commissaire, souhaitait apparemment leur parler. Il jeta un regard inquiet derrière lui.

— Messieurs, j'ai peu de temps, le maître va remarquer mon absence. J'ai quelque chose à vous dire.

— Que ne l'avez-vous dit devant M. Harmand ?

— Je ne veux pas lui faire peine. Il souffre beaucoup et, à son âge, ce coup risque de lui être fatal. Il ne faut pas en ajouter.

— Et donc ?

— Richard était mon ami. Il m'empruntait de petites sommes, que d'ailleurs il ne me rendait jamais. Un jour que je lui en réclamais le dû, il me rit au nez, disant qu'il ne me demanderait plus rien, ayant des occasions de manger à d'autres écots. Nos relations se refroidirent. Il ne supportait guère les conseils de raison que je lui prodiguais ; je n'en vins jamais à bout. Il marchait sur un fil car à chaque soirée remplie par les faveurs de la fortune succédait le revers inquiétant du lendemain. Il espérait toujours un coup de maître. Pourtant, moi, je craignais qu'il ne payât un jour la folle enchère de sa manière de vivre. Il jouait comme un insensé, parolis sur parolis[1] et le montant de ses dettes ne cessait d'enfler. De surcroît, je le surpris plusieurs fois se compromettre avec des personnages furieusement louches.

— De quelle espèce ?

— Des mères maquerelles de la place. Il leur présentait des donzelles que sa bonne mine attirait…

— Connaissez-vous leur nom ?

— L'une, oui. La Berlotte.

— Une ancienne ? De quel âge ?

— Je ne sais trop. On connaît à Paris les ressources pour corriger les ravages du temps. Ainsi l'emprunt d'un visage arrangé, je suis bien placé pour le savoir, est chose si commune que peu de femmes peuvent se vanter d'en avoir eu à elles !

— Encore un point, dit Bourdeau, riant de la pointe. Votre ami jouait beaucoup. Comment conciliait-il cela avec son travail rue de Richelieu ?

— À partir d'une certaine heure, il quittait l'hôtel et revenait à l'aube après avoir joué la moitié de la nuit. Il se faisait remplacer, au risque que M. Lachère évente le subterfuge.

Ils remercièrent le garçon qui s'envola, ayant remarqué que M. Harmand venait de surgir devant sa boutique et le cherchait. Ils remontèrent en voiture.

— Tout cela est bel et bon, mais ne simplifie pas notre enquête. Voilà un godelureau qui s'avère, à

1. *Parolis* : terme de jeu. *Faire parolis* : doubler la mise.

beaucoup d'égards, un poupard bien inquiétant. Et d'où vient cet argent ? Mais que fais-tu ?

Bourdeau venait de répandre les louis sur ses genoux. Il en avait saisi un, qu'il mordit. Puis il sortir un canif, entailla et gratta une des pièces.

— Peste, il nous reste à consulter un orfèvre et sa pierre à essai, mais si tu veux mon avis, ces louis sont faux. Un alliage couvert d'une fine couche dorée qui n'est peut-être même pas de l'or !

— De deux choses l'une, ou bien nous sommes tombés sur une affaire de fausse monnaie, ou bien notre commis s'est fait jouer, et dans d'intrigantes conditions.

— A-t-on trouvé autre chose sur le cadavre de Richard Harmand lors de l'ouverture ?

— Absolument rien, pas même un mouchoir.

— Cela est curieux. Les poches vides sont rares... Ou alors... Aurait-il été surpris dévêtu ?

— Et habillé derechef pour son exécution, enfin sa noyade simulée ?

— Pas simulée, il avait les mains et les pieds liés ainsi qu'un bâillon.

— Alors, c'est qu'on l'a transporté... Dans une voiture... On ne voulait pas attirer l'attention.

— Comme le transport que tu nous as jadis conté de la momie de Voltaire ?

— Oui, peut-être.

— Et il était vivant !

— Où donc avait-il été surpris ?

— Entre le moment où il a quitté la rue de Richelieu et celui où il était censé rejoindre la maison de son père, il s'est passé quelque chose qu'il nous faut découvrir. Qui ou quels événements ont pu le faire dévier de sa route ?

— Sachant qu'avec un joueur on peut s'attendre à tout...

— Je crois qu'une visite à la Paulet s'impose.

Bourdeau poursuivait sa réflexion.

— Reste à déterminer s'il avait un rendez-vous qui s'est achevé tragiquement ou s'il a été enlevé alors qu'il regagnait son domicile.

— Ce qui m'intrigue...

— Que veux-tu dire ?

— Ces habits sans indices... En a-t-il été revêtu après avoir été dépouillé de ses vêtements ? J'en reviens toujours à cela... Ou bien...

— Peut-être était-il en galante compagnie ?

— En effet, c'est une possibilité. A-t-il voulu sacrifier à Vénus dans un court laps de temps avant de rentrer au logis ? Était-ce volontaire ou a-t-il sauté sur une occasion ? Est-il tombé dans un guet-apens ? Cette affaire est un tissu à rayures.

— À rayures ?

— Je noblecourise...

Il rit.

— Le plein et le vide. Le clair et le sombre. Les espaces clairs succèdent aux espaces sombres. Il nous faut remplir les vides et unifier la teinte...

— Comme toujours.

— Davantage qu'à l'accoutumée. Certains détails m'apparaissent destinés à brouiller les pistes...

Nicolas se pencha à la portière et cria au cocher de piquer vers la rue du faubourg Saint-Honoré.

Le *Dauphin couronné* suait la prospérité. Tentures de soie, brocarts, velours mordorés, meubles de prix, marqueteries précieuses, laques et vases de la Chine, bibelots de toutes sortes s'accumulaient dans le vestibule et les salons. La Paulet les acquérait-elle ou, selon la rumeur, provenaient-ils de la gratitude de ceux que les prophéties de la maquerelle-pythonisse avaient éclairés ? Désormais la tenancière du lieu, autorité unanimement reconnue et lancée à la ville et à la cour depuis que le duc de Chartres lui avait fait l'honneur d'une consultation, tenait séance dans son salon aménagé. Il tenait tout autant du temple hindou que d'une chapelle baroque. L'or, la pourpre et le noir dominaient au milieu des voiles transparents et des fumées d'un encens prodigué sans mesure.

L'opulence avait transformé la Paulet elle-même. Les formes d'antan avaient reparu et un triple menton achevait sa figure de gorgone avisée. La soubrette à la gorge pigeonnante qui les avait accueillis, avec un regard lascif à Nicolas, mit sa main sur l'épaule de sa maîtresse qui, après un sursaut de surprise, tenta de donner le change et entreprit de faire croire que son assoupissement de vieille femme participait de la transe si commune à son nouveau sacerdoce.

— Ah ! C'était donc cela. Deux nuages qui luttent l'un contre l'autre, un blanc et un noir… Le bon et le mauvais…

— Décidément, Noblecourt fait des émules, murmura Bourdeau à l'oreille de Nicolas.

— Mon ami Nicolas et son charmant inspecteur. Me viens-tu chasser de ma maison ? Je te préviens…

— Allons, que nous chantez-vous là ? Vous chasser ? Et pour quelles raisons nourririons-nous à votre égard d'aussi méchantes pensées ?

— Tes belles paroles ne me mettront pas aux termes[1] de te croire. Je suis trop accoutumée à tes astuces.

— Ma chère Paulet…

— Point de suavité ! Je la connais. Me crois-tu en passe de me faire gober tes douceurs ? On a beau me proposer des monceaux d'or, je n'abandonnerai pas

1. *Se mettre aux termes de* : se disposer à.

la place. Ah ! Sambleu, non ! Point de raison d'abandonner la lamproie pour l'omble !

— Voici la marée, dit Bourdeau pouffant.

— Vous voulez sans doute dire la proie pour l'ombre ?

— Ah ! te vlà bien, j'te retrouve. Toujours à correctionner mon dire. J'm'entends bien, moi !

— Allons, point d'aigreur ! Pourquoi cette crainte de vous voir chasser ? Curieuse hantise.

— C'est bon, continue à faire l'innocent et la chattemite, tu me plais ! Sais-tu bien seulement depuis quand je suis en place ?

— Je vous ai connue en 1760... Jeune et belle, avec un perroquet bavard que vous aviez nommé Sartine.

— Ah, le bon temps ! Le pauvre, il a péri à cause de toi. Dix ans avant ! Hein ! Ben oui ! Dix ans, en 1750 ! Alors j'ai quelques raisons à faire du rieux sur mon fumier quand on me veut chasser.

— Sachez que ce n'est point notre souci. Mais quel est ce complot ? Nous vous écoutons.

Elle secoua l'un de ses voiles, se carra sur son fauteuil et, tout en battant les lames de son tarot, leur déballa son affaire.

— Le faubourg a été longtemps la terre des maraîchers, puis les grands sont venus en quête du bon air. On a bâti, on a bâti, en veux-tu en v'là ! Et on poursuit. C'est là que le rat nous blesse...

— Le bât...

— Ne m'interromps pas ! Paraît que je suis une verrue. Mais je me défends. Ah ! Ouiste. Elle a du répondant, la verrue. Ceux qui me soutiennent sont ceux que ma voyance a sauvés ! Ainsi de monseigneur le duc de Chartres.

— Vous avez été son fournisseur...

— Point. Pour cela, il n'a pas besoin de mes services.

À ce moment une sorte de chuintement se fit entendre et une boule au vol silencieux vint se percher sur l'épaule de la Paulet.

— Paix, Hadès ! Ne vous grignez pas, c'est mon chat-huant. Cela impressionne le chaland. Je reprends. Le duc est venu me consulter…

Elle les considéra, perplexe.

— Ce que je vous jase là, c'est de moi à vous.

Elle mit un doigt boudiné sur ses lèvres, le tout accompagné d'un air entendu.

— Il y a peu, le duc, à la géhenne de ce qui lui était advenu, est venu me trouver pour que je lui explique.

Elle se leva, s'appuya sur sa canne à pommeau d'or et, dans un grand esbroufement de tissus, elle se dirigea d'un pas boiteux vers la porte qu'elle claqua, ce qui fit s'envoler le rapace jusqu'à la corniche d'où il exprima avec éloquence son mécontentement.

— Il faut veiller à tout. Les filles…

— Les filles ? Je croyais m'être fait comprendre.

— Mes servantes, mes servantes. Que vas-tu supposer ? Des idylles certes, mais point de mon fait. Je suis leur mère.

— Doublement, repartit Bourdeau entre ses dents.

— Alors, l'aventure du duc était survenue dans son cabinet. Il y trouve un jour un homme d'une figure étrange qui prétendait lui apprendre des choses extraordinaires et porta son zèle au point de lui proposer de rencontrer le diable. Convaincu de venir à minuit à Villeneuve-Saint-Georges, notre bon prince se trouve nez à nez avec une ombre infernale qui lui susurra des prophéties et lui donna un anneau. « Gardez-le précieusement, a-t-il dit, tant que vous l'aurez votre prospérité et votre bonheur sont assurés, mais sa perte vous serait fatale. »

Nicolas admirait toujours la manière dont sa vieille amie passait sans transition du langage populaire à un propos fleuri glané chez ses nouvelles accointances.

— Et le duc de Chartres vous a visitée.

— En douterais-tu ? Il n'est point le seul à Paris, monsieur le marquis. Comment va mon petit filleul ?

— Il se porte au mieux, lieutenant à Saumur et…

Devait-il lui dire ? Il choisit la sincérité.

— Il est à Paris pour quelques jours.

Elle le regardait, l'air ironique et ému à la fois.

— Tu me fais plaisir ! Je le savais.

Comment le sait-elle ? se demanda Nicolas intrigué.

— Mais, je le répète, tu me réchauffes mon vieux cœur de ne le point cacher. Rassure-toi, la vieille Paulet connaît son monde. Elle aime trop le petit pour rien faire qui le puisse gêner. Tu l'embrasseras pour moi.

Nicolas se leva, lui prit la main et la baisa. Une larme coula qui traça un sillon sombre dans la céruse et le rouge du maquillage de la dame.

— Allons, allons, point d'émotion. Bref, le duc est venu me confier certaines choses qui lui avaient été annoncées.

— Et ?

Les petits yeux qui exprimaient si bien tant d'émotions cillèrent. Nicolas, qui de longue main en avait éprouvé les éloquents changements, pressentit aussitôt ce que ressentait la Paulet. Le désir de parler, la vanité d'avoir servi de réceptacle à une parole si auguste, luttaient en elle avec l'engagement de discrétion qui lui avait été imposé. Mais, se disait-elle d'évidence, à ce que supposait le commissaire, parler à la police c'était comme se parler à soi-même, tant elle avait été depuis des décennies l'œil et l'oreille complaisants et forcés de l'institution.

— Soit. Mais que cela demeure entre nous. J'hésite et ballotte cependant...

— Allez, mon amie Paulet, un effort, ne faites pas votre sucée.

— Voilà. Le spectre lui a annoncé, à ce que croit le prince, un avenir glorieux. Il craint pourtant...

— Que craint-il avec son anneau ? demanda Bourdeau goguenard.

— Justement. On le lui a pipé au cours d'une débauche à Monceau.

— Et alors ?

— Alors, alors, son esprit courait la poste... tout roué qu'il soit comme son aïeul le régent d'Orléans. Ah, ça ! Il ne faisait pas le fendant, le bougre et...

— Et au fait, demanda Bourdeau, comment cette prédiction avait-elle été formulée ? Comme toujours, un double sens qui dit tout et ne signifie rien, car toute sentence se doit d'être imprécise et dépourvue des détails qui l'éclaireraient !

— Comme tu dis, Jocrisse ! Le v'là qui prétend savoir ! Donc le spectre lui a asséné c'te phrase : « Le lit de justice sera ta gloire. » Ou à peu près.

— Cela ne me semble pas très redoutable. Les Orléans ont toujours été des boutefeux au Parlement.

— Il m'a demandé le grand jeu !

— Avec le tarot de Marseille ?

— Non point, avec des lames marquées de mon fait.

— Compliment. Donc point de transe ?

— Que veux-tu dire ?

— Lorsque vous partez dans vos rêves.

Elle porta sur Nicolas un regard dont le sens indéfinissable témoignait de son incompréhension. Se pouvait-il qu'elle ne fût pas consciente des états dans lesquels elle tombait parfois, la conduisant à d'étranges vaticinations ? Sa vie en jeu, Nicolas avait pu vérifier la justesse de ces prédictions. Il renonça à pousser outre.

— Donc le grand jeu ?

— Je n'en avais jamais eu de plus redoutable. Tout ce que le destin pouvait assembler de plus funeste s'additionnait lame après lame ! Dissension, folie, mort, traîtrise, jugement. Il en grinçait des dents.

— Qu'en a-t-il conclu ?

— Il fera ses diligences pour retrouver l'homme qui lui a proposé l'entrevue de Villeneuve. Il lui faudra beaucoup de tirasses[1] et des plus serrées pour le prendre, selon moi.

— Ma bonne Paulet…

— Cela commence mal. Toujours le tapinois…

— J'ai besoin de vos lumières. On nous rapporte que vous n'avez pas renoncé à *appareiller* certains étrangers que leurs affaires ou leur désir de s'instruire conduisent dans les murs de la capitale du royaume ?

— *On,* c'est qui ? *On,* c'est quoi ? Aurais-tu par hasard planté à ma porte quelque pousse-cul[2] chargé de la sale besogne et doté d'une gueule que je n'évente pas ?

— Ne le prenez pas ainsi ! Nous nous connaissons depuis trop longtemps pour vous gourmer pour une chose à laquelle vous nous avez accoutumé et pour laquelle nous sommes plein de tolérance au vu des services rendus.

— Bon, bon, point de rillettes à la flûte.

1. *Tirasse* : grand filet pour la chasse aux oiseaux.
2. *Pousse-cul* : archet du guet.

— Comment ?

— Quoi ? De la rengaine au chalumeau.

— Vous voulez dire ariette sans doute ? dit Bourdeau voyant Nicolas saisi par le fou rire.

— Ariettes, rillettes, c'est tout un ! Le v'là-t-y pas qu'il s'y met aussi le mignon ? Alors, Nicolas, crache ton morceau.

— Auriez-vous favorisé la rencontre avec une de vos… enfin une jeune femme de votre connaissance dans le but de distraire les soirées d'un jeune Russe, logeant dans un hôtel rue de Richelieu ?

— C'est donc cela ! Y a pas à en faire des tentures. Ce jean-foutre de Piquadieu, c'te ganache bon à jeter aux orties ! Que voulais-tu que je lui refuse ? Y s'dit de la pousse. De la secrète. T'es point au courant ? Dans ces conditions, pourquoi j'dégoiserais pas sur lui aussi ? Tu veux en savoir ?

— Non, j'attends votre réponse.

— J'ai fourni à la demande et, comme tu le sais sans doute, elle était trop importante… Alors j'ai rompu le lacet.

— Bon, soit. Connaissez-vous cette fille ?

Il lui tendit le papier trouvé dans la chambre du comte de Rovski, qu'elle lorgna un moment à bout de bras en faisant d'inénarrables grimaces. Elle finit en furibondant par chausser ses besicles.

— Pardi ! En voilà des fréquentations pour un marquis.

— Mais ce n'est pas…

— Paix ! Je te clabaude. La Gambut, cette grosse truie ! Fait ce qu'elle peut avec rien. Elle casse le métier. Elle est venue du Languedoc ayant perdu son principal en chemin… Imaginez ! En sabots avec la paille dedans et son petit casaquin rouge.

— C'est merveille de vous écouter. Rien ne vous est étranger !

Elle eut un regard railleur.

— C'est-y bien pourquoi j'avions duré autant ! Hein ? C'est pas ton avis, Nicolas ?

— J'entends bien.

— Au début, elle logea cul-de-sac Coquerelle. Du reste, car je suis juste, assez jolie avec un embonpoint qui séduit et des globes qui attisent les passions. Et bien embouchée[1] avec ça ! Dommage qu'elle soit si nigaudière. Elle cause un parler infect avec l'accent de sa province…

— C'est la charité qui se fout de l'hôpital ! murmura Bourdeau, hilare.

— Elle est sotte à un point ! Un jour, elle s'était trouvée mal, sa voisine cria à la *syncope*. La Gambut, qui dans son malaise avait entendu, s'écria : « Tu n'es qu'une imbécile. C'était plus grave que ça, c'était au moins une *sixcope* ! »

— Et aujourd'hui que devient-elle ? Elle travaille en solitaire.

— Que chantes-tu là ? Nous on ne… Enfin les appareilleuses ne tolléreraient pas cela. Le désordre s'installerait. Tout le monde y gagne et la pousse aussi. Hein ? Elle est sous la coupe de la Berlotte.

— La Berlotte.

Nicolas et Bourdeau accusèrent le coup de cette révélation.

— Quelles bougres de grimaces faites-vous là tous les deux ? On dirait que le diable vous a chié des griffons pour vous servir de monture.

— Continuez. Vous n'imaginez pas à quel point vous nous intéressez.

— Point de correction de mon causer ? J'reprends la poste. Que chantions-nous ? Ah, oui !

1. *Embouchée* : bouche large.

La Berlotte. Cela fait vingt ans que je la connais. Une grande maigre qu'a tout de la chaisière et qui tétaille sa taupette[1], à croire que cela la conserve ! J'suis pas de nature à jeter des pierres dans le jardin de ma commère, mais celle-là ! Elle tient officine dans une *réclusion* du cul-de-sac des Provençaux près de Saint-Germain-l'Auxerrois. Son gagne-tafia, ce sont les puceaux de bonne famille et les étrangers du grand tour. Puis aussi les vieillards, à qui elle prodigue les élixirs échauffants jusqu'à leur causer des vapeurs sudorifiques. Ces malheureux, à ce qu'on dit, écument par l'effort de leurs nerfs agacés, de là leur plaisir. Elle tient assortiment de verges, à poinçon, à nœuds et à panaches[2].

Nicolas qui manipulait machinalement un jeu de lames de la Paulet eut un brusque mouvement de maladresse. Les cartes glissèrent les unes sur les autres et tombèrent sur le sol. Une seule demeurait sur la table. L'air inspiré, la Paulet s'en empara, la regarda, puis, fixant Nicolas, la plaqua dans le mitan de son corsage.

— Hé, quoi ?

— Je me fais du souci pour toi, mon Nicolas.

— Vous voici bien attendrie, soudain.

— Méfie-toi d'une ombre puissante. Elle est à l'origine de tout cela.

— Tout quoi ?

— Tu sais très bien ce que je veux dire. Allez, mes agneaux, la consultation est terminée. J'attends des duchesses. Et comme tu les connais toutes, il te faut échapper pour ne les point troubler.

1. *Taupette* : petite fiole d'eau-de-vie.
2. *À panaches* : à plumes.

Au sortir du *Dauphin couronné* et alors que plusieurs carrosses blasonnés approchaient, les deux policiers s'avisèrent de l'heure déjà avancée et décidèrent de rejoindre le tripot de la mère Morel pour faire le point de ce qu'ils venaient d'apprendre tout en dînant[1]. Aux Boucheries Saint-Germain, leur vieille hôtesse les accueillit, désormais appuyée sur deux cannes. Elle n'en dirigeait pas moins sa maison avec son autorité habituelle, toute voûtée et cabossée qu'elle était.

— Alors, mère Morel, de quelles gâteries nous pouvez-vous régaler aujourd'hui ?

— Hé, hé ! Des mignardises que vous goûtez, je le crois. Pour débuter, que diriez-vous d'une flopée de petits hâtelets[2] de rognons de conins[3]. De la tendresse et la fleur de thym fraîche par-dessus.

Elle baissa la voix.

— Cela nourrira le pot d'eau… bourguignonne que je vous servirai pour vous rafraîchir par ce beau temps chaud.

— Bien, et ensuite, après ces peccadilles ?

— Après ? Le grand choix au gré du marché, comme d'usage. Pieds de veau et tétine de vache à l'encerisée.

— L'encerisée ? Les fruits sont encore rares, le printemps a été tardif et les gelées ravageuses.

— C'est point le fruit, c'est la manière.

— Les as-tu bien traités ces deux abats ?

— Mes enfants, vous me connaissez, à l'accoutumée. Pieds et tétines longuement mitonnés dans un bouillon triple, enrichi de racines et d'os à moelle. Ensuite je découpe la tétine en tranches et les pieds

1. *Dînant* : le déjeuner d'aujourd'hui.
2. *Hâtelets* : petites brochettes.
3. *Conin* : lapin.

désossés en morceaux. Il faut prendre garde à ne point trop ramollir la viande, car ensuite je la mets à tremper dans un mélange de vinaigre, sel, poivre, un paquet d'herbes, du limon, du laurier. Je prépare une pâte à beignet. Chaque morceau y est plongé, puis frit au lard fondu. Voilà, vous goûterez cela, j'en suis assurée. J'oubliais, au moment de servir, persillade et tranches de limon. J'ajouterai un plat de radis nouveaux avec un quarteron de beurre de Vanvres, le meilleur.

— Tout cela m'appète furieusement, dit Bourdeau l'œil émerillonné de gourmandise. Tu nous donnes des deux, pieds et tétine.

— Ce préalable capital réglé, dit Nicolas, résumons-nous. Comme d'habitude, la conversation avec notre Paulet s'est révélée fructueuse.

— Ou le hasard nous multiplie ses nasardes, ou nous sommes en présence d'une série de coïncidences si étranges et si détournées[1] que nous sommes à brandiller pour en tirer les leçons.

— Piquadieu nous a lancés sur la Paulet qui n'a pas nié avoir fourni le nécessaire au comte de Rovski. Point assuré. La dame nous a éclairés sur la Berlotte, autre mère de la place. Or il appert que cette maquerelle emploie la Gambut, fille dont la réclame a été trouvée chez notre victime russe. Or la maison de cette même Berlotte était fréquentée, au dire d'un de ses amis, par Richard Harmand, autre victime. Il y a là une chaîne de liaisons en ricochet qui laisse à penser…

— À penser certes, mais à comprendre, c'est autre chose !

— Notre priorité serait de définir avec exactitude la nature des liens qui ont pu se nouer entre le Russe,

1. *Détournées* : équivoques.

Richard Harmand, la Berlotte, la Gambut, la dame au portrait, l'Américain et, accessoirement, Piquadieu.

Le garçon apporta ensemble les deux plats commandés. Bourdeau se jeta, vorace, sur les hâtelets avant de considérer avec convoitise le plat principal. Les abats fumants reposaient dans leur croûte dorée au creux d'un torchon plié en quatre sur un plat de faïence blanche.

— J'y songe, dit Bourdeau. Nous considérons Richard Harmand comme une victime. Imaginons qu'il soit l'assassin du comte de Rovski pour, par exemple, une rivalité amoureuse…

— Pour les beaux yeux d'une Gambut ?

Nicolas regretta aussitôt ses paroles en pensant à ce qu'il avait ressenti jadis à l'égard de la Satin.

— Pourquoi pas ? Le sentiment amoureux peut passer outre aux qualités. Il est le mécanisme inversé d'actions inattendues.

— Ton hypothèse met hors de cause les autres acteurs de la soirée qui, pourtant, ont laissé des traces dans la chambre de la rue de Richelieu.

— Tu as raison. Encore que parfois les actes criminels peuvent s'exercer de concert. Le comte de Rovski avait peut-être attiré sur sa tête toutes sortes de menaces qui se sont manifestées ensemble.

— Cela est bien pensé, mais ce n'est que l'approfondissement de l'enquête qui pourra nous confirmer cette possibilité. J'attends avec impatience la réponse du baron de Corberon. Tu sais l'importance des caractéristiques d'une victime pour comprendre les raisons de sa mort.

— Autre chose, dit Bourdeau, as-tu noté l'adresse de la Berlotte ? Cul-de-sac des Provençaux, cela ne te chante rien ?

— Le lieu où Piquadieu prétendait avoir soupé. Ainsi c'est cet endroit qui a justement surgi dans sa tête avec l'émotion de l'interrogatoire. Qu'en doit-on penser ?

À tout cela, songeait le commissaire aux affaires extraordinaires, s'ajoute l'énigmatique mise en garde de la Paulet. Il savait d'expérience ne pas avoir à la dédaigner.

VI

TISSUS, NŒUDS ET COLLIER

« Lorsque tout le monde parle à la fois, il s'établit une sorte de feu croisé qui fait beaucoup de bruit sans porter coup. »

Frédéric II

Paris était depuis quelques jours à l'heure russe. La visite du comte et de la comtesse du Nord était au centre de toutes les conversations. Chaque déplacement, chaque geste, chaque parole de l'illustre visiteur étaient commentés à l'infini par les chalands curieux qui se pressaient sur son passage. Le peuple l'avait trouvé fort laid, d'une figure étrange, l'air camus, au demeurant aimable. Il en plaisantait lui-même. Nicolas l'avait entrevu à Versailles lors de sa présentation à la famille royale et son impression recoupait celle du peuple. Par Mme Campan, sa vieille connaissance, il avait appris certains détails des entrevues : Marie Féodorovna portait une toilette ravissante, un grand habit de brocart brodé de perles sur un panier de six aunes. La reine, habituellement aimable, s'était sentie gênée devant ses visiteurs impériaux et avait dû se retirer dans sa chambre comme prise de faiblesse. Elle avait confié à sa femme de chambre que *le rôle de reine était plus difficile à jouer en présence d'autres souverains qu'avec des courtisans*. Elle avait été frappée par la roideur froide de la comtesse du Nord et sa propension à faire valoir ce qu'elle savait et à le faire à tout propos. Mme Campan la trouvait dans le genre *allemand et hommasse*. Marie-Antoinette, ayant remarqué que sa visiteuse avait comme elle la vue basse, lui avait offert un superbe éventail enrichi de diamants qui dissimulait une excellente lorgnette. Au dire de M. de la Live, introducteur des ambassadeurs, le roi s'était montré à son ordinaire fort réservé, mais plus cordial en privé dans son cabinet.

Les affaires suivaient leur cours. Comme prévu, les visiteurs s'étaient installés dans l'Hôtel de Lévi, chez le ministre russe à Paris. Nicolas recevait des rapports réguliers de Dangeville, désormais bien amariné et qui circulait librement à tous les étages de la résidence. La date fatidique approchait pour l'opération, prévue le lundi 27 dès l'après-souper, alors que le couple impérial assisterait à la représentation à la Comédie-Française.

Nicolas ne savait où donner de la tête. Il se souvint soudain que la date du 8 juin approchait et qu'il avait promis à Louis de le mener chez maître Vachon, leur tailleur, afin de paraître le plus dignement possible lors du bal donné par la reine à Trianon. Le samedi 25 mai au petit matin, il entraîna Louis rue Vieille-du-Temple où, depuis des lustres, l'illustre artiste du costume officiait.

En dépit de la splendeur de sa clientèle, maître Vachon avait tenu à conserver à l'aspect de sa boutique, nichée au fond d'une vieille cour du Marais, son austère sévérité. Cette continuité dans l'apparence participait non d'une modestie très préservée, mais bien de l'orgueil d'un artisan dont la réputation n'était plus à faire et que les ducs parfois suppliaient pour qu'il daignât les servir, un homme enfin dont le roi avait dit « ce bon monsieur Vachon » ou, du moins le croyait-il, sur la parole du commissaire. Son accueil fut à la hauteur de la reconnaissance, quasi dévote, qu'il vouait à Nicolas. Il se dressa avec difficulté de la haute cathèdre depuis laquelle il dominait l'activité de sa boutique. Les apprentis et garçons qui avaient levé la tête, et par conséquent l'aiguille, se replongèrent bientôt sur leur tâche dès qu'un regard sévère du maître les eut subjugués.

— Ah ! Monsieur le marquis, monsieur le vicomte. Pardonnez-moi si je ne me lève point. Mes pauvres jambes ne me portent plus… Enfin de plus en plus difficilement.

— Comment vont les affaires, maître Vachon ?

— Bien et mal ! Bien et mal, monsieur le marquis.

— Comment cela ?

— Ces jours-ci, c'est le coup de feu ; nous taillons, coupons, cousons *ad patres* ! Il y a tant de réceptions et de fêtes avec ces Russes à Paris que nous ne savons plus où donner de la tête ! Que serait-ce sans l'*incognito* ? Et, le croiriez-vous, un de mes confrères, Fagot, est sur le point de faire fortune avec un vêtement d'enfant dont l'impératrice a offert le modèle, taillé par elle-même pour son petit-fils Alexandre ! On ne peut faire un pas dans la rue sans lire au front d'une boutique : *À l'Empire russe*, *À la dame russe*, *À Catherine la grande* et j'en passe.

— Et votre boutique de modes, rue Royale ?

— Peuh ! Peuh ! C'est madame Déficit. Je devrais bien la rebaptiser… *À l'ours russe*, par exemple !

— Que me dites-vous là ? Nos dames ne se vêtiraient plus, elles abandonneraient la parure ?

— Pour cela non ! Mais il y a mouvement et du dernier restrictif pour nous, maîtres des splendeurs. C'est elle la coupable. J'ai peine à le dire…

Il baissa la voix et jeta un regard fulgurant sur les garçons. Un mouvement général s'ensuivit, les visages s'enfoncèrent sur les tissus travaillés.

— … Oui, la reine… Depuis ces grossesses et la naissance du dauphin, Dieu bénisse cet enfançon et le roi avec lui ! « *Ce bon monsieur Vachon* », quand j'y songe… Que disais-je ?

— La reine.

— Ah, oui ! Autrefois, on vendait en France pour plus de cent millions d'étoffes dont les formes et le goût changeaient cinq ou six fois par an. On dit que l'empereur d'Autriche, jaloux de notre industrie, aurait incité sa sœur à tout faire pour détruire le commerce de Lyon et, ensuite, le nôtre par conséquence obligée. De plus en plus, la reine emprunte aux femmes de chambre l'usage de s'habiller en blanc. Hé, le tout au bénéfice des négociants de Bruxelles, maîtres de ces tissus-là ! On dit que nos fabricants ont fait intervenir Mesdames les filles du feu roi. Elles auraient présenté un mémoire au roi. La reine a pris leurs reproches polis comme une offense, avec la hauteur d'une souveraine dont le cœur est étranger aux Français. Tout ce qui est beau, grand et noble n'est désormais conservé que pour les fêtes rares et les jours d'appareil. Bref, on ne distingue plus une duchesse d'une comédienne. Adieu l'ancienne somptuosité. Adieu les formes imposantes des ajustements de la parure ! Adieu la grandeur ! Adieu, adieu, adieu !

— Mon bon monsieur Vachon, vous exagérez la chose, nous sommes en guerre et le déficit s'accroît. Chacun, et la cour la première, se doit de donner l'exemple et de diminuer ses dépenses. Le bon temps reviendra, soyez-en sûr !

— On ne revient jamais en arrière. Il serait temps que je me retire.

Nicolas fut surpris des propos du tailleur. Qu'un homme aussi imbu de traditions, dont la fidélité pour le trône et le roi était indiscutable, pût en venir à attaquer si vivement la reine le blessait au fond de lui. Pourtant il n'était qu'à moitié surpris de ce discours. Douze ans après son arrivée en France et en dépit de ses maternités, Marie-Antoinette ne parvenait pas à remonter la pente de son impopularité. La trame de cette malédiction était trop souvent tissée dans ses entours. Mesdames, Orléans, Provence et d'autres encore pourvoyaient aux ignominies des pamphlets répandus. Elle avait trop longtemps, disait à Nicolas une voix intérieure, donné au peuple le spectacle de son plaisir pour le convaincre désormais de la véracité d'un apparent sérieux. Frivole, volage, imprudente et surtout autrichienne demeuraient les échos répétés d'un rejet général, que rien ne parvenait désormais à enrayer.

— Mais, monsieur le marquis, que puis-je faire pour votre service ?

— Je crains d'être venu vous trouver un peu tard. La reine donne un bal paré à Versailles le 8 juin. J'aimerais que mon fils et moi y paraissions à notre avantage. C'est-à-dire avec la perfection que votre art saura y apporter.

Le teint blafard du tailleur se colora de plaisir.

— Mon Dieu, monsieur le marquis, nous sommes justement débordés par cette occurrence-là ! Que n'êtes-vous venus plus tôt !

Toutes les têtes s'étaient à nouveau dressées à l'écoute de la suite de la conversation. Un coup de canne les fit s'abaisser derechef dans un ensemble parfait.

— « *Ce bon monsieur Vachon* »… Cependant, je ne peux me résoudre à vous abandonner. Tant pis si mes garçons doivent travailler la nuit.

Il y eut un désordre dans le sage alignement des têtes, les unes s'étaient dressées, d'autres s'enfonçaient. Un raclement de gorge du maître y remit bon ordre.

— Voyons, c'est un bal paré à ce que j'ai appris. Grand habit de cour pour les dames, sauf pour celles qui danseront et seront en domino blanc, de satin bien sûr, avec panier réduit et petite queue. Pour les hommes, la plus riche parure et perruque à pointe terminée par une seule boucle en pointe.

Il les considéra comme on toise.

— Hum, j'ai vos mesures. Sylvain, fiche famille de Ranreuil, et promptement !

Un apprenti, presque un enfant encore, se précipita dans l'arrière-boutique et revint bientôt avec un petit carton.

— Monsieur le vicomte entend-il porter un uniforme de gala ?

— Non, dit Nicolas. Sa Majesté souhaite qu'il soit en habit.

Vachon eut un regard admiratif pour le jeune homme dont la tenue faisait l'objet des recommandations de la souveraine.

— Vous souvenez-vous de votre premier habit ? Hein ? Vert, je crois ? C'était votre première visite à Versailles, avec M. de Sartine je pense ? Il y a bien longtemps. Pour vous, je vois un gris perlé à broderies d'argent, le feu roi aimait cette couleur et, pour vous monsieur le vicomte, un habit bleu roi à broderies d'or. J'imagine cela ainsi. Mais votre goût…

— Est le vôtre, maître Vachon. Nous nous en sommes toujours bien portés depuis vingt-deux ans, si je compte bien.

— Déjà ! Mes jambes en effet me le rappellent.

Il voulut à tout prix se lever pour accompagner ses visiteurs jusqu'à la cour qui dissimulait en frontière cette boutique retirée que seule sa riche clientèle connaissait. Il y parvint, appuyé sur deux de ses *petites mains*. Il assura Nicolas qu'aucun essayage ne serait nécessaire, ayant conservé de longue main les patrons du père et du fils. Il avait deux ans auparavant taillé les uniformes du lieutenant aux carabiniers de Monsieur.

Nicolas riait en regagnant leur voiture.

— Mon père, qu'est-ce qui vous réjouit tant ?

— C'est que me revient à l'esprit ce que contait Fine, ma nourrice, à la grande fureur du chanoine Le Floch, comme tu le sais mon père adoptif. Elle chantait :

Ur c'hemener ' deo ket un den.
Nemet ur c'hemener ha ken ;
Ret er pouezin p'en da en ti
Ret er pouezin a pa sorti.

— Ce qui signifiait ?

— En gros : *Ce n'est qu'un tailleur et pas plus ; il faut le peser quand il entre dans la maison, il faut le peser quand il sort.* Ah ! Mon Dieu, ce n'est pas le cas de notre bon M. Vachon. Je crois bien qu'il a conservé depuis vingt-deux ans tous les morceaux de lisières et de retailles de mes habits, culottes, gilets et manteaux qui, de coutume, lui étaient dus ! Reste qu'en Bretagne croiser un tailleur porte malheur.

— Accordez-vous foi à ces sornettes ?

Nicolas ne répondit pas, l'air songeur.

— Vous devrez un jour apprendre le breton, monsieur le vicomte de Tréhiguier, si vous voulez vous faire entendre de nos gens. Et quand je dis nos gens, je devrais les appeler frères, ayant joué et polissonné avec eux dans mon jeune âge. Vous les aimerez comme je le fis, et continue encore, et ils vous le rendront bien.

Nicolas se fit déposer au Grand Châtelet où Bourdeau l'attendait. Comme toujours, un examen approfondi de l'enquête s'imposait. Il aimait ces tête-à-tête avec l'inspecteur, multipliés, innombrables, depuis le premier jour de leur travail commun. Ils imposaient entre eux comme une sorte de jeu où l'intelligence, l'intuition, le hasard aussi, s'entremêlaient, faisaient jaillir les hypothèses, ouvraient des voies, en fermaient d'autres et confortaient parfois une petite idée qui flottait et qui n'attendait pour se concrétiser que le feu du débat.

— Alors, quoi de nouveau ? dit Nicolas.

La formule habituelle fit sourire Bourdeau, que ce début ravissait toujours, vieille habitude, témoignage de leur connivence.

— Oh ! J'ai à nouveau interrogé le Piquadieu. Rien à faire. Cette buse refuse de jaser. Pourquoi ? Je jurerais qu'il est tenu d'une manière ou d'une autre. L'ordre lui a été donné de clore la bouche. Il s'y tient, se sentant sans doute menacé. Par qui et comment ?

— Il a tenté de nous faire accroire qu'il dépendait d'un autre service. J'ai sondé en profondeur tout ce qui existe dans le domaine avec l'aide de l'amiral d'Arranet. Il n'en ressort rien, absolument rien !

— J'ai vu aussi la Berlotte, la cinquantaine, visage long et maigre, teint couperosé, un œil louche et l'autre méchant. Elle est demeurée très vague. Elle a reconnu que Richard Harmand fréquentait son *académie*. Le portrait qu'elle m'en a dressé avec une sorte de fièvre vindicative aggrave la première esquisse que son ami nous avait offerte. Elle le décrit sans honneur et sans probité.

— Comme il est plaisant d'entendre le vice prôner la vertu !

— Elle a ajouté que lorsqu'il était à quia, décavé par quelque coup malchanceux, il se faisait avancer des sommes, très expert à duper son prochain sur sa bonne mine. Le jeu était sa ressource. Après un coup heureux qui le remettait en finances, il se livrait à la débauche.

— Quel tableau ! La Berlotte traite-t-elle des étrangers ?

— Oui-da ! Parfois. Des Anglais ou… des Américains. Comment le peut-elle deviner, les seconds ayant été des premiers et la langue leur étant commune !

— Se peut-il ?… Je songe soudain à quelque chose. Si le mystérieux M. Smith avait fréquenté la maison Berlotte, n'est-ce point là que sa médaille aurait pu lui être dérobée ?

— Franklin nous a affirmé sans gazer le fait qu'il l'avait égarée chez le comte de Rovski.

— Était-il en mesure d'affirmer autre chose ? Il ignorait tout de ce que nous pouvions savoir de l'événement. Imaginons qu'il fréquentait chez la Berlotte, la chaîne a pu être rompue au cours d'un déduit. Et qui sait, peut-être avec la Gambut ? Car observe que cette fille revient avec une cadence intrigante dans notre affaire. L'as-tu interrogée ?

— Introuvable. J'ai lancé mes meilleures mouches à sa recherche. Tirepot réunira les informations.

— Pour Richard Harmand, sur le cas duquel il faut revenir, il était dans une situation de faiblesse, vulnérable par le train qu'il menait. Les dettes impliquent des prêteurs, des complaisants ou des compromissions. Qui a fait pression sur lui et qui pouvait le faire ? A-t-il confié la clé à quelqu'un qui en avait besoin pour s'introduire dans l'hôtel ?

Nicolas resta un moment plongé dans sa réflexion.

— Dans tout ce que nous avançons, pèse l'incertitude de notre ignorance du déroulement de la soirée rue de Richelieu. Les indications nous manquent cruellement pour dessiner les événements de ce soir-là. Quels projets nourrissait le comte de Rovski ? L'eau-de-vie ? Mais cette habitude paraissait chez lui quotidienne. Attendait-il une visite galante ? La Gambut ? Le papier découvert incite à le penser. Avait-il rendez-vous de diplomatie secrète avec ce M. Smith ?

— Et tu oublies la dame au portrait.

— Non point. Mais j'ajoute à ce tableau la curieuse mention du cul-de-sac des Provençaux dans la bouche de Veyrat alias la Jeunesse alias Piquadieu. La Berlotte le connaît-elle ?

— Oui, comme tout un chacun dans ce monde-là. Elle est cependant demeurée évasive sur le sujet. Une chose m'intrigue. Nous avons un noble russe qui vient à Paris soi-disant pour faire sa cour au comte du Nord. Il jouit des plaisirs de la ville, ce que nous pouvons comprendre. Reste une inconnue. Comment a-t-il rencontré ce M. Smith ? Où ? Et cet Américain, il a bien franchi un jour les limites du royaume. Il est bien entré dans Paris. La police des étrangers en tient la liste et doit nécessairement nous éclairer sur ce point.

— Tu as raison. C'est dans cette direction qu'il faut aller, sinon nous tirerons notre poudre aux moineaux.

À ce moment le père Marie entra dans le bureau de permanence, un pli à la main.

— Nicolas, ceci pour toi ; c'est arrivé par un laquais qui m'a *agonisé* de recommandations. Je n'aime point cette engeance-là. Et que… Et que… Que la chose était urgente, à remettre aussitôt au marquis de Ranreuil, et vlan et vlan ! Enfin, voilà qui est fait.

Il tendit la lettre au commissaire et se retira en grommelant. Le cachet fut examiné avant d'être rompu. Nicolas, après une rapide lecture, agita joyeusement le papier.

— C'est le baron de Corberon qui me répond. Il a fait diligence !

Monsieur le marquis,

Votre message me joint à Paris au moment où j'arrive de ma campagne, où votre souvenir demeure et où je serais heureux de vous accueillir quand il vous plaira. Je m'empresse de tenter de répondre à votre demande en usant de mes faibles lumières et de l'expérience acquise au cours de mon service en Russie.

Oui, j'ai connu le comte Igor de Rovski à la cour de Catherine. Sa carrière fut un feu volant dont le parcours s'apparente à celle d'un météore dans le ciel de Saint-Pétersbourg. Cette fugace comète, contrairement aux habitudes de la tsarine dont le choix se porte d'ordinaire sur la roture qu'elle tire de la foule pour la mieux renvoyer au néant, se fixa sur un membre d'une grande famille. L'impératrice, qui depuis longtemps prostitue son sexe et son rang, fut subjuguée par la beauté de Rovski. Sa taille, son front haut et spirituel, l'expression animée de son regard, tout séduisit notre Sémiramis, ou plutôt, devrais-je écrire, notre Messaline… Il faut vous apprendre que, dans la jeunesse militaire, chacun s'efforce en toute occasion de se produire sur le passage de Catherine en étalant des cuisses bien faites…

Après quelques entretiens secrets, il fut agréé et conduit, comme le taureau du sacrifice, pour plus ample informé à l'experte Mlle Protassov, la Lebel de cette cour-là[1]*. Aussi bien la nomme-t-on « l'éprouveuse » pour ces fonctions si particulières. L'impétrant passa ensuite dans les mains du médecin du corps pour un examen dont je vous épargnerai le détail. Le compte-rendu dut être avantageux, et le comte de Rovski fut nommé aide de camp et emménagea sur-le-champ dans l'appartement réservé aux favoris successifs.*

L'homme possédait tous les agréments qu'on pouvait espérer d'un sigisbée. Son esprit et sa vigueur d'Hercule firent merveille. Mais ce jeune noble, imbu de ses origines, se montra vaniteux et, surtout, indiscret. Ne mesurant pas ses mouvements, le fougueux étalon ne se satisfit pas du tempérament de la tsarine et n'hésita pas à côcher dans la basse-cour impériale... Catherine aurait pu lui passer ses défauts mais non son infidélité. L'ayant surpris embrassant étroitement, sur son propre lit du palais, une de ses dames d'honneur, elle le chassa. Grégoire Orloff en son temps s'était perdu dans des circonstances identiques. Pour Rovski, l'événement s'accomplit en discrétion. Il fut invité d'autorité à se faire oublier et à voyager. Il semble assuré que l'impératrice, prudente dans ses excès, n'ait pas voulu braver de puissantes familles proches de son ancien favori.

J'ose espérer que ces quelques remarques satisferont le serviteur du roi dont je m'honore d'être l'ami. Je crois savoir que nous nous ver-

1. *Lebel*, valet de chambre de Louis XV, pourvoyait à ses plaisirs et sélectionnait les pensionnaires du Parc aux cerfs.

rons lors du bal à Trianon donné par Sa Majesté en l'honneur du comte du Nord. Igor de Rovski ne méritait pas le sort lamentable que vous m'avez décrit. Puissiez-vous découvrir son assassin !

J'ai l'honneur d'être avec un sincère attachement, monsieur le marquis, votre très humble et obéissant serviteur.

Corberon

J'ajoute pour répondre à une autre de vos questions qu'une dame à portrait bénéficie d'une distinction accordée par l'impératrice à des dames de qualité qui portent le bijou en sautoir.

— Y a-t-il dans tout cela de quoi nous éclairer ?

— Je m'interroge sur la véritable raison de la présence du comte à Paris. Tout ce que j'ai appris lors de ma visite à Corberon ne laisse pas de jeter un doute. Pourquoi serait-il venu faire sa cour au grand-duc Paul alors que celui-ci réprouve les débauches de sa mère et ne devrait éprouver aucun plaisir à recevoir l'hommage de l'un de ses amants ?

— Peut-être était-il chargé d'une mission particulière en relation avec les négociations en cours avec l'Angleterre ?

— Tant que nous n'aurons pas mis la main sur M. Smith pour l'interroger, il sera difficile de trancher. Au fait, où en est la surveillance ordonnée par Le Noir ?

— Selon les derniers rapports, il ne serait pas sorti de la résidence de Benjamin Franklin à Chaillot. Mais nos mouches ne l'ont pas vu depuis et rien n'exclut qu'il ait pu s'échapper d'une manière ou d'une autre. Enfin, il nous faut aussi mettre la main sur cette *dame au portrait*. Là aussi, les registres des étrangers devraient nous permettre de la retrouver.

Je vais demander à Gremillon de s'y consacrer aussitôt.

Dans la soirée, alors que les deux policiers s'apprêtaient à quitter le Grand Châtelet, Gremillon apparut avec une liasse de documents à la main. Il avait l'air à la fois satisfait et impatient de leur communiquer le résultat de ses recherches dans les registres du bureau des étrangers.

— Alors, dit Nicolas, vous voilà bien affairé !

— Il y a de quoi. J'ai remué des monceaux de papier, avalé tout autant de poussière et dispersé quelques familles de souris ! Sommes-nous assez organisés de posséder même un gros dossier sur la Russie ! Imaginez que ces gens-là ont voulu débaucher, depuis des années, nos artisans les plus expérimentés. Il y a quarante ans, un émissaire russe, un racoleur, fut arrêté à la suite d'un stratagème. Il tentait de recruter des familles des Cévennes et du Languedoc afin d'établir des plantations de mûriers à vers à soie dans les parties méridionales de la Russie ! Nouvelle offensive il y a dix ans. En 1768, un agent russe, Fierville, fait l'objet de plaintes de l'intendant des Menus-Plaisirs. Il débauchait des acteurs !

— Il ferait beau voir, dit Bourdeau, que les Russes se veuillent mettre avec nous sur un pied d'égalité. Nous sommes le centre du monde par la qualité de nos produits et l'éclat de nos spectacles.

— L'égalité dont tu nous rebats parfois les oreilles ne va donc que pour les Français ?

Bourdeau prit la chose en riant sans avoir sur le moment matière à rebondir.

— Alors, Gremillon. Quoi d'autre que ces généralités ?

— Hé, c'est qu'elles ont, monsieur, un lien avec notre affaire.

— Comment cela ?

— J'ai découvert toute une correspondance concernant un étrange personnage, une femme. Elle nous intriguait l'an dernier.

— L'an dernier ?

— Oui, M. Le Noir avait été interrogé par M. de Vergennes sur cette personne sur laquelle son attention avait été appelée. Elle se faisait alors appeler Dabout-Spada et était suspectée d'ourdir des trames dans lesquelles beaucoup de dupes étaient tombés. Elle avançait d'ailleurs d'autres identités, comtesse de Brienne et de Bruth. Elle prétendait avoir de grandes réclamations à faire contre la Couronne de Russie. Elle s'était servie du nom du marquis de Vérac, notre ministre à Saint-Pétersbourg, pour trouver un accès auprès des plus grands et tromper les béats capables de donner créance à ses fables. Elle forma ainsi des liaisons et des intrigues, escroquant au passage le marquis de Richemont de plus de quarante mille livres.

— Tout cela est fort intéressant, mais nous ramène à quoi ?

— Attendez. La conclusion mérite les circonvolutions qui y conduisent. Pour parfaire les assurances qu'elle prodiguait, la dame en question arborait un portrait en miniature de Catherine II entouré de diamants et de rubis.

— Ah ! Voilà qui nous intéresse au plus haut point.

— Car elle avait mis en gage ce portrait pour obtenir de l'or frais. Elle n'est jamais revenue chercher le joyau et le bijoutier en a été *gros Jean* et délesté de plusieurs dizaines de milliers de livres.

— A-t-on le nom de ce joaillier ? demanda Bourdeau.

— Certes oui. Il s'agit de M. Böehmer, le joaillier de la Couronne.

— Comment ! Il s'y est laissé prendre !

— La chose s'est faite en deux temps. La dame est venue le voir en grand équipage et lui a présenté le bijou qu'il a examiné. Il a donné son prix pour un achat autorisant six mois de délai d'éventuel rachat. Elle a hésité, minaudé, a dit souhaiter réfléchir. Elle est revenue quelques jours après ayant pris sa décision. Elle a joué la grande scène avec larmes, obtenu un meilleur prix, accablé Böehmer de ses séductions, et finalement laissé à regret, multipliant les hésitations, l'objet aux mains du bijoutier qui, ayant examiné le portrait une première fois, et sous le charme, n'a pas songé à récidiver son examen.

Le bon visage du sergent s'épanouissait de contentement en achevant sa démonstration.

— Doit-on en conclure que cette dame serait celle que nous recherchons ?

— Ce que je vais vous dévoiler incite fortement à le croire.

— J'ai retrouvé, dit Bourdeau, trace de l'arrivée du comte de Rovski en France.

— Ah ! Voici du nouveau.

— Une liste de passagers du paquebot *L'Artois* qui a déposé le même jour les passagers suivants…

Il chercha dans ses papiers.

— Je vous lis :

– Mademoiselle Anne Desmarets, lectrice
– M. Sauvageot, négociant en cuirs
– M. Smith, banquier
– M. Golikoff, négociant en eaux-de-vie
– Ivan Kripaeev, domestique
– Princesse de Kesseoren
– Schultz, marchands de peaux
– M. le comte Igor de Rovski, officier

Nicolas et Bourdeau se regardèrent tant cette liste ouvrait de perspectives dans l'enquête en cours.

— Voilà qui est du dernier éclairant ! Ainsi trois de nos suspects ont voyagé ensemble et se sont rencontrés, forcément. Ont-ils fait pour la première fois connaissance à l'occasion de cette traversée ou des relations s'étaient-elles déjà nouées en Russie ? Qu'y a-t-il de commun entre les trois susnommés ? Se peut-il que des liaisons existent avec les cinq autres passagers ? Pierre, voici un nouveau champ de recherches. Retrouvons-les également et confrontons leurs témoignages. Cela fait sept personnes sur lesquelles il faut lancer nos chiens.

— Vaste projet !

— À la hauteur de la réputation de nos services. Tu me mets cela en musique. Gremillon et Rabouine se jettent dès demain sur les brisées.

— Il faudra aller vite, car lundi commence le grand ouvrage à la résidence du prince Bariatinski.

— Je ne l'oublie pas, j'y songe même sans cesse tant je crains ce qui peut advenir de ce projet sur lequel, tu le sais, j'ai nourri des doutes dès l'origine. À ce sujet, j'assisterai à la représentation à la Comédie-Française dans le cas où le comte du Nord ferait retour avant l'heure. Nous établirons des coureurs pour pouvoir nous prévenir dans un sens ou dans l'autre. Toi, tu demeureras à l'hôtel de police pour y recueillir l'objet que nous attendons.

Nicolas quitta le Châtelet après avoir prodigué ses recommandations à Bourdeau et à Gremillon pour la préparation des recherches nécessaires. Rue Montmartre, il trouva M. de Noblecourt seul dans sa chambre sur le point de souper. Louis s'était échappé, avide de retrouver ses amis et les plaisirs de la capitale.

— Prenez place, Nicolas.

Il sonna et bientôt Catherine fit son entrée.

— Monzieur m'a abbelée ?

— Que oui, chère Catherine. Nicolas soupe avec moi, qu'avons-nous ce soir ?

— Vous affez de la chance, je vais améliorer l'ordinaire. Pour Nicolas, j'ai acheté ce matin bar chance des œufs d'oie. Z'est la saison ! Une ponne omelette pien grasse aux pointes d'asperges fera merfeille.

— Tu fais cuire les asperges au préalable ?

— Non, mon betit. Il faut leur conserver un petit beu de croquant. Donc je les fais sauter dans un beu de lard gras, les pique pour férifier la cuisson, les mouille de vin blanc afin d'en assurer la tendreté et je jette les œufs battus dessus.

— En goûterai-je ? demanda Noblecourt timidement.

— Yo, yo, n'y zongez bas ! L'œuf d'oie est peaucoup trop gras pour fous !

— Voyez comme on me traite sous mon propre toit. Ne réfléchis-tu pas, mauvaise, que tu prépares à Nicolas une vieillesse de douleur et de marasme ? Une jeunesse goûteuse procure une vieillesse goutteuse ! Prenez-y garde, godelureau.

— Enzuite, reprit Catherine insensible aux jérémiades du vieux magistrat, une assiettée de saucisson de Magland que l'ami de Nicolas nous a adressé. J'en avais sauvé un bon morceau de la vorazité de vous autres.

— Et moi ? Et moi ?

— Un bouillon de racines, puis de la salade cuite dans un beu de fond de veau, et votre sauge du zoir.

— Hors de ma vue, harpie !

Riant, Catherine s'enfuit, puis se retourna.

— Et vous n'aurez bas de framboizes du jardin à la crème.

Noblecourt soupira. Il considéra avec curiosité Nicolas.

— Je vous devine soucieux. Est-ce toujours cette opération insensée qui vous torture l'esprit ?

Il marche sans dessein : ses yeux mal assurés
N'osent lever au ciel leurs regards égarés.

— À ce point, cela se voit ? Vous connaissez mon sentiment sur cette affaire.

La nature envers moi moins mère que marâtre
M'a formé très rétif et très opiniâtre,
Surtout lorsque quelqu'un veut m'imposer la loi.

— Le jeu de paume poétique est fort plaisant avec vous.

Nicolas considérait avec curiosité le bougeoir qui traînait sur la petite table devant le fauteuil de son vieil ami. L'objet en cuivre doré à l'or moulu portait deux lumières. Il n'en avait jamais vu de semblables.

— Ah ! Voilà qui vous intrigue, n'est-ce pas ? Notre Louis a eu la gentillesse de courir cet après-midi chez le sieur Granchez, bijoutier de la reine, au magasin *Le Petit Dunkerque*, me chercher cette nouveauté, un bougeoir à plateau et garde-vue qui possède un éteignoir mécanique d'un genre absolument nouveau.

— Et ce mécanisme ?

— Point d'impatience. L'appareil éteint les bougies à volonté. La tige à laquelle ces éteignoirs sont adaptés est graduée pour fixer l'heure où l'on désire qu'ils fassent leur effet, un des deux éteignoirs part cinq minutes avant l'autre et vous prévient que l'autre bougie va s'éteindre. Qu'on prenne alors garde si l'on veut continuer sa lecture ou toute autre occupation. Ainsi, désormais je dispose de deux sources de lumière et me mets à l'abri du feu, moi qui parfois m'endors dans mon fauteuil

— Prodigieuse innovation ! Rien n'arrêtera le progrès que la marche des sciences nous procure. Au fait, où sont nos bêtes ?

— Pluton tient compagnie à nos chevaux et Mouchette taquine un matou borgne et boiteux, à qui elle semble trouver des charmes particuliers. Il a miaulé toute la journée sur un toit voisin, appelant sa belle à l'amour.

— Peste, elle va me revenir pouilleuse, sale, épuisée et repentante !

L'omelette avait fait son apparition odorante avec la soupe et la salade du magistrat. Catherine redescendue, Nicolas, pris de pitié, coupa une petite partie de son mets qu'il fit glisser dans l'assiette de Noblecourt ému. Celui-ci s'employa, avec un regard vers la porte de sa chambre, d'en faire aussitôt disparaître toute trace.

— Il y a autre chose qui vous trouble, Nicolas ?

— Vous me percez à jour.

Il se mit à lui conter en détail l'état de l'enquête sur l'assassinat de la rue de Richelieu. Son hôte l'écouta avec attention et, ayant avalé tout rond sa salade cuite, s'essuya la bouche et donna son sentiment.

— De tout ce que vous m'avez appris ou répété une chose me frappe, car le diable gîte toujours dans des détails qui n'en sont pas. Considérons.

Nicolas s'amusait toujours des méandres de la rhétorique de Noblecourt. Ses exordes n'auguraient en rien ce qui suivait. C'était comme un moulin quand une brise met ses ailes en mouvement et que, peu à peu, tous les engrenages s'actionnent pour enfin aboutir au craquement du grain sous une meule qui annonce le nuage blanc de la mouture. Il écouta avec attention, conscient que souvent la particulière perception des faits et l'original raisonnement de son ami avaient dans le passé heureusement orienté ses enquêtes.

— Il faut en effet tirer argument de tous les événements en votre possession. Or vous passez fort rapidement sur un élément qui ne paraît pas avoir suscité chez vous la moindre tentative de réflexion.

— *Mentor* est sévère, ce soir. Serait-ce la privation de framboises ?

— Point, il vise l'efficacité.

— Et quel est ce détail sur lequel je ne me penche pas ?

— Cette affaire de fausse monnaie. Avez-vous fait vérifier ces monnaies afin de déterminer si elles sont, non seulement sonnantes et trébuchantes, mais que leur titre est de bon aloi ?

— Pas encore et vous avez raison de me le rappeler. Ni Bourdeau ni moi, dans l'état que nous venons de dresser des éléments de l'affaire, n'avons songé à vérifier ce point précis bien que nous l'ayons prévu. Mais que vous suggère votre habituelle sagacité si par extraordinaire ces louis s'avèrent forgés et malhonnêtes ?

— Hum ! Quand il y a apparence, la certitude ne laisse pas de suivre. Mais poussons plus loin. Vous savez que le crime de fausse monnaie… J'eus le malheur de traiter plusieurs cas jadis… Que disais-je ? Ah, oui ! Ce crime a toujours été puni de la plus grande sévérité. La première race de nos rois faisait couper les mains. Saint Louis condamnait les coupables à avoir les yeux crevés. L'Église se joignit à cette curée en les excommuniant. La peine de mort fut généralisée et confirmée par Henri II et le grand cardinal. C'était la confiance dans l'État tout entier qui était compromise et qu'il convenait de restaurer.

— D'où, selon vous, il ressort ?

— Il ressort que celui qui s'engage dans cette voie périlleuse, qui demande des moyens matériels peu aisés à réunir, ne peut être qu'un grand misérable très organisé ou bien dans le cas présent une puissance plus importante.

— Je ne parviens pas à suivre le *labyrinthique* de votre raisonnement.

— Brassez les faits. Que surgit-il ? Sur fond de visite du comte du Nord qui suscite, vous êtes bien placé pour en convenir, d'étranges trames, vous enquêtez sur un meurtre, et même deux si j'ai bien compris, liés de manière mystérieuse l'un à l'autre. Surgissent sur ce théâtre des étrangers russes et américains. Tout semble simple, le jeu et la débauche. Ceci est l'apparence. Ne croyez-vous pas que la réalité est tout autre ? On ne démontre pas l'évidence, on la sent presque toujours et l'apparence est prise pour la réalité. Ne sentez-vous pas que la fausse monnaie répandue est l'un des moyens dont usent les États pour corrompre et acheter sans bourse délier ceux dont ils souhaitent l'ordre et l'appui ?

— Si je vous entends bien, l'argent probablement faux remis à Richard Harmand et découvert dans sa chambre, proviendrait des services d'une puissance qui souhaite obtenir un service de lui ?

— Voilà ! Vous avez compris et bien résumé mon propos.

— Je dois consulter Böehmer, le joaillier de la Couronne. Peut-être est-il en mesure de m'éclairer sur la dame au portrait ? J'en tirerai profit pour faire vérifier la sincérité des louis d'or saisis chez Harmand. Je vous suis reconnaissant de votre réflexion qui, à l'accoutumée, fraye des voies nouvelles.

— Je n'y ai point mérite et, comme le dit un contemporain : *il est plus aisé de dire des choses nouvelles que de concilier parfaitement et de réunir sous un seul point de vue toutes celles qui ont été dites*. N'oubliez pas, cher Nicolas, que je ne suis qu'un pauvre vieillard, faillible tout comme un autre. Peut-être suis-je dans l'erreur et j'ai scrupule maintenant à troubler votre esprit, en déviant ce qui était la voie droite de votre raisonnement.

— Point. Je me suis toujours bien porté de vos conseils. Il est fructueux que mes faibles lumières bénéficient de votre expérience et de vos talents éprouvés.

Ils continuèrent à paisiblement deviser. Noblecourt félicita le père de la distinction et du caractère de Louis. Puis Nicolas prit congé et regagna ses appartements.

Il se sentait heureux du jugement de Noblecourt sur le caractère du vicomte de Tréhiguier. Les circonstances de sa naissance, les premières étapes de son existence, la tardive reconnaissance d'un père informé fort tard de sa descendance, qui eussent pu troubler le destin du jeune homme, n'avaient pourtant laissé aucune trace sur cette nature de qualité. Comme chaque fois qu'il pensait à Antoinette environnée de périls à Londres au service du roi, son cœur se serra. Pressant sa poitrine, il sentit le petit reliquaire qu'il avait fait reconstituer par un joaillier du Pont-au-Change. Depuis que ce dépôt lui avait été remis, il avait été appelé à plusieurs reprises par Madame Louise au Carmel de Saint-Denis. Elle se plaisait à sa conversation, émue de retrouver un fidèle serviteur de son père. Chaque fois qu'elle s'enquérait des nouvelles de Louis, comme chargée d'une mission dont Nicolas ne voulait pas démêler l'origine, il se sentait, intérieurement, saisi d'une amère et triste douceur.

Dimanche 26 mai 1782

Après l'office à Saint-Eustache, Nicolas et Louis avaient tenu compagnie à M. de Noblecourt pour le dîner. Catherine s'était surpassée en les régalant d'une longe de veau en gelée que flanquait une tourte aux épinards et que suivit une soupe de fraises au vin et au rhum délicatement parfumée de vanille et de cannelle. L'exercice s'imposait et comme ils étaient tous deux conviés par le duc de Croÿ dans son jardin d'Ivry, Nicolas fit seller Sémillante, qui botta d'enthousiasme à la perspective d'une sortie, et l'autre jument, louée à l'intention de Louis le temps de son séjour parisien.

Le duc de Croÿ, qui venait de rentrer d'une visite de ses terres du Berry, parut vieilli et fatigué à Nicolas, mais toujours allant et empreint de cette courtoisie française que les temps nouveaux tendaient à repousser dans des cercles de plus en plus restreints. Il interrogea Louis avec bienveillance sur le service à Saumur. Le jeune officier répondit en concision à un personnage qui, d'évidence, lui en imposait d'autant plus que son père l'avait prévenu que leur hôte, détenteur d'un important commandement en Picardie et en Artois, était sur le point de recevoir le bâton de maréchal de France. Certes Louis connaissait le duc de Richelieu, mais ce personnage dont les rapports étaient si anciens et étroits tant avec son père qu'avec Noblecourt lui semblait faire partie de sa famille, quelle que fût l'admiration portée au vainqueur de Fontenoy et de Port-Mahon.

Le duc leur fit les honneurs de ses vergers et même goûter ses premières fraises noyées de crème double provenant d'une laiterie voisine. Nicolas admirait le paysage de Paris nimbé d'une légère brume. Les petits-enfants du duc de Croÿ jouaient en riant autour d'eux. L'heure était à la paix, au bonheur et au plaisir de vivre.

— Mes compliments, monseigneur, dit Nicolas d'une voix forte, connaissant la surdité de son interlocuteur, pour vos plantations. Chaque fois que vous m'offrez l'occasion de les visiter, j'observe leur croissance et leur fécondité.

— C'est une joie pour nous aussi de les retrouver quand je reviens à Paris. Avez-vous visité les nouvelles installations des jardins du petit Trianon ? La reine a ordonné à Richard d'en modifier le dessin. Imaginez qu'à la place de la serre chaude que goûtait tant notre feu roi…

Il tira son chapeau.

— … je crus être fou de découvrir des montagnes, un grand rocher et une rivière. Jamais deux arpents de terre n'ont tant changé de forme ni coûté tant d'argent. Quelques parties me parurent manquées. Trop de genres mêlés, le désordre anglais, le ton chinois et l'architecture grecque. En revanche je félicite Richard qui, se livrant à son goût et à son talent, y place de grands arbres et des espèces rares de toutes sortes. Serez-vous au bal de la reine ?

— Certes, avec le vicomte.

— Bien, bien. Avez-vous rencontré déjà le comte du Nord ?

— Je dirai, entr'aperçu lors de sa présentation à Sa Majesté.

— J'y étais. Je l'ai trouvé très petit et de la figure la moins prévenante, ce qu'il rachète d'ailleurs par son bon ton. Quant à sa femme, une Wurtemberg, c'est une grosse roide, point vilaine. Il est à parier que l'impératrice, qui a fait le mariage, ne l'a point choisie intrigante !

— Avez-vous été présenté au prince ?

— En raccroc ! Je faisais une petite méchanceté au prince Bariatinski, au reste diplomate des plus urbain, lui demandant s'ils avaient un petit pays qu'on appelât comté du Nord. Il me répondit non d'un air embarrassé. La dénomination est un peu forte, les rois de Suède et du Danemark ne sont pas des zéros ! C'était le 23 mai, il y eut soirée de gala à l'opéra du château. Le comte du Nord, voulant faire honneur au pays qui le reçoit, avait demandé une œuvre française.

— Ce n'est pas ce qui était prévu.

— On choisit donc de présenter *La Reine de Golconde*, en trois actes. Le premier, si vous voulez mon avis, est bien long et, seul, le deuxième est charmant[1]. Et *Castor et Pollux* qui suivait ne rachetait rien. Beaucoup renâclaient à ce spectacle et jetaient de hauts cris. Comment ? Voici qu'à grands frais on offre aux oreilles de leurs altesses ces antiques beautés au lieu des chefs-d'œuvre de Gluck ! Le roi donna la meilleure place au couple russe et, en dépit de l'*incognito*, les plus grandes distinctions leur furent prodiguées. À cette occasion, il y eut appartement. Le ministre russe, pourtant marri de mon algarade, me présenta. Je dis au prince que j'étais en correspondance avec leur fameux Pallas[2], savant distingué. Je lui promis de lui adresser mon mémoire imprimé sur le passage du Nord.

Louis, à qui la leçon avait été faite par son père sur les passions du duc, l'interrogea à ce sujet et dut

1. Opéra-ballet de Sedaine et Monsigny, d'après un conte du chevalier de Boufflers.

2. *Pallas* : naturaliste prussien (1741-1811) appelé en Russie par Catherine II.

subir une longue digression sur ce thème qu'il entendit fort respectueusement, posant aux bons moments les questions utiles. Le duc, ravi de l'intérêt du jeune homme, lui promit de lui envoyer sa brochure.

Ils prirent congé vers les six heures de relevée et soupèrent frugalement avec Noblecourt qui se fit raconter par le menu le récit de leur après-midi.

Lundi 27 mai 1782

Nicolas appréhendait cette journée et ses suites avec une angoisse qu'il n'avait de longtemps éprouvée. Il décida, avant de se rendre à l'hôtel de police où se réunirait l'état-major de l'opération afin d'y vérifier une dernière fois le dispositif mis en place, de visiter M. Böehmer, le joaillier de la Couronne. Peut-être en tirerait-il quelques informations utiles. Il reviendrait rue Montmartre afin de changer de costume pour la matinée à la Comédie-Française en présence du comte et de la comtesse du Nord. À la réflexion, alors qu'il ajustait son catogan, il décida de faire un saut préalable à l'hôtel de police pour y vérifier les fiches existantes sur le joaillier de la Couronne. Ces vieux rapports étaient souvent d'une richesse insoupçonnée.

Le joaillier Charles-Auguste Böehmer, juif saxon d'origine, y était décrit comme actif, hardi et intelligent. Il s'était associé avec Paul Bassenge, originaire de Leipzig, et ils avaient ouvert depuis des années une boutique de haut luxe place Vendôme. Outre l'affaire du portrait, quelques apostilles ajoutées à la note indiquaient aussi que les deux associés avaient composé des années auparavant un collier *en esclavage*, à l'origine destiné à Mme du Barry. Le roi étant venu à mourir, la commande leur était restée sur les bras. Nicolas retrouva dans ces notes éparses une vieille connaissance, Baudart de Saint-James[1], trésorier de la marine, à qui ils avaient emprunté deux cent mille livres en vue de payer une partie des pierres réunies pour ce bijou. Il en trouva d'ailleurs une description et l'évaluation : 2 300 carats, 647 diamants et brillants de quarante carats pour un prix de 1 600 000 livres. Nicolas observa que M. Böehmer avait à plusieurs reprises proposé le collier à la reine qui avait refusé, sans doute effrayée de l'immensité de la dépense. Les bijoutiers désespéraient, concluait cette fiche, de vendre le joyau dont plusieurs cours européennes avaient, elles aussi, repoussé l'achat.

M. Böehmer, aimable petit homme tout en rondeurs et sourires, s'enquit de ce que désirait Nicolas. Il parut inquiet d'apprendre que son éventuel client était commissaire au Châtelet.

— Permettez-moi de m'étonner de votre visite. Puis-je connaître son objet ?

— Vous allez comprendre.

Nicolas sortit de sa poche un louis d'or qu'il déposa sur le velours du tapis qui couvrait le comptoir de chêne clair.

— Auriez-vous la grande obligeance de vérifier la véracité de cette pièce ?

Böehmer eut une espèce de haut-le-cœur et secoua la tête, sans doute dans l'expectative de la conduite à tenir.

— Monsieur, monsieur, comme vous y allez ! Ai-je l'apparence d'un *trébucheur* du Pont-au-Change[2] pour déférer à votre demande ? Je suis le joaillier de la Couronne.

1. Cf. *L'Honneur de Sartine*.
2. *Trébucheur* : qui pèse au trébuchet.

Nicolas prit son air le plus engageant.

— Monsieur Böehmer, vous vous méprenez, même si, comme on dit, qui peut le plus peut le moins. Loin de moi l'idée d'offenser la dignité de votre négoce. Cependant si je vous précisais que ma requête est peut-être liée à l'activité d'une certaine dame qui s'est fait appeler Bruth ou Brienne, cela changerait-il votre manière d'apprécier ma demande ?

— Point, monsieur, ces noms ne signifient rien pour moi.

Nicolas avait conservé un nom pour une nouvelle offensive en surprise.

— Et Mme Dabout-Spada ?

Pour le coup Böehmer ne put s'empêcher de sursauter.

— Je constate que vous la connaissez, dit Nicolas, poussant son avantage.

— Je ne peux dire le contraire, encore que ce nom me replonge dans une mauvaise affaire que j'aurais souhaité oublier.

— Je vous remercie de votre sincérité. Procédons par ordre. Princesse de Kesseoren, cela vous dit-il quelque chose ?

— Point.

— Bien. Pouvez-vous me décrire la dame en question qui, selon nos informations, vous a escroqué plusieurs milliers de livres ?

— Une dame déjà en âge, la trentaine épanouie, beaucoup de dignité, en imposant par son langage et sa mise. Hélas !

— Comment se fait-il qu'un homme aussi avisé que vous l'êtes…

Il ne put achever. Böehmer venait de frapper du poing sur la table.

— Monsieur, monsieur, c'est que vous ne savez pas tout !

— Eh bien ?

— Mon confrère Bassenge et moi-même avons réuni depuis des années les pierres les plus belles en eau et en taille pour créer un collier, un collier, monsieur, une splendeur à nulle autre pareille, digne d'une souveraine. Nous essayons en vain de le vendre auprès des cours et de la nôtre en particulier, sans succès, hélas ! Si j'ai fait preuve d'une telle candeur avec cette femme, c'est qu'elle m'avait fait accroire qu'elle était proche de l'impératrice de Russie et qu'elle se pouvait entremettre pour lui proposer notre parure. Elle a le don de vous entortiller qu'on oublie toute prudence et raison. Reste, monsieur le commissaire, cela je peux vous le garantir, que la broche à portrait qu'elle m'a présentée lors de notre première rencontre était bien authentique. J'en avais en effet réparé une tout à fait identique pour une noble dame russe ou polonaise, une de mes pratiques, qui vit à Paris depuis des années.

— Et qui s'appelle ?

— La comtesse Skzrawonski.

Nicolas nota le nom, puis le joaillier consentit de bonne grâce à faire l'essai du louis qui s'avéra faux et fabriqué de cuivre doré. Il remercia dans les formes les plus exquises le joaillier. On ne savait jamais, cela pouvait être utile. Il s'achemina vers l'hôtel de police tout proche. Il trouva le bureau de M. Le Noir en grande agitation. Bourdeau et Gremillon travaillaient sur des plans étalés sur une petite table placée près d'une croisée. Le lieutenant général de police, le menton dans la main, paraissait perdu dans la contemplation d'un portrait du roi. Ce portrait par Duplessis lui avait été offert après que le Parlement, quelques années auparavant, l'eut attaqué. Louis XVI lui avait ainsi marqué son estime et son appui.

— Vous voilà bien pensif, monseigneur. C'est la perspective de notre affaire qui vous assombrit ?

— Elle prend part à mon humeur.

Il attrapa Nicolas par le bras et l'entraîna devant le tableau.

— Considérez notre roi. Voilà un portrait officiel qu'on multiplie à l'infini. Oubliez le souverain. Qu'y distinguez-vous ?

— Il est difficile et de beaucoup malaisé d'oublier le sujet. Toutefois, si vous insistez, j'y vois un jeune homme aimable, doucement satisfait de lui-même ? De son état ?

— Est-il pour vous l'image de l'autorité ?

— C'est le roi. Je lui obéis et le vénère.

— Pour ma part j'observe une chose étrange qui me frappe. Comparez les tableaux en costume du sacre de nos trois derniers monarques. Est-ce la volonté des modèles ou celle des peintres qui y surnage ?

— Je distingue mal la voie où vous vous engagez.

— C'est que le grand roi regardait fixement, face à lui, son royaume, l'univers et ses sujets. Il était l'image de l'État.

— Et ses successeurs ?

— Louis XV regardait vers la droite, son petit-fils tourne la tête à gauche. Le premier semble absent, le second bonhomme… Cet homme est une énigme. Mais je divague, l'urgence nous appelle.

Nicolas fut frappé des réflexions de Le Noir. Elles ne manquaient ni de sagacité ni de finesse. L'image offerte à la contemplation des sujets impliquait qu'elle correspondît à la haute idée que chacun devait se faire du souverain. L'onction du sacre se renouvelait par l'apparence certes, mais surtout par le caractère.

— Alors, dit Le Noir, si nous récapitulions une dernière fois. Sommes-nous assez assurés du déroulement de la journée du prince ? Bourdeau ?

— La comtesse du Nord doit recevoir des marchands à la toilette et des artisans qui lui présenteront leurs chefs-d'œuvre, en particulier une superbe parure d'émaux entourés de marcassites.

— Comment est-on au courant, dit Nicolas surpris, de détails aussi précis de ce qui va advenir ! Cela me passe !

Le Noir, Bourdeau et Gremillon parurent gênés. L'inspecteur reprit la parole après un coup d'œil au lieutenant général de police.

— Par M. de Sartine.

— Comment, par Sartine ? Que signifie cela ?

— C'est que, dit timidement Le Noir, qui froissait un papier, il a souhaité introduire des gens à lui en ce jour décisif… pour vérifier… enfin vous comprenez.

Nicolas se leva et se mit à arpenter le bureau, frappant ses poings l'un contre l'autre.

— Comprendre ! Que dois-je comprendre ? Qu'on me signifie au moment où l'action s'engage, avec tous ses aléas, que le plan est modifié, qu'on y introduit sans raison des éléments incertains ? Pour quelle nouvelle alchimie ? Pour quelle douteuse comédie qui s'achèvera, je vous le prédis, en tragédie. Quelle fantaisie hors de gamme ose s'introduire dans ce jeu dangereux ? Quelle malsaine suspicion empiète[1] nos préparatifs ? Doute-t-il de l'habileté de gens qui tirent depuis vingt-trois ans les marrons du feu à son service ? Comment lui qui jamais, au grand jamais, ne goûta la cuisine de nos enquêtes se trouve-t-il bon sur ce coup-ci de s'en mêler au risque

1. *Empiéter* : fouler aux pieds.

de gâter la sauce ? Et cela sans avertir ceux qui en portent la responsabilité et qui, le cas échéant, en supporteraient l'échec. Un caprice sans consultation peut tout faire échouer. Je ne sais ce qui me retient de tout abandonner et de me retirer à Ranreuil sur mes terres à faire le bonheur de mes paysans. Dès le début, j'ai jugé que cette affaire était mal engagée, car d'une action condamnable, il ne peut en justice sortir du bien et nous paierons la folle enchère[1] de cette bêtise, qu'aggrave encore ce que vous venez, monseigneur, de m'apprendre.

Chacun baissait la tête, pétrifié par une fureur à laquelle Nicolas Le Floch, marquis de Ranreuil, n'avait guère habitué ceux qui pourtant le connaissaient depuis longtemps. Accablé, Bourdeau baissait la tête, Gremillon s'était reculé dans le recoin d'une croisée, et Le Noir torturait sa tabatière.

— Allons, finit par dire ce dernier, je comprends votre irritation, mais enfin vous connaissez Sartine. Ce n'est pas la première fois qu'il coupe nos brisées et les piétine. Il faut le prendre et le supporter comme il est. Que n'ai-je subi moi-même, vous le savez bien ? Alors si vous ne le faites pour lui qui vient de vous manquer, de nous manquer, faites-le pour le roi et, peut-être, aussi un peu pour moi.

Devant la bonne figure épouvantée et rouge d'émotion, la colère de Nicolas retomba.

— Allons, vous avez raison, j'aurais dû m'y attendre. Alors cette journée, que devons-nous en apprendre encore ?

— Euh… Le couple impérial se rendra à l'Académie pour une séance en son honneur. M. de la Harpe lira un éloge en vers du grand-duc. Retour ensuite à l'Hôtel de Lévi et, après le dîner, départ pour le

1. *Payer la folle enchère* : en subir la peine.

Théâtre-Français, puisque désormais c'est ainsi qu'on le nomme, afin d'assister à la matinée prévue.

— Bien, dit Nicolas. Égrenons le chapelet de l'action. Gremillon, je vous écoute.

— Dangeville, commença le sergent d'une voix tremblante, se fond désormais dans la foule des serviteurs de l'ambassade de Russie. Il circule sans être inquiété, connu de tous. Il a découvert, après plusieurs tentatives infructueuses, l'endroit où la broche est conservée. Il pense ne pas avoir de difficultés pour forcer le secrétaire en question. Une fois en possession du joyau, il le placera dans une bourse ouatinée, et le jettera par une croisée à l'un des nôtres, qui le transmettra à Rabouine, lequel, par les arrières des maisons, nous l'apportera. Le tout a été minuté ! Entre le début de l'opération et le bijou entre nos mains, il faudra compter vingt à trente minutes. Dangeville restera à l'hôtel pour ne pas donner l'éveil et y demeurera jusqu'au départ du comte du Nord conformément aux termes de son engagement.

— Bien. Pour ma part je me rendrai au théâtre pour veiller au grain et, surtout, vous avertir si par hasard le couple princier devait rentrer à l'Hôtel de Lévi avant l'heure prévue. Des messagers en relais sont prévus, je pense ?

Nicolas accepta de mauvais gré de partager, debout, le frugal dîner de poulet froid que Le Noir avait commandé dans son bureau. Chacun s'efforça de dérider le commissaire qui se cantonna pourtant dans un mutisme boudeur, inhabituel de sa part. Il reprit ensuite sa voiture pour se rendre au Théâtre-Français, par les quais, le Pont Royal, la rive gauche puis les rues de Seine et de Tournon jusqu'au Palais du Luxembourg.

Il y avait foule et Nicolas constata bien vite la justesse des opinions entendues sur le nouvel édifice chez Noblecourt et le duc de Croÿ. Il excipa de ses fonctions auprès de l'inspecteur de service pour obtenir une place assise au parterre, bénéficiant d'une innovation qui lui permettait, confortablement installé, d'avoir l'œil sur la loge où se tiendrait le couple russe. La salle était comble et fiévreuse dans l'attente de l'arrivée du comte du Nord, tant l'événement faisait mode à Paris et drainait une foule curieuse et bienveillante. Il essayait de distraire son esprit de ce qui venait de se passer. Était-il assez sot et inconséquent d'avoir pris la mouche pour une vétille qui s'était si souvent répétée depuis tant d'années ? Était-il acceptable qu'à près de quarante ans, il n'eût pas encore appris à maîtriser ses humeurs ? Il s'en voulait d'avoir offert ce triste spectacle à M. Le Noir consterné et à ses adjoints médusés.

Un incident le sortit de sa rumination. Une femme de qualité, richement vêtue, venait d'ordonner sur un ton d'arrogance marquée à son vieux voisin d'avoir à lui céder sa place et d'en déloger, vu qu'elle la considérait comme meilleure que la sienne et qu'il aurait affaire à ses gens s'il n'obtempérait pas sur-le-champ. Rien ne décelait chez l'agressé dans sa mise propre et modeste, sauf peut-être sa somptueuse perruque à trois marteaux, qu'il pût s'agir d'un personnage d'importance. Il ne répondit pas à la dame qui faisait tapage, la toisa, puis appela d'un geste l'inspecteur que la querelle avait attiré et lui parla à l'oreille. Le policier pria poliment la dame de le suivre. Elle fit scandale et l'on fut contraint d'appeler deux gardes-françaises qui l'emmenèrent de force malgré ses cris et ses menaces. L'inspecteur s'approcha de Nicolas et lui confia à l'oreille que l'homme était un procureur général de la prévôté de l'Hôtel, proche du chancelier de France, garde des sceaux.

Un frémissement agitait l'assistance. L'avant-loge s'emplit de cinq spectateurs parmi lesquels Nicolas reconnut le comte et la comtesse du Nord, le prince Bariatinski, ministre russe à Paris, et deux autres personnages de la suite du prince. La foule se dressa et applaudit à tout rompre. Le prince salua, sa femme se ploya dans une grande révérence de cour, ce qui redoubla les vivats. Une femme auprès de Nicolas murmura, tout en frappant des mains : « Dieu qu'il est laid ! Dieu qu'il est laid ! »

L'une des pièces ayant pour héros le roi Henri IV, chaque réplique pouvant s'appliquer à l'événement présent était ponctuée par les acclamations du parterre. Nicolas observait depuis des années combien les spectacles permettaient au public de manifester, souvent de manière cruelle et violente, ses préférences et ses haines. La représentation n'échappa nullement à cette habitude. À une réflexion du vert-galant sur Sully et ses ennemis, *Ils m'ont trompé, les méchants !* une voix dans le parterre s'éleva pour crier : *Oui, foutre, ils vous ont trompé*. Nicolas comprit aux applaudissements qui saluèrent cette sortie que la victime en question était Necker, regretté du peuple qui ne laissait pas de se flatter de le voir un jour rentrer en grâce.

Soudain Nicolas remarqua une agitation dans la loge princière. Un homme était entré et parlait à l'oreille du ministre russe. Bariatinski se leva, murmura quelques mots au comte du Nord qui sembla approuver ce qui lui était dit. Nicolas en éprouva une vive inquiétude qui s'accrut quand il vit l'inspecteur de service lui faire de loin signe de le rejoindre. Il se leva, au grand dam de ses voisins dérangés, et retrouva dans le foyer son confrère qui lui remit un billet qu'il ouvrit aussitôt.

Mon cher Nicolas, je vous attends sur-le-champ à l'hôtel de police. Votre dévoué Le Noir.

La brièveté du message et le caractère lapidaire de la formule de politesse ranimèrent une angoisse qui, il s'en rendit compte, ne l'avait jamais quitté depuis le début de cet invraisemblable projet. Il sortit en courant du théâtre, sauta dans sa voiture et cria au cocher de le conduire au plus vite rue Neuve-des-Capucines.

VII

LE COMTE DU NORD

« Le plus dangereux présent que puisse faire un prince à un particulier, c'est la confidence de ses secrets. »

Petit dictionnaire de la cour et de la ville

Il s'irritait de son retard, occasionné par la rupture d'essieu d'un fardier trop chargé devant sa voiture. L'incident était courant et fatal dans ces ruelles étroites. Le plus rude était de s'en dépêtrer. À son arrivée à l'hôtel de police, Nicolas constata qu'un carrosse timbré des armes de Russie l'avait précédé. À cette vue, sa crainte s'accrut ; il n'y avait plus de doute, il s'était passé quelque chose à l'Hôtel de Lévi et tout autorisait d'imaginer le pire. Dangeville avait-il été surpris dérobant la broche de la grande-duchesse ? Il découvrit Bariatinski, arpentant d'un pas nerveux l'antichambre de Le Noir. Il le salua et poussa la porte du bureau. Il vit, au mouvement de dépit du diplomate, combien il était impatient d'être lui-même reçu.

— Vous voilà ! Enfin ! s'écria Le Noir. Je lanterne depuis un moment l'ambassadeur de Russie, il pétille à ma porte et nous parvenons sans doute à la limite du tolérable.

— Que s'est-il passé ?

— Je n'en sais rien. La noria ne s'est point mise en route. Rabouine, à ce que j'apprends, est toujours en attente, et aucune nouvelle de Dangeville, mais je crains que cette irruption du ministre de l'impératrice ne soit annonciatrice de difficultés.

— Un homme est venu le déranger dans sa loge au Théâtre-Français pour lui annoncer quelque chose. Il s'est alors entretenu un moment avec le comte du Nord et s'est éclipsé en toute hâte.

— Que va-t-il nous apprendre ? Je serais en mesure et en droit de lui rappeler les usages d'avoir d'abord à prendre langue avec Vergennes, mais... Je crois que n'avons guère de temps à perdre. Qu'en pensez-vous, Nicolas ?

— Je suis d'avis de ne point tarder. Au reste, comme nous ignorons de quoi il s'agit, ne donnons pas l'impression à l'ambassadeur que nous redoutons ce qu'il entend nous dire.

— Je pense que Vergennes comprendra cet accroc à l'étiquette dans la passe où nous sommes. En tout cas, j'appréhende ce que votre intuition laissait présager. J'ai toujours pensé qu'il y avait dans le phénomène des pressentiments quelque chose de surnaturel qui, même, mieux observé, fournirait la preuve de l'immatérialité de l'âme. C'est dire à quel point...

On gratta à la porte. Un laquais affairé apparut.

— Monseigneur, votre visiteur s'impatiente.

— Faites-le entrer.

Le Noir regarda Nicolas d'un air malheureux. Il aurait sans doute préféré, songea le commissaire, poursuivre encore un peu cette conversation philosophique qui retardait d'autant une confrontation redoutée.

Le diplomate en habit bleu sombre, perruque poudrée, portait beau, avec un visage empreint de caractère. Il semblait plus atterré que furieux. Il salua le lieutenant général de police et toisa Nicolas d'un air interrogateur. La mimique était si éloquente qu'une présentation s'imposait.

— Monsieur le marquis de Ranreuil, commissaire du roi aux affaires extraordinaires.

Nicolas admira l'habileté de Le Noir qui parvenait, sans s'éloigner de la vérité, à lui donner une importance que sans doute il n'avait pas. Bariatinski, surpris, s'inclina.

— Monseigneur, dit-il, permettez-moi d'abord de vous présenter mes excuses d'avoir à vous troubler sans préavis et en passant outre aux règles habituelles qui régissent les relations entre les ministres étrangers et les autorités du royaume. Je vous le dis pour vous éviter d'avoir à me les rappeler. Je m'autorise de notre voisinage, des heureuses relations que nous avons nouées, et surtout de l'urgence pour prendre votre conseil et solliciter votre aide. La police, votre police, monseigneur, est la meilleure de l'Europe, chacun le reconnaît et chante ses louanges. Je crains qu'il n'y ait aujourd'hui matière pour elle à prouver sa valeur encore une fois.

Le Noir salua.

— Allons au fait, monsieur l'ambassadeur. Je crois comprendre que le temps nous presse.

Bariatinski toussa et prit place dans un fauteuil que Le Noir lui désignait.

— J'étais avec Son Altesse le grand-duc au théâtre quand un de mes gens vint m'avertir d'un…

Il sembla hésiter, puis se reprit.

— … drame, c'est le mot le plus exact qui me vient, car que dire d'autre d'un vol dans les appartements de la grande-duchesse. Un secrétaire a été forcé et… j'ose à peine le dire, un objet, enfin un bijou d'une valeur extrême, a été dérobé. Mais la question n'est pas là. Il se trouve que cette broche ornée de pierres incomparables et d'une émeraude unique est un présent que Sa Majesté impériale a offert à sa belle-fille à l'occasion de ses noces. L'annonce de sa perte aurait des conséquences… que je ne peux… que je ne dois…

— N'ayez crainte, ce joyau sera retrouvé, je puis vous le garantir, et la police ne fera pas mentir sa réputation.

Le Noir paraissait guilleret et soulagé. Pour Nicolas, le visage de Bariatinski était pourtant éloquent.

— Monsieur le lieutenant général de police, je ne doute pas de l'efficacité de vos gens, mais je ne vous ai pas tout dit. Ce vol a été surpris par un des serviteurs du grand-duc. Que s'est-il passé ? Nous l'ignorons. Reste que nous sommes en présence de deux victimes.

Nicolas ressentit physiquement le soupir qu'exhala M. Le Noir.

— Que dites-vous là, monseigneur ? Deux morts !

— Hélas ! Un malheureux frotteur embauché à l'occasion de la visite impériale et qui, sans doute, s'était opposé au péril de sa vie au voleur et un serviteur russe du prince, assassiné lui aussi sans doute pour les mêmes raisons.

Un fleuve de glace parcourait les veines de Nicolas. Le Noir, pris à contre-pied, avait pâli et s'enfonçait dans son fauteuil.

— Vous comprendrez, reprit l'ambassadeur, que, dans ces conditions, je ne pouvais tergiverser. Ce drame peut avoir des conséquences incalculables tant à Paris qu'à Saint-Pétersbourg. La chose doit rester secrète et ne pas transpirer à l'extérieur. Nous avons limité les choses à l'Hôtel de Lévi, mais plus les heures s'écoulent plus le risque s'accroît. Son Altesse impériale le grand-duc m'a donné carte blanche pour régler cette affaire avec vous. Il retardera le plus qu'il sera possible son retour de la comédie… le temps de… Enfin, vous me comprenez. Il souhaite aussi que vous déléguiez auprès de lui un homme de confiance qui enquêtera et lui rendra compte… Enfin autant que vous en déciderez, avec l'approbation de M. de Vergennes, cela va sans dire. Personne de notre côté ne désire que cette affaire soit éventée et n'embarrasse les heureuses relations entre nos deux États. La visite de Son Altesse impériale se déroule à merveille, rien ne doit venir en bousculer le cours. Donc le temps presse, il faut ôter les corps et peut-être, auparavant, faire certaines constatations.

— Le marquis de Ranreuil est désigné pour cette mission. C'est un autre moi-même.

— La discrétion…

— Il est accoutumé aux affaires d'État et de surcroît est honoré de la confiance de Sa Majesté après avoir joui de celle du feu roi. Il bénéficie de l'entrée au petit lever, c'est tout dire.

— Vraiment ! murmura Bariatinski, considérant Nicolas avec une attention redoublée.

— Cependant, au préalable, je dois, monsieur l'ambassadeur, évoquer une autre affaire, je regrette de dire un autre drame, qui intéresse essentiellement votre chancellerie. Le comte de Vergennes venait d'ailleurs…

Il agita un pli saisi sur la tablette de son bureau. Le commissaire ne douta pas qu'il s'agissait d'un pli sans importance.

— ... de m'ordonner de vous approcher afin de vous en informer.

Bariatinski redressa la tête avec une sorte de haut-le-cœur.

— Et donc, qu'auriez-vous donc à m'apprendre ? Vous ne laissez pas de m'inquiéter.

— Il se trouve qu'un distingué sujet de votre nation, le comte Igor de Rovski qui séjournait à Paris à l'hôtel de Vauban, rue de Richelieu, a été découvert assassiné dans sa chambre. Les conditions plus qu'étranges de cette mort ont conduit la police du roi, en la personne du marquis de Ranreuil, à enquêter. Il apparaît en effet que votre compatriote était, comment dire, bien en cour à Saint-Pétersbourg, qu'on souhaitera peut-être connaître le détail de sa mort et être attaché à ce que son ou ses assassins soient retrouvés et punis.

Une seconde fois le prince fixa Nicolas, puis soupira, se tournant vers Le Noir.

— Et quand, monseigneur, ce meurtre a-t-il eu lieu ?

— Il y a quelques jours.

— Et je n'en suis informé qu'aujourd'hui.

— Dans les circonstances présentes, il nous est apparu peu opportun de troubler la visite, fût-elle *incognito*, de Son Altesse impériale avant que quelques faibles lumières nous lancent sur différentes pistes. Et à ce sujet, nul doute que Votre Excellence soit en mesure de nous apporter une aide précieuse.

— Et que pourrais-je vous dire ? Le comte de Rovski était un officier des gardes, un homme de cour que Sa Majesté impériale appréciait.

— Jusqu'au moment, reprit Nicolas, où il fut disgracié, n'est-ce pas ?

L'ambassadeur ne répondit pas. Il considérait d'un air absent la pointe de ses souliers.

— Connaissez-vous la princesse de Kesseoren, dame à portrait de Sa Majesté impériale ?

— Suis-je au-delà du convenable si j'affirme qu'il s'agit là d'un interrogatoire de police ?

Le Noir eut une sorte de haut-le-cœur.

— Vous avez beau faire, dit-il, je suis le premier policier du royaume et aucun entretien avec moi n'est innocent. Je représente Sa Majesté, et le commissaire agit en mon nom. Libre à vous de ne point répondre à ses questions, mais rappelez-vous que vous venez nous demander aide et appui et que désormais nos efforts sont liés.

— Sur une autre, oui, l'autre affaire. Celle-ci me semble bien commune et je l'abandonne aux besognes de vos gens.

Il consulta sa montre.

— Je crains que le temps ne presse. Il faut tout examiner avant l'arrivée de mes illustres visiteurs. Monsieur le marquis, m'accompagnez-vous ?

Ce fut Le Noir qui répondit.

— Il vous suit dans l'instant. Je lui dois donner quelques indications. Je suis votre serviteur, monsieur l'ambassadeur.

Bariatinski salua et se retira sans un mot. Le lieutenant général de police attendit un moment, hocha la tête, les yeux au ciel.

— Que ne vous a-t-on écouté ! Nous voilà pris dans la nasse d'une bien mauvaise affaire. Que s'est-il passé ? Deux morts ! Pourquoi ? Il faut éclairer ce drame. Et qu'est devenu le bijou ? Je n'y entends plus rien. Et pourquoi n'a-t-il point répondu à votre question sur une princesse de… ? de ?

Nicolas estima que les plaintes de Le Noir retardaient le début d'une recherche pour laquelle le temps lui manquerait puisque tout devait être en ordre avant le retour du couple princier à l'Hôtel de Lévi.

À ce moment Bourdeau surgit.

— Monseigneur, Rabouine vient de revenir. Il n'a point la broche et aucun signe de Dangeville !

— Il y a quelques raisons pour cela, hélas !

Nicolas résuma à l'inspecteur le funeste chemin qu'empruntait leur affaire.

— Si vous en êtes d'accord, monseigneur, Bourdeau m'assistera, les Russes n'ont plus rien à nous refuser. Ils ne s'y opposeront pas.

— Faites au mieux, Nicolas. Je vais aller prévenir Sartine des suites malheureuses de son initiative.

Il soupira, l'air malheureux.

— N'oubliez pas que la broche de la grande-duchesse a disparu. Si nous la pouvions retrouver, ce serait un demi-mal.

— Et vous, monseigneur, ne perdez pas de vue que j'ai promis à Dangeville de veiller sur sa famille.

— Je vous donne ma parole, Nicolas, que j'y prêterai la plus sourcilleuse attention. Peut-on supposer que Dangeville aurait pu nous tromper et travailler pour son propre compte ?

— Nous verrons, mais je ne le crois pas.

Quand ils arrivèrent à l'Hôtel de Lévi, un homme, qui se présenta comme Nikita, le majordome, les conduisit jusqu'à l'appartement de la grande-duchesse. Ce qu'ils y découvrirent offrit aux regards des deux policiers une scène arrêtée dont les personnages étaient figés dans de surprenantes attitudes. Longtemps Nicolas garderait en mémoire le boudoir où se mêlaient le vert jade du rechampi et les dorures. Il rassemblait une coiffeuse de bois argenté, une haute psyché et un magnifique secrétaire en armoire ornée de panneaux de laque japonais aux moulures de bronze doré et décorés de fleurs et d'oiseaux. Les contrefenêtres avaient été refermées et seul un flambeau procurait une faible lumière qui éclairait un homme allongé sur un sofa. Une jambe et un bras pendaient. Non encore troublés par la mort, les yeux ouverts de Dangeville le fixaient avec, lui sembla-t-il, un air de reproche. Il s'efforça aussitôt de chasser cette idée tout au regret d'avoir prêté la main à cette machination. Le remords le taraudait à un point qu'il n'aurait pu imaginer. Vers la croisée, un autre homme gisait sur le dos, les bras écartés, un faciès d'étonnement figeant ses traits. Peu à peu les détails se précisaient. La porte du secrétaire en armoire avait été forcée, un tiroir ouvert, un écrin timbré aux armes, vide, était tombé à terre. Nicolas le ramassa et l'examina longuement, y recueillant des fragments étranges qu'il plaça dans son mouchoir. Puis il fit un rapide croquis de la disposition des corps.

— Qu'as-tu trouvé ? demanda Bourdeau.

— Je ne sais. Des pépins, des graines répandues tout autour de cet écrin. Nous verrons.

— Nicolas, de quoi sont-ils morts ? Je ne vois ni sang, ni odeur de poudre. Ont-ils été empoisonnés ?

Nicolas réfléchissait. Pour la première fois, il entamait une enquête dont il avait obligation, sinon l'impérieux devoir, d'en dissimuler la vérité première. Il s'approcha du corps de Dangeville, lui ferma doucement les yeux et se signa. Il examina le corps, défit le pourpoint. Une petite tache de sang marquait la chemise à hauteur du cœur. Quelle arme était à l'origine d'une aussi fine blessure ? Il se dirigea vers l'autre corps.

— C'est Pavel, le maître d'hôtel, soupira Nikita qui les accompagnait.

Nicolas procéda à un examen identique qui fournit la même constatation. Il se redressa, alla prendre le flambeau qu'il posa sur le sol. Il s'arrêta devant la cheminée et saisit une longue tige d'acier qu'il reconnut comme étant une de ces fortes épingles par lesquelles étaient fixés les agencements divers des chapeaux et des perruques. Après l'avoir examinée attentivement, il la tendit à Bourdeau.

— Voilà l'arme qui a servi.

Une pensée, soudain, lui glaça les sangs. Et si Dangeville surpris dans sa tâche avait saisi la première chose qui lui était tombée sous la main et avait frappé le valet qui l'avait surpris ? Il en parla à mi-voix à l'oreille de l'inspecteur.

— Soit, dit Bourdeau. Il frappe le valet et ensuite ?

— Il se tue lui-même ?

— Tu as vu la distance entre l'épingle et le corps sur le sofa ? Impossible. Et que fais-tu dans ton hypothèse de la broche ? L'as-tu trouvée ?

— Tu as sans doute raison. Donc… Il y aurait un troisième homme ?

Au même moment un cri perçant se fit entendre, suivi d'un bruit semblable à de rapides mouvements d'éventails. Tout cela s'acheva par des roulades graves et grasseyantes, et une sorte de grognement mouillé. Un silence précéda un long appel rauque et nasillard : « Paul Petrovitch ! »

— Quelqu'un appelle Son Altesse impériale.

Nikita sourit avec un geste de dénégation. Soudain un souvenir remonta du passé et Nicolas se revit au *Dauphin couronné*. La lumière se fit dans son esprit. Il prit dans sa poche les débris recueillis auprès de l'écrin qu'il examina avec une attention redoublée. Puis il se dirigea vers l'endroit d'où venaient les cris. C'était une petite pièce aux murailles meublées de bibliothèques. Près de la croisée une immense cage de bronze doré trônait, la porte ouverte. Juché à son sommet, un magnifique perroquet gris toisait Nicolas avec arrogance en balançant la tête. Il s'approcha. Les débris qu'il avait recueillis lui revinrent en mémoire, déchets de graines destinées à nourrir l'exotique volatile. Pourquoi étaient-ils ainsi répandus près du secrétaire en armoire ? Il savait que ces oiseaux comme les pies ou les corneilles avaient coutume d'être attirés par les objets qui brillent. Le perroquet, libre de ses mouvements, avait-il erré dans le boudoir ? Il se mit en mesure de chercher où l'oiseau, après s'être emparé du joyau, avait pu le cacher.

Il fallait en revenir à la cage et l'examiner avec le plus grand soin. À mesure que la distance qui le séparait d'elle diminuait, le perroquet s'agitait, gonflait son plumage et râlait sourdement. S'aidant de son bec, il entreprit de descendre et, saisissant les barreaux les uns après les autres, il se tint enfin menaçant devant la porte de sa cage, la tête en bas, le cou retourné et l'air agressif. Nicolas tendit le dos de sa main afin d'éviter toute velléité de morsure. Il se souvint de son expérience avec *Sartine*, le perroquet de la Paulet, et des précautions nécessaires pour éviter son bec assassin. Le perroquet, étonné, réduisit puis écarquilla sa pupille, poussa un petit gémissement avant de frotter amoureusement sa tête contre la main offerte. Nicolas poussa son avantage, fourragea le cou du perroquet qui, ravi, se mit à roucouler et, confiant, s'accrocha à la manche de l'habit, puis remonta jusqu'à l'épaule du commissaire où, après avoir gentiment mordillé son oreille, il se plongea avec délice dans sa chevelure. Pendant ce temps le commissaire fouillait l'intérieur de la cage. Il ne trouva rien dans la mangeoire pleine de graines mais, au fond d'une petite vasque d'argent, il remarqua un reflet vert chatoyant doucement dans son eau sale. Le cœur battant il y plongea la main et retira délicatement la broche à émeraude de la grande-duchesse. Il regagna le boudoir où il trouva le prince Bariatinski qui pressait Bourdeau d'en terminer afin d'emporter les corps. Une charrette emplie de foin attendait dans la cour intérieure de l'Hôtel de Lévi dans laquelle le vide avait été ordonné.

— Ah ! Monsieur le marquis, il faut nous hâter. Une question. Tout est prêt pour emporter discrètement les deux cadavres. Que comptez-vous en faire ?

La question était légitime, en particulier s'agissant du valet, sujet russe.

— Des examens d'ouvertures au Grand Châtelet, monsieur l'ambassadeur, s'il vous plaît d'y consentir. Mais auparavant j'ai l'honneur de vous remettre le bijou dont la perte vous importait tant.

Le diplomate russe perdit son apparence glacée et se jeta sur la broche qu'il éleva comme un ostensoir, puis il saisit Nicolas et l'embrassa.

— Monsieur le marquis, vous n'imaginez pas de quelle mauvaise passe vous nous tirez. Pardonnez cet élan de reconnaissance si russe. Où l'avez-vous trouvée ?

— À plus ou moins brève échéance, l'objet aurait été retrouvé dans la cage du perroquet, conclut Nicolas après avoir éclairé l'ambassadeur sur les circonstances qui l'avaient conduit à cette découverte.

— Cela suppose, monsieur le marquis, une capacité de raisonnement sur l'enchaînement des causes qui ne laisse pas d'être admirable. Son Altesse impériale connaîtra ce qu'elle vous doit. Je vous serais gré de demeurer un moment jusqu'à son retour, que je sois en mesure de vous présenter et que vous entendiez de sa bouche l'expression de la reconnaissance qu'elle vous doit.

Fallait-il, pensa Nicolas, deux morts pour aboutir et atteindre le but recherché ? La confiance et le rapprochement souhaités par Sartine et Vergennes allaient ainsi être obtenus. Que le destin était cruel que ce fût à ce prix !

— Permettez, monsieur l'ambassadeur, que je donne les instructions nécessaires à l'inspecteur Bourdeau pour la destination des corps et l'étude qu'habituellement…

— Comme à Vienne ?

— En effet. Ensuite, avec votre accord, je devrai enquêter ici.

— Mais qu'importe, la broche est retrouvée.

Le prince Bariatinski tenait d'évidence pour négligeable la mort de deux serviteurs considérés sans doute comme des meubles. Ces attitudes de ceux que leur place dans les ordres de la société aurait dû conduire à plus d'humaine sensibilité lui faisaient l'effet d'un désordre, d'un scandale, dont l'amertume toujours le poursuivait en le meurtrissant tant il se sentait partie prenante des plus privilégiés.

— Permettez-moi de vous faire observer que l'événement est loin d'être négligeable. Comment, deux meurtres à l'intérieur d'une ambassade au moment où elle accueille le comte et la comtesse du Nord, et nous ne prendrions aucune mesure ? Il y va de la sécurité de nos hôtes illustres et quel opprobre pour le royaume si celle-ci était en rien menacée !

— Soit. Nous interrogerons le prince sur cette nécessité.

— Je vous en préviens, il me faudra libre accès dans l'hôtel et permission d'interroger le domestique.

— Que voulez-vous que ces gens-là vous disent ?

Et de nouveau ce mépris blessa Nicolas. Ce puissant possédait, comme le lui avait expliqué Corberon, des milliers de serfs en Russie. Sans doute accoutumé dès l'enfance à se distinguer de tout le reste des hommes, à se regarder comme une divinité terrestre, il considérait ses domestiques comme des animaux d'une autre espèce, nés pour servir et satisfaire toutes ses fantaisies. La voix du chanoine Le Floch retentit dans sa mémoire, qui rappelait souvent au prône que « *puissants et serviteurs étaient frères et appelés au même héritage éternel* ».

— La vie et la fortune sont pourtant à la discrétion des serviteurs. Ils voient tout et savent beaucoup. Nous sommes ici habitués à les écouter et nos enquêtes s'en portent bien.

— Soit. Faites comme il vous plaira, nous vous devons tout.

Nicolas s'entretint à voix basse avec Bourdeau. Les cadavres seraient transportés à la basse-geôle, dévêtus, leurs habits dûment fouillés, ce qui d'évidence n'avait pas été le cas, enfin examinés par Sanson et Semacgus ou par l'un des deux. Le temps pressait. L'inspecteur courut dans la cour pour accélérer les opérations de départ de la charrette. Nicolas fut conduit par le prince Bariatinski dans un grand salon d'apparat. Un lourd silence s'établit. L'ambassadeur paraissait plongé dans des pensées peu plaisantes. Nicolas supposa qu'il préparait la manière de présenter le drame au comte du Nord.

Nicolas ruminait un remords qui ne le quittait pas. Il se reprochait de n'avoir pas suffisamment poussé ses arguments pour arrêter ce projet auquel il n'avait jamais porté créance. Que ne s'était-il opposé à Sartine, qui sans doute, oubliant le prix payé, allait se féliciter du succès final de l'opération, fût-elle manquée dans sa première épreuve ? Le fracas de plusieurs équipages se fit entendre et l'ambassadeur quitta en hâte le salon. Après un long moment, des voix et des pas se rapprochèrent. Les deux battants de la porte s'ouvrirent soudain et d'un pas pressé, le chapeau sous le bras, le comte du Nord marcha sur Nicolas, qui s'inclina, son tricorne à la main.

Nicolas vécut cette rencontre avec le flegme de qui, de longue main, avait l'usage des cours. Il avait servi deux rois de France, devisé avec Marie-Thérèse à Schönbrunn et avec l'empereur Joseph dans la crypte des Capucins, nul ne le pouvait émouvoir. Il n'oubliait pas que sa mission consistait, certes à s'insinuer dans le cercle étroit des entours du prince, mais aussi à étudier son caractère. Il s'était promis de le considérer comme un homme et non à travers ce qu'il incarnait.

De taille moyenne, Paul dès l'abord n'en imposait pas dans son habit noir un peu étriqué qu'eût blâmé maître Vachon. La laideur commune du visage frappait, que rien ne relevait et qu'aggravaient un nez épaté, des pommettes proéminentes, des sourcils pâles et une calvitie remontée qui donnait au crâne la forme d'une ogive. Le cheveu rare et blond, poudré à frimas, était coiffé de chaque côté en rouleaux frisés. La bouche bien ourlée aurait rallié les suffrages si elle était demeurée close. Le regard, fixe ou fuyant, selon, frappa Nicolas ; il résumait l'ambiguïté du personnage et paraissait refléter les impressions du moment, successivement l'aimable séduction ou l'inquiète sévérité, sans se fixer jamais. D'évidence, le tsarévitch faisait en permanence un effort qui lui coûtait pour dissimuler son ennui et, peut-être, une cruelle angoisse.

— Monsieur le marquis de Ranreuil, nous vous avons grande reconnaissance pour le service que vous venez de nous rendre.

— Son Altesse impériale peut être assurée que je n'ai fait que mon devoir.

Paul se tourna vers Bariatinski.

— Laissez-nous. J'entends m'entretenir en privé avec le marquis de Ranreuil.

L'ambassadeur eut un imperceptible mouvement de dépit, sembla vouloir dire quelque chose et, enfin, se retira sur un geste impératif du prince.

— Ah, monsieur, à qui puis-je me confier ? Le peu d'amis qui me restent sont espionnés, poursuivis… Et ici dans ce pays que j'aime et qui m'accueille avec tant de transports, *je serais bien fâché qu'il y eût auprès de moi, dans ma suite, le moindre caniche fidèle à ma personne : ma mère l'aurait fait jeter à l'eau avant que nous ayons quitté Paris*[1].

Cette sortie de but en blanc laissa Nicolas pantois. Que l'héritier d'un immense empire en vînt à ouvrir son cœur à un étranger inconnu, sans la moindre précaution, le sidérait. Que pouvait-il répondre et attendait-on qu'il répliquât ? Il s'y résolut pourtant.

— Votre Altesse impériale peut ainsi mieux apprécier le dévouement de son perroquet qui a, si intelligemment, dissimulé la broche à émeraude.

Paul éclata de rire. Cette hilarité soudaine le dérida, modifia ses traits irréguliers, le rajeunit. Dans un élan spontané, il saisit Nicolas aux épaules et le secoua. Nicolas se souvint des remarques de Corberon : *une humeur étrange qui s'en va comme elle est venue ; quand elle le prend, on dirait que c'est un ressort de machine qui se démonte tout à coup. Sa raison est tout à l'envers, c'est la dérision elle-même en personne.* En dépit de ce déséquilibre et pour embarrassé que fût son débit, il parlait un français parfait presque sans accent.

— Monsieur, voulez-vous être à moi ?

1. Propos authentiques du tsarévitch.

— Je suis au roi, monseigneur, mais rien ne s'oppose, si cela ne touche pas les intérêts de Sa Majesté, d'être votre très humble et obéissant serviteur.

— C'est cela ! C'est cela ! s'écria Paul avec une sorte d'exaltation maladive. Vous serez mon ami. Voyez comme je suis menacé. On tue dans mon propre appartement. On cherche à me dépouiller d'un bijou dont la disparition ne manquerait pas de signer ma perte auprès de ma mère. On me hait, on me craint, on veut ma mort, *tout conspire à me nuire*[1], comme ce fut le cas pour mon père…

Il se tordait les mains et les commissures de sa bouche déformée laissèrent échapper un peu d'écume. Il avait haussé la voix, à la stupéfaction de Nicolas habitué à ce ton de cour qui se faisait une obligation de n'élever la voix qu'à demi, chacun se contenant, se tempérant et modérant ses gestes. Nicolas estima que le moment était propice pour dévoiler ses batteries.

— Pour assurer au plus près sa sûreté, Votre Altesse impériale consentirait-elle à autoriser mon enquête à l'hôtel de son ministre et à ne point quitter sa personne tant qu'elle demeurera à Paris ?

— J'y consens de grand cœur. À une condition pourtant, c'est que vous me rendiez compte exact de l'état de ce que vous découvrirez à chaque étape de votre mission. Cela vous convient-il, monsieur le marquis ?

— Monseigneur, je suis votre serviteur. Son Altesse m'autorisera-t-elle à informer M. de Vergennes du rôle que je jouerai auprès d'elle ?

— Vous êtes plein d'égards en me le demandant. Je suppose que de toute façon vous l'auriez prévenu

1. Paul connaissait son Racine par cœur.

sans m'en avertir. Je m'empresse de vous dire que j'aurais trouvé cela convenable. Il n'y a rien que je veuille dissimuler aux ministres de Sa Majesté.

— Monseigneur, pour ne pas perdre de temps, je dois vous résumer le dilemme devant lequel nous sommes placés.

— Nous vous écoutons.

— Deux cadavres dans le boudoir. Un secrétaire armoire forcé. Un écrin ouvert. La broche disparue puis retrouvée dans la cage du perroquet. Voilà les faits. Cependant je dois être assuré d'un point. Cette broche récupérée est-elle authentique ? Voyager en Europe avec un tel bijou est risqué. Était-ce une copie, magnifique réplique destinée à donner le change pendant que l'original dort au fond d'une armoire de fer à Saint-Pétersbourg ? La broche que j'ai retrouvée, autre question, est-elle l'authentique et le voleur ne l'a-t-il point substituée ?

— La broche est bien celle que nous présentons à l'admiration des cours d'Europe. Son émeraude est unique et nul ne parviendrait à en restituer l'apparence et l'éclat. J'entends votre inquiétude. Quant à celle que vous nous avez si heureusement rendue, elle est bien authentique. Outre ce que je viens de vous préciser, elle possède une marque connue de nous seuls et impossible à copier, qui garantit sa véracité.

— Voilà la question réglée. Si je ne craignais pas d'abuser de la patience de Votre Altesse impériale, je lui poserais une autre question.

— Faites, faites, cela me distrait furieusement.

— L'un des morts dans le boudoir se nomme, m'a-t-on dit, Pavel. Si j'en crois ce prénom, il est russe. Cependant, fait-il partie de votre suite ou est-ce un serviteur du prince Bariatinski ?

Paul Pétrovitch à nouveau s'assombrissait. Comme égaré, il jeta un regard soupçonneux autour de lui, entraîna Nicolas vers la croisée et lui parla bas à l'oreille.

— Une véritable cohorte m'accompagne depuis Saint-Pétersbourg, nobles, courtisans, serviteurs, médecins, scribes, cuisiniers et un astrologue, sans compter le perroquet que vous connaissez. Le mort, c'est Pavel Volkov. Vous êtes sans doute surpris que je connaisse son nom. C'est le maître d'hôtel, il m'approche chaque jour. C'est un traître, un espion de ma mère. J'ai été prévenu contre lui dès avant mon départ par ceux qui spéculent sur le prochain règne… Que faire ? Le rejeter aurait montré que je le soupçonnais. Que serait-il advenu ? Un autre eût été imposé, dont les menées n'auraient peut-être pas été traversées.

Il se signa à l'envers, selon la coutume orthodoxe.

— Il a volé des lettres. Mes proches en Russie ont été arrêtés et exilés.

Nicolas réfléchissait aux propos du prince qui s'ouvrait à lui avec une redoutable franchise. Si Pavel Volkov était un agent de Catherine II, qui avait intérêt à le faire disparaître ? Il ne pouvait poser cette question, mais la garder précieusement en tête comme une terrible, mais plausible hypothèse.

— Et l'autre cadavre ?

— Bariatinski me dit qu'il s'agit d'un frotteur il y a peu engagé à l'occasion de ma visite. Le pauvre hère s'est sans doute trouvé au mauvais endroit au mauvais moment !

— Puis-je me permettre de demander à Votre Altesse impériale si elle connaît le comte de Rovski ? Igor de Rovski, officier de la garde ?

Nicolas regretta aussitôt sa question. Quelle mouche piquait le prince ? Il s'était empourpré, ses yeux roulaient dans leur orbite, ses mains agitées de tremblements paraissaient étrangler une invisible proie.

— Je le hais comme les autres... Ces pourceaux... Pourquoi cette question ?

— C'est qu'il était à Paris sous le prétexte de vous faire sa cour.

— Sa cour ! Lui ! À moi ? Je l'eusse fait jeter à la rue par mes valets s'il avait osé se présenter ici.

— Je dois informer Son Altesse impériale que l'homme en question a été trouvé assassiné dans son hôtel, rue de Richelieu.

— Vraiment ? Voilà une nouvelle qui illumine ma journée.

Et il se signa derechef. Il demeurait silencieux mais ses lèvres palpitaient. Nicolas se demanda ce qu'il exprimait ainsi : une prière, des malédictions ?

— Un jour, monsieur, ils me tueront. Savez-vous que souvent la nuit je reste éveillé. Le croiriez-vous ? Un soir à Saint-Pétersbourg avec le prince Kourakin, mon ami d'enfance, nous eûmes l'idée de sortir du palais pour voir la ville au clair de lune. Nous plaisantions. Au détour d'une rue, dans l'enfoncement d'une porte, j'aperçus un homme enveloppé d'un manteau, un chapeau militaire rabattu sur ses yeux. Il se mit à ma gauche. Je sentis un froid glacial m'envelopper. Je dis à Kourakin : « Voilà un singulier compagnon ! – Quel compagnon ? – Mais celui qui marche à ma gauche entre le mur et moi. – Comment, observa-t-il, il n'y a de place pour personne entre le mur et vous. » J'allongeai le bras et, en effet, sentis la muraille glacée.

Le prince repliait le revers de son habit comme si le froid le saisissait à nouveau.

— Je tremblais non de peur mais de froid, mon sang se figeait dans mes veines. Tout à coup une voix creuse m'appela par mon nom. « Que veux-tu ? » dis-je. « Paul », répétait-il d'un ton affectueux, puis il ajouta : « Paul, pauvre Paul, pauvre prince ! » Kourakin n'avait rien entendu. Je demandai à la voix qui elle était et ce qu'elle voulait. L'inconnu me dit de ne pas m'attacher trop à ce monde car je n'y resterais pas longtemps. Pendant une heure encore, il chemina à mes côtés. Sur la grande place entre le pont de la Néva et le palais des sénateurs, il se dirigea vers un endroit précis et là, il s'arrêta : « Paul, adieu, tu me reverras ici et ailleurs encore. » Son chapeau se souleva et je distinguai l'œil d'aigle, le front basané et le sourire sévère de mon aïeul, Pierre le Grand. Puis il disparut.

Il respirait, oppressé par l'impression renouvelée de son récit.

— Et savez-vous, monsieur le marquis, quel est cet endroit ? C'est là que ma mère fait élever la statue du tsar à cheval. Qu'en dites-vous ?

Que répondre qui n'attisât pas les hantises et les terreurs du prince ? Il n'était pas question de mettre en doute le récit de Paul.

— Je suis d'une province, monseigneur, la Bretagne, où l'on est sensible aux signes et à toutes les apparences que la raison ne comprend pas. Et j'ai moi-même, à plusieurs reprises, éprouvé les conséquences d'étranges prédictions.

— Ah ! Vous me comprenez alors.

— Ce qu'il faut retenir, je crois, de ces influences qui s'exercent sur nous, c'est de ne les point mépriser, mais les entendre pour ce qu'elles nous disent. Elles ne prévoient pas l'avenir, elles nous mettent en garde contre lui, car notre liberté est entière et totale d'échapper à un destin funeste. C'est sur nous-mêmes qu'il faut faire effort en toute connaissance de cause et c'est de notre propre courage dont dépend notre salut.

— Personne ne m'a jamais parlé ainsi. J'avais peur d'avoir peur et voilà que vous me donnez des raisons d'espérer.

Tous mes moments ne sont qu'un éternel passage
De la crainte à l'espoir, de l'espoir à la rage.

Le visage du tsarévitch s'éclairait, comme empreint d'une paisible indifférence.

— Le roi vous connaît-il ?

— Son aïeul le feu roi, dont j'étais le serviteur, me présenta à son petit-fils.

— Vous l'approchez ?

— J'ai cet honneur et jouis de sa confiance.

— Louis est un homme heureux d'avoir des serviteurs tels que vous.

— Je serais reconnaissant à Votre Altesse impériale qu'elle me permette d'être secondé dans cette enquête et dans l'organisation de sa sûreté par l'inspecteur Bourdeau, mon fidèle adjoint depuis plus de vingt ans. Sa discrétion est absolue.

— Heureux homme vous aussi d'avoir un fidèle. J'y consens. Faites au mieux.

— Je vais, monseigneur, me rendre au Grand Châtelet afin d'examiner s'il y a quelque chose à tirer de l'ouverture des corps. Ensuite je m'installerai à l'hôtel de police à quelques pas d'ici, rue Neuve-des-Capucines, et dès demain matin je serai ici à l'ouvrage.

— Que cela soit !

À nouveau il eut le geste de prendre Nicolas par les épaules et le secoua d'un air convaincu, puis il recula et, tout en le regardant, il gagna la porte.

Nicolas quitta l'Hôtel de Lévi sans avoir revu le prince Bariatinski, sans doute retenu par son illustre visiteur. Alors qu'il se dirigeait vers l'hôtel de police, il vit venir à lui Rabouine courant et essoufflé.

— Nicolas, Nicolas ! M. Le Noir t'attend. Sartine est là qui te veut parler.

Voilà qui ajoute au tableau, songea Nicolas. L'apparition soudaine de l'ancien ministre augurait mal la sérénité de l'entretien. Tout en pressant le pas, il mit de l'ordre dans les impressions qui se bousculaient à la suite de sa conversation avec le comte du Nord. Quel étrange personnage et tellement étoffé pour le malheur ! Que Paul Romanov, traqué par ses peurs et persuadé d'être poursuivi par la vindicte de sa propre mère, pût un jour être l'autocrate d'un vaste empire, ne laissait pas de jeter un doute sur le principe même qui régissait la succession des souverains.

Des propos de Bourdeau lui revinrent qui, parfois, osaient avancer que le vice de la monarchie résidait dans une hérédité, source toujours possible d'incapacités et de troubles. Ce à quoi Nicolas répondait, sans trop polémiquer avec son ami, que ce système de gouvernement impliquait en lui-même le sentiment et, avec lui, la fidélité envers un homme qui était le ciment entre les différents ordres du royaume. Quelque corruptible ou médiocre que puisse être un roi, le bien public s'impose à lui au bout du compte en tant que père de ses sujets. Et, ajoutait-il, à bien y regarder, quel souverain depuis les premiers capétiens avait manqué à son serment du sacre et démérité de sa charge ? Bourdeau grognait, regimbant et riant à la fois, écrasé, disait-il, par la candeur de Nicolas.

Dans le bureau de Le Noir, les vieilles situations refaisaient surface. Sartine s'était installé dans le fauteuil du lieutenant général de police. Il maniait les objets du bureau, les posant et disposant en les transférant de place, marque chez lui de la plus grande irritation. Debout, le vrai titulaire de la fonction, la tête basse, semblait un écolier pris en faute.

— Vous voilà, Nicolas ! Belle réussite en vérité ! Hein ? Un désastre et, comme toujours avec vous, une ribambelle de cadavres. C'est égal, il n'y a rien à faire, où que vous passiez, il faut que vous les semiez, c'est une manie chez vous !

— *Par la bonne fortune on se trouve abusé, / Par la fortune adverse on devient plus rusé : / L'une éteint la vertu, l'autre la fait paraître.*

— Ah ! Non pas cela, pas vous, pas aujourd'hui ! Nous n'avons pas besoin d'un poète, mais d'un policier. D'un policier, entendez-vous ? Rengainez, monsieur, votre Marot.

— Du Bellay, monseigneur, Du Bellay.

— Vous vous oubliez, monsieur.

— Avec tout le respect qu'un long commerce avec vous impose, je crois que c'est vous qui omettez de vous rappeler les conditions d'une affaire mal engagée et sur laquelle vous passez sous silence les nombreuses mises en garde prodiguées. Aucun bien ne peut sortir du mal et ce n'est pas en usant des méthodes de ceux contre lesquels nous luttons qu'on peut s'attendre à des succès achevés et à des résultats féconds. Et je n'évoque pas le fait d'introduire sous le couvert de marchands de mode des gens à vous, au risque de tout faire échouer et cela sans le moindre avis à ceux auxquels revenait la responsabilité de l'action ! Et, j'ajoute, certainement pas en haussant la voix !

— Quoi ? Qu'est-ce à dire ?

— Allons, allons, messieurs, messieurs, je vous en conjure, dit Le Noir, il y a des choses plus urgentes que ce chamaillis auquel tous deux vous nous avez accoutumé depuis tant d'années. Vous, monseigneur, vous avez le marquis de Ranreuil qui vous prête son concours depuis si longtemps avec une fidélité adamantine et un oubli de lui-même que vous passez trop souvent sous silence et vous, Nicolas, êtes par trop sensible aux humeurs impatientes et ingrates d'un homme que nous ne changerons pas aujourd'hui et qui, pour le coup, vous le savez comme moi, ne pense pas ce qu'il dit. Vous seriez moins sensible si vous n'éprouviez pas pour M. de Sartine l'amitié que chacun connaît que vous lui portez.

La forte sortie de Le Noir surprit les protagonistes et, en premier lieu, son auteur dont l'empourprement contait assez l'émotion.

— J'ai mon paquet, dit Sartine entre irritation et attendrissement : Comment *les humeurs d'un homme ?* Comment *impatientes et ingrates ?* Vous me mettez à blanc[1] monsieur Le Noir ! Bien, bien, ne revenons pas sur le passé et concentrons nos efforts sur le présent et… sur l'avenir, si nous pouvons en attendre quelque chose.

Le calembour, dont personne ne sut s'il était volontaire, et les sourires qu'il suscita, ramenèrent un calme raisonnable.

— Allons, Nicolas, dit Sartine, me permettez-vous de vous appeler ainsi ?

Le Noir, attendri, joignit les mains de ravissement.

— Vous savez bien que oui ! Messeigneurs, permettez que je vous donne l'état de notre affaire. Dans des conditions mystérieuses, Dangeville a dû forcer une armoire secrétaire et au moment où il

1. *Mettre à blanc* : percer à jour.

s'emparait de la broche, a été surpris et tué. Une autre personne a été tuée : Pavel Volkov, maître d'hôtel et semble-t-il espion de l'impératrice, chargé de surveiller son fils.

— Comment pouvez-vous savoir cela ?

Nicolas ne répondit pas à cette question.

— Je poursuis. La broche avait disparu. Je l'ai retrouvée dans la cage d'un perroquet...

— C'est un succès qui...

Nicolas jeta un regard noir sur Sartine qui s'abstint de poursuivre.

— Le comte du Nord a souhaité me parler.

— Ah ! fit Sartine.

— Il s'est longuement épanché, c'est un personnage étrange qui m'a ouvert son cœur, sans doute parce que je suis étranger pour lui et donc quelqu'un à qui il peut faire confiance. Il m'a demandé de développer les faits et souhaite que je reste auprès de lui pour enquêter et assurer sa sécurité. Il se sent surveillé et isolé et cherche un confident

— Et que lui avez-vous répondu ? J'espère que vous n'avez pas écarté sa proposition ?

— Non, monseigneur. Je lui ai indiqué que j'en rendrai compte à M. de Vergennes.

— Bien, bien, dit Sartine qui avait bondi et marchait de long en large, la perruque en bataille et se frottant les mains. Tout finit bien et nous sommes parvenus là où nous souhaitions parvenir.

— Sauf que le pauvre Dangeville a péri, dit Nicolas d'un ton amer.

— Hé ! Son destin était d'être pendu. N'est-ce point un grand privilège de mourir au service de son roi ?

— Il avait une enfant...

Le Noir qui craignait de voir la querelle rebondir s'empressa d'interrompre cet échange.

— Pour laquelle je prendrai toutes dispositions ; j'y veillerai personnellement. Vous avez ma parole, Nicolas.

Le commissaire évoqua alors l'affaire Rovski et rapporta la sortie du prince Paul. Sartine assura qu'il en toucherait un mot à Vergennes, mais se déclara peu intéressé par un cas qui les distrayait de leur préoccupation essentielle. Nicolas insista pourtant, développant l'idée que la présence autour de ce crime d'un agent américain et d'une mystérieuse et agissante dame russe méritait qu'on s'attachât à démêler un écheveau que la seule évocation de la galanterie et du jeu ne suffisait pas à réduire.

— Mes instructions, conclut Sartine avant qu'un haut-le-cœur de Nicolas le rappelle à l'ordre, je veux dire mes vœux sont que par priorité vous vous attachiez à conforter auprès du comte du Nord la confiance qu'il vous a si libéralement accordée. Dans la liberté et l'aisance grandissantes de vos conversations, insinuez benoîtement des éléments politiques sur l'état de l'Europe, la position des puissances, l'avenir proche, oui, l'avenir, et les conséquences d'une guerre qui s'achève. Ainsi, mon bon ami, remplirez-vous avec honneur cette tâche essentielle pour nous.

Nicolas ne répondit pas et se tourna vers Le Noir.

— Monseigneur, pour faciliter ma présence à l'Hôtel de Lévi, m'accorderiez vous quelque soupente ici afin d'être à tout moment à pied d'œuvre ?

— Comment ! Mais la meilleure de mes chambres, mon cher Nicolas.

— Bon, bon, messieurs, je vous laisse. Qu'on me tienne informé à toute heure des péripéties de tout cela ! Je vous salue.

Ayant rajusté sa perruque, la canne à la main, l'ancien ministre s'envola.

— Il ne changera jamais, dit Le Noir en soupirant. Ce n'est point méchanceté de sa part, mais fusées d'un caractère qui dans son intérieur et avec ses proches se donne carrière sans lisière ni mesure. Et dire que chacun à la cour et à la ville a chanté sa douceur et son aménité !

— J'ai beau le bien connaître, je ne m'accoutumerai jamais à ses sorties injustes. Il faut beaucoup l'aimer pour en supporter les écarts. Mais le temps presse, monseigneur, je vais de ce pas rejoindre le Grand Châtelet pour examiner les dépouilles et y glaner quelques indices susceptibles d'ouvrir des voies.

— Et surtout n'oubliez pas l'affaire Rovski. Je ne partage pas sur ce point le désintérêt de Sartine.

— Je vous remercie de votre hospitalité…

— Allons, entre nous ! Vous êtes dans une maison qui est la vôtre. À bientôt.

Dans la voiture qui le ramenait au Grand Châtelet, Nicolas faisait le point. Il demeurait oppressé par la scène que venait de lui faire M. de Sartine. Pour rompu qu'il fût aux secousses du tempérament de son ancien chef, il les subissait toujours avec peine comme si lui-même les avait suscitées. Ce que justifiait jadis l'extrême tension du responsable de la police ou du ministre de la Marine en temps de guerre ne valait pas aujourd'hui et ce n'était pas à son âge que le vieil homme allait dépouiller ses fâcheuses habitudes. Il fallait en prendre son parti.

Au bureau de permanence, le père Marie lui signifia que Bourdeau était descendu dès son arrivée à la basse-geôle et qu'il n'avait pas reparu depuis. Nicolas le rejoignit en hâte. L'inspecteur devisait avec

Sanson. Les deux corps avaient été déposés sur les tables de chêne.

— Ah ! Nicolas, nous t'attendions pour commencer.

— Bonjour, Sanson, c'est une chance que vous soyez là.

— Il y a une exécution demain à la Grève. Je devais préparer la chose.

Nicolas dans son amitié pour le bourreau oubliait toujours sa fonction essentielle. Il le voyait comme un instrument intelligent d'une justice qui peu à peu se transformait dans l'ordre de la raison et de l'humanité. Il l'appréciait aussi pour ses qualités humaines qu'un long commerce avait éclairées.

Ils commencèrent à dévêtir Dangeville. Nicolas serra les dents de pitié devant le pauvre corps de celui qui lui avait fait confiance. Il avait beau se dire qu'un destin fatal attendait le voleur, il n'en éprouvait pas moins ce regret qui s'était emparé de lui et lui poignait l'âme depuis qu'il lui avait fermé les yeux.

Sur le prétendu frotteur il ne fut trouvé qu'un mouchoir et un canif. Nicolas se souvint des recommandations prodiguées à leur homme : ne porter sur soi aucune marque permettant en cas de découverte de remonter jusqu'aux services de police et même de déceler son identité vraie. Il les avait donc suivies à la lettre. Ayant sondé la petite plaie, Sanson conclut que le coup avait été porté de bas en haut sur un angle oblique, et de la main droite.

— Ce coup a-t-il été précédé d'une lutte ?

— Il y a en effet quelques traces pouvant le faire supposer.

Les opérations se poursuivirent sur l'autre cadavre. Là aussi fut trouvé un mouchoir, ainsi qu'une petite tabatière laquée, une minuscule icône à deux volets repliables et une liasse de papiers qui d'évidence avait été arrachée d'un cahier ou d'un carnet. Nicolas les recueillit sans les regarder. Sanson prêta une plus grande attention au cadavre. Il sonda derechef la plaie, examina la face, les avant-bras et demeura un long moment une main dubitative sur le visage.

— Mes amis, finit-il par dire, je crains que nous ne soyons face à une conjoncture insolite. Je tente avec effort de reconstituer ce qui a pu se dérouler et qui n'est pas ordinaire.

— Que voulez-vous dire, Charles ?

Le bourreau eut un regard étonné et reconnaissant. Pour la première fois depuis vingt-deux ans, Nicolas Le Floch, marquis de Ranreuil, venait de l'appeler par son prénom.

— Qu'un troisième homme est intervenu dans ce massacre.

— Cela, nous vous l'avions celé pour ne point troubler votre jugement. Nous l'avions constaté en découvrant l'emplacement de l'arme du crime.

— Ce n'est pas tout ! Voici comment je vois le déroulement. Celui-ci…

— Dangeville.

— Oui, a sans doute été surpris puisque apparemment il avait forcé une armoire secrétaire pour voler…

— Je lui ai découvert une partie de l'affaire pour qu'il la comprenne mieux, murmura Bourdeau à l'oreille de Nicolas, qui acquiesça.

— … Il y a eu lutte. Il a dû saisir les bras et les mains de celui qui l'avait surpris et, à ce moment-là, il les a griffés. J'ai découvert des traces de sang sous les ongles d'une main.

— Cela paraît en effet vraisemblable, mais je ne vois pas ce que nous en pouvons tirer.

— C'est que telle que l'affaire m'a été présentée, l'autre homme est l'agresseur, n'est-ce pas ?

— Rien en effet ne permet d'en douter.

— Si, justement. Si l'autre homme est l'assassin, il devrait porter des écorchures sur les avant-bras et les mains. Ce n'est point le cas !

Nicolas et Bourdeau se regardaient, chacun méditant ce que signifiait la découverte de Sanson.

— Cela pourrait indiquer un autre déroulement d'une scène qui nous semblait jusque-là assez claire. Qui est mort le premier ? Qui a tué Dangeville ? Pourquoi Pavel a-t-il été assassiné ? Qui est le troisième homme ?

— Pierre, tu ressens bien notre dilemme ! Je crois entrevoir une autre hypothèse. Dangeville est surpris fracturant le secrétaire. Un inconnu surgit. Il y a lutte, écorchures de l'agresseur qui saisit l'épingle à chapeau et poignarde notre homme. Un troisième homme survient. Ce ne peut être que Pavel. Il est tué de la même manière.

— Non point, dit Sanson la main levée. Un détail et même deux nous doivent éclairer. Il est poignardé sur le côté, sans doute par-derrière, et ses traits décèlent une surprise immense au moment de sa mort. Enfin j'approfondirai mon étude et je vous en ferai tenir les conclusions. Il me semble que Pavel s'est retourné et a eu le temps de considérer son assassin, d'où son expression. Le connaissait-il ?

Bourdeau qui depuis un moment s'affairait poussa une exclamation qui attira l'attention de Nicolas.

— Que t'arrive-t-il, Pierre ?

— Cette liasse de papiers trouvée dans la poche de Pavel, ce sont les pages arrachées au carnet découvert dans la chambre du comte de Rovski.

— Ainsi donc, une certitude, il y a un lien entre le crime de la rue de Richelieu et ceux de la résidence de Russie. Nous errons de Charybde en Scylla.

— Et que lis-tu sur ces papiers ?

— Hélas, rien ! Ils sont d'une écriture inconnue.

Il tendit les quelques feuillets à Nicolas qui les examina un moment.

— Ils sont en russe. Cela ne fait pas notre affaire. Le recours à un traducteur sera nécessaire pour le déchiffrer.

— Que ne t'adresses-tu à l'ambassadeur de Russie ?

— Ce serait en effet une solution de facilité et, de surcroît, des plus rapides. Mais ce serait donner l'éveil aux représentants d'une puissance dont les intérêts peuvent être antagonistes des nôtres. Ayons plutôt recours aux services de Vergennes, à l'hôtel des Affaires étrangères à Versailles. À plusieurs reprises, j'ai eu des affaires à traiter avec M. Genet, chef du bureau des interprètes, à moins que nous n'ayons recours à Ruffin, rue de la Harpe, ou Gilly, rue Serpente, dont l'expérience des langues orientales est immense.

— J'admire ta science dans ce domaine, à la mesure de ta vieille expérience.

— Ne te moque point, il y a des connaissances inertes qu'on est bien content de ranimer quand le besoin s'en fait sentir. J'avoue qu'elles doivent beaucoup à l'*Almanach royal* dont je suis le lecteur assidu.

Depuis un moment Sanson s'agitait, n'osant les interrompre.

— Il n'y a pas que ces papiers-là. Il y en a un autre que j'ai mis de côté car il avait glissé dans la culotte du mort, la poche étant percée.

Il leur présenta un petit carré de papier brun maculé.

— Peste, dit Nicolas, celui-ci aussi est en russe. Un traducteur s'impose décidément ! Il est primordial d'en connaître la teneur.

Il réfléchit un moment.

— Je dois retourner à l'Hôtel de Lévi. On m'y attend et l'enquête ne bénéficie jamais d'un *refroidi* trop long ! Pierre, peux-tu te rendre à Versailles et faire le nécessaire et, au passage, porter un message à Mlle d'Arranet, que je néglige par trop ces temps-ci.

Ils allaient remonter quand à nouveau l'attitude de Sanson intrigua Nicolas.

— Charles, vous semblez perplexe. Avons-nous omis quelque chose ?

— Un fait me tracasse. Vous n'avez toujours pas retrouvé l'arme du crime de l'hôtel, rue de Richelieu ?

— Point, dit Bourdeau. Je crains qu'on ne mette jamais la main dessus. Elle gît sans doute dans la rivière. Pourquoi cette inquiétude ?

— Il se trouve qu'à deux reprises ces derniers jours on a conduit à la basse-geôle les cadavres affreusement mutilés de deux filles, l'une et l'autre découvertes dans leur sang rue Basse-du-Rempart, le long du boulevard de la Madeleine.

— Et qu'ont-elles à voir avec notre affaire ?

— C'est que, murmura Sanson d'un air gêné, je crains de ne m'être point trompé… Il y a là des circonstances… Enfin des concordances, d'étranges similitudes, qui ne laissent pas de mener, malgré qu'on en ait, à des conclusions indubitables.

— Puis-je vous demander, cher ami, dit Nicolas que les réticences de Sanson amusaient, d'être au plus près de la vérité et de nous présenter, sans être diffus, ce qui cause votre tourment.

— C'est que ces filles ont été abominablement égorgées, enfin égorgées, traitées de la même manière que le comte de Rovski. C'est-à-dire…

— Comment cela ? Ce que nous…

— Oui, oui, comme vous pouvez, hélas, l'imaginer.

— Cette boucherie ?

— Certes, et sur ce qui m'est apparu quand j'eus *mis à fin* mes ouvertures, il n'y avait plus à brandiller[1]. Je mettrais ma main au feu que l'arme utilisée pour provoquer de telles blessures, les cisaillements, l'état des chairs et d'autres détails d'évidence fondent une vérité assurée : l'arme pourrait être la même qui a servi au massacre du comte de Rovski.

— Mais enfin, dit Bourdeau, on a pu user de deux armes identiques. Vous dites *pourrait.*

— Tout est toujours possible dans ce que la raison humaine imagine. Mais j'ajouterai, répliqua Sanson, que ces crimes ont été perpétrés à quelques pas de l'Hôtel de Lévi. Si j'entends bien, vous êtes désormais convaincu qu'un Russe tué à l'ambassade de Russie pourrait avoir un lien avec la mort du comte de Rovski. Ajoutez à cela un *modus operandi* identique observé tant sur les filles en question que sur le corps du jeune Russe et vous en tirerez comme moi les terribles conséquences.

— Pouvez-vous préciser le moment de ces meurtres ?

— Compte tenu de leur *étripaillage* et de la douceur du temps, au vu de l'état des corps, je dirais entre deux et quatre jours.

L'évocation fit frémir Nicolas ; il crut entendre la camarde ricaner au milieu des masques de Carnaval…

1. *Brandiller* : hésiter entre deux attitudes.

VIII

JEU DE PAUME

> « La justice et la vérité sont deux pointes si subtiles que nos instruments sont trop mousses[1] pour y toucher exactement. S'ils y arrivent, ils en écartent la pointe, et appuient tout autour, plus sur le faux que sur le vrai. »
>
> *Pascal*

— Que nous enseigne l'enquête en cours ?

— Au dire de votre confrère qui a conduit les investigations, oh ! courtes et sommaires vu la qualité des victimes…

— Un jour la loi sera égale pour tous, dit Bourdeau assombri.

— Ce n'est jamais le cas, repartit Sanson, mais pour le coup il me semble qu'il n'y avait rien à voir. Deux pauvres filles qui avaient récemment gagné la grand'ville se font massacrer. On ne les a même pas

1. *Mousse* : se dit des fers dont le tranchant et la pointe sont usés, d'où le terme émoussé.

dépouillées des quelques liards qu'elles possédaient.

La montre de Nicolas se mit à sonner six heures de relevée.

— Déjà ! Je vais retourner à l'Hôtel de Lévi. Je n'ai que trop tardé ! Je ne sais si le prince Bariatinski a bien compris que je comptais entamer l'enquête très vite. Pierre, nous nous retrouvons demain matin chez Le Noir. Je n'ose espérer que tu reviendras avec nos traductions.

— Tu me dois deux billets, l'un pour les Affaires étrangères et l'autre pour…

Après avoir remercié et salué Sanson, ils rejoignirent le bureau de permanence. Nicolas s'attela à la table pour écrire les messages que devait porter Bourdeau à Versailles.

Que dire à Aimée qu'elle ne sût déjà ? Que sa charge une nouvelle fois l'empêchait de courir la rejoindre ? Que le parfum du jasmin dans l'ombre de son cou le rendait fou ? Qu'il l'aimait avec une sorte de désespoir ? Il écrivit au fil de la plume avec fièvre. Dans ce désordre, espérait-il, elle saurait déchiffrer l'ardeur soutenue de sa passion. Un doute cependant l'effleura alors que sa plume noircissait le papier. Ne jouait-il pas un jeu insincère ? Sa charnelle attirance, que rien n'était venu diminuer, n'emportait-elle pas avec elle la passion amoureuse qui avait présidé jadis à leur liaison ? Il chassa ces pensées importunes. Il devait pour l'heure ne réfléchir qu'à l'enquête et au cours délicat qu'elle allait désormais prendre. Il serait plus que malaisé de trouver un coupable au sein d'une ambassade étrangère, sous le double contrôle de ses chefs mais encore d'un prince étranger. Un scrupule ressurgit dans son cœur d'honnête homme. D'une certaine manière, hélas, il se savait immanquablement conduit à tromper l'héritier d'un empire qui lui avait sans précaution ouvert ses sentiments les plus secrets. Comment lui, Nicolas Le Floch, marquis de Ranreuil, homme d'honneur, était-il sur le point de se livrer à ce qu'il fallait bien nommer par son nom, un double jeu, une forfaiture ? Que cela se fît au service du roi ne changeait rien à la chose. Alors, lui souffla une petite voix intérieure, le pauvre Dangeville serait-il mort pour rien, lui qui t'avait donné sa confiance et abandonné sa vie, et tu renoncerais au soin de trouver son assassin ? La mesure serait comble ! Il soupira, il lui restait à marcher droit sans l'estime que procure la vertu. Vraiment, susurrait une autre voix, ne crois-tu pas que le faux honneur n'est qu'un scrupule de l'hypocrisie ? Il chassa tous ces fantômes. Ne retombait-il pas dans ces crises de doutes qui l'assaillaient au début de sa carrière ?

Bourdeau qui le connaissait bien n'était guère surpris des sentiments par lesquels passait son ami ; il les lisait sur les expressions de son visage comme le promeneur observe les nuages qui voilent le soleil, modifient l'aspect d'une campagne paisible et lui font présager les tempêtes à venir.

— Nicolas, le devoir parfois revêt des aspects difficiles et son exercice, loin de satisfaire la plus élémentaire vertu, ne gaze pas les faux arguments des délicatesses excessives. Crois-moi !

Nicolas leva la tête et sourit tristement.

— Il y a bien longtemps que j'en ai pris conscience. Et tu m'as toujours aidé à tenir la ligne raisonnable.

— Chaque office possède son poids de souffrances et ses choix douloureux.

C'est sur ce constat désabusé que Nicolas quitta la vieille forteresse. Qu'allait-il démasquer chez les

Russes ? Son effort ne serait-il pas vain tant qu'il ne posséderait pas la teneur des documents découverts sur le cadavre de Pavel ? Il fut accueilli par le même majordome qui se mit à sa disposition. Il s'agissait tout d'abord de déterminer avec précision qui se trouvait à l'Hôtel de Lévi. Il s'y attela. La suite proche du prince l'avait accompagné au Théâtre-Français. Elle comprenait l'ambassadeur, les princes Kourakin et Youssoupoff et le colonel Benckendorff. Peut-être fallait-il saisir la question sous un autre angle. Outre Dangeville, qui avait accès aux appartements privés des visiteurs ? C'était sans doute l'étude attentive de ce groupe restreint qui pouvait aider à résoudre une partie du mystère. En dehors de Nikita, son truchement et guide obligé, plusieurs autres serviteurs se trouvaient de service l'après-midi en question à la résidence. Une femme de chambre, Olga Nicolaievna, un barbier, Ivan Pavlovitch, et Dimitri Petrovitch, arrivé depuis peu à Paris, qui servait de secrétaire au tsarévitch. Cela faisait peu et beaucoup à la fois. Nicolas interrogea Nikita sur les événements du matin.

— Monsieur, il y eut foule. Toutes sortes de gens se sont pressés pour présenter à Leurs Altesses des articles de Paris, tissus, bijoux, porcelaines, antiques, et j'en passe.

— La liste de ces gens avait-elle été dressée à l'avance ? demanda Nicolas.

— Non. Certains marchands avaient été convoqués par le prince Bariatinski, et les autres avertis par la rumeur publique de la présence des princes et de leur goût pour les objets précieux.

— Parmi ceux-ci, certains vous ont-ils paru différents des autres ?

Nikita hésita un moment cherchant d'évidence dans sa mémoire un fait qui aurait pu le frapper.

— Maintenant que vous évoquez cette possibilité, monsieur, j'ai remarqué une marchande de rubans, dit-il.

— Et qu'avait-elle de si particulier ?

— C'est qu'elle était accompagnée par deux forts gaillards qui portaient deux petites boîtes de rubans. Rien n'aurait dû m'intriguer si ce n'est que la dame en question n'avait pas la figure de ce qu'elle prétendait être. Sa manière de parler peut-être. Et pourquoi ces deux hercules pour présenter de légers rouleaux de tissus ?…

Il hésita à nouveau.

— … et puis il y avait ce regard fureteur… Était-elle en quête de quelqu'un qu'elle aurait connu auparavant ?

— Quelqu'un de l'ambassade.

— Ce fut mon impression.

— Vous parlez parfaitement notre langue. En quelles occasions l'avez-vous apprise ?

— Monsieur, ma mère a été la nourrice de l'aîné d'une grande famille. J'étais son frère de lait. Or la plupart des jeunes Russes passent leur adolescence avec un précepteur étranger, français dans la plupart des cas. J'eus la chance de bénéficier de son éducation et reçus la même instruction. Ainsi les Russes de nos grandes familles marquent-ils dès leur enfance une prédilection marquée pour la France.

— Je vous en fais mon compliment. Mais revenons à cette marchande. Me la pouvez-vous décrire ?

— Pensez que j'étais occupé à bien d'autres choses qu'à la dévisager. Pourtant j'ai souvenir d'une femme assez grande, d'un agréable embonpoint, et de ses hardes à la vérité bien pauvres pour sa figure. En un mot, son apparence ne correspondait pas à son état.

— À quelle heure a-t-elle quitté l'Hôtel de Lévi ?

— Je ne saurais le dire. Il y a eu beaucoup de désordre, d'allées et venues, de retours, de nombreux arrivants. Je l'ai déploré.

— Se peut-il, c'est une hypothèse, que l'un de ces marchands ait pu s'introduire à l'intérieur des appartements et gagner le boudoir de la grande-duchesse où se sont produits les événements que vous savez ?

— Il se trouve, monsieur, que Son Excellence a appris fort tard que les princes descendraient chez lui. Son principal souci fut l'aménagement intérieur en urgence des appartements réservés. Les autres occurrences ont été moins étudiées, en particulier, hélas, celles qui concernaient la sûreté et le contrôle des accès à l'hôtel.

— Et donc ?

— Pour répondre à votre question, je conclus que, malheureusement, n'importe qui, avec un peu d'audace, pouvait pénétrer dans ces appartements et prétendre, en cas de découverte, s'être égaré dans le dédale des enfilades. Oui, je crois cela dans l'ordre du possible.

— Qui a découvert le drame ?

— Le secrétaire du prince, Dimitri.

— Pour quelles raisons, alors que le prince était absent, se trouvait-il dans les appartements de la grande-duchesse ?

— Il n'y était pas. Il se dirigeait vers le cabinet de Son Altesse impériale pour y porter un courrier quand des cris et des bruits étranges l'ont ému. Il a hésité un moment, croyant à une querelle de domestiques comme il s'en produit si fréquemment dans les grandes maisons, puis un hurlement l'a de nouveau alerté ; il s'est alors précipité dans le boudoir de notre maîtresse. Là, il a découvert les corps.

— Dans ces conditions, il aurait dû croiser l'assassin.

— Ce n'est pas le plus vraisemblable, car il y a, compte tenu des passages et des pièces de service, au moins quatre issues par lesquelles l'assassin a pu s'échapper sans attirer la moindre attention. J'ajoute qu'ayant engagé un nombre important de serviteurs provisoires, il est désormais ici malaisé de mettre un nom ou une occupation sur des visages inconnus. C'est vous dire, monsieur, la difficulté de votre quête.

— Cela est fort clair et je vous suis reconnaissant de toutes ces informations. Cependant, avez-vous une idée de ce qui s'est déroulé ici ?

— Il y a apparence qu'on a voulu dérober des bijoux de la princesse. Cependant, à ce que j'ai appris depuis, vous avez retrouvé la broche qui avait disparu. Pourquoi n'a-t-on pris que celle-ci alors que dix autres bijoux plus précieux les uns que les autres pouvaient tenter un voleur ?

Ce majordome, songeait Nicolas, ne manque pas de bon sens et son raisonnement frappe par son acuité. Reste qu'il ne peut connaître l'arrière-cour de cette affaire.

Désormais il fallait aller au plus vite et interroger ce secrétaire du prince, principal témoin des deux meurtres ou, du moins, qui avait approché de plus près les actes criminels en train de se commettre.

— Auriez-vous l'obligeance de m'appeler le secrétaire du prince, sauf s'il est retenu auprès de celui-ci par les devoirs de sa charge.

— Je ne le pense pas. Son Altesse impériale offre un souper privé auquel est conviée une amie de sa femme. Je vais le faire appeler. Son Excellence a donné ordre que chacun se mette à votre disposition. Il y a là un petit salon pourvu d'un bureau et de quelques sièges où vous pouvez vous installer tout à loisir.

Quelques instants plus tard, Nicolas éprouva le sentiment étrange d'être observé. Il regardait une gravure représentant une vue de Saint-Pétersbourg quand il ressentit une sorte de frémissement dans sa nuque ; une vieille expérience réveillée le poussa à se retourner. Un homme, entré sans se manifester, était là qui le regardait.

Son apparence frappa le commissaire. Sa tenue d'abord, qui mêlait étrangement la vêture européenne et la russe. Le bas ne choquait en rien, mais le haut, avec sa blouse grège serrée par une ceinture de laine rouge et qui montait jusqu'au col, boutonnée de petits grains de jais, surprenait. L'homme, de taille moyenne, se tenait les bras croisés. Sa figure sortait de l'ordinaire. Les yeux surtout, sombres, brillaient d'un feu sauvage et fixaient sans ciller. La chevelure séparée en son milieu était nouée en boule sur l'arrière. L'homme portait une barbe d'un noir semé de gris. Le nez, fort et busqué, paraissait animé de mouvements, de frémissements, qui faisaient penser à celui de quelque bête fauve à l'affût de sa proie.

— Je suppose, monsieur, que vous êtes le secrétaire de Son Altesse impériale. Dimitri, je crois ?

— Oui, monsieur.

Le ton de la voix était rauque, venue du fond de la poitrine.

— Il y a longtemps que vous occupez cette fonction ?

— Vérité, peu de temps. Moi arrivé de Russie très peu et venir ici. Bien lire votre langue et aussi écrire. Difficile plus à parler. Le pardon à vous pour cela.

— L'on vous comprend très bien. Ainsi donc vous êtes en France depuis peu ? Quand êtes-vous arrivé ?

— Il y a quelques semaines.

Il n'en saurait pas davantage.

— Vous avez été le premier témoin de ce qui s'est passé dans le boudoir de la princesse. Pourriez-vous essayer de me rapporter votre version du drame ?

— Moi devoir apporter papiers cabinet de Son Altesse quand moi entendre bruits pas habituels...

— Doucement, je vous prie. À quelle heure ce vacarme ?

— Vacarme ?

— Oui, ce bruit inhabituel que vous évoquez.

— Moi non avoir montre. Maître parti depuis une demi-heure peu près... Alors...

— Point encore. Pourquoi êtes-vous allé porter ces papiers en l'absence du prince ?

— Au matin lui entendre à l'Académie un éloge en vers M. La Harpe. Prince souhaitait copie vite à envoyer à amis de Gatéina.

— Gatéina ?

— Palais du prince environs de Pétersbourg.

— Bien. Poursuivez.

— Arrivé étage, à gauche appartements de Paul Pétrovitch et à droite épouse. Moi entendre bruit.

— Y a-t-il d'autres escaliers pour gagner cet étage ?

— Quatre petits en plus du grand. Alors bruits forts comme piétinements et meubles remués. Étrange trouvé le fait. Moi aller voir. Après salons, chambre, moi entendre plus rien. Pensé femmes de chambres querelles. Souvent ici. Russes, Français, eux pas toujours faciles à s'entendre. Silence rassurer moi parti cabinet Altesse pour poser copie et mettre ordre à courrier et documents avant retour du Théâtre-Français. Quand moi reparti, arrivé palier, j'entends grand cri. J'écoute. Cela venait appartement Maria Féodorovna. J'attends encore, rien sinon silence. Je décide aller voir, reprends chemin jusqu'au boudoir. Alors là, voir deux corps étendus.

— Permettez-moi de vous interrompre. Pourriez-vous m'indiquer précisément la disposition des victimes lorsque vous les avez découvertes ?

— Oui, monsieur. Personne inconnue couchée sur le dos, sur sofa, et l'autre à plat ventre devant fenêtre.

— À plat ventre, vous voulez dire la face contre terre ?

— Oui, monsieur.

— Et ensuite ?

— Moi prier pour les morts, ensuite descendre prévenir majordome que pas trouvé de suite. Enfin dans cuisines, lui ai dit. Nous sommes remontés pour aller seul puis revenir. Il m'a dit alors de rester en dehors, pour prévenir ambassadeur enfin faire porter courrier prévenir lui de quoi passer à la résidence.

— Ainsi vous n'êtes pas retourné dans le boudoir de la grande-duchesse ?

— Non, jamais.

— Entre le moment où vous avez découvert les corps et celui où le majordome les a vus, combien de temps selon vous a-t-il pu s'écouler ?

— Peu plus du quart de montre.

— Vous voulez sans doute dire un peu plus d'un quart d'heure ?

— Oui, comme vous dire.

— Toujours selon ce que vous avez vécu, estimez-vous possible qu'une personne soit demeurée dans les appartements après que vous avez reconnu les cadavres ?

— Moi reconnaître seul Pavel.

— Vous ne comprenez pas. Je veux dire, quelqu'un pouvait-il être caché dans les appartements après votre passage ?

L'homme caressait sa barbe et fermait les yeux.

— Possible, cela peut. Beaucoup réduits, portes, tentures, armoires profondes. Cacher là très facile.

— Et si cette personne, après vous avoir vu, avait souhaité s'échapper, estimez-vous cela possible ?

— Oui, et elle pas difficile sortir maison. Trop de monde divers ici.

— Je vous remercie de votre témoignage.

L'homme allait se retirer quand Nicolas d'un geste le retint.

— Encore une chose. Pouvez-vous me présenter vos avant-bras ?

Le secrétaire regardait Nicolas l'air incrédule. Il sembla à Nicolas qu'il pâlissait. Pourtant il s'exécuta sans broncher et retroussa les larges manches de sa blouse. La vision de ce qui apparut ne laissa pas de surprendre le commissaire. Les bras de Dimitri étaient striés de cicatrices blanchâtres entrecroisées, d'évidence anciennes, et il ne voyait pas par quel miracle elles eussent pu provenir de blessures reçues le jour même.

— Monsieur pas étonné. Punitions, péchés imposent sang coulé. *Gospodi, pomiloï... Gospodi pomiloï*[1]...

Il répétait cette formule en se frappant la poitrine de plus en plus fort.

— C'est bien, je vous laisse. Sachez que j'aurai sans doute à vous interroger à nouveau. Veuillez dire au majordome d'avoir à me rejoindre.

Le majordome revint l'air affairé.

— Il y a un détail, dit Nicolas, que je souhaiterais vous entendre préciser. Répondez en réfléchissant à

1. Que Dieu ait pitié de moi.

vos paroles, elles pourraient être décisives dans le dénouement de cette affaire.

— Monsieur, je vous écoute.

— Lorsque Dimitri est venu vous trouver et vous a informé du drame découvert dans le boudoir, que s'est-il passé ?

— Nous sommes montés tous les deux jusqu'à l'antichambre du premier étage. Là, l'idée m'a frappé du retour imminent du prince et du saisissement prévisible de la grande-duchesse. Il fallait au plus vite prévenir ce scandale et, pour cela, informer au plus vite son excellence le prince Bariatinski. J'ai donc chargé, ou plutôt prié le secrétaire Dimitri d'envoyer un coursier jusqu'au Théâtre-Français. Je me suis dirigé seul vers les appartements où j'ai découvert la scène qu'il m'avait précédemment décrite.

— Justement, qu'avez-vous vu ?

— Un corps sur le dos gisant sur le sofa et un autre sur le ventre devant la croisée.

— Vous êtes formel sur ce point. Étendu face contre terre ?

— Je vous le confirme.

— Bien. Autre point. Est-il possible selon vous qu'une troisième personne ait pu se dissimuler dans les appartements de la grande-duchesse ?

Il pouvait être fructueux de répéter des questionnements précédents.

— Rien ne le prouve et rien ne l'infirme. Le dédale des cabinets offre nombre de cachettes éventuelles.

— Ainsi vous n'avez vu personne ?

— Personne. J'étais très bouleversé par le spectacle affreux que j'avais sous les yeux. J'ai veillé au plus urgent.

— Soit. Imaginons que cette troisième personne se soit trouvée là, aurait-elle pu s'échapper sans attirer l'attention et sortir de l'hôtel ?

— Je crois vous avoir déjà répondu. La résidence est une sorte de labyrinthe dont les corridors de service et les issues sont innombrables.

— Dernière question. Avez-vous retourné l'un des corps ?

Nikita secoua la tête.

— Certainement pas. Je n'ai touché à rien.

— C'est bien. Je vous libère et vous remercie.

Le majordome se retirait quand une idée traversa Nicolas.

— Une question cependant. Comment se fait-il que le secrétaire du prince ne l'ait pas accompagné depuis le début de son périple européen ?

— À vrai dire, monsieur, je l'ignore. Il a surgi de nulle part avec des plis pour Son Altesse impériale.

— Puis-je vous demander comment le prince le traite ?

— Avec beaucoup de confiance, autant que je puisse en juger et autant que j'ai licence d'en parler avec vous. Ceci dit avec tout mon respect, monsieur.

Nicolas accusa le coup. Il s'était mis en mauvaise position. Il ne lui restait qu'à faire bonne figure.

— Vous êtes un fidèle serviteur. J'en ai fini.

Nicolas demeura un long moment pensif. Il circula ensuite dans l'Hôtel de Lévi avec la discrétion et la circonspection de celui qui n'en connaissait pas les détours et le souci de ne point troubler la réception en cours. Il rencontra d'autres serviteurs dont certains, il s'en aperçut, étaient des agents semés par Sartine. Il ragea de constater une nouvelle fois que l'ancien ministre avait doublé, sinon triplé, la surveillance dont la responsabilité revenait à Le Noir et à lui-même, chargé de cette opération extraordinaire.

De ce mal naquit un bien. L'un des faux serviteurs lui révéla avoir surpris le curieux manège de l'une des marchandes, la même apparemment que celle déjà signalée comme vendant des rubans, accompagnée par deux aides à la mine patibulaire. Cette femme lui avait paru découdre l'ourlet d'un jupon pour en extraire quelque chose qu'il n'avait pas distingué. Il n'avait pas été à même d'observer la suite du manège, ayant été appelé pour le service. Il ne lui était pas possible non plus de fixer l'heure approximative de ce comportement intrigant.

Revenant à l'hôtel de police, le commissaire répertoriait les éléments glanés tout au long de ses interrogatoires. À l'Hôtel de Lévi déjà tout était possible, car rien n'était vraiment contrôlé. Cette constatation multipliait les occurrences et les hypothèses. D'abord la présence de cette marchande et de ses acolytes, leurs manigances, l'intriguaient au plus haut point. Ensuite il s'avérait que le corps de Pavel avait été retourné. Dans la mesure où l'on avait trouvé des papiers dans sa poche, il était loisible de supposer qu'une main inconnue les y avait placés. Cela renforçait encore l'intérêt des traductions que Bourdeau, il l'espérait, avait pu obtenir à Versailles. Était-ce le fait de l'assassin, de Dimitri, de Pavel, ou d'une quatrième personne ? Qui était réellement ce secrétaire du prince récemment arrivé et qui semblait bénéficier des égards du tsarévitch ? Quel était enfin le lien entre les drames successifs liés au crime de l'hôtel de Vauban, rue de Richelieu ? Ces faits étaient-ils enchaînés à la personnalité du comte de Rovski et la conséquence de son ancienne position auprès de la tsarine ? Et outre cela, demeurait la méfiance de Paul à l'égard de Pavel, représenté par lui comme un traître et un agent placé auprès de lui par sa mère Catherine II. Pourquoi et dans quelles conditions s'était-il trouvé dans le boudoir et avait-il été tué en même temps que Dangeville ? Et, pour obscurcir le tableau, que penser de la suggestion de Sanson concernant l'assassinat de deux filles galantes d'une manière qui renvoyait au crime de la rue de la Richelieu ? Enfin, quel rôle jouait l'Américain Smith au milieu de cet imbroglio russe ?

À l'hôtel de police, il retrouva Le Noir qui s'apprêtait à gagner l'Opéra. Il le mit au courant des derniers éléments de l'enquête. Le lieutenant général de police était désolé de ne pouvoir passer la soirée avec Nicolas. Il l'accompagna jusqu'à sa chambre et proposa qu'on lui servît un souper. Son hôte le remercia ; il ferait un brin de toilette et irait par cette douce soirée de printemps musarder sur le boulevard. Après force compliments, Le Noir s'éclipsa.

On se sentait toujours apaisé d'un entretien avec l'aimable magistrat. Son autorité naturelle provenait d'un doux esprit philosophique qui nourrissait une universelle mansuétude. Pour ferme que fût son caractère, tout chez lui était exécuté avec mesure et là où il estimait la chose possible, il savait tempérer la rigueur de sa charge. Censeur suprême des mœurs, confident de toutes les pensées, investigateur de toutes les démarches, il avait toute puissance pour apprécier, suivant ses propres codes et notions morales, mieux qu'un juge ordinaire. Maintes fois Nicolas l'avait contemplé agir ; par un heureux mélange d'indulgence et de sévérité, il savait à la fois faire respecter et chérir l'autorité. Certes il ne possédait pas le brillant, la facilité, l'ironie caustique, en un mot la *manière large* d'envisager et de concevoir d'un Sartine, mais comme l'avait un jour confié le maréchal de Richelieu à Nicolas, M. Le Noir « *était de la matière première dont on faisait tout* ». Un bon serviteur du roi en somme.

Cette réflexion l'avait conduit sur le boulevard. À partir de la Madeleine, seuls des terrasses, des grilles de jardins, d'anciens murs de vergers, frappaient le regard. À droite, il reconnut le grand jardin du couvent des Capucines. À gauche, le boulevard dominait les belles demeures de la rue Basse-du-Rempart avec, au milieu d'elles, le chantier d'un marchand de bois. C'était là qu'avaient été découverts les corps des deux filles galantes. Nicolas contempla l'endroit, sorte de terrain vague non éclairé dans le crépuscule finissant.

Près de la Comédie Italienne, Nicolas fut tenté par les propositions d'un restaurateur. Il se régala d'une poitrine de mouton grillée et d'une omelette à la confiture. Il reprit sa marche, distrait sans cesse par l'animation croissante du boulevard et par les divertissements proposés. Il admira au passage le pavillon de Hanovre, hôtel particulier du duc de Richelieu. Au fur et à mesure qu'il progressait, des échoppes provisoires, que le lieutenant général de police entendait sous peu supprimer, encombraient chaque côté de la voie. Décrotteurs, gagne-deniers, commissionnaires attendaient et interpellaient la pratique. Dans la saillie des maisons non alignées, écrivains publics, savetiers et marchands de toutes sortes de friandises proposaient leurs services. Des étrangers en guenilles faisaient danser qui un ours, qui des chiens ou encore des macaques grimaçants que la foule contemplait en riant. Appels, cris, mélopées, chants et échos de querelles assourdissaient le promeneur et facilitaient dans le désordre et le vacarme ambiants les voleurs et tire-goussets de tout acabit. À cela s'ajoutaient les hurlements des chanteurs glapissant au son criard des violons, la musique lancinante des orgues de barbarie et de la vielle, le tout scandé de tambourins. La tête baissée sur les marchandises étalées au sol, mercerie, brochures, gravures, allumettes, cages à serins, fleurs, étoffes, dentiers, vieilles besicles, il se heurta à un marchand de coco dont la tourelle oscilla en faisant sonner ses gobelets. Il ne poussa pas jusqu'au boulevard du Temple, le « *beau boulevard* », pays des aboyeurs, de la parade et du boniment, et revint lentement alors que se fermaient les échoppes et que la foule s'éclaircissait.

Moins distrait par le spectacle du boulevard, Nicolas rentra en lui-même. Loin d'approfondir les différents épisodes de son enquête, il ressentait à nouveau avec amertume le poids de la mort de Dangeville dont il se sentait responsable. À cela s'ajoutait la lassitude d'un débat sans cesse renouvelé avec Sartine. Le spectre de l'injustice le poursuivait et sa déception était à la mesure de l'attachement qui, au-delà de tout, le liait à cet homme auquel il était redevable de tant de choses. Chez un être moins probe et fidèle, la rancune l'aurait emporté sur la reconnaissance et l'aurait aussitôt effacée. Au fond ce qu'il ressentait était du domaine de l'absolu, la recherche d'un Graal jamais atteint.

Avec l'acuité de quelqu'un accoutumé dès l'enfance aux examens de conscience, il en vint à jeter sur son existence un regard en perspective qui accrut encore son malaise. Toujours à la poursuite du crime, toujours hanté par les différents visages de la mort, toujours témoin des formes les plus achevées de la bassesse, du lucre et du crime, baignant dans l'atroce et l'insoutenable, conduit par ses enquêtes, malgré qu'il en eût, à porter sur la société du royaume une attention de plus en plus critique, même s'il n'en tirait pas les conséquences nécessaires, Nicolas Le Floch doutait soudain de tout.

La tentation du libre océan le saisissait dans une nostalgie de vert et d'embruns salés. Que ne repartaitil en Bretagne, à Ranreuil, dans la vieille forteresse de ses ancêtres, sentinelle des marais ? Il prendrait soin de ses terres et surtout de ceux qui y travaillaient. Il se consacrerait à améliorer les choses. Quelle plus belle ambition qu'essayer d'apporter un peu plus de bonheur aux siens ? Il lirait et méditerait, chasserait, pêcherait, suivrait de loin la carrière de Louis. Il n'osait penser qu'Aimée accepterait de le rejoindre, mais il en caressait l'éventualité avec une douceur prenante. Il savait pourtant bien que cela était impossible.

Il continuait à marcher de plus en plus lentement, accablé par sa méditation. Et puis, peu à peu, d'autres visages s'imposaient à lui. Ses amis, Noblecourt, Semacgus, Bourdeau, La Borde et tant d'autres. Et son cœur se serra au souvenir de son engagement auprès du roi la nuit précédant le sacre dans l'abbaye Saint-Remi. Manquerait-il, lui un Ranreuil, à sa parole envers son souverain ? Il ne le pouvait pas. Il soupira et lui-même renouvela son engagement. Au fond de son cœur, il demeurait le chevalier fidèle des romans qu'enfant, il dévorait.

Il revint à son point de départ, le long de la rue Basse-du-Rempart. Les jeunes tilleuls du boulevard exhalaient leur douce et pénétrante odeur. Il s'adossa, pensif, à l'un des troncs. Quelle solitude était la sienne au milieu de cette ville immense ! Mais n'avait-elle pas été sa compagne favorite depuis tant d'années ? Il avait l'âme pleine et tout ce qui s'y était accumulé débordait par instants. C'était à la fois sa faiblesse et sa force. Peut-être tenait-on debout appuyé sur deux béquilles, l'inquiétude du jour et l'espoir du lendemain ? Il s'accusa de ces pensées creuses que seul le souffle de son moi gonflait démesurément.

Une autre fragrance dominait maintenant et soudain il pensa à la Satin. Dans la correspondance qu'il recevait d'elle et que lui transmettait le roi après avoir trié la layette du courrier d'Angleterre, une autre femme surgissait. Elle agissait désormais depuis Londres en agent du roi, au milieu des périls d'un grand jeu, avec une maîtrise, une culture, une intelligence, rien en un mot de ce qu'aurait pu laisser présager la jeune fille éperdue qu'il avait connue. À l'amour, feu couvant, qu'il continuait à lui porter, s'ajoutaient une estime, un respect et une admiration qui ne faisaient que croître. Sur un autre plan, d'autres attachements le liaient. Comment pouvait-il concilier sa fidélité amoureuse envers Antoinette avec la passion inspirée par Aimée d'Arranet ? Il n'avait pas de réponse à cette question et n'en cherchait pas. Le fait s'imposait à lui sans détours. C'était la lutte entre le lilas et le jasmin, il sourit à cette pensée.

— Mon Dieu, monsieur, comme vous paraissez heureux et malheureux à la fois !

Dans l'ombre toute proche d'un retrait de muraille, il distingua une jeune femme qui lui souriait. Il ne répondit pas et poursuivit sa marche. Elle lui emboîta le pas. Il s'arrêta sous un réverbère, se retourna et la considéra. Elle était svelte et délicate. Des cheveux châtains, relevés, enroulés et ornés d'une rose, surmontaient un visage délicat aux yeux clairs. Un léger fichu glissait sur une épaule et laissait entrevoir un corsage délacé sur le devant. La présence d'une petite croix ne tempérait pas l'indécence de petits seins dévoilés. Un cordonnet serrait à la taille une jupe de coutil à fleurs. Des mules à talons de couleur rehaussaient la silhouette et complétaient le tableau offert. Il n'y avait pas à se tromper sur l'activité à laquelle l'apparition se vouait.

— Mademoiselle, si vous m'en croyez, vous ne devriez pas traîner par ici.

Elle eut une curieuse mimique, une moue et les yeux fermés.

— J'sais ce que vous voulez dire, mais ça se produit pas deux fois au même endroit. C'est même une garantie. Tu peux me tutoyer, tu sais !

— Justement, il y a eu deux filles de massacrées à cet endroit. Enfin… On a retrouvé leurs corps là-bas dans le chantier.

— Deux ! Bigre, on m'avait prétendu qu'il n'y en avait qu'une.

Elle s'approcha et se serra contre lui. Une bouffée de fragrance lilas enivra Nicolas.

— V'là que j'ai peur, maintenant.

Et de fait, il la sentit frissonner.

— Allons, je vous conseille de rentrer chez vous. Il se fait tard. Où habitez-vous ?

— J'ai une chambre tout près, rue d'Amboise, derrière la Comédie Italienne.

Elle prit l'air pitoyable d'une enfant capricieuse.

— Ramenez-moi, je crains trop maintenant.

Était-elle sincère ? Si quelque chose lui arrivait, quel remords serait le sien de ne pas lui avoir tendu la main. Il acquiesça en silence. Elle se pendit à son bras. Il ne parlait pas, mais elle causait pour deux, gazouillant à l'infini. Elle lui conta sa courte vie. Oh ! Elle était bien banale. C'était une histoire mille fois entendue. Orpheline très jeune et aussitôt en condition chez une lingère dont le mari l'avait mise enceinte. Chassée, elle était venue échouer à Paris. Une grande dame avait eu pitié d'elle et l'avait recueillie. Son enfant, un fils, était en nourrice en Champagne. Sa protectrice était morte. Ses héritiers l'avaient chassée et elle se trouvait à nouveau à la rue. Il lui fallait payer les frais de nourrice. Elle avait dû se résoudre à embrasser un état qu'elle n'avait pas choisi, mais qui s'était imposé à elle. Le lilas aidant, Nicolas fut frappé par la ressemblance de ce début d'existence avec celui d'Antoinette. Combien pour une femme il était facile de choir. Cette société était par trop cruelle avec des êtres dont le seul crime était leur faiblesse, proies toutes désignées de ceux qui détenaient l'autorité. Ils parvinrent devant la haute et étroite maison où elle demeurait.

— Pour votre enfant, dit-il, en lui tendant quelques louis. Prenez bien soin de lui.

Elle se haussa et lui claqua deux baisers sur les joues. Ce faisant, son corps se colla contre celui de Nicolas. Il la serra dans ses bras ; elle gémit à demi pâmée. Elle l'entraîna dans l'escalier. Ils poursuivirent leur étreinte jusqu'au grenier où elle le fit entrer dans une petite soupente propre et dépouillée. La lumière de la lune entrait par la lucarne et éclairait la modeste couchette où ils s'abattirent…

Mardi 28 mai 1782

Quand il se retrouva rue d'Amboise quelques heures plus tard, le jour n'était pas encore levé. La fille, dont il ne connaissait même pas le prénom, dormait encore alors qu'il s'échappait de la chambrette à pas de loup, après avoir laissé sur une page de son carnet une adresse où elle pourrait trouver un appui et un rouleau de louis supplémentaires pour la pension de son enfant. Son calme, sa sérénité le surprenaient. Nul remords ne le travaillait de ce court épisode. L'impression qu'il éprouvait était celle d'un retour en arrière, d'avoir vécu à nouveau un épisode de sa jeunesse. L'angoisse qui, la veille, l'oppressait avait disparu après cette nuit de tendresse. Quand il ressassait le cours de sa vie il mesurait soudain combien, depuis sa nourrice Fine à Guérande jusqu'à cette humble fille, les femmes lui avaient offert sans compter leur amour et leur compassion. À bien y réfléchir, avait-il suffisamment mesuré la force et les effets de leur soutien ? À chaque étape de sa vie, des filles galantes aux princesses, chacune avait apporté sa pierre à l'édifice de son moi. Comme un sanctuaire nécessite, pour se dresser et durer, les épaulements de ses arcs-boutants, le contrefort de ses cintres et le soutien de ses colonnes, Nicolas Le Floch, sans pourtant le rechercher, avait bénéficié de cet appui-là.

À son arrivée à l'hôtel de police, il fut désolé de constater que le vieux valet, connu de lui de toute éternité, l'avait attendu, sommeillant sur une banquette de l'antichambre. Il le remplit de confusion en lui présentant ses regrets. Puis il rejoignit sa chambre et sombra aussitôt dans un lourd endormissement agité de rêves.

Nicolas partagea le chocolat de M. Le Noir. Ils évoquèrent l'évolution de la guerre. Les avis parvenus de Londres ne laissaient pas de représenter la nation britannique comme hors d'état de continuer la lutte et d'achever la campagne de l'année en cours. Or les choses paraissaient changer de face. La révolution opérée au sein du cabinet anglais avait pour ainsi dire régénéré les énergies. *Point de paix avec la France ! Guerre à outrance aux Bourbons*, tel était désormais le cri général. D'autre part, ajoutait Le Noir, notre ministre aux États-Unis, M. de La Luzerne, mettait en garde au sujet des tractations d'accommodements contraires à nos intérêts que semblait caresser le Congrès américain. Cela soulignait l'importance des informations que nous attendions de Saint-Pétersbourg sur les tentatives de médiation de la Russie.

Nicolas informa le lieutenant général de police qu'il passerait la journée à l'Hôtel de Lévi afin de poursuivre son enquête, mais aussi pour favoriser l'apparente propension que le prince russe nourrissait à son égard. Le Noir, comme il se devait informé de tout, lui indiqua que la grande-duchesse devait courir les boutiques en compagnie de Mme de Benckendorff et de Mme d'Oberkirch, son amie d'enfance. Elle se rendrait à la descente du Pont-Neuf au *Petit Dunkerque*, où abondaient bijoux et colifichets. Elle souhaitait y acquérir ces petits moulins en or, qui étaient à la mode, comme breloques aux chaînes de montre. M. Le Noir avait ordonné qu'une garde fût disposée à la porte de la boutique pour en écarter le trop de chalands et de curieux.

Bourdeau ne se présentant pas, le commissaire gagna la résidence russe où il fut accueilli par le prince Bariatinski dont l'humeur paraissait rassérénée.

— Le prince m'a parlé de vous. Sachez, monsieur le marquis, que je ferai tout pour vous apporter mon aide. Il faut vous dire, Son Altesse impériale vous le confirmera, que je suis un fidèle de longue date du tsarévitch auprès duquel j'eus précédemment l'honneur de servir.

Cette affirmation fut ponctuée d'un geste énergique.

— Je vous le confie avec la franchise d'un soldat. Je le fus en effet au début de ma carrière.

— Je vous sais gré, Excellence, de votre ouverture. Permettez-moi d'en profiter. Quel est votre sentiment sur Dimitri, le secrétaire de Son Altesse ?

La main du prince tortura la fine dentelle de sa cravate. Il soupira.

— À vrai dire, je n'en pense rien, ne disposant pas des éléments utiles pour en juger. Cependant…

— Cependant ?

— Son Altesse peut être si secrète que le sentiment me prend parfois qu'elle se dissimule des choses à elle-même ! L'homme est mystérieux, je veux parler du secrétaire. Étrange même, pieux à l'excès. Comme tous les orthodoxes, il voue une dévotion aux images, aux icônes de nos saints. La chose est fréquente chez nous. Tenez, l'impératrice Élisabeth un jour se vit dérober le portrait de la Vierge entourée de diamants. Toute la police de l'empire fut mise en branle pour découvrir l'auteur de ce vol. *Ah !* disait-elle, *ce ne sont pas les pierres que je regrette mais la Sainte Image qu'elles entouraient et je donnerais le double de leur valeur pour la retrouver*. Mais, chez lui, cette piété est dévorante et déréglée… Outre cela, Dimitri a surgi de nulle part, n'ayant jamais été annoncé. Il a présenté un pli au prince qui a valu tous les « *sésames* ». Les naturelles objections qui auraient pu s'élever se dissipèrent comme par miracle. Il devait y avoir une raison bien forte pour convaincre ainsi Son Altesse, elle d'ordinaire si méfiante…

— Et votre majordome ?

— La loyauté même. Il me suit depuis longtemps.

— Quel message avez-vous reçu au Théâtre-Français ?

— Qu'un crime avait été commis dans les appartements de la grande-duchesse.

— Il n'a pas été question de la broche dérobée ?

— Au début, non. J'ai prévenu le prince que je me retirais en lui expliquant succinctement l'événement et qu'il voulût bien m'excuser auprès du duc de Chartres qu'il devait aller saluer à l'issue de la représentation. Puis j'ai sauté dans ma voiture. C'est sur place que j'ai constaté les faits. D'abord, j'ai cru que nos gens s'étaient entretués, puis j'ai constaté le secrétaire forcé et la disparition du joyau.

— Je vous remercie, c'est parfaitement clair.

— Je crois que Son Altesse souhaite vous voir. Si vous voulez me suivre…

Il fut conduit dans le salon où s'était déroulé leur premier entretien. Devant la croisée ouverte, Paul, en robe d'intérieur de coutil blanc, observait les vols rapides des hirondelles qui frôlaient la façade de l'Hôtel de Lévi.

— Ah ! Monsieur le marquis. Connaissez-vous M. Necker ?

— En effet. Il m'a reçu plusieurs fois dans le cadre de mon office.

— Je déplore qu'il ne soit plus aux affaires. Ce ministre, selon moi, possédait un génie et une vertu qui semblaient devoir assurer à jamais le bonheur et la prospérité de la France. Ne le pensez-vous pas ?

— Je n'ai point d'avis sur la question, le roi, mon maître, ayant jugé bon de lui permettre de se retirer.

— Euh ! Voilà une curieuse façon de voir les choses. Brisons là sur ce sujet. Quoi de nouveau dans notre affaire ?

— J'ai interrogé les principaux témoins…

— Et ?

— Je reste sur ma faim sur plusieurs points.

— Puis-je vous aider, monsieur le marquis ?

— Je n'ose en prier Votre Altesse.

— Faites. Cela m'amuse.

Nicolas se félicita que Bourdeau ne soit pas présent. Il aurait glosé à l'infini sur ces grands dont le mépris était tel que la mort de leurs serviteurs participait de leurs menus plaisirs. Nicolas Le Floch croyait à l'égalité des hommes. Au jour dernier, il les savait réduits à leur simple humanité. Un roi pourrissant sur son petit lit de fer ou un vieux soldat étranglé dans sa cellule du Grand Châtelet relevaient d'une seule qualité, celle d'enfants de Dieu, et nul n'était selon lui en droit de se croire d'une autre espèce que le reste du genre humain.

— La chose est-elle si difficile à dire, demanda le grand-duc, interloqué du silence rêveur de Nicolas.

— Votre Altesse pourrait-elle me dire si son secrétaire Dimitri jouit de toute sa confiance ?

Le propos était si direct que le prince eut une sorte de haut-le-cœur. Sa joue gauche fut agitée de tremblements.

— Bien audacieux, en vérité… Comment pouvez-vous même imaginer que… Enfin, croyez-vous que je puisse accorder à celui à qui je confie mes affaires une créance aveugle, je veux dire, sans d'excellentes raisons ?

— Ce n'est point ce que je prétends. Votre Altesse m'a bien félicité de lui parler net. Souffre-t-elle encore que j'abuse de cette permission ? Que savait-elle de ce serviteur avant qu'il parût à Paris ?

— Rien, je ne le connaissais point. Mon ignorance à son sujet est totale.

— Pardonnez-moi, mais l'ignorance est la fondation de la crédulité et elle ouvre les portes à toutes les inconséquences.

— Monsieur le marquis ! Si je l'ai accueilli, c'est que de bonnes raisons m'y incitaient. La parole de mes amis, et j'en ai peu sur lesquels m'appuyer, d'où la créance absolue que j'attache à leur garantie.

— Monseigneur, pardonnez-moi d'insister. Il y a une chose que je ne comprends pas.

— Laquelle, laquelle, laquelle ? dit Paul, ponctuant ce crescendo hurlé de coups de poing sur la vitre de la croisée au point que Nicolas craignit qu'il ne la brisât.

— Je suis au désespoir de vous irriter. Je souhaiterais simplement comprendre pourquoi, n'ayant pas de secrétaire auparavant, il vous a plu de pourvoir à cet emploi brusquement, étant à Paris, alors que vous veniez de passer de longs mois en Europe.

Pourpre, et de plus en plus agité, le tsarévitch parut un temps vouloir interrompre Nicolas. Celui-ci, qui en avait vu d'autres et éprouvé d'autres tempêtes, poursuivit vaillamment son propos. Il y eut un grand silence, une série de soupirs saccadés et le calme revint, sans doute résultat de l'imperturbable immobilité de son interlocuteur français. Nicolas eût été russe que sans doute la colère du prince l'aurait balayé. Il mesura la différence qui existait entre ces potentats du Nord et la famille de Bourbon. Politesse du feu roi, gentillesse bourrue de Louis XVI, arrogance ironique de Provence, légèreté d'Artois, rien qui ne se pût comparer.

— Soit. Je pourrais vous dire comme vos rois que c'est mon bon plaisir. Disons plus simplement, et vous m'obligez à me répéter, que je disposais d'un secrétaire stipendié par ma mère et que jusque-là je n'avais pas trouvé l'homme qui convenait et que mes amis recherchaient pour moi.

— Je remercie Son Altesse impériale de ces informations, dit Nicolas en s'inclinant. Maintenant...

— Ah ! Monsieur le marquis, quand je serai le maître, je vous appellerai à Saint-Pétersbourg pour diriger ma police.

— Maintenant, reprit Nicolas sans relever cette embarrassante invite, j'ai une requête à présenter.

— Faites, faites.

— Je souhaiterais votre autorisation pour, disons, visiter le logement de votre secrétaire et aussi celui de Pavel.

— Ce traître ! Ce reptile placé dans ma maison pour m'espionner, rampant dans tous les coins de ma maison ! Fouillez, fouillez à votre guise.

Nicolas ne pipa mot. La rancune rassie l'emporta et divertit ; nulle objection ne s'éleva quant à l'opération souhaitée par le commissaire chez le secrétaire du prince.

— Monsieur le marquis, quel est votre sentiment sur les affaires d'Amérique ?

— J'en juge de loin, Votre Altesse le peut comprendre. Cependant je pense, en dépit des rumeurs que déversent les gazettes anglaises, que la défaite est chose assurée et que Londres sera contrainte à la paix.

— Peut-être… Ma mère souhaite favoriser une médiation. Elle veut jouer dans votre boulingrin… Avons-nous intérêt à favoriser les intérêts de l'Angleterre ? Que sera l'Amérique coupée des liens qui l'attachaient à sa métropole ? Quel poids doit-on jeter sur le plateau de la balance et de quel côté ?

— Sa Majesté n'entend écraser personne. Nous recherchons une paix juste et honorable, indiqua Nicolas, ravi de la direction que prenait l'entretien. À cet égard, l'avis de la Russie compte pour nous dans le sens de l'équilibre…

— Oui, oui ! Si j'étais le maître… Je me méfierais. L'Angleterre menace la Russie davantage que le royaume de France. Je comprends qu'on puisse être irrité à Versailles des agissements de ma mère. Elle n'a jamais oublié les dédains de l'aïeul de Louis XVI. Et autour d'elle…

Voilà qui est intéressant, songea Nicolas. Il y a là encore, et comme prévisible, de très vives dissensions entre la mère et le fils. Pour incertain que soit son caractère, le prince Paul pense avec justesse et raisonne de bon sens. Il faudra renouveler et entretenir ce type d'échanges auxquels le prince paraît se complaire.

— Monsieur le marquis, je suis fort satisfait. Je vous libère, mais j'entends vous revoir au plus vite.

Nicolas retrouva Bourdeau dans le vestibule ; il l'entraîna dans un petit salon. L'inspecteur semblait impatient, mais son ami, fébrile, ne lui laissa pas le temps de parler et s'empressa de dresser un court compte-rendu de tout ce qu'il avait pu apprendre depuis la veille.

— Et toi, alors, que me rapportes-tu ?

— J'allais te le dire, mais tu as pris le mors aux dents ! Tout d'abord le petit papier trouvé dans la poche de Pavel, c'est un mémento pour le souper à l'Hôtel de Lévi hier soir.

Il le lui tendit.

— Je vois, soupira Nicolas avant de le lire à haute voix.

> Dimitri
> *Souper de ce jour 27 mai 1782*
> *– Prince Bariatinski*
> *– Prince Youssoupoff*
> *– Prince Kourakin*
> *– Mme de Benckendorff*
> *– Baronne d'Oberkirch*

— Deux hypothèses..., reprit Bourdeau sans pousser outre.

— Oui, tu es comme moi, elles t'échappent. Car de deux choses l'une. On assassine Pavel au fait de son identité, ou on l'ignorait. Ce papier était-il destiné à Dimitri ou l'a-t-on placé à bon escient ?

— Tu sembles oublier, ma foi, que c'est sur le corps de ce Pavel qu'on a trouvé les autres documents, ces pages arrachées provenant des effets du comte de Rovski.

— Pierre, je dois avouer que je n'y comprends rien. Qui a tué ? Qui a-t-on cru tuer ? Pavel est-il l'assassin de Rovski comme tous ces indices nous incitent à le supposer ?

— Je crois, pour parfaire ton jugement et forlonger ton raisonnement, que tu dois prendre connaissance des autres documents. Il y a trois pages de chiffres incompréhensibles, des calculs ou des alignements de comptes sans aucune autre indication. Nos chiffreurs à Versailles n'ont rien décelé qui puisse faire penser à un code particulier. En revanche une page plus intéressante qui porte des abréviations et pour laquelle l'hypothèse la plus probable est qu'il s'agit d'une liste.

— Une liste de quoi ?

— Une liste de personnages, suivis à nouveau de chiffres qui pour le coup paraissent correspondre à des dettes ou à des versements.

— Voyons cela.

Bourdeau lui passa la traduction en français.

P	*10 000 +*
R	*'' '' +*
A	*5 000 +*
PG	*10 000 –*
PG	*150 000 –*
P	*10 000 +*
JA	*30 000 +*
J	*100 000 +*
PG	*150 000 –*

— Oui... cela est étrange. Pourquoi ces plus et ces moins ? Quels noms dans notre ignorance de la Russie pouvons-nous mettre sur ces initiales ? Sommes-nous là devant un état de dettes ?

— Ou des versements dans un sens positif comme négatif.

— Peut-être.

— Et il n'y a pas que cela. Le commis des affaires étrangères chargé de la Russie m'a remis à ton intention, de la part de son ministre, une dépêche de notre ambassadeur, enfin un extrait, qui ne manque pas d'intérêt, d'autant plus qu'à Versailles on ne connaissait pas l'étendue complète du tableau.

— Je n'entends rien à ton propos ! Montre-moi cet extrait.

— La dépêche a été portée par des relais de chevaucheurs car sa partie politique devait être soumise à la connaissance du ministre dans les délais les plus brefs.

Nicolas lut avec intérêt croissant l'extrait rapporté par Bourdeau.

La récente disgrâce d'un officier des gardes que sa bonne mine avoit rendu familier de l'impératrice a forgé mille rumeurs. Il semble qu'il auroit été surpris en fâcheuse posture dans la chambre même de l'impératrice. Les échos du palais ont retenti d'une scène violente. Chassé, le coupable a quitté Pétersbourg sur ordre ou de son plein gré. On le présume, en dépit des faveurs déversées sur sa tête, criblé de dettes et dans la plus grande gêne.

Cependant, cette affaire vient d'être effacée par un accident qu'on peut appeler un véritable désastre public. Les boutiques de toutes les espèces sont ici rassemblées dans un quartier de la ville où elles forment en quelque sorte une seule enceinte d'une étendue fort considérable. La nécessité d'établir promptement des marchands qui vendent les objets de première nécessité avoit déterminé à bâtir dans le premier moment toutes ces boutiques en bois dans l'intention de les reconstruire toutes en pierre. Le feu prit à une extrémité de ces maisons et la communication se fit avec une telle rapidité qu'à quatre heures tout le quarré étoit embrasé. Il souffloit alors un vent d'est assez fort qui portoit la flamme vers le quartier de la ville appelé Meschenski, et on ne peut savoir ce qui seroit arrivé si le malheur eût voulu que le feu se déclarât aussi de ce côté.

Les princes Repnin, Orloff, Potemkim, plusieurs généraux, les officiers des régimens des gardes ont accouru sur la première nouvelle qu'ils ont eue des progrès de l'incendie ; l'impératrice elle-même qui étoit revenue à la ville pour la fête du régiment des gardes d'Ismailofski s'est transportée sur les lieux ; Sa Majesté impériale a voulu prendre connaissance de la grandeur du mal en faisant le tour de tout le quartier embrasé ; elle a donné les ordres qu'elle a cru les plus convenables, mais l'incendie étoit d'une telle violence qu'aucun secours ne pouvoit être capable de l'arrêter. Il a continué toute la nuit, je ne crois même pas qu'il soit encore fini au moment que j'écris.

Cette tragédie fait beaucoup murmurer le peuple et ranime les braises d'une crainte qu'avoient suscitée, dans des conditions atroces, les meurtres de plusieurs filles galantes dans ce même quartier. Ces horreurs auroient récemment pris fin brutalement. L'incendie qu'on dit criminel et ces meurtres sont portés par certains religieux au débit de la conduite immorale de la souveraine. Tout cela pèse sur les esprits ; la police enquête et s'efforce de faire taire faux bruits et critiques.

— Si nous n'apprenons presque rien sur Rovski que nous ne sachions déjà, en revanche la fin de ce papier est édifiante !

— Certes ! J'ai insisté pour avoir tout le morceau après l'incendie, les bureaux ne comprenant rien à mon insistance.

— Ne nous précipitons point. Mais tu connais mon sentiment sur les coïncidences. Des filles massacrées à Pétersbourg et à Paris, nous ne pouvons rien conclure à première vue. Reste que nous ne pouvons pas négliger un point aussi intrigant.

— Si tu lâchais les rênes à ton imagination et la laissais galoper, vers quelle réflexion te conduirait-elle ?

— Ah ! Si tu m'en crois, la pente est irrésistible. Massacres atroces de filles à Pétersbourg, les mêmes à Paris quelques semaines plus tard.... Un temps de silence... le temps du voyage ? Or nous avons deux Russes qui ont quitté leur pays, il y a quelques semaines. L'un, le comte de Rovski, est mort assassiné et l'autre, secrétaire de l'héritier de l'Empire russe, est arrivé simplement il y a peu et les crimes sont commis à quelques minutes de l'Hôtel de Lévi.

— Ajoute à cela qu'au dire de Sanson, chacun des deux aurait pu commettre les crimes en question.

IX

PAS À PAS

« Allez lentement, vous aurez plus tôt fait. »

Bacon

— Comment démêler tout cela ? Quelle affaire !

— Nous en avons connu d'autres qui étaient tout aussi malaisées à pénétrer. Je crains qu'il ne soit nécessaire de tout reprendre par le début, d'examiner à nouveau les indices dont nous disposons.

— La chose a été faite, et plutôt deux fois qu'une.

— L'expérience prouve qu'on n'est jamais assez attentif et que, souvent, des évidences qui crèvent les yeux passent inaperçues.

Nicolas courut jusqu'à la porte du salon, en ouvrit le battant, examina les extérieurs, revint et referma.

— La prudence exige que personne n'entende ce que nous avons à nous dire. Malheureusement je ne sais quand j'en aurai fini ici. Je dois visiter le logement du secrétaire du prince et aussi ceux de Pavel et du majordome. Tout est envisageable, car tout est possible.

Ils prirent place dans une causeuse qui leur permettait de se parler d'oreille à oreille sans risque de voir leur conversation traversée.

— Écoute-moi, Pierre. Pour le meurtre du comte de Rovski, il faut nous pencher sur les maigres indices que nous avons. Le carnet et les pages arrachées tout d'abord. Dans la précipitation, avons-nous observé si des traces étaient utilisables ? Il est nécessaire que je les examine à nouveau avec une lentille grossissante. Du sang, de la poussière, de la poudre, que sais-je ? Tu me diras que pour la poudre cela ne veut rien dire, car tout le monde ou presque en use peu ou prou !

— Juste !

— Sanson a-t-il fait un rapport de l'ouverture des corps ?

— Autrefois je dressais moi-même le procès-verbal. Désormais c'est lui qui s'en charge, avec les détails anatomiques *ad hoc*.

— Dis-lui à l'occasion que je souhaite relire tout cela pour Rovski, Dangeville, Pavel et les deux filles.

— Aurais-tu une idée derrière la tête ?

— Tout me paraît conséquent et je cherche les moyens de retrouver les liens.

— Pour les filles, remarqua Bourdeau, nous n'avons pas l'instrument qui a servi, ni d'ailleurs pour Rovski…

— Est-ce bien le même ? Doit-on en croire notre ami Sanson ? Et si l'on veut mettre en parallèle les crimes commis à Saint-Pétersbourg et ceux de la rue Basse-du-Rempart, impossible d'enquêter là-bas.

— Et sur ce point, y aura-t-il de nouveaux meurtres similaires ?

— Auquel cas, le lieu et l'éventuelle proximité avec l'Hôtel de Lévi seront essentiels.

Bourdeau avait enlevé sa perruque et se grattait la tête.

— Autre chose me vient à l'esprit. Il demeure capital que nous parvenions à comprendre clairement la question des clés et le rôle dans tout ceci de Piquadieu et d'Harmand. Avec qui pouvaient-ils être de connivence ?

— Toujours aucune nouvelle de Smith ?

— Rien. On a diffusé un avertissement dans nos ports. Mais on est de plus en plus assuré qu'il n'est plus à Chaillot chez le ministre américain.

— Quant à la prétendue princesse de Kesseoren et ses sbires, je suis persuadé qu'elle s'est introduite ici sous le fallacieux déguisement d'une marchande de rubans. Elle s'évanouit dans la nature avec une maestria qui me surprend. Il la faut absolument retrouver, car elle demeure le seul point commun entre nos deux affaires. Pierre, je préférerais au bout du compte que tu te charges de débroussailler ce jardin à partir du Grand Châtelet. Je viendrai te rejoindre, dès que je le pourrai.

Les deux hommes se séparèrent et Nicolas erra un moment avant qu'un laquais ne lui désigne le petit escalier qui conduisait aux logements du domestique. Alors qu'il cheminait dans un étroit couloir lambrissé de pin, il entendit des pleurs et des gémissements. Il se dirigea vers la rumeur et dans un recoin du couloir découvrit une jeune fille effondrée sur le sol, la tête penchée, plongée dans son tablier, et sanglotant la poitrine secouée de hoquets. Le commissaire toussa. Elle leva vers lui un visage chiffonné et rougeaud qui ne gâchait pourtant pas la joliesse de ses traits.

— Mademoiselle, puis-je vous venir en aide ? Êtes-vous blessée ?

À ces questions répondit un désespoir redoublé qui embarrassa Nicolas. Peut-être fallait-il en revenir à des propos plus banals ?

— Êtes-vous femme de chambre ici ?

Elle leva son pauvre visage crispé.

— Moi, servante Altesse impériale, Maria Féodorovna. Que vouloir monsieur ?

— Avec l'accord du prince et de l'ambassadeur, je m'informe au sujet du…

Il s'arrêta brusquement. Encore qu'il doutât fortement que la nouvelle n'eût pas transpiré, devait-il évoquer les deux meurtres au risque d'orienter ce qu'il pouvait recueillir de la bouche de cette jeune fille ? Le mieux était de s'en assurer.

— Je cherche Pavel. L'avez-vous vu ce matin ?

— Non ! On dit lui absent et repartir bientôt pour Russie.

Sa respiration se rétablissait, elle le considérait avec curiosité.

— Quelle est la cause de cette grande peine ?

Le pouvoir de séduction de Nicolas était tel qu'elle finit par sourire, se leva et rajusta sa tenue.

— Bon beaucoup, monsieur. Dimitri pas gentil. Lui repousser moi.

Nicolas s'interrogea sur le goût des femmes. Comment ce barbu au charme ténébreux avait-il pu captiver et embobeliner cette jouvencelle ? Les mystères de l'amour demeuraient impénétrables.

Il dévia le cours du propos, méthode qu'il utilisait pour mieux revenir à son objectif[1] initial.

— Vous parlez bien le français.

— Seuls ceux parler français venir voyage.

— Cela explique cela, c'est parfait. Vous avez connu Dimitri en Russie ?

— Pas. Lui arriver ici après.

— Et il vous a suivie ?

1. *Objectif* : le mot appartient à l'époque au vocabulaire théologique et signifie attaché à l'objet.

Elle le regarda, interloquée.

— Non ! Moi vouloir faire sa chambre. Lui refuser. Lui dire paroles méchantes. Me traiter moi de « *putana* ».

— C'est en effet peu aimable. Pourriez-vous m'indiquer où se trouve le logement de Dimitri.

— Pourquoi vous demander cela ?

— Je ne puis vous le dire, c'est un ordre de Sa Majesté impériale.

Il lut dans le front plissé de contention le débat intérieur qui agitait Olga, la femme de chambre. Elle soupira.

— Vous suivre le couloir, puis deux marches. Alors porte à droite, chambre Dimitri.

— Je vous remercie, mademoiselle. Mais…

Il la regarda, fronçant les sourcils d'une manière sévère. Cette mimique eut un effet immédiat. La jeune femme éclata derechef en sanglots.

— Lui, faire peur… à moi, dit-elle hoquetant.

— Pourquoi cette crainte ? Vous semblez l'aimer.

— Moi amie et… lui… comme moine.

— Que voulez-vous dire ?

Elle ouvrit la bouche pour dire quelque chose, mais un bruit lointain l'effraya et, ramassant ses jupes, elle s'enfuit en courant.

Il poursuivit sa progression dans le couloir. Des portes ouvertes laissaient apercevoir de tristes espaces resserrés, aux lambris crasseux, des couchettes hideuses et cette odeur de pauvreté qui, tant de fois, avait frappé Nicolas dans des visites similaires. Il était conscient que l'opulence, le luxe, le confort, la beauté, la lumière et tout ce que l'art peut apporter de supplément pour entourer la vie des riches de l'appareil d'une vie heureuse, faisaient contraste avec la condition du plus grand nombre. Qu'y pouvait-il ? Des hardes éparses et sales traînaient sur un sol poussiéreux, la bourre de paille des matelas crevés jonchait le carrelage crasseux. Portes et cuvettes ébréchées figuraient les seuls instruments d'un possible bien-être. Qu'avait-on en effet à penser au bonheur de serviteurs, souvent considérés comme l'écume des campagnes ? Beaucoup les prétendaient porteurs de tous les vices qui peuvent flétrir l'humanité et les décrivaient comme les auteurs possibles de tous les crimes qui la déshonorent. Il se remémora avec une triste douceur l'affection unanime que les serviteurs de Ranreuil portaient au marquis, son père, tant celui-ci leur prodiguait considération et aide. Ils constituaient autour du maître une famille dévouée. Son père lui avait mille fois répété, s'adressant à celui qui ne se croyait alors que son filleul et qui ne saisissait pas toujours le caractère testamentaire de ses recommandations, « *que le vrai mérite rend tout égal et qu'il faisait pour cette raison plus cas de ses serviteurs que de tous les puissants de l'univers* ».

Au bout du couloir après les deux marches à main droite, une porte de meilleure apparence signalait le logement du secrétaire du prince. Nicolas songea qu'en dépit de son titre il n'était qu'un serviteur ravalé au fretin du domestique. Il frappa à tout hasard. Aucune réponse ni bruit particulier. Il usa de son rossignol auquel aucune serrure ne résistait. L'huis s'ouvrit sans difficulté. Il entra dans une pièce beaucoup plus grande que les soupentes observées précédemment. Une odeur composite le saisit aux narines. Il ferma les yeux, il se crut revenir dans la collégiale Saint-Aubin de Guérande les jours de fête carillonnée. C'était bien là l'odeur de l'encens mêlé à celui des cierges. Il envisagea une commode qui lui rappela la chambre du comte de Rovski. Il y avait une vingtaine d'icônes, certaines aux couleurs éclatantes et d'autres aux tons éteints, devant lesquelles des cierges étaient disposés. Une chambre austère, une vraie cellule de moine. Une armoire dans laquelle diverses tenues pendaient, accrochées à des clous. Dans le tiroir de la commode du linge, usé mais propre, il découvrit aussi à sa grande surprise une sorte de discipline à plusieurs liens de cuir chargée de pièces de plomb. À quoi servait cet instrument de torture ? Des traces de sang y paraissaient encore. L'homme usait-il de macérations inhumaines ? Il trouva aussi des livres en langue russe ornés de gravures religieuses. La fouille d'un portemanteau en cuir se révéla inutile. Aucun indice ne fut découvert.

Nicolas allait se retirer après un dernier coup d'œil quand son attention fut attirée par un pot empli de sable dans lequel de petits cierges de cire orange étaient fichés. Un coin de papier dépassait, qu'il tira, dégageant une feuille pliée en quatre. Il la déploya aussitôt et demeura perplexe. Il s'agissait d'une adresse à Paris sans autre indication qu'un dessin étrange, qui aurait pu représenter une feuille, et un numéro 1 en chiffre romain. Il en prit copie. La rue en question, celle des Trois-Maures, appartenait à la partie de la ville la plus ancienne et la plus resserrée ; elle se situait entre la rue des Lombards et la rue Trousse-Vache. Que signifiait tout cela et pourquoi cette adresse avait-elle été dissimulée – mal – dans ce pot de sable ? Il remit tout en place. Une dernière inspection n'apporta rien de nouveau. Il referma avec soin la porte et se mit à la recherche du logement du majordome. Rien ne lui permit de le trouver et il remit cette investigation à plus tard.

Rien ne le retenant pour le moment à l'Hôtel de Lévi, il décida de faire un saut rue Montmartre. Il entraînerait Louis, s'il était au logis, chez maître Vachon pour les essayages de leurs habits de cour en vue du grand bal de la reine à Versailles.

Une voiture empruntée à l'hôtel de police le mena à destination. Il trouva Louis qui aidait Poitevin à étriller Sémillante, laquelle manifestait son allégresse par des encensements et des pas de quatre. Le maître de maison était sorti pour la promenade quotidienne recommandée par feu le docteur Tronchin. Louis, en chemise, se rhabilla en hâte pour suivre son père. Vachon les accueillit à l'accoutumée, traînant au milieu de son bataillon de petites mains. Il lança quelques ordres et une sorte de procession s'organisa. Quatre garçons se dirigèrent vers l'arrière-boutique et en revinrent peu après portant, avec des précautions que redoublait le regard méfiant du tailleur, les habits de la famille Ranreuil qui furent déposés sur le comptoir.

— Maître Vachon, mon bon ami, vous me paraissez morose.

— Peuh ! Peuh ! Monsieur le marquis voit juste. Comment voulez-vous que je m'esclaffe et me réjouisse de la pente du temps ?

— Toujours la mode ?

— Peuh ! Peuh ! Je vous en ai déjà conté la raison. Jadis, quand un étranger venait à Paris, il ne pouvait se montrer sans avoir au préalable subi une complète métamorphose. Sinon il eût été ridicule.

— Et aujourd'hui ?

— Ah ! Ne m'en parlez pas, j'enrage. Nous sommes en guerre avec l'Angleterre et rien ne vaut qui ne vient de Londres ! Quelle folie de prendre à l'ennemi, non seulement leur vauxhall, leur ranelag, leur wisk, et leur punch, mais jusqu'à nos tenues ! Là où autrefois notre mode donnait au corps ses formes nobles, l'anglaise souligne les formes naturelles et les épouse en mollesse. Pouah !

— Mais voilà qui est sans doute plaisant et agréable.

— Plaisant ? Agréable ? s'exclama Vachon en fusillant Louis pour sa candide remarque. Ne suivez pas, monsieur le vicomte, ces godelureaux qui prônent le frac comme plus commode et élégant que l'habit. Ne seriez-vous pas rouge de honte de porter le jacquet, ce ridicule couvre-chef bon pour l'équitation ! Ah, il est beau, le gentilhomme à la nouvelle mode ! Considérez-le, avec sa culotte jaune, son habit couleur de la suie des cheminées de Londres, et, pour achever le tout, son chapeau à larges bords. Enfin, enfin, admirez ces splendeurs…

Il caressait les habits présentés, les yeux humides. Les garçons s'agitaient, se poussant du coude. La réaction ne se fit guère attendre et un violent coup de canne sur le comptoir ramena le calme dans les rangs aussitôt immobiles.

— Pour monsieur le marquis, habit, culotte, gilet, en somptueux drap gris argent rebrodé de pampilles bleues, paillettes et fils d'or, et pour vous, monsieur le vicomte, faites-moi la grâce d'oublier le frac, cet habit, culotte et gilet de soie bleue brodé et rebrodé d'or en fil avec décors de roses et de fruits.

Il ferma les yeux, comme saisi d'une sorte de volupté, les mains pressées sur sa poitrine.

— Ce bon monsieur Vachon, il va nous placer au centre de toutes les envies.

— Ce bon monsieur Vachon ! répéta le tailleur d'un ton dévot.

— Monsieur Vachon, dit Nicolas. Connaissez-vous la rue des Trois-Maures ?

— Peuh ! Certes, elle n'est pas très éloignée.

— Je vous saurais gré de me dire ce que suggère cette adresse et surtout le dessin qui précède la mention de la rue. Est-ce une feuille d'arbre ?

Nicolas tendit à Vachon le petit carnet noir où il avait noté la mention du papier découvert dans la chambre de Dimitri et surtout le dessin qui tant l'intriguait. Vachon chaussa ses besicles et réfléchit un moment.

— Pour moi, il s'agit d'une marque indiquant la boutique de Béraud, plumassier rue des Trois-Maures, chez qui parfois je me fournis. Aussi, ceci n'est pas une feuille, mais bien la représentation d'une plume.

— Que de gratitude je vous ai ! Vous venez d'éclairer un pan qui, sans vous, serait demeuré obscur.

— Oh ! Si peu de choses, monsieur le marquis. Puis-je vous prier de passer ces habits ?

Il les conduisit dans une sorte de tente pourvue de psychés. L'instant d'après, ils se découvrirent.

— Mon père, quelle splendeur ! commenta Louis qui virevoltait devant le miroir.

L'essayage se poursuivit comme un ballet dirigé avec autorité et scandé des coups de la canne magistrale. Vachon les contemplait d'un œil à la fois investigateur et critique. Il pointa un doigt vengeur.

— Il y a là une fronce intempestive, une couture mal alignée. Jeunes gens !

Il jeta un regard courroucé sur la ligne des têtes qui s'enfonça encore un peu plus sur le travail. Le tailleur saisit l'une des manches de l'habit de Nicolas et d'un coup sec la détacha.

— Pour le reste, tout est parfait. Et quant à vous, monsieur le vicomte, il n'y a rien à changer. L'art ne peut rien ajouter à l'art. La perception du corps appelle la perfection du tailleur. Point encore de ces rondeurs naissantes qui entravent l'excellence de l'œuvre et imposent d'infernales retouches.

— À qui ce discours s'adresse-t-il ? marmonna Nicolas.

Vachon ignora le propos ; il tirait sur la culotte, la remontait, appuyait sur les plis.

— Un peu d'aisance, oui, monsieur le marquis, un peu d'aisance ne messiérait point. Auriez-vous un peu forci ? Croyez-moi, de l'eau claire limonée et du biscotin. Mais ce n'est rien et je vous ferai tenir par porteur vos habits dès demain à l'hôtel de Noblecourt. Comment se porte notre cher procureur ?

— Il se porte comme un charme ! Et je souhaiterais vous payer…

— Comment ! Me payer ! Fi, le vilain mot ! Monsieur le marquis recevra mon mémoire à la fin de l'année. Pas avant. Un homme qui a parlé de moi au roi !

Ils furent raccompagnés dans la rue avec les salutations d'usage. Dans la voiture, Nicolas réfléchissait. Qui pouvait loger rue des Trois-Maures ? Et qui Dimitri, arrivé depuis peu à Paris, pouvait-il connaître dans cette rue pour avoir son adresse ? Et pourquoi l'avoir dissimulée dans le sable d'un pot ? Il devait sur-le-champ se rendre sur place pour savoir à qui l'on avait affaire.

— Louis, je te reconduis rue Montmartre car un souci urgent me réclame.

— Quand vous reverrai-je, père ?

— Hélas, mon garçon, j'espère avant le bal. Je déplore de ne pouvoir profiter de ta présence autant que je le souhaiterais.

— Le service du roi.

— C'est notre part. Notre position, un habit que nous porterons au bal de la reine et qui ferait vivre un an une famille pauvre, a une contrepartie, le service du roi.

Un long silence suivit, qui les plongea chacun dans sa méditation.

— Tu peux croire que je préférerais te donner plus de temps.

— Je sais, père. Me permettez-vous de monter Sémillante ? Je crains qu'elle ne languisse de devoir rester à l'écurie.

— Je t'en serais reconnaissant, dit Nicolas ravi de pouvoir satisfaire Louis, d'autant que sa monture éprouvait pour le jeune homme une particulière dilection.

La joie que manifesta le lieutenant aux carabiniers de Monsieur rasséréna Nicolas. Il y avait peu de marge entre l'enfance et la maturité…

Depuis la rue Montmartre, la voiture, par le cimetière des Innocents, la rue Saint-Denis, l'hôpital des Filles-de-Sainte-Catherine, la rue des Lombards et celle de la Vieille-Monnaie, parvint à destination. La ruelle était obscure, étroite et courte, servant de lien entre deux voies plus importantes. Nicolas ne fut pas long à trouver la boutique du plumassier, fournisseur de maître Vachon.

Il poussa la porte et se mit aussitôt à éternuer sans pouvoir s'arrêter, comme s'il venait de priser. Une voix grave s'éleva depuis le fond obscur de l'atelier.

— Monsieur n'est point accoutumé ! C'est rien que la poussière de la plume qui vous chatouille le naseau. Et pour cause, le courant d'air. Béraud, maître plumassier pour vous servir.

L'homme approchait la soixantaine, corpulent, visage mafflu et grêlé, et portait une perruque de crin ajustée de guingois. Sartine en possédait-il une qui fût aussi rustique ?

— Monsieur, j'ai scrupule à vous déranger pour une information de peu… qui cependant me chagrine et pour laquelle je requiers votre aide.

— Point de dérangement. Serviteur, monsieur. En quoi que je puis vous aider ? Présentez-moi votre paquet sans tournaillerie[1].

— Je suis en quête d'une personne dont je ne possède que l'adresse. Selon tout ce que je sais, elle demeurerait dans votre maison, au premier étage peut-être ?

Il avait lancé cet appât en relation avec le I en chiffre romain qui pouvait sans excès d'imagination correspondre à un étage ou à un numéro de chambre meublée.

— J'ai votre réponse, monsieur. J'suis point dans une maison à moi, car je loue à bail mon atelier à M. Moyneau, rentier qui possède un paquet de maisons dans c'te coin, rue des Lavandières et de la Vieille-Monnaie. Ici, au-dessus, il donne à bail à chaque étage un appartement meublé.

— Et connaissez-vous les locataires ?

L'homme, méfiant, le regarda, ôta son tas de crin et caressa son crâne chauve.

— À vrai dire, monsieur, j'm'en bats les flancs et me mêle point des affaires d'autrui. Et d'abord, pourquoi vous m'posez la question ?

— Je vous l'ai dit. Je cherche une personne qui habite ici.

— Vous devez donc savoir son nom.

Le ton était ironique et l'homme avançait, le poussant du jabot au dehors. Nicolas se résigna à d'autres mesures.

— Je vous conseillerais, cher monsieur Béraud, d'en venir promptement à plus de bienséance.

1. *Tournaillerie* : hésitations.

Maître Vachon, mon tailleur, m'avait parlé de vous en termes les plus flatteurs, mais je suis forcé de constater…

Il n'eut pas à exciper de sa fonction, le seul nom du tailleur agit comme un sortilège.

— Maître Vachon ! Que ne le disiez-vous tout de suite.

— Bien, nous voici d'accord. Le seul premier étage m'intéresse.

— Au premier étage, c'est le cas le plus louche, pour vous.

Il cligna d'un œil.

— Monsieur le commissaire !

— Comment ?

— Hé, ne dites pas le contraire, maître Vachon chante vos louanges et vous a décrit à moi mille fois ! Il n'y a pas à se tromper !

— Bien. Alors, ce cas louche ?

— Oh ! Récent. Une femme qui s'est installée il y a quelques semaines, plus d'un mois en tout cas.

— Son nom ?

— Ça, je l'ignore.

— Vieille, jeune ?

— Entre les deux. Elle fait tout pour ravitailler ses grâces, ce qui la rajeunit. Grande, forte. Un beau morceau, ma foi. Elle va, elle vient. Souvent elle découche.

— Vous semblez bien la connaître et la suivre pas à pas.

L'homme se mit à rire.

— Vous parlez d'or. C'est que je suis aussi portier. La mode change, la plumasse se vend mal. L'office met un petit plus dans mon gros moins, voyez-vous.

— Reçoit-elle ?

— Point à ma connaissance. Mais vu ses tenues, ses perruques et son rouge, elle a tout de la gueuse à crapauds. C'est point pourtant que j'aurais envie de mordre à la grappe. Pour ça, non ! Elle a quèque chose qui fait frémir la moelle !

— Est-elle au logis à l'heure où nous causons ?

— Non.

— Avez-vous la clé de son logement ?

— Je ne la possède pas. Point de double, car elle a renforcé la porte après son installation. Pas moins de trois fortes serrures.

L'idée abandonna Nicolas de forcer la porte. Ce serait risquer de donner l'éveil et de rompre tout lien avec la femme recherchée.

— Je vous traverse, dit le plumassier goguenard. Rassurez-vous, il n'y a grosse buse qui n'attrape sa proie !

— Monsieur Béraud, puis-je vous demander un service ?

La formule était toute de politesse. Le choix n'était pas grand pour son interlocuteur.

— À votre volonté.

— Me prévenir dès que cette femme sera au logis…

Il déchira une page de son carnet, y écrivit quelques lignes et lui tendit.

— … à faire porter au Grand Châtelet pour le père Marie, huissier. Je vous en remercie.

— C'est toujours utile de connaître un commissaire au Châtelet.

Ils se quittèrent bons amis après que le maître plumassier eut insisté pour qu'ils trinquassent d'un verre de guinguet blanc un peu vert, mais plein d'alacrité. Nicolas n'avait pas cru décliner cette cérémonie d'amitié.

Rejoindre le Grand Châtelet au plus vite pour donner des ordres afin que la maison de la rue des Trois-Maures fût investie et surveillée, telle fut sa première pensée. Il médita ensuite sur ce que signifiait la présence d'une femme que tout indiquait être cette princesse de Kesseoren aux multiples visages. Elle était là, araignée tapie dans ses toiles parallèles, tramant, tant à l'hôtel de Vauban qu'à la résidence russe, de mystérieuses, et peut-être sanglantes, machinations. Des preuves ? Il devait en réunir tant pour sa présence dans la chambre de Rovski que pour sa visite à l'Hôtel de Lévi, sans doute flanquée de ses spadassins rubaniers. Quel but visait cette femme et quelle volonté cruelle l'animait ? Quel était le lien véritable entre le drame de l'hôtel de Vauban et la tragédie du boudoir de la grande-duchesse ? Par instants tout se mélangeait dans sa tête sans qu'il fût en mesure d'y rappeler à la rescousse l'ordre, la raison, le bon sens, la méthode enfin, qui d'habitude le menaient au but. Dans ce ramas confus d'actes, de suppositions, de visages différents, de renvois permanents dans les détours d'un labyrinthe, le commissaire aux affaires extraordinaires perdait pied. Il lui semblait comme dans le *teatro dei puppi* n'être qu'un pantin qu'un fil mystérieux animait.

Au Grand Châtelet, il passa en courant devant le père Marie sidéré de cette hâte. Heureusement Bourdeau était là, besicles sur le nez, plongé dans un fatras de papiers. Il leva la tête, surpris lui aussi de la soudaine irruption de Nicolas et doublement stupéfait de l'entendre dévider, à la vitesse d'un clerc de notaire lisant un inventaire après décès, un flot de nouvelles plus étonnantes les unes que les autres.

— Mon cher Nicolas, dit-il, je vois deux taches d'encre qui s'étalent et dont certaines extrémités se rejoignent et se mêlent.

— C'est un bon résumé de ce que nous avons sous les yeux. Reste à déterminer ce que cela signifie. Je t'avoue ne plus savoir par quel bout dépouiller la bête ! As-tu récupéré le rapport de Sanson ?

— Quand tu es entré comme un cheval fougueux, j'en achevais la lecture attentive.

— Ah ! Y as-tu trouvé des éléments que nous aurions pu négliger de relever ?

— Certes, et de taille. Quand notre ami bourreau a examiné et sondé les blessures, il a omis de nous dire ce qu'ensuite il a écrit noir sur blanc.

— On s'attache par trop à de minuscules détails…

— Ceux qui sont plus gros nous aveuglent et passent au large de notre attention. Bref, des observations du praticien il ressort que ce n'est pas la même personne qui a tué Dangeville et Pavel, ce que nous supposions. Premier fait. Deuxièmement, il y a la plus forte chance que l'assassin de Pavel ait été gaucher.

— Forte chance ne fait pas certitude !

— Je t'approuve, mais on ne peut négliger cette possibilité.

— Qui devrait être recoupée par une autre constatation, deux présomptions qui vont dans le même sens peuvent faire une preuve. Quoique cette addition soit un peu bancale !

— Et comment Sanson a-t-il conclu ainsi ? Je sens que tu es sur le point de me poser la question. D'une part, mais cela tu l'avais appris avant moi, le corps de Pavel a été retourné. Une tache de sang dans le dos passée inaperçue et qui n'avait pas lieu d'être, preuve qu'on a remué le corps, à l'origine sur le dos. Enfin le coup porté sur le flanc l'a été par derrière, une main serrant le cou puis plaquée sur la bouche. Sanson a découvert des meurtrissures imperceptibles sur la gorge de Pavel. Vu la situation de la blessure, ce ne peut être qu'un gaucher qui l'a portée. On ne songe jamais assez à ce genre de détail.

— Nous avons eu le cas, souviens-toi, lors du crime chez le duc de la Vrillière, mais la chose s'était révélée plus nette.

— Désormais, si tu es en présence d'un gaucher ou d'une gauchère, méfie-toi !

— Et les pages arrachées ?

— Il y a quelques traces de doigts. Que peut-on en tirer ? Rien je pense.

Il sortit les pièces du tiroir du bureau et les présenta à Nicolas qui regarda le carnet, le tourna de tous les côtés, puis se consacra aux pages arrachées. Il prit une lentille grossissante et sous le regard mi-intrigué mi-amusé de Bourdeau, demeura un bon moment plongé sur les pièces. Il se redressa, ferma les yeux un long moment, murmura quelques mots, en revint aux pièces et, pour finir, nota quelque chose dans son petit carnet noir qu'il considéra ensuite rêveusement.

— Tu songes à quelque chose ?

— C'est indistinct, j'y reviendrai. Toujours aucune nouvelle de Smith ?

— Le suspect a été arrêté à La Rochelle, s'apprêtant à embarquer sur un navire marchand à destination de Boston. J'attends des nouvelles.

— J'espère qu'elles seront bonnes. Si nous l'attrapons, nous ne le lâcherons pas de suite. Il faudra prévenir Vergennes qui informera sans doute Franklin. Alors sera peut-être éclairé en partie ce qui s'est déroulé dans la chambre du comte de Rovski.

Bourdeau torturait un bouton de son habit. Hésitait-il à avancer derechef un autre résultat de sa réflexion ? Nicolas sentit qu'il fallait l'encourager.

— Je m'interroge parfois et me demande ce que je serais devenu sans ton fidèle appui. Je ne remercierai jamais assez Lardin de t'avoir dirigé pour m'épauler. Je ne savais rien, tu m'as tout appris. Qu'aurais-je pu faire sans ce garde-fou ?

— Pas si fou que cela, bougonna Bourdeau, rouge d'émotion.

— Je dois regagner l'Hôtel de Lévi. As-tu autre chose au fond de ta besace ?

— J'ai de nouveau étudié la liste des passagers débarqués avec Rovski et la prétendue princesse de Kesseoren. J'avais lancé quelques recherches…

— Et alors ?

— Et alors, j'ai peut-être retrouvé tes rubaniers.

— Ah, ça ! Comment as-tu fait ?

— Nous avions la liste des passagers du paquebot, *L'Artois*. J'ai pu déterminer que sur les huit personnages ayant pris passage depuis les ports du Nord, quatre sont identifiés. Restent un certain M. Schultz, marchand de peaux, Ivan Kripaeev, domestique, et Golikoff, négociant en eaux-de-vie. Ces trois-là, impossible d'en trouver la moindre trace. Deux d'entre eux pourraient être les coupe-jarrets qui portaient si délicatement des éventaires de rubans à l'Hôtel de Lévi.

— Il nous les faut retrouver. Mets nos mouches en action. Je ne peux croire qu'ils puissent passer inaperçus. Quant à ce Kripaeev… Que vient faire ce domestique russe en France ? Au service de qui ? Qui nous le pourrait décrire ?

Bourdeau cligna d'un œil.

— Justement. M. Sauvageot a rejoint Bordeaux. En revanche la demoiselle Anne Desmarets se trouve dans sa famille à Choisy et je compte bien aller l'interroger. Son témoignage nous sera, je le pense, fort utile.

Nicolas semblait perdu dans la contemplation de sa tabatière qu'il tournait et retournait dans ses mains.

— Ce domestique… Arrivé en France il y a plusieurs semaines… Une idée me court la tête. Le prince Paul a un secrétaire dans lequel il a placé toute sa confiance. On imagine que ce serviteur, Dimitri, n'a rejoint la maison du tsarévitch que depuis peu. Est-il envisageable que ton Ivan et mon Dimitri ne soient qu'une seule et même personne ?

— Auquel cas un nouveau lien serait constaté entre l'affaire Rovski et les meurtres de l'ambassade de Russie.

— Plus je réfléchis, moins j'y vois clair. Je n'ai jamais été aussi peu assuré. D'ailleurs dans toute cette affaire, je n'ai pas cessé de faillir. Je n'ai pu convaincre Sartine de renoncer à cette folle aventure et maintenant, plus j'avance dans l'enquête de ces deux affaires, plus j'ai l'impression de piétiner, sinon de reculer. J'ai la tête en feu et le brouillard le plus épais m'environne.

— Allons, tu plaisantes ! A-t-on jamais vu Sartine convaincu de faire marche arrière lorsqu'il a décidé quelque chose ? As-tu assez insisté, et jusqu'au bout, sur les aléas de l'entreprise ? As-tu assez souligné les risques encourus ? Et puis quoi ! N'as-tu pas aussitôt retrouvé la broche de la grande-duchesse ? N'as-tu pas atteint l'objectif désigné par Vergennes et Sartine : gagner la confiance du prince ? Tu n'as rien à te reprocher. Si tu as le sentiment de disperser ta poudre aux oiseaux, c'est que cette enquête n'est pas banale. Tu vois bien à quel point nous avançons, certes pas à pas… Alors M'sieur le marquis, silence et pique des deux.

Il lui donna une bourrade.

— Hé, oui ! Nous avançons et tu n'as en rien démérité.

Nicolas, que parfois la mélancolie submergeait, comprit qu'il n'avait exprimé son malaise que pour entendre les réconfortantes paroles de son ami. Ce que Bourdeau avançait, il se l'était mille fois répété, mais il fallait qu'un autre, dont il ne douterait pas, le lui confirmât. On n'allait pas contre la force des choses. La complexité des deux affaires auxquelles il se trouvait confronté conduisait aux difficultés rencontrées. La solution relevait de l'ordre de la technique policière, de l'usage de la raison et de la pratique tempérée de l'intuition.

— Je suis bâillonné et me tais, monsieur l'inspecteur. Tu as raison et cessons de jaser. Je vais de ce pas continuer à interroger à l'Hôtel de Lévi et toi, poursuis le pas à pas. Je m'étonne que Sartine ne se soit pas manifesté à nouveau.

— Il laisse le pâté rassir un peu ! Et puis quoi ! Tu l'as affronté hier.

— J'ai l'impression qu'il y a un siècle !

Quand Nicolas arriva à l'Hôtel de Lévi, le prince travaillait avec l'ambassadeur. Il retrouva le majordome, imperturbable, dominant le désordre de la foule domestique, les va-et-vient, les messagers qui se succédaient. Nicolas nota que nombre de visiteurs se faisaient inscrire, leur venue étant une forme de politesse équivalant à une rencontre en forme, en revanche d'autres étaient introduits. Il remarqua que les noms en étaient soigneusement relevés par un valet qui, sur de grandes feuilles de papier, les inscrivait en écriture moulée.

— Puis-je consulter ces listes ? Tout Paris se presse à vos portes.

Le majordome ouvrit un meuble d'angle tout marqueté d'écaille. Nicolas s'isola dans le petit salon et commença sa lecture. Une page le frappa.

– *M. le comte de Baudoin*
– *Mme la comtesse Ernest de Spar*
– *Mme la vicomtesse de Gouy*
– *Mme la marquise de Seran*
– *Mme la vicomtesse de Belsunce*
– *M. le prince de Condé*
– *M. le duc de Bourbon*
– *M. le comte de Puisségur*
– *M. le comte et Mme la comtesse d'Expinchal*
– *Milady Southuel*
– *Mme la comtesse d'Amassait*
– *M. le comte et Mme la comtesse d'Orette*
– *M. de St Laurent*
– *M. Igor de Rovski*
– *M. le comte et Mme la comtesse de Colbert*
– *M. le marquis de Joudeuil*
– *M. le marquis et Mme la marquise de Bethizi*
– *M. le marquis de Brancas*
– *M. le maréchal et Mme la maréchale de Noailles*
– *M. le prince de Montbarrey*
– *M. le prince de St Maurice*
– *M. le comte de Scey*
– *Mme la princesse de Nassau*
– *M. le duc de Nivernois*
– *M. le prince Auguste Sulkowski*
– *Mme la duchesse de Gesvres*
– *M. le chevalier de Mahoni*

Nicolas s'adressa au laquais, jeune homme de bonne mine et à l'air éveillé.

— Ce comte de Rovski, vous rappelez-vous sa mine ?

— Oui, monsieur, il portait un bel uniforme d'officier et sa taille m'a impressionné.

— S'est-il seulement fait inscrire ou a-t-il été reçu par le prince ?

— Dans les premiers, monsieur, dans les premiers ! Son Altesse impériale l'a longuement reçu, je m'en souviens très bien. Et pourtant il rentrait à peine de Versailles ! Le 21 mai, je crois.

— Merci, mon ami.

Ainsi il avait bien vu Paul. Et pourtant le grand-duc lui avait affirmé ne point l'avoir vu. Il avait même manifesté une haineuse acrimonie à l'égard du dernier sigisbée de son impériale mère. Il était hors de question de mettre Paul face à ses contradictions. Il se garderait bien de s'y risquer. Lui mettrait-il le feu sous le ventre qu'il y perdrait tout son crédit. Sartine, pour le coup, ne lui pardonnerait pas d'avoir ainsi gâté la partie. C'était en tout cas un élément important qu'on devait insinuer dans les épures de réflexion. À tout le moins, cela pourrait éviter *d'enfiler de fausses voies*. Un doute l'assaillit. Le fait ne possédait peut-être pas le sens qu'il lui donnait. Le comte avait pu rester inaperçu, perdu dans un groupe. Lors de ces audiences protocolaires, le recevant se donne à tous et ne prête attention à personne. Restait que, presque aussitôt, il était assassiné !

Le majordome revint vers lui.

— Connaissez-vous le comte de Rovski ?

— Qui ne le connaît à Saint-Pétersbourg ! Son aventure avec notre impératrice a défrayé la chronique. Son Altesse le déteste.

— C'est bien ce que j'avais cru comprendre. Alors, selon vous, pourquoi l'a-t-il reçu ?

L'homme haussa les épaules, évasif.

— Puis-je encore, dit Nicolas d'un ton doucereux qui le surprit lui-même, solliciter votre mémoire et votre connaissance des entours du prince ?

— Monsieur demande, je réponds.

— Quand et comment Dimitri, le nouveau secrétaire du prince, est-il arrivé ?

Il n'y eut pas un instant d'hésitation.

— Un courrier impérial l'a annoncé dès l'installation de Leurs Altesses à Paris. Sa venue a suivi presque aussitôt. Il aurait débarqué dans un port du Nord.

— Lequel ?

— Calais, je crois.

— C'est bien d'Ivan Kripaeev dont nous parlons ?

Le piège était grossier, mais il avait souvent fait ses preuves. Le majordome y tomba avec une sorte de haut-le-cœur qu'il ne put dissimuler tout à fait.

— Monsieur est très bien renseigné. C'est en effet le vrai nom de Dimitri.

— Et le pourquoi de cet autre nom ?

— Ce fut la volonté de notre prince… Il a une particulière dévotion pour le saint de ce nom.

Cette raison en valait une autre, mais Nicolas n'était pas convaincu.

— De fait, reprit le majordome, Dimitri, dernier représentant de la dynastie des Riourik, fut assassiné à l'âge de neuf ans par le régent d'alors, Boris Godounov. Il y a eu force miracles sur sa tombe.

Cette histoire avait-elle influencé l'esprit agité du tsarévitch ? Fils d'un souverain assassiné sur ordre de sa mère, bourrelé de craintes quant à son propre sort, le nom du saint thaumaturge lui apparaissait-il comme un bouclier sanctifié face aux menaces, réelles ou imaginaires, qui l'environnaient ?

— Encore une question, je vous prie. À quelle date le secrétaire Kripaeev, alias Dimitri, a-t-il paru à l'ambassade ?

— Je puis facilement vous le dire. Le 22 mai. Je m'en souviens parfaitement. Dans la matinée, de grands cris furent entendus venant de la rue. Je m'avançai vers le balcon d'où je vis une foule amassée. On envoya s'informer. C'était une pauvre femme qui venait d'être écrasée par un cabriolet devant l'ancien hôtel de police.

— Voilà qui est des plus clair, donc le 22 mai.

Alors qu'il s'apprêtait à poursuivre la conversation, un valet surgit et lui remit un billet. Il rompit le cachet. Le Noir lui demandait de rejoindre l'hôtel de police sans désemparer.

Nicolas ne fut qu'à demi surpris de découvrir dans le bureau du lieutenant général de police M. de Sartine, le chef recouvert d'une splendide perruque blonde ambrée. En voyant le commissaire, il fit une grimace qui pouvait passer pour un sourire.

— Nicolas, mon cher ami, je suis aise de vous voir.

Le commissaire jeta un regard interrogatif à Le Noir, qui leva les yeux au ciel et secoua la tête en signe de dénégation.

— Oui, en vérité, fort aise. Je souhaitais vous entretenir de l'évolution d'une affaire, que dis-je une affaire, d'affaires qui toutes virevoltent…

Il fit un gracieux pas de danse. La perruque se mit à tourner comme un derviche de la Porte.

— … autour de nos visiteurs russes. Or, je pense qu'il est temps d'ouvrir pour vous, à votre seule intention, la layette[1] de mes arrière-pensées.

1. *Layette* : boîte recouverte de cuir dans laquelle on plaçait les dépêches et les archives.

Il se tut, fourragea dans sa coiffure et joignit les mains.

— Cher Nicolas, vous avez sans doute appris que l'on ne doit cesser de se taire qu'à l'instant d'avoir quelque chose à dire qui vaut mieux que le silence. Le temps de se taire doit être le premier dans l'ordre et on ne saurait jamais bien parler qu'on n'ait appris auparavant à se taire. Mon exemple a dû vous apprendre que jamais je ne me possède plus que dans le silence.

Suivit une longue pause sans doute destinée à illustrer un exorde non exempt d'amphigouri qui laissa Nicolas pantois. À quoi rimait cet obscur préambule venant de quelqu'un qui avait accoutumé à une parole brève et souvent péremptoire ?

— Les hommes qui remplissent de hautes fonctions emploient pour armes les stratagèmes de l'intention. C'est le jeu, peut-être cynique, des masques et des miroirs. Il n'est pas toujours opportun d'expliquer sa conduite et ses desseins. L'essentiel demeure de cacher quelques vérités, sans pour autant les couvrir de mensonges.

Il rentra les épaules, prit un air patelin, considéra tour à tour Le Noir et Nicolas avec une sorte de gourmandise et soupira profondément.

— Mon cher Le Noir, mon cher Nicolas, je crains d'avoir dû vous mentir. Enfin, le mot est excessif, gazer serait plus juste. Autour du trône, il faut parfois celer des faits… Le Noir a connu cela jadis avec les affaires de Bretagne, sous le feu roi.

Il jeta un coup d'œil inquiet sur Nicolas, dont la mine en disait long.

— Je sais, je sais, vous êtes à moi tous deux depuis si longtemps. Et c'est pourquoi…

— Il est inutile de prendre des gants avec nous, murmura Nicolas les dents serrées.

— ... je peux me permettre d'environner de ténèbres des éléments de haute politique. Plus d'une personne en possession et le secret n'existe pas. Vous êtes les mieux placés pour le savoir.

— Si monseigneur voulait nous faire l'honneur de piquer droit au but, ce serait sans doute plus honorable pour le lieutenant général de police et pour votre serviteur.

La remarque agaça Sartine.

— Bien, si c'est ainsi que vous l'entendez, soyons brutal. Sachez, messieurs, que la mission à vous impartie avait deux objectifs, l'un que vous connaissiez, l'autre qui vous était dissimulé. En fait le second dépendait du premier. Nicolas devait gagner la confiance du prince, ce qu'il a accompli de parfaite manière, même si nous déplorons la mort d'un outil subalterne...

Le frémissement de Nicolas l'avertit qu'il montait à la tranchée en terrain découvert.

— ... dont nous saluons le sacrifice. J'ai veillé à la tutelle de son enfant dont l'avenir sera assuré pour tenir la parole du marquis de Ranreuil. Ainsi Nicolas s'est insinué dans les bonnes grâces du prince. Pour quelles raisons en était-il chargé ? L'influence sur les prochaines négociations des affaires d'Amérique ? Point. Soutirer à l'héritier du grand empire du Nord les informations et renseignements utiles aux intérêts du royaume ? Point.

— Alors quoi ? dit Le Noir.

— Toutes ces entreprises sont aux mains de nos ministres à l'étranger et de leurs entregents qui participent à ce que nous appelions le *secret du roi*. Jadis vous en fûtes tous deux d'habiles affidés. Non, Nicolas devait assurer la sûreté du prince. Depuis des mois, toutes les informations recoupées laissent craindre de possibles tentatives contre sa vie, en particulier lors de son séjour à Paris. Imaginez les réactions de l'Europe si nous étions incapables de protéger l'hôte illustre de Sa Majesté. Peignez-vous en cette occurrence notre prestige entaché et notre influence dans le concert des puissances réduite à quia à un moment clé !

— Hé, monseigneur ! répliqua Nicolas en dépit des gestes modérateurs de Le Noir. Que dirait l'Europe qui nous morgue si elle apprenait que ceux qui selon toute raison sont chargés d'assurer la sécurité du comte du Nord, sont ceux-là même qu'on laisse dans l'ignorance des conditions des périls qui l'entourent ? Je ne puis comprendre que ce soit aujourd'hui que vous en veniez à ces confidences. Quel événement nouveau nous cachez-vous, qu'on connaîtra sans doute à la Saint-Michel ou aux Rois ?

Nicolas s'attendait à une verte réplique qui ne vint pas. Certes Sartine tambourina sur le bureau et se haussa sur la pointe de ses escarpins, mais son visage aigu demeura égal, sinon serein.

— Comme je vous comprends et quelle rage serait la mienne si j'occupais vos fonctions. Devrai-je vous rappeler ce que je vous ai dit au premier jour ? La loi du genre demeure que l'incertitude est la marque de la subordination.

— Oui, répliqua Nicolas grommelant, je vais aller appliquer la formule aux moutons qui paissent mes landes autour de Ranreuil !

— Et vous me ferez l'honneur du gigot, cher Nicolas, dit Sartine gracieusement. De fait, si je prends aujourd'hui la responsabilité de m'ouvrir à vous d'une situation dont fort peu, et je pèse mes mots, sont au fait, c'est signifier la confiance que je place en vous.

— Il ne manquerait plus, après vingt-deux ans de services, que vous doutiez de moi. J'ai scrupule à vous le rappeler.

— Alors, à votre tour de me mettre au fait.

— Je craindrais d'enrayer votre patience, le menu de la cuisine d'enquête n'étant pas toujours à votre goût.

Cette dernière pique clôtura la passe d'armes au grand soulagement de Le Noir, homme paisible qui n'aimait pas les conflits, mais comprenait l'acrimonie de Nicolas, ayant eu maintes fois à subir lui aussi les contrecoups du caractère de M. de Sartine. Nicolas entra dans les détails récents de l'enquête qui furent écoutés sans interruption.

— Une inquiétude désormais me taraude, conclut Nicolas. Si la vie du prince est menacée, qui sera l'instrument d'un éventuel attentat et où et comment celui-ci sera-t-il perpétré ?

— Mon cher, c'est votre enquête et ce pour quoi vous êtes dans les murs. Il n'y a rien de plus incertain que ces matières. Tout ce qui s'est déroulé à l'Hôtel de Lévi augure mal la suite des événements. Le sang appelle le sang, et déjà quatre morts, peut-être six, liés de près ou de loin à notre affaire.

— Concernant l'architecte de ce plan criminel, demanda Le Noir soucieux, auriez-vous des soupçons qui puissent aider Nicolas à organiser les défenses ?

— Nous marchons sur un plancher flottant. L'Angleterre en première ligne, mais aussi les Américains qui pourraient n'avoir, maintenant que la victoire est proche, d'autre dessein que de nous affaiblir et rédimer ainsi les efforts de notre diplomatie lors de la conclusion de la paix et des traités conséquents. Je n'ose songer aux Russes dont la volonté de médiation que vous savez contredit, sinon sape, nos propres intérêts.

— Voilà qui est clair et réduit les perspectives !

— Allons, point d'ironie et prenez soin de vous.

Sur ce dernier mot et après un salut à Le Noir, Sartine sortit à pas pressés.

— Ouf ! dit Le Noir s'épongeant le front d'un mouchoir, j'ai bien cru que la séance allait tourner au drame. Il a été égal à lui-même. Quant à vous, cher Nicolas, votre patience fut méritoire !

— Que ne nous a-t-il expliqué cela au début ! Cela aurait sans doute évité bien des drames. Est-il si assuré en lui-même qu'aucun doute ne l'effleure jamais ?

— Moins on sait, moins on doute et pourtant le doute est l'école de la vérité.

— Comment préparer la suite ?

— Il est exclu que vous suiviez le prince partout. À nous de renforcer la surveillance des lieux qu'il visite et de l'environner de nos gens les plus habiles. Je crois et je crains que la vraie menace réside au plus près du tsarévitch, à l'intérieur même des murs de l'ambassade impériale. Tout est si fragile et si peu susceptible de prévisions que toutes les précautions pour se garantir du pire sont nécessaires mais, hélas, souvent inutiles.

Nicolas se mit à rire pour la première fois depuis son entrée à l'hôtel de police.

— Soit ! À vous entendre la seule sauvegarde serait de consulter la dame Paulet, maquerelle de vocation et prophétesse d'occasion. Elle m'a souvent tiré de mauvais pas.

— Je m'en remets plutôt à votre sagacité. Il faut raison et calme garder. Nous ne sommes pas au bout de nos surprises, je le redoute.

C'est l'esprit agité que Nicolas requit une voiture. Un temps sans obligation aucune lui était nécessaire. Pas vraiment un moment de réflexion, mais l'occasion de laisser sa capacité de raisonnement au repos. Il savait d'expérience que ces pauses apparentes n'arrêtaient pas le travail intérieur de la déduction. Jadis au collège des jésuites de Vannes, il avait souvent fait l'expérience de ce travail secret. Telle version latine dont les difficultés lui semblaient insurmontables se trouvait par miracle éclaircie et ses obscurités traduites après une nuit de sommeil. Cette latence de l'effort renforçait les talents cachés et possédait des mérites insoupçonnés ; une longue promenade pouvait la remplacer, avec des résultats identiques.

Il donna ordre de faire ce qu'il nommait le *grand tour* au-delà des boulevards vers des quartiers nouveaux qui s'élevaient comme des champignons. Il constata une nouvelle fois les métamorphoses de la ville. D'antiques monuments étaient environnés de maisons en construction. Partout des grues faisaient monter les pierres de taille autour de nouveaux édifices. Dans les plaines voisines de la ville s'élevaient ces roues de vingt à trente pieds de diamètre, instruments obligés de l'extraction de pierres gigantesques. Cette activité sans cesse grandissante avait fourni carrière à une nouvelle race d'entrepreneurs qui tenait la dragée haute aux propriétaires. Tous se liguaient en cas de fraude ou de malfaçons. L'argent coulait à flots chez ces nouveaux Crésus. L'architecte devenait le grand maître d'une foule d'activités dont les devis étaient à sa seule disposition, accumulant les prétextes pour justifier et exiger des augmentations et des dépassements de crédits. L'idée lui vint de faire une courte incursion rue Montmartre.

La sagesse et l'aménité de M. de Noblecourt lui manquaient.

Une mauvaise surprise l'accueillit. Dans le salon du premier, le vieux procureur recevait et tenait salon de musique. À l'œuvre devant le clavecin, Balbastre, le compositeur, jouait, son vieux visage outrageusement maquillé se levant en adoration sur Aimée d'Arranet, qui tournait les pages de la partition. La vue de son vieil ennemi en vieux galantin transit de rage Nicolas. Cette soirée raviva de tristes souvenirs. Il se revit un certain soir chez sa maîtresse, Mme de Lastérieux. Le musicien était déjà présent… Resurgit, poignant, le sentiment d'une exclusion. Depuis, la paix s'était faite entre eux sous la bénédiction de M. de Noblecourt. Cette cessation des hostilités ne modifiait pourtant pas les sentiments de Nicolas. De loin, Aimée lui fit un petit signe de tête plus ironique qu'aimable. Il se mêla, en apparence indifférent, à la conversation entre l'hôte et M. de La Borde.

— Savez-vous, Nicolas, ce qu'est une canne à la Barmécide ?

— Point. Je sais seulement que M. de la Harpe, qui vient de se singulariser chez les quarante pour une adresse dévotieuse au comte du Nord, a écrit une pièce intitulée *Les Barmécides* qui ne passe pas pour un succès.

— Justement, mon ami, dit La Borde. À l'occasion de cette séance solennelle, les épigrammes sur l'auteur tombent dru comme grêle à Paris. On rappelle que lors de la représentation de cette pièce, des marchands, malins comme le sont nos Parisiens, proposaient des cannes à la Barmécide. Une dame de la cour s'étant inquiétée de la signification de ce terme auprès du marchand, celui-ci démonta le pommeau d'ivoire et découvrit un gros sifflet dissimulé sous la poignée à vis. M. de la Harpe était présent et pleurait de la bile !

— Il n'y a pire disgrâce que d'être ainsi ridiculisé en public, soupira, sentencieux, M. de Noblecourt.

Nicolas jeta un regard sur Aimée qui demeurait la tête baissée sur la musique. Le vieux procureur le tira par la manche et le conduisit vers la croisée.

— Qu'y a-t-il Nicolas, vous me paraissez accablé.

Il jeta sur le commissaire un regard aigu.

— C'est Balbastre, n'est-ce pas ? Et Aimée qui boude. Allons, allons, le présent n'est jamais le passé.

— Veuillez m'excuser auprès de vos hôtes. Le devoir m'appelle.

En un instant il avait disparu. Il marcha longtemps dans Paris sous l'éclat blafard et moqueur de la pleine lune. Il n'avait ni dîné ni soupé et regagna l'âme lourde l'hôtel de police.

X

CARTONS DÉCOUPÉS

« Je me trouvai dans une forêt sombre.
Le droit chemin se perdait égaré. »

Dante

Jeudi 30 mai 1782

Après une mauvaise nuit dans cette chambre étrangère, le réveil fut difficile. La veille, mercredi, rien n'était allé comme il le souhaitait ; point d'informations et sa quête de nouveaux indices s'était avérée vaine. Il semblait à Nicolas qu'une éternité se fût écoulée depuis que sa mission avait pris un tournant macabre avec la mort du comte de Rovski. Il respira profondément, essayant de chasser toute l'oppression des cauchemars nocturnes. Le visage d'Aimée penché sur Balbastre lui revint en mémoire. La jalousie n'avait pas lieu d'être et seule l'indifférence ironique manifestée à son égard par la jeune femme l'avait blessé plus qu'il ne le voulait admettre. Après une rapide toilette, il revêtit en ce jour de la Fête-Dieu son habit ivoire où le cordon de

Saint-Michel et la croix de Saint-Louis jetaient des éclats noir et rouge. Il devait accompagner le comte et la comtesse du Nord qui assisteraient aux cérémonies de Notre-Dame. En bas de l'escalier, il eut l'heureuse surprise de trouver Bourdeau, Gremillon et Rabouine qui l'attendaient. Un conseil de guerre s'ensuivit dans le jardin de l'hôtel, là où aucune oreille indiscrète ne viendrait les écouter. En demeurant discret sur les confidences de Sartine, Nicolas attira leur attention sur les mesures à prendre pour la sûreté des hôtes de la France. Certes l'incognito maintenu de la visite gênait la protection proche du prince, mais Le Noir avait mobilisé en nombre la police pour surveiller les parcours. Pour le reste, Nicolas intima à Rabouine de rameuter leurs propres mouches et autres espions de police pour que la foule fût surveillée au plus près. Quant à Bourdeau, il prendrait en charge dès son arrivée un certain M. Galbraith dont le signalement laissait supposer qu'il pût s'agir du mystérieux M. Smith.

À l'arrivée de l'Hôtel de Lévi, le prince l'accueillit avec chaleur et l'invita à monter dans son carrosse avec la comtesse du Nord, la baronne d'Oberkirch et le prince Kourakin. En ce beau jour de printemps, la capitale du royaume bruissait de la rumeur des grands jours. Sur le parcours, toutes les maisons étaient tapissées et à chaque carrefour d'imposants reposoirs ornés de colonnes et de bas-reliefs concouraient à l'édification de foules endimanchées. Ces édifices faisaient l'occupation et l'orgueil de tout un quartier. Des pétales de roses parsemaient le chemin. Qui eût cru, au vu de la multitude assemblée, que la ville comptât tant d'incrédules ? Le comte du Nord s'exaltait devant la ferveur de la foule, son épouse, plus mesurée, commentait avec un rien de réserve le spectacle qui défilait devant leurs yeux. Il est vrai qu'étant avant sa conversion de la religion réformée, ces démonstrations, ce déploiement de faste, et l'ostentation de la richesse du clergé, ne pouvaient lui complaire.

Le carrosse parvint devant le sanctuaire alors que débouchait la procession du Saint-Sacrement. Le spectacle était magnifique. Au son des musiques militaires, couvert régulièrement par des décharges de mousqueteries, défilait en majesté la suite colorée des cardinaux, des cordons bleus, des évêques, des présidents du parlement en robe rouge et hermine, des chanoines et vicaires du diocèse revêtus des chasubles et chapes précieuses sorties des trésors des églises. Rien ne manquait à la splendeur de la fête, ni le temps radieux, ni la joie populaire.

Les visiteurs furent solennellement accueillis et conduits en cérémonie à droite du chœur dans le jubé de la chapelle de Saint-Denis. La messe où officiait Leclerc de Juigné, archevêque de Paris, abonda en magnificences de toutes sortes, recueillement et musique. La comtesse finit par admettre que toute cette pompe catholique avait quelque chose d'imposant et qui parlait à l'âme.

À la sortie, le couple impérial distribua une somme considérable, destinée aux enfants trouvés et aux pauvres. Le prince Kourakin confia à Nicolas que leur bienfaisance était inépuisable et qu'aucune demande, fût-elle considérable, ne leur était en vain présentée. Ils sortaient chaque jour avec des bourses pleines de louis et, au retour, il n'en restait plus. C'était en fait la volonté de l'impératrice et ses enfants n'étaient que trop heureux d'y déférer sans souci d'économie.

Nicolas demanda au prince la permission de se retirer, le couple impérial étant prié à dîner chez

Mme de Benckerdorff avant d'aller visiter la manufacture royale des Gobelins et recevoir des tapisseries offertes par le roi. Il se faufila dans la masse de la foule pour rejoindre, par les rues de la Lanterne et de la Juiverie, le pont Notre-Dame et gagner le Grand Châtelet depuis le quai de la Mégisserie. Sous le porche, il trouva Bourdeau qui faisait monter dans un fiacre un homme hâve et défait dans lequel il reconnut le M. Smith de l'ambassade américaine. Nicolas se joignit à l'expédition qui partait pour l'hôtel de police. Rien ne vint troubler le silence profond qui s'appesantit tout au long d'un parcours constamment ralenti par les processions et cérémonies religieuses que chaque paroisse de la ville avait organisées. Nicolas entendit Bourdeau qui, tout bas, maugréait contre ces *capucinades*.

Chez Le Noir, ils furent aussitôt introduits. Le lieutenant général de police siégeait l'air sévère derrière son bureau. Il fit un signe de connivence à Nicolas avant de prendre la parole.

— Monsieur, vous avez été arrêté à La Rochelle alors que vous tentiez d'embarquer sur un navire marchand muni d'un passeport apparemment véridique au nom de James Galbraith, né à Philadelphie en 1738. Or vous m'avez été présenté, il y a quelques jours, par votre ambassadeur, M. Franklin, sous le nom de Smith. J'ajoute que vous êtes mêlé de près ou de loin, la chose est à éclaircir, à une affaire criminelle. À tout cela, déjà lourd, s'ajoute le fait qu'étant entré dans le royaume sous le nom de Smith, prétendument banquier, vous m'avez été désigné comme attaché de l'ambassade américaine chargé, semble-t-il, d'obscures négociations avec l'Empire russe. Monsieur, qu'avez-vous à répondre à tout cela ?

L'homme leva la tête. Nicolas remarqua son teint blafard et la barbe déjà grise qui avait poussé.

— Je n'ai rien à dire. Je veux voir mon ambassadeur.

— Mais voilà une demande qui me paraît raisonnable, dit Le Noir, sarcastique. La rencontre est imminente. Dès que j'ai su votre *arraisonnement*, M. de Vergennes a été prévenu et m'a prié de traiter cela en son nom avec M. Benjamin Franklin. Il a été invité à me rencontrer et nous l'attendons. Aussi monsieur Smith ou Galbraith, peu importe, nous sommes sur le point de vous entendre.

Le même silence que dans le fiacre tomba sur l'assemblée. Bourdeau présenta les papiers saisis sur le prisonnier. Outre son passeport qui précisait qu'il était mandaté en mission par le Congrès américain et des lettres personnelles, se trouvait un fort ensemble de feuilles portant des chiffres et des numéros qui ressemblaient aux indications portées sur le carnet appartenant au comte de Rovski.

Peu après, le bruit d'une voiture sur le pavé de la cour annonça l'arrivée du ministre américain. Un pas claudicant s'approchait, scandé du choc d'une canne sur le marbre de l'escalier. Enfin le laquais ouvrit la porte et annonça le représentant du Congrès. Franklin s'arrêta sur le seuil ; il semblait essoufflé. Il regarda l'assemblée au travers de ses besicles et ne put dissimuler un mouvement de surprise en reconnaissant son compatriote.

— Monsieur Le Noir, dit-il en saluant l'assistance, que me vaut cet appel de vous valant convocation ? Je croyais avoir appris de M. de Vergennes que les officiels contacts sont d'ambassadeur à ministre ?

— Mille grâces, il n'y a point là convocation. Les termes de mon billet auraient dû vous avertir et détourner votre sensibilité de cette image-là. Parlons, si vous le voulez bien, d'une conversation officielle certes, mais d'une conversation.

— Mais où est M. de Vergennes ? dit Franklin, en feignant de le chercher du regard.

— Vous l'avez devant vous, cher ambassadeur. Le ministre, retenu à Versailles par la cérémonie de la Fête-Dieu, m'a délégué en cette occurrence le soin et le privilège de recevoir l'ambassadeur américain afin de démêler avec lui les arcanes d'une affaire dans laquelle paraît un de ses compatriotes. Je jurerais qu'il y a sans doute malentendu. Mais que Votre Excellence veuille bien prendre place.

Le Noir fit le tour de son bureau et désigna un fauteuil à Franklin dont la mine s'assombrissait.

— Tout d'abord, comment se porte le si charmant M. Smith, attaché de votre ambassade ?

— Vous moquez-vous ? Le voici, et de surcroît lié.

— À Dieu ne plaise ! Non, non, non, vous vous méprenez, il s'agit d'un certain – ou incertain ? – M. Galbraith, de son prénom James.

Les besicles de Franklin s'embuèrent. Était-ce la rage qui faisait fulminer le vieux lutteur ? Son français se ressentit de cette fureur.

— *What ? What ?* Le *joke isn't* point mon goût. Signifier quoi ? Vouloir prouver quoi ? Regrette beaucoup.

— Vous me voyez au dernier désespoir, mais cet individu a été arrêté à La Rochelle cherchant à embarquer sous le faux nom de James Galbraith, car vous ne sauriez imaginer que je puisse douter de la parole du plénipotentiaire américain qui me l'a officiellement présenté comme étant M. Smith de sa chancellerie et qui d'ailleurs continue à l'affirmer, au mépris de toute évidence, Excellence.

— Monsieur !

— Je ne retire rien de ce que je viens de dire et réitère ma demande d'explication voulue, je devrais dire exigée par M. de Vergennes.

Jamais Nicolas n'avait vu Le Noir faire preuve d'une telle assurance et autorité. Il semblait transformé. Était-ce parce qu'il parlait au nom du roi ? Il y eut un long moment où chacun se mesura. Le Noir se plongea dans des papiers entassés sur son bureau et les examina avec une attention insultante. La canne de M. Franklin battait la mesure sur le parquet à un rythme inquiétant.

— Vous me refusez rendre M. Smith sur-le-champ, donc ?

— Dans les conditions présentes, je vous confirme, à mon regret, mon refus d'y consentir.

— Je devrai manger le chapeau à moi, aussi ?

— Ce serait indigeste ! Plaise à Dieu que nous ne poussions pas jusque-là ! Il me semble qu'entre gens d'honneur et de bonne compagnie, il y a toujours un terrain d'entente à trouver. Nous sommes alliés contre l'Angleterre et la paix, je dirais même la victoire, se profile pour nos armes, dois-je vous le rappeler ? Ce présent débat est-il, je vous le demande, à la hauteur de ces enjeux et nous ancrerons-nous dans notre mésentente sur un point si misérable ? Il me semble que seules la sincérité et la vérité sont à la mesure de ce que vous représentez, monsieur Franklin. C'est avec mon cœur que je vous dis ceci. Tirez-en les conclusions obligées.

— Obligées, c'est le mot ! Mais je vous entends, monsieur Le Noir.

Il soupira et essuya ses besicles.

— Je vais tout vous dire.

Smith fit un mouvement, que chacun remarqua.

— *It is my duty*, lui lança l'ambassadeur.

Il se leva et fixa Le Noir.

— Monseigneur, c'est longue histoire. M. Smith n'est pas l'attaché prétendu par moi. Galbraith est son nom. C'est un envoyé du Congrès américain auprès des Russes. Oh ! Ne rien craignez à vous, il ne pas traiter des négociations à venir, mais plutôt échanges commerciaux.

— Puis-je suggérer qu'il s'agit de ventes d'armes ?

— Possible, possible. Je vais vous dire tout comme on doit à un bon, véritable allié et ami. M. Galbraith…

L'intéressé s'agita en faisant de la tête des signes de dénégation.

— Il n'y a pas moyen d'autre voie, James. Je dois tout révéler à nos amis. Le plus ne peut être emporté par le moins…

Décidément, chacun se noblecourise, songea Nicolas.

— … il était en Russie pour user de son influence. Il a cru utile d'approcher le comte de Rovski en espoir lui détenir grande influence sur l'impératrice Catherine II, de qui dans ce pays tout dépend. Or elle n'accouple pas Mars et Vénus et le favori n'était point en mesure d'influer dans ce domaine. Faute de s'adresser à d'autres qui, moyennant finances, eussent pu l'aider, il commit la grande faute d'utiliser ailleurs les fonds importants remis par Galbraith pour acheter interventions. Il les a pourris…

— Gâchés ? Perdus ?

— Oui, gâchés, perdus, à un jeu d'enfer. Un moment, Rovski en disgrâce s'embarque. Galbraith le suit et le relance sur le bateau. Il le poursuit jusqu'à Paris où il loge chez moi à Chaillot. Je le fais passer pour un attaché… comme vous savez.

— Bien, bien ! dit Le Noir. Voilà qui est clair. Reste le sombre que Votre Excellence va devoir, je le crains, suggérer à M. Galbraith d'éclairer en répondant sincèrement aux questions que monsieur le marquis de Ranreuil va lui poser sur ce qui s'est passé à l'hôtel de Vauban dans la chambre du comte de Rovski.

— J'y consens. Au point où nous en sommes. James, la responsabilité est mienne. Soyez clair avec M. de Ranreuil, que je connais bien et que j'estime.

— Monsieur, dit Nicolas, parlez-vous notre langue ? Dans le cas contraire, j'userai de la vôtre.

— Oui, parfaitement.

— Très bien ! Avez-vous cherché à rencontrer le comte de Rovski à Paris ?

— Oui.

— Dans quelles conditions ?

— J'ai suivi le comte jusqu'à Paris. Il ne m'a pas été difficile de connaître l'hôtel où il était descendu. À plusieurs reprises je me suis présenté à lui…

— Rue de Richelieu ?

— Non, à l'extérieur. Dans un cercle de jeu notamment.

— Quel était-il ?

— Celui de la rue de la Sourdière. Je lui ai représenté tout ce que signifiait son attitude. Recevoir des sommes considérables, ne pas les utiliser dans les conditions prévues, et non seulement cela, mais les dilapider à tout va, chez les filles et au jeu. Il n'a rien voulu entendre, m'a brutalement éconduit. Cela ne m'a pas découragé et j'ai décidé de le prendre au nid, c'est-à-dire dans sa chambre d'hôtel, là où il ne pourrait pas s'échapper et où je pourrais peut-être récupérer quelques lambeaux de la fortune que je lui avais confiée. J'ai étudié avec soin les habitudes de la maison. Dans l'attente de l'arrivée du comte du

Nord, les appartements étaient vides et seul demeurait dans les lieux le comte de Rovski. Il s'agissait pour moi de m'y introduire afin d'avoir ce vrai tête-à-tête qu'en vain j'avais recherché. Pour cela il me fallait obtenir coûte que coûte la clé de la chambre en question…

Il hésita un moment.

— Alors ? Quelle solution avez-vous trouvée à ce problème ?

— J'ai fait affaire avec le valet du comte de Rovski. J'avais remarqué au jeu ce personnage plus que louche. Il m'était apparu appartenir à cette race de crocs dont on peut tout espérer moyennant finance. J'ai donc marchandé avec lui et obtenu qu'il me confie une clé qui me permettrait de m'introduire dans la chambre de son maître.

— Vous souviendriez-vous par hasard de la couleur du pompon attaché à cette clé ?

— Point. Mon souci était autre à ce moment-là et je n'y ai pas prêté attention.

— Le soleil était couché, donc ? À quelle heure estimez-vous vous êtes trouvé à pied d'œuvre ?

— Je pense vers la demie de huit heures.

— Reprenons. Vous vous êtes introduit dans ladite chambre, que s'est-il passé alors ?

— J'ai découvert le comte en déshabillé et déjà pris de boisson au point d'avoir du mal à comprendre qui j'étais et à me remettre. La conversation, si je puis nommer ainsi ce décousu de paroles, n'aboutit qu'à susciter la fureur écumante de l'ivrogne. Je n'obtins rien et, même, il se jeta sur moi, cherchant à m'étrangler. Heureusement que les vapeurs de son état affaiblissaient ses efforts, sinon j'aurais été contraint de me défendre autrement.

— Qu'est-ce à dire ?

— Que j'étais armé d'un pistolet dont j'étais décidé à user si le péril m'y contraignait. Finalement je l'ai repoussé sur son lit et c'est à ce moment que la chaîne portant la médaille, ou plutôt la monnaie, s'est rompue et que, sans m'en rendre compte, je l'ai perdue.

— Et vous vous êtes retiré ?

— Au plus vite. L'algarade avait été violente et bruyante. Aux guichets du Louvre, j'ai retrouvé le valet, à qui j'ai rendu la clé.

— Donc vous affirmez que le comte de Rovski était vivant lorsque vous avez quitté sa chambre ?

— Si elle a pour vous quelque valeur, monsieur le marquis, je vous en donne ma parole d'honneur.

— Je la reçois comme telle, monsieur, et vous sais gré de votre sincérité.

— Voilà qui est du dernier bien, déclara Le Noir ravi.

— Juste une dernière question. Monsieur Galbraith, nous savons que vous êtes venu en France sur un navire marchand. Il y avait d'autres passagers sur lesquels je souhaiterais recueillir votre sentiment.

— J'y prêtai peu attention. Il y avait une dame noble qui quittait peu sa cabine et, cela m'a frappé, devisait avec deux commerçants d'allure fruste, russes comme elle. Deux Français, une préceptrice et un commerçant, et enfin une sorte de moine qui vivait le nez plongé dans ce qui devait être un livre de prières.

— Rien de particulier en dehors de ces détails ?

— J'ai cru revoir la dame en question au cercle de la rue de la Sourdière, jouant gros jeu.

— Vous ne me parlez pas du comte. Il était aussi l'un des passagers.

— Vous avez raison. Mais on ne le voyait guère, soit qu'il évitât de me croiser, soit que son goût pour l'eau-de-vie ne le tînt enfermé dans sa cabine.

Franklin s'impatientait et était déjà debout.

— Je pense que nous en avoir fini, non ? J'ose espérer que ce regrettable malentendu ne pas laisser traces dans nos relations ?

— Libérez M. Galbraith, ordonna Le Noir faisant un signe de la main à Bourdeau qui aussitôt délia les poucettes[1] qui entravaient les bras de l'intéressé. Nous verrons-nous au bal qu'offre la reine en l'honneur du comte du Nord, monsieur l'ambassadeur ?

— Je ne sais encore. Ces longues soirées fatiguent le vieil homme. Serviteur, monseigneur.

Les deux Américains allaient franchir le seuil du bureau quand Nicolas héla Galbraith.

— Vous oubliez ceci, dit-il en lançant à la volée la monnaie percée trouvée dans la chambre du comte de Rovski.

Elle fut habilement rattrapée. Le commissaire hocha la tête. Le Noir allait ouvrir la bouche, mais il en fut empêché par un regard impérieux. Le valet enfin referma la porte du bureau.

— Voilà un geste bien cavalier qui m'étonne de votre part et de plus vous vous séparez d'une pièce qui peut être utile encore à l'enquête.

— Rassurez-vous, j'en ai pris une empreinte. Pour le reste, mon geste *cavalier* avait un but que vous allez aussitôt comprendre. Je voulais m'assurer que l'homme était droitier, la seule façon de s'en assurer était de provoquer un geste réflexe. Or vous avez sûrement observé que l'homme est gaucher.

Il expliqua à Le Noir les raisons qui incitaient à la prudence dans ce domaine.

— Je croyais être débarrassé des Américains, dit le lieutenant général de police, dépité.

1. *Poucettes* : corde qui liait les pouces d'un prisonnier.

— C'est une présomption, ce n'est pas une preuve et rien n'indique que Galbraith nous ait celé la vérité. Son récit et les détails qui l'accompagnent plaident plutôt pour sa véracité.

— J'en accepte l'augure. Qu'allez-vous faire maintenant ?

— Je vais continuer à chercher des *voies* à l'Hôtel de Lévi et, si l'occasion s'en présente, m'entretenir avec le prince. Bourdeau attendra les nouvelles des recherches engagées et fera la navette entre le Châtelet et votre bureau. Si Galbraith nous a dit la vérité, nous commençons à y voir plus clair dans le déroulement de la soirée à l'hôtel de Vauban. Il y a eu plusieurs visiteurs ce soir-là qui souhaitaient rencontrer Rovski.

— Comme Sanson nous a indiqué que le meurtre pouvait avoir été perpétré entre dix heures et minuit, il reste deux heures au cours desquelles beaucoup d'événements ont pu se produire. Sans la galante joueuse, alias princesse de Kesseoren, et peut-être une troisième personne inconnue et...

— Un détail de taille m'inquiète, interrompit Bourdeau. À en croire Piquadieu, le comte de Rovski et la princesse fréquentaient le même cercle de jeu de la Tison, rue de la Sourdière. Or, tout laisse à penser qu'ils ne se reconnaissent pas, ce qui est étonnant dans la mesure où ils ont voyagé ensemble depuis la Russie.

— Tu as raison mais, selon Galbraith, le comte et la princesse demeuraient dans leurs cabines au cours de la traversée. Au vu de la capacité de la dame à changer d'aspect, il est possible que rien dans la joueuse n'ait pu rappeler au comte la passagère emmitouflée dans ses châles, enfin j'imagine, entr'aperçue à bord du bateau. Et de plus, à deux reprises, Piquadieu et la Tison nous ont précisé qu'elle portait un masque.

— Peut-être la connaissait-il trop bien et ce n'est que sous la dégaine d'une fille galante qu'elle pouvait l'approcher sans éveiller les soupçons.

— Voilà une version qui me conviendrait bien. Enfin, conservons tout cela en mémoire.

— Si je puis me permettre, reprit Bourdeau, qui devant Le Noir abandonnait le tutoiement, il serait opportun que vous veniez au Châtelet interroger derechef Piquadieu dont la langue se déliera peut-être si nous savons arguer habilement de ce que nous savons désormais, son *acoquinage* avec l'Américain. Pourquoi souhaitait-il nous dissimuler cette complicité ?

— Cela n'explique pas son entêtement à ne point répondre. Pourquoi protégeait-il ainsi l'Américain ? Tu as raison, je viendrai au Châtelet demain matin. Monseigneur, si des nouvelles survenaient, le rapport vous en serait fait.

— Faites, faites, Nicolas. J'ai bon espoir que vous aboutissiez.

À l'Hôtel de Lévi, le commissaire n'apprit rien de nouveau et regretta de n'avoir pas suivi Bourdeau. La soirée fut paisible, coupée d'un frugal souper et d'une longue lecture.

Vendredi 31 mai 1782

Le lendemain, dès l'arrivée du commissaire au Grand Châtelet, Piquadieu, alias la Jeunesse, fut extrait de sa cellule et conduit au bureau de permanence.

— As-tu apprécié le logis ? demanda Bourdeau. Et encore tu n'as pas fait connaissance avec nos culs-de-sac les plus attrayants. Il y a une basse-fosse qui grouille agréablement d'insectes et de reptiles dans laquelle nous plongeons parfois les plus récalcitrants de nos pensionnaires.

— Ce n'est guère charitable, monsieur Bourdeau, d'accabler un pauvre homme dans le malheur.

— Un malheur que bien volontairement tu as attiré sur ton dos. Si ton obstination se perpétue, nous prendrons d'autres mesures…

Bourdeau laissa planer un silence lourd de menaces informulées. Nicolas espérait que les défenses de Piquadieu avaient été ameublies par l'exorde de l'inspecteur.

— Vous me faites pitié, mon bon. Vous êtes un jouet dans une procédure criminelle. Êtes-vous conscient qu'au pire vous risquez votre tête et au mieux les galères à vie ? Toutefois un peu de sincérité de votre part ne laisserait pas d'avoir d'heureuses conséquences et nous inciter à plus d'indulgence à votre égard.

— Je ne puis rien vous dire de plus.

— Allons, allons, un bon mouvement ! D'autres que vous ont parlé et nous en savons déjà davantage que vous ne puissiez dire.

— Jase donc, imbécile !

— Nous avons par exemple élucidé le problème d'une clé. Celle que vous avez confiée à l'homme qu'ensuite vous avez retrouvé aux guichets du Louvre.

Il y eut chez Piquadieu un imperceptible frémissement, qui n'échappa pourtant pas aux deux policiers. Ils laissèrent le silence, cet acolyte obligé, parfaire l'impression causée par leur propos.

— Même ici, je suis menacé.

Il regardait tout autour de lui, l'air égaré.

— Mais peste, reprit Bourdeau, de qui peux-tu avoir peur ? Tu es en sûreté avec nous qui ne te voulons que du bien, à condition bien sûr… Pourquoi t'es-tu accointé avec cet étranger ?

L'étonnement se lisait sur le visage défait de Piquadieu.

— L'étranger, quel étranger ? Que me chantez-vous là ? Quelque *rebacherie* pour m'enfoncer sans doute ?

— Cesse de mentir. Tu as une petite chance de te tirer hors de pair, saisis-la et vite ! Ton Américain a tout craché, lui.

— Quel Américain ?

— Tu as bien confié une clé de la chambre de ton maître à un homme qui s'y est introduit sur les neuf heures et qui t'a rendu cette clé aux guichets du Louvre ? Cet homme est américain et tu as mis le pied dans une affaire politique qui peut te broyer si tu t'obstines à ne pas nous faire confiance.

Piquadieu baissa la tête et sembla réfléchir.

— Monsieur Le Floch, on vous répute homme d'honneur.

— C'est un fait, intervint Bourdeau, mais que connais-tu à cela, toi ?

— L'homme que vous appelez l'Américain s'est présenté à moi comme un agent secret du roi. Il m'a grassement récompensé, mais a formulé des menaces terribles si je parlais de lui et de cette clé. Je le pensais au-dessus de vous et capable de mettre ses paroles à exécution… Je vois qu'il m'a trompé.

— Ainsi, notre Galbraith ne nous a pas tout dit, glissa Bourdeau à l'oreille de Nicolas, c'est un *barbet*[1] qui nous prend pour des mules !

1. *Barbet* : brigand.

— Il lui était malaisé de nous avouer avoir usurpé la personnalité d'un agent français.

— Tu t'es seulement trompé de service, celui-là était américain et il ne peut rien contre toi. Je vais ordonner qu'on te donne une cellule de meilleur aloi et qu'on te traite à la pistole sur mon écot. On verra ensuite, si rien n'aggrave ton cas, ce qu'on fera de toi. Pour le moment tu demeures complice de meurtre et de maquereautage.

Il allait renvoyer Piquadieu et donner ses instructions au père Marie quand une idée lui traversa l'esprit.

— À quelle heure la dame dont tu favorisais les avances auprès de ton maître devait-elle se présenter ? Et pas de *pastiqueries*[1], sinon…

— À la demie de neuf heures. Vrai que je veillais au grain que les deux ne se croisent pas. J'avais prévenu l'Américain de ne point pousser outre après neuf heures.

Nicolas fixa longuement la basse physionomie de Piquadieu, puis fit un signe qu'on l'emmenât. Il appela le père Marie et prit avec lui les dispositions annoncées. Les deux policiers se retrouvèrent seuls.

— Je devine tes pensées, dit Bourdeau. Si Piquadieu a favorisé les venues de Galbraith et de la princesse Kesseoren, que viennent faire dans tout cela Harmand et l'argent découvert dans sa chambre ?

— À bien y réfléchir, cela pourrait signifier qu'une troisième partie est intervenue durant cette soirée.

— Il faudrait alors replacer cette incursion dans l'incertaine chronologie que nous avons tant de peine à établir.

— D'évidence, Harmand a apporté son aide à l'inconnu pour lui permettre de pénétrer dans l'hôtel

1. *Pastiqueries* : malices.

de Vauban et jusqu'à la chambre de Rovski, enfin nous le supposons en raison d'un certain nombre de faits et, en particulier, de l'or découvert chez Harmand.

— Sans oublier qu'il a été assassiné et que tout indique qu'il fut la victime impuissante de plusieurs agresseurs. Je me demande…

Nicolas sourit.

— Tu te demandes ce que, dans l'instant même, je suis en train de penser. Que si plusieurs assassins sont en cause, la princesse de Kesseoren et ses spadassins pourraient bien être en première ligne de nos suspects.

— Qu'aurait-elle eu à en rajouter ? Elle avait affaire avec Piquadieu, pourquoi doubler la mise ?

— Bah ! Deux précautions valent mieux qu'une. Mais cette hypothèse ne me satisfait pas. Nous raisonnons en faisant fausse route.

— Que veux-tu dire ?

— Nous nous évertuons à démêler l'écheveau des événements, nous enquêtons sur l'ensemble des suspects et nous n'approfondissons pas assez les raisons pour lesquelles le comte de Rovski a été tué. Dis-moi pourquoi et je te dirai qui est l'assassin.

Sur cette question capitale, Nicolas quitta Bourdeau pensif. Il renvoya sa voiture et prit d'un bon pas la direction de l'Hôtel de Lévi. Il s'accorda un moment de répit, l'esprit vagabond et distrait par le moindre spectacle de la rue. Il fit halte chez de petits libraires dont les échoppes serrées au coin des rues et quelquefois en plein vent revendaient d'anciens ouvrages ou des brochures nouvelles. Il s'amusait de retrouver dans les arrière-boutiques des exemplaires de ces livres jadis condamnés à être brûlés et dont Sartine conservait précieusement la collection complète. Quelques années après, ils n'ébranlaient plus ni le trône ni l'autel. Il feuilletait les nouveautés littéraires, glanant les commentaires des amateurs qui, comme aimantés autour du comptoir, disputaient en se prononçant sur le mérite et le succès des ouvrages proposés. Avec l'œil habitué du policier, il remarquait les mouches habilitées à reconnaître les gens signalés et à dénoncer ceux qui leur proposeraient des libelles défendus.

Après deux ou trois incursions, le sens du devoir et de l'urgence le ressaisit, il hâta le pas pour échapper à ce goût des livres qui le faisait, à l'instar des autres, feuilleter puis lire un ouvrage debout, prêt à l'achever si le libraire ne le rappelait pas à l'ordre en le tirant de son enchantement. Il en sortait, comme jadis enfant, il s'extrayait avec une sorte de douleur du tableau ou de la gravure dans lesquels son imagination l'avait fait pénétrer. Il songea avec nostalgie aux murailles de livres de la bibliothèque du château de Ranreuil. Tout cela lui appartenait, pensa-t-il avec jubilation. Que n'y était-il, réfugié à l'abri du monde et de ses horreurs, à méditer sur l'histoire et l'humaine condition ?

À la résidence russe, l'ambassadeur l'accueillit et lui annonça de but en blanc que le prince l'avait réclamé et ordonné que s'il paraissait, il soit prié à dîner à sa table. Bariatinski l'entraîna vers un salon où le couvert était dressé. Le comte du Nord, debout, devisait près de la croisée avec son ami d'enfance, le prince Kourakin. Il regarda longuement Nicolas qu'il salua à peine. Ils prirent place à une table ronde, presque un guéridon. L'ambassadeur faisait face au prince, qui avait le commissaire à sa droite et Kourakin à sa gauche. Sa physionomie parut se détendre.

— C'est mauvaise façon vous convier un vendredi, jour où comme vous catholiques, nous faisons maigre. Pour moi, cela ne me change guère, le légume bouilli et les pommes cuites font en général mon ordinaire. Mais qu'avons-nous pour nos hôtes, Nikita ?

Le maître d'hôtel ou plutôt le majordome qui en faisait office, le titulaire n'étant plus, s'inclina et débita le menu.

— À l'ordinaire pour Son Altesse impériale. Autrement *oukha*, soupe de poissons avec pommes de terre et *okrochka* accompagnée d'esturgeon bouilli à laquelle on ajoutera un kéfir. Au préalable seront servis des harengs marinés, du caviar, des concombres à l'aigre-doux. Enfin, en dessert, un *vatrouchka* au fromage blanc et fruits confits.

— J'ai visité les Invalides ce matin, dit le prince sans préalable. J'ai admiré cette institution voulue par le grand roi et me suis fait donner tous les détails, les plus minutieux, sur l'organisation et le traitement de ces braves soldats. Je ne l'oublierai pas... quand le moment viendra.

Nicolas observa que les traits du prince se contractaient, qu'il pâlissait sous l'effet de sentiments intérieurs dont il n'était pas difficile d'imaginer la nature.

— Je me félicite de les voir revêtus, ces vétérans, d'un même uniforme. J'en ferai faire une copie.

— Son Altesse impériale, précisa l'ambassadeur, collectionne les modèles d'armes et d'uniformes.

— J'aime l'uniformité dans les uniformes. Ah, ah ! Cette formule est drôle ! Je déteste les chapeaux ronds, oui je les hais. Quand je serai le maître, j'interdirai les pantalons, les gilets seront remplacés par des vestes allemandes. Quant à la coiffure, en arrière avec poudre, tresses en cadenette et le tricorne, oui le tricorne.

Tout en parlant, il enfournait avec une hâte indescriptible de minuscules quantités de nourriture, en buvant par instant un doigt de Malaga.

— Je me suis laissé dire, monsieur le marquis, que votre fils était officier ?

— En effet, il est lieutenant au régiment des carabiniers à cheval de Monsieur, frère de Sa Majesté.

— Fort bien ! Mes compliments. Le détail de son uniforme ?

— Justaucorps en drap bleu orné de parements, un galon d'argent, revers écarlate, culotte et gilet blancs.

— Un ensemble superbe, dit le prince Kourakin.

— Éclairez-moi, reprit Paul. J'entends parler d'officiers des gardes et d'officiers aux gardes. Je n'y entends rien ! Quelle est la différence ?

— L'officier des gardes, monseigneur, appartient au corps des gardes qui assument à Versailles la protection de Sa Majesté. L'officier aux gardes, lui, ressort du régiment des gardes-françaises chargé de l'ordre à Paris.

— Kourakin, tu me feras dessiner un modèle de l'uniforme des carabiniers à cheval. J'en fais collection, monsieur, ainsi que des exemplaires d'armes anciennes. J'ai eu l'occasion d'en récolter d'antiques spécimens durant mon périple dans les cours d'Europe. Nikita, demandez à Ivan Pavlovitch de m'apporter mon étui d'armes.

La conversation se poursuivit et s'égara au gré des fantaisies du grand-duc qui sautait du coq à l'âne pour revenir au coq et inversement. Il développa avec chaleur son admiration pour Frédéric II de Prusse qui, dans un précédent voyage, avait rompu ses habitudes en son honneur. L'impératrice réprouvait ce sentiment qui paraissait ajouter encore aux dissensions entre la mère et le fils. Il revint ensuite à la chose militaire.

— Connaissez-vous le prince de Ligne, monsieur le marquis ?

— Je l'ai rencontré chez la reine.

— Il m'a un jour donné force conseils pour la troupe… Des plus divers… Les uns, je les rejette, notamment la suppression des châtiments corporels, mais les autres me semblent de bon aloi. Il prône ce qu'on nomme *hygiène* et, notamment, les bains fréquents et point d'habits de laine qui s'imbibent de sueur et exhalent une odeur putride.

— Mon père préconisait le lavage à grande eau qui, disait-il, préserve des fièvres et des maladies communes aux soldats.

— Et vous, que n'êtes-vous officier ?

Le ton était à la limite du déplaisant.

— Ce fut la volonté du feu roi, mon maître, qui alors en décida.

— Bon, bon ! Pour les fièvres, Ligne conseille de ne point saigner, de faire boire du *kislitschi*, boisson russe acide et saine, et surtout ni bouillon ni laitage, mais de la soupe aux herbes et à l'eau.

Un personnage étrange parut, portant une sorte de portemanteau en cuir qui s'ouvrait par le milieu, découvrant, retenues dans des passants, toute une série d'armes anciennes. Le valet était-il ottoman ? Paul remarqua le mouvement de curiosité de Nicolas.

— Vous considérez Ivan ? Et sa figure vous trouble. Encore que l'empire soit vaste et comprenne d'innombrables peuplades, celui-ci est un ancien esclave turc élevé dans ma maison et désormais mon barbier.

Le grand-duc s'était levé, prenait chaque arme et l'examinait avec ravissement.

— Voyez, monsieur le marquis, je n'ai acquis que les pointes. Considérez cet esponton, non point votre pertuisane, mais le véridique, avec son fer en feuille de sauge et ses oreillons discrets. Et là, une lame de faux de guerre destinée à repousser les assauts. Et cette vouge avec son fer asymétrique à deux tranchants ! Quelle splendeur !

Tout en s'extasiant sur chaque pièce qu'il élevait au-dessus de sa tête comme un ostensoir, il haussait le ton et sa voix montait dans les aigus alors qu'un peu d'écume moussait aux commissures de ses lèvres. Soudain il s'arrêta, replaça brutalement l'arme qu'il tenait et se pencha sur le portemanteau posé sur une crédence. Sa bouche s'ouvrit sans qu'aucun son n'en sortît. Il la referma, grinça des dents et au bout de cette mimique, poussa un hurlement strident. Ensuite une série de phrases en russe, hachées par la fureur, s'élevèrent crescendo. Le prince Bariatinski se pencha à l'oreille de Nicolas.

— Son Altesse impériale vient de remarquer qu'il manque une pièce à sa collection. C'est moi que la foudre va frapper, ne vous inquiétez pas, j'ai l'habitude. Sa fureur s'apaise aussi vite qu'elle est prompte à éclater.

— Bariatinski ! hurla Paul. Ta maison est un repaire de brigands. On me vole avant de me tuer, oui, de m'assassiner comme le fut mon père.

Il grinçait des dents, les poings serrés. Il s'adressa à Nicolas :

— Voyez, monsieur le marquis, comme on me traite. Vous en êtes le témoin, dans ma propre ambassade. Et toi, qu'as-tu à dire ?

Il poursuivit en russe, s'adressant à Nikita dont la face immobile ne laissait deviner aucune émotion. Les quelques mots prononcés à voix basse parurent calmer le prince qui, à pas précipités, quitta le salon sans un regard pour ses hôtes.

— Notre prince est ombrageux et défiant. J'en peux parler, je suis son ami d'enfance. Son imagination n'est que trop propre à s'exalter et à suspecter partout des complots. Un jour, ayant trouvé des débris de verre dans un plat de saucisses, il a aussitôt prétendu qu'on cherchait à l'empoisonner. À Florence, à un banquet de cour, le vin avait selon lui un goût suspect, il se fit vomir en public… Le fond est cependant bon, chaleureux même. Il veut faire le bien et c'est pourquoi nous l'aimons.

L'ambassadeur approuvait les propos du prince Kourakin.

— Quelle pièce manque à la collection du prince ? Je pourrais peut-être étudier la question et me mettre à sa recherche.

— Nous vous en serions reconnaissants. C'est une guisarme à fer asymétrique prolongée en lame de dague. Mais croyez-moi, il est probable qu'on la retrouvera vite fait !

— Peut-elle servir de poignard ?

— Sans aucun doute, et des plus redoutables. Les blessures qu'elle provoque sont souvent fatales, les chairs hachées cicatrisant mal.

Perplexe, Nicolas se retrouva dans le petit salon qui lui était imparti. Il demeurait sous le coup de la scène dont il avait été le témoin. Il était effaré, non pas tant de l'éclat d'une fureur sans rapport avec son objet, que par son incongruité devant un étranger. Son sens de la mesure et sa fréquente familiarité avec les membres de la famille royale induisaient des comparaisons. Chez les Bourbons, rien n'avait jamais donné lieu à de tels écarts. Chez aucun d'entre eux l'exemple de leur grand aïeul n'était oubliė. Louis XIV, un jour de colère, avait brisé sa canne plutôt que d'insulter l'un de ses courtisans. Il plaignait les Russes qui subiraient en sujets le poids du caractère d'un prince déséquilibré, même si d'autres qualités venaient balancer ses lourdes tares.

D'autres observations lui revenaient en mémoire. L'étrangeté du vol de cette arme dans les appartements du prince, au sein même de son ambassade, ne laissait pas de l'inquiéter. Plus étrange, en dépit de sa fureur, la passivité de Paul, et celle de ses entours, n'étaient pas à la mesure de l'incident, qui prouvait à tout le moins que l'Hôtel de Lévi était un nid d'intrigues et de périls. Après avoir erré dans le bâtiment en interrogeant les domestiques, Nicolas parvint à la conclusion que la source des dangers se trouvait dans un cercle restreint autour de Paul. Dans quelle toile le malheureux tsarévitch était-il englué et surtout qui, tapi dans l'ombre, filait une funeste trame ?

Le soir même, il soupa avec Le Noir, auquel il fit part de ses constatations et de ses inquiétudes. Il ne dissimula pas le sentiment d'impuissance qui l'accablait face aux exigences de Sartine. Que pouvait-il faire en vérité pour protéger le grand-duc ? Il était à souhaiter que le couple impérial quittât au plus vite le royaume et débarrassât le gouvernement du roi du soin d'assumer sa sécurité. En conclusion, il confia au lieutenant général de police atterré que si une part de l'affaire sortait de l'ombre grâce à l'enquête, une zone redoutable demeurait sans recours dans l'obscurité. Le Noir modéra son pessimisme, lui rappelant combien dans d'autres cas il avait pu douter de ses capacités alors qu'il se trouvait sur le point d'aboutir.

Nicolas gagna sa chambre peu convaincu des encouragements prodigués. Jamais il n'avait autant ressenti son impuissance. Il ne cessait de se remémorer les événements, le détail de chaque épisode, repérant un à un les indices et passant en revue les acteurs de l'affaire. Sartine avait raison. Les morts s'accumulaient autour de lui. Rovski, Harmand, Dangeville, Pavel et les deux filles égorgées dont on ne savait au vrai si elles étaient liées à l'enquête, cela faisait beaucoup en peu de temps. Oui, la question qu'il devait continuer à se poser touchait les raisons profondes de ce massacre. Qui y avait intérêt et quelle main en agençait les mystères ? Sur ce triste bilan il s'endormit d'un sommeil agité, peuplé de fantômes.

Le samedi et le dimanche, Nicolas, sans nouvelles de Bourdeau, suivit comme son ombre le prince Paul dans ses pérégrinations parisiennes. Le 2 juin, on visita la bibliothèque du roi pour y admirer les deux globes du père Coronelli, l'un terrestre, l'autre céleste, qui, auparavant, se trouvaient à Marly. Le comte, toujours curieux de détails précis, nota leur diamètre de douze pieds alors que le plus grand à Saint-Pétersbourg n'en avait que onze. Le 3, le couple impérial fut reçu par le duc de Penthièvre qui eut la bonté de s'enquérir auprès de Nicolas de Bourdeau, dont le père avait été un de ses serviteurs à la grande vènerie de France. Le parc de Sceaux fut visité en calèches découvertes. Ce lieu enchanteur fut loué à l'excès. Un déjeuner superbe conclut la visite.

Mardi 4 juin 1782

De bonne heure, Nicolas se rendit au Châtelet appelé par un message de Bourdeau. Il y trouva Rabouine et Gremillon, accompagnés d'une vieille connaissance, Tirepot. La troupe se réunit dans le bureau de permanence. La parole fut d'abord donnée au sergent du guet.

— Monsieur, nous avons un indice concernant la princesse de Kesseoren.

— Aurait-elle reparu, signalée par notre vigie ? Le maître plumassier aurait-il tenu sa parole ?

— Point. Nos mouches animées par Tirepot…

Le vieil homme salua.

— … ont fait leur besogne. Espérons que la piste trouvée soit la bonne !

Nicolas considéra Tirepot avec amitié.

— Alors Jean, comment vas-tu, mon pays ?

— Je me fais trop vieux, parfois j'aurions bien tentation de retourner à Pontivy.

— Allons, tu nous es trop utile et tu sais pouvoir compter sur moi.

— Ça, je le sais, gast !

— Alors qu'as-tu découvert ?

— Rien n'arrive dans c'te ville qu'on ne sache à la pointe. J'avions prévenu mes marmousets qui se sont répandus dans Paris comme mouches sur la charogne.

— C'est le cas de le dire ! dit Bourdeau, hilare.

— Ils ont musé, reniflé, causé, interrogé et observé. Résultat, nous avons appris qu'une dame étrangère s'donnait bien du tracas pour passer inaperçue. C'est une fine matoise, car elle a réussi à échapper à la poursuite, soit que mes gens l'ont été repérés, soit qu'elle soye méfiante de nature. Tout tassé, on a son adresse et le nom de la dame qui l'héberge, une certaine comtesse Skzrawonski, une étrangère, russe ou polonaise. C'est ça qui a attiré le soupçon et remué nos méningeoires. Elle habite…

Il fut interrompu par Nicolas.

— Rue d'Anjou, à l'angle du cul-de-sac de Nevers, au premier étage.

L'assemblée muette le fixait avec stupéfaction.

— Voyez ces faces de carême ! Ne suis-je pas réputé pour mon intuition ?

— Là, c'est furieusement intrigant. Sûr, tu as consulté la Paulet !

— Le hasard fait tout à l'affaire. J'ai accompagné le comte et la comtesse du Nord à Sceaux chez le duc de Penthièvre. Lequel, soit dit en passant, m'a demandé de tes nouvelles avec beaucoup de sentiment.

— Le duc… Mes nouvelles ? balbutia Bourdeau, les larmes aux yeux.

— Oui, tes nouvelles. Faut-il qu'il ait bonne mémoire et soit informé que je suis ton commissaire et ton ami ! Bref, en revenant de cet excellent prince, j'ai accompagné la baronne d'Oberkirch chez une de ses amies, la comtesse Skzrawonski, rue d'Anjou. Voilà le secret de ma science ! La famille de son époux descend d'un frère de Catherine, la première femme de Pierre le Grand. Elle serait proche de la tsarine et *dame à portrait*. Donc, il semble qu'elle ait accueilli notre prétendue princesse ! J'irai lui rendre une petite visite. Mes compliments, Tirepot. Pontivy attendra encore.

Il ouvrit le tiroir du bureau et en sortit une bourse gonflée qu'il tendit à Tirepot.

— Tiens ! Et n'oublie pas de récompenser les autres. On travaille en bande. Et continue la surveillance.

— C'est un seigneur ! *Evit ur boanigenn, kant madigenn* (pour une petite peine, cent douceurs), dit Tirepot ravi. Je vas récupérer mon attirail que ton père Marie, tout breton lui aussi, m'a empêché d'entrer ici.

— Si la princesse s'est rendu compte de notre filature, il est à supposer qu'elle ne reparaîtra pas de sitôt rue d'Anjou.

— La comtesse, quelle que soit son importance, est ici une étrangère. Nous sommes en guerre. Je crois que je vais lui faire une visite de courtoisie. Qu'elle évente la chose à l'intéressée, peu importe. Cela lui fermera cette retraite comme les autres. On finira par mettre la main dessus. Rabouine, tu t'agites ?

— Deux personnages qui correspondent à tes rubaniers de l'Hôtel de Lévi ont été repérés par un marchand d'estampes qui est à nous. Il semble qu'ils étaient en quête de livrées de laquais à la fripe du Louvre.

— En ont-ils trouvé ?

— Oui. Le marchand d'habits me l'a assuré. Les deux en question ne parlent pas français, mais sont en fonds, ayant réglé la dépense sans marchander, ce qui est inhabituel et a fait dresser l'oreille à notre commerçant.

— Inquiétant ! Quel mauvais coup préparent-ils ?

— Tu vois que les nouvelles abondent. Mais toujours des fils séparés, difficiles à réunir en écheveau. Cela ne fait que jeter un beau coton sur l'enquête[1].

— Allons, te voilà bien *murmurateur,* ami des ducs ! As-tu quelque chose à m'apprendre ?

— Je serais bien le seul à ne rien t'apporter ! Je reviens de Choisy. La demoiselle Anne Desmarets y

1. *Jeter un beau coton* : entreprendre une chose aux conséquences hasardeuses.

vit, retirée avec ses vieux parents. J'ai été comblé d'égards et de confitures. Au passage, je te recommande un mélange de rhubarbe et de limon du plus savoureux effet. Il faudra en parler à Catherine et à Mme Sanson.

— Soit. Au fait, le temps me manque.

— La donzelle qui m'apparut fort dévote, et par conséquent fort causante, m'a submergé de récits dont chaque chapitre frayait la voie à d'autres par des chemins les plus longs. Au reste, elle a fort bien observé les autres passagers durant la traversée de Saint-Pétersbourg jusqu'en Hollande et, ensuite, jusqu'à Calais. Elle confirme ce que nous savions déjà. La princesse de Kesseoren prenait ses repas dans sa cabine et paraissait sur le pont une fois par jour et encore quand le temps le permettait. Jamais Mlle Desmarets n'a pu apercevoir son visage toujours dissimulé dans des voiles épais destinés, selon l'opinion du patron du bateau, à la préserver du vent et à sauvegarder son teint.

— Ainsi n'est-il nullement assuré que Rovski connaissait la dite dame ?

— C'est la conclusion que je tire de cet entretien. Pour le reste, la princesse, à chaque passage sur le pont, parlait en russe avec deux marchands. Schultz, soi-disant allemand, mais ne le parlant pas, et Golikoff, négociant en eaux-de-vie. Quant au comte de Rovski, Mlle Desmarets ne l'a jamais croisé, sauf lors du débarquement à Calais.

— Sait-elle comment tout ce monde a rejoint Paris ?

— C'est une vieille fille, curieuse comme une pie, et affriandée au moindre détail. Tu penses que je lui ai posé la question. La princesse a pris la malle-poste avec les deux marchands. Rovski a loué une voiture rapide au relais. Donc, là non plus, ils ne se sont pas croisés.

La fièvre du chasseur reprenait Nicolas dont la mélancolie des jours précédents se dissipait à mesure que son intelligence recevait toutes ces informations. Elle alimentait la mystérieuse activité du raisonnement et l'alchimie de l'intuition. Il donna congé à Gremillon et Rabouine avec instructions de poursuivre les recherches.

— Résumons la chose, dit-il à Bourdeau. Notre priorité demeure de retrouver Kesseoren et ses sbires.

— Et après ce que tu m'as appris, de savoir s'il y a un lien entre les meurtres de l'Hôtel de Lévi et les événements obscurs qui ont conduit à l'assassinat du comte de Rovski.

— Mon cher Pierre. Crois-moi, dans cette ambassade, je présume des espaces obscurs et prévois les obstacles que l'on sèmera sur mon chemin. Il y a chez ces Russes des trames que je ne parviens pas à discerner.

— Nous avançons pas à pas. Je crois que la situation ne demeurera pas en l'état. Toujours le petit fait inattendu…

Nicolas confia à Bourdeau ses soupçons concernant l'arme ancienne dérobée dans la collection du prince Paul.

— Cela permet de supposer, remarqua Bourdeau, que celui qui l'a dérobée avait accès à l'appartement du grand-duc.

— Ta constatation, je me la suis servie aussitôt ! Elle implique, sauf à penser que le désordre consécutif à la visite et l'emploi provisoire de domestiques en surnombre ont favorisé le larcin, que le voleur se trouve parmi les proches du comte du Nord. Et les leviers sont rares et malaisés à mettre en branle pour démasquer le coupable. Je retourne à l'Hôtel de Lévi. Tu restes ici à la barre. Resserre les filets que nous avons tendus. J'attends de tes nouvelles.

Mercredi 5 juin 1782

Après une visite aux jardins du Tivoli que le peuple appelait *Folie Boutin* du nom du receveur général des finances qui l'avait fait planter, et une collation de lait et de fruits dans une vaisselle d'or, Nicolas suivit le couple impérial chez M. Necker à Saint-Ouen. Le prince dit en l'abordant *qu'il venait joindre son tribut d'admiration à celle de l'Europe entière*. L'ancien ministre à qui Nicolas fut présenté feignit de ne le point connaître et reçut son salut d'un air indifférent. Il était douteux qu'il eût oublié le différend qui les avait jadis opposés[1]. L'affaire était devenue publique par les nouvelles à la main sans que le commissaire n'ait jamais pu savoir qui avait vendu la mèche. Necker avait sans doute jasé, qui avait tout intérêt à l'époque à compromettre un proche de Sartine, ministre de la Marine.

Le roi, lui-même, lors d'une de ses rencontres secrètes avec le commissaire dans son atelier-refuge avait évoqué, non sans jubiler, l'incident. Il s'était même ouvert, lui d'habitude si secret, du déplaisir ressenti à la publication de l'ouvrage de Necker sur les comptes du royaume et que l'essai ait été *soumis au public pour nourrir un parti* au lieu de l'adresser comme il convenait à son successeur aux finances. Il n'était plus que défiance envers le banquier suisse à qui il reprochait de faire le *câlin* dans les lettres qu'il continuait à lui adresser. Le comte du Nord à l'issue

1. Cf. *L'Honneur de Sartine*, *op. cit.*

de son long entretien avec Necker sortit moins enthousiaste. Dès qu'ils furent dans le carrosse, il demanda à la cantonade si quelqu'un connaissait la fable des *Bâtons flottants sur l'eau*. Chacun se regarda ébahi, sauf Nicolas qui cita :

On avait mis des gens au guet,
Qui, voyant sur les eaux de loin certain objet,
Ne purent s'empêcher de dire
Que c'était un puissant navire.
Quelques moments après, l'objet devint brûlot,
Et puis nacelle, et puis ballot,
Enfin bâtons flottants sur l'onde.
J'en sais beaucoup, de par le monde,
À qui ceci conviendrait bien.
De loin, c'est quelque chose,
et de près, ce n'est rien.

— Prenez exemple sur le marquis de Ranreuil, dit Paul, riant aux larmes. Il sait galamment rendre hommage à mon goût des écrivains de ce pays et, en particulier, à l'auteur des *Fables*. Sa fontaine coule de source…

XI

LE BAL DE LA REINE

> « Chaque mouvement du paon produit des milliers de nuances nouvelles, de gerbes de reflets ondoyants et fugitifs sans cesse remplacés par d'autres reflets et d'autres nuances. »
>
> *Buffon*

Samedi 8 juin 1782

Nicolas quitta le comte du Nord à la mi-journée après l'avoir accompagné au palais du Luxembourg et au Jardin du roi. Chacun devait s'apprêter pour le grand bal de la reine. Rue Montmartre, il retrouva Louis que la perspective de la soirée mettait sur les charbons. Noblecourt se plaignit de sa désertion, à l'instar de Mouchette qui boudait, et l'accabla de questions sur l'enquête en cours. Le vieux magistrat, après avoir un temps médité les nouvelles que lui apportait Nicolas, déplora en soupirant qu'il fût non seulement mêlé aux intrigues de la cour et de la ville du royaume, mais désormais à celles qui menaçaient l'héritier de l'Empire russe.

— J'espère, conclut-il, que vous ne tirez pas les marrons du feu pour autrui. Il y a dans cette affaire plus de sombre que de clair et j'augure mal la conclusion.

Maître Vachon avait tenu parole, les habits de cour resplendissaient, couchés sur leur enveloppe de papier de soie. Le père et le fils étaient impatients de les revêtir, mais Catherine surgit, une cuillère menaçante à la main. Il n'était pas question qu'ils abordent cette longue journée qui se prolongerait une partie de la nuit sans dîner auparavant de choses saines, ce qui n'était pas le cas des buffets du roi, à ce qu'elle savait d'une commère dont le fils travaillait aux cuisines du château. Les mets par la chaleur montante de l'été tournaient ; ils les mettraient sur le flanc plus vite que le temps de le dire. Ils capitulèrent et se régalèrent d'andouillettes que Catherine enveloppait dans des pâtons et cuisait dans le feu de son potager pour, avant de les servir, les ouvrir et les arroser d'un semis d'échalotes mouillées de vin blanc à la moutarde dont le réduit imbibait le plat. Suivirent une salade aux œufs durs et une assiettée de fraises au vin rouge dont le sirop avait été agrémenté d'une lancée de schnaps.

Tout en mangeant, ils se remémorèrent les leçons des académies où l'un et l'autre avaient acquis les rudiments de la danse.

— Ton grand-père, le marquis de Ranreuil, danseur réputé, avait coutume de citer le grand roi, qui affirmait *que c'était l'art le plus honnête et des plus nécessaires à former le corps et à lui donner les premières et les plus naturelles dispositions*, et, ajoutait Nicolas, le plus propre à former des guerriers.

— C'est pourquoi sans doute l'enseigne-t-on associée à l'escrime et à l'équitation. Déjà, chez les pages, le rudiment nous en était inculqué.

Nicolas se mit à rire.

— Bien. Alors rappelle-moi ce que tu as appris. Cela me dérouillera la mémoire. Tiens, pour la contredanse.

— Mon avis est que moins on y réfléchit, mieux on se déplace !

— Ah ! Il recule, le coquin. J'espère que la reine ne t'invitera pas. Elle danse à merveille.

Ils remontèrent dans leurs appartements. La question s'était posée de la coiffure à adopter. Les Ranreuil ne pouvaient porter leur chevelure en catogan à un bal de cour et répugnaient à la perruque. Ils étaient convenus d'avoir recours à un coiffeur qui arrangerait des boucles en rouleaux poudrés à l'instar du roi. Ils y avaient eu recours le matin même chacun de son côté. Quand ils descendirent à l'office, ce fut une clameur d'admiration de la part de Marion, de Catherine et de Poitevin. Dans le miroir, Nicolas, dans son bel habit sur lequel tranchaient le noir du cordon de Saint-Michel et le rouge du ruban de la Croix de Saint-Louis, crut se trouver en présence de son père et Louis, que la coiffure et la poudre vieillissaient, pensa de son côté avoir le sien devant lui. L'un et l'autre eurent le sentiment de la continuité de leur famille, en éprouvant à la fois l'orgueil et l'humilité. Ils n'étaient, parmi toute la cohorte des Ranreuil au fil des siècles, que des maillons d'une longue chaîne.

Un équipage de la police vint les prendre à l'heure dite. Louis tout au long du parcours demeura silencieux, l'âme sans doute exaltée par la perspective de la soirée à laquelle il allait participer par faveur inouïe de la reine.

Depuis la place d'armes, le château illuminé, vaisseau étincelant, paraissait flotter, entre ciel et terre. À la porte du salon d'Hercule, un huissier cérémonieux écrivait les noms des arrivants. Nicolas repéra, dissimulés dans l'immense pièce, des policiers de surveillance dont les habits et les manières ne dénotaient pas. La presse était telle dans la grande galerie qu'en la parcourant on semblait être porté d'un bout à l'autre sans toucher terre. Les bougies, les girandoles et les candélabres dispensaient une lumière éclatante. Il suffisait de cligner des yeux pour distinguer un fleuve de feu avec, en son milieu, une foule innombrable dont l'image tremblée, reflétée par les glaces, se multipliait à l'infini. La chaleur était extrême et développait les odeurs des corps en sueur dans le brocart, le satin et la soie, gâtant la fragrance des parfums destinés à les masquer.

Le couple russe était mêlé à la foule, entouré d'un cercle respectueux. La toilette de la grande-duchesse réunissait tous les suffrages. On admirait surtout ses calcédoines et sa broche d'émeraude et diamants, joyaux réputés que toutes les cours d'Europe lui enviaient. Une rumeur enfla bientôt, éteinte aussi vite que levée, par les ordres des gardes du corps et le choc des hallebardes sur le marbre annonçant l'arrivée de la famille royale et de leurs services. Rien ne pouvait égaler le coup d'œil sur cet ensemble encore sublimé par la richesse des parures et le chatoiement des bijoux. Le roi invita le comte et la comtesse du Nord à s'asseoir. Ils demeurèrent debout et un échange aimable s'engagea. Puis la reine, toute de grâce et de majesté, ouvrit le bal avec le prince Paul. Un murmure d'admiration enfla tout au long de la contredanse tant elle semblait l'incarnation de la beauté.

Nicolas, qui s'était approché, vit soudain le roi qui, de sa haute taille, dominait l'assemblée quitter son air bonhomme, froncer le sourcil et fixer un point dans l'assistance. Réputé ayant la vue basse, il avait en fait une excellence vision de loin. Il appela le prince de Poix et, Nicolas soucieux s'étant approché, il entendit Louis XVI s'inquiéter de la présence d'un officier qu'il ne connaissait pas et qui ne lui avait jamais été présenté. Le roi, ayant aperçu Nicolas, lui fit signe de suivre le prince. Tous deux se frayèrent un difficile chemin jusqu'à l'inconnu. Aux questions posées, celui-ci répondit se nommer le comte de Luçon, capitaine à la suite du régiment de Champagne et que, n'étant point colonel, il ne pouvait être encore présenté, mais qu'il était destiné à l'être. Le roi, informé, ordonna qu'on eût à le faire partir incontinent pour son régiment et salua Nicolas avec aménité.

— Je remercie Votre Majesté, glissa le grand-duc qui reconduisait Marie-Antoinette, de m'avoir prêté le marquis de Ranreuil pour assurer ma sûreté durant mon séjour à Paris.

Le roi eut un sourire impénétrable et ne répondit pas. À cet instant, le maître de cérémonie prévint Nicolas que la reine le priait d'être son cavalier pour la prochaine contredanse. Il s'inclina et prit la main que la reine lui tendait. Les danseurs se placèrent. Nicolas repassait dans sa tête les figures imposées. Le couple devait exécuter à tour de rôle une série de figures qui correspondaient à la musique de l'instant. Chaque inflexion de l'air amenait à changer de place avec le couple voisin. La série se répétait jusqu'au moment où les couples avaient rejoint leur place initiale. Il s'en tira sans encombre et sentit peser sur lui la terrible attention de la cour. La reine et lui étaient le point de mire de centaines de regards, curieux, cruels ou indifférents. Qu'éprouvait-il durant cette danse ? Orgueil ? Non, plutôt une sorte de détachement qui le menait à être, comme dans tant d'occasions, le spectateur de lui-même. Il ne parvenait pas à découvrir les pensées qui roulaient dans son esprit. Étaient-elles frivoles ou graves ? Il se sentait, en dépit de ses faiblesses, un homme droit dans toutes ses voies, incapable de prendre aucune mesure hors des règles intangibles de la loyauté et de la fidélité et, de ce fait, toujours égal dans l'humilité comme dans l'élévation. Un homme renfermé dans les bornes que la providence lui avait départies.

— Le cavalier de Compiègne est bien rêveur ce soir, dit Marie-Antoinette, alors qu'ils étaient rapprochés dans la formation d'une figure.

— Madame, Sa Majesté doit croire qu'on le serait à moins quand l'honneur insigne d'être son cavalier vous échoit.

— Je vous ai connu moins fin courtisan, monsieur.

— La vérité que je dois à Votre Majesté c'est que je compte mes pas, n'ayant guère l'occasion de danser pour le service du roi !

Elle jeta la tête en arrière en riant.

— Merci, monsieur, je vous retrouve ; la vérité n'est pas courtisane.

La danse les éloigna à nouveau. Nicolas fermait les yeux concentré sur les figures qui s'enchaînaient. Soudain il saisit une main et avant qu'il envisage sa partenaire, il la reconnut aux effluves de jasmin. Ce pouvait être une autre, mais il savait qu'il ne se trompait pas.

— On parle à la reine, murmura Aimée, mais on oublie Chaville, monsieur.

— Point, madame, j'y ai relevé autrefois la plus charmante des fleurs.

— Bien flatteur ce soir ! Vous êtes décidément bon courtisan.

Avait-elle entendu la reine ?

— Je vous veux tout à moi. Point de faux-fuyant.

Un mouvement les sépara. La contredanse s'achevait. Il fut pris dans une sorte de vague qui le poussa vers les buffets. Il sentait autour de lui les regards curieux, les questions et les réponses. Mais qui donc était-il pour avoir en quelques instants eu le privilège de parler au roi et à la reine ? Ceux qui le connaissaient de nom ou de réputation n'abandonnaient pas une sorte de crainte révérencieuse devant un phénomène dont ils ne comprenaient pas la nature même. Ce marquis de Ranreuil qui avait un jour surgi à la cour du feu roi, on le réputait redoutable et cela d'autant plus qu'il avait langue avec les plus influents des entours du trône. Les autres ne laissaient pas d'interroger et tombaient tout aussitôt dans la même inquiétante perplexité. Tous le redoutaient sans le connaître, tant le mystère suscite l'appréhension. S'il demeurait inconnu à beaucoup, lui-même s'était toujours senti à la marge d'une société et d'une noblesse dont il partageait pourtant les privilèges et les habitudes de vie. N'avait-il pas tout fait, bien soutenu d'ailleurs par de bienfaisantes influences, pour que Louis épousât sans réticence la vie autocratique au service du roi ?

Cependant Nicolas ne s'était jamais leurré sur la quasi-imposture de sa propre condition, un bâtard certes reconnu, dont le fils était né d'une fille galante. Si rien n'avait jamais transpiré de cette situation, c'était sans doute que la crainte fermait les bouches. Il n'envisagea pas dans sa native modestie qu'on pût s'accommoder de lui parce qu'il n'était d'aucune façon décrié. Il était à certains égards encore plus intrigant, étant reconnu comme un homme d'une vertu assurée. De cette réputation il ne goûtait pas les fruits, il n'avait pas conscience de ce qui, dans sa personne, le relevait au milieu des hommes. Il n'entretenait aucune complaisance secrète à cet égard. Il considéra la foule qui le pressait. Grands noms, fortunes, orgueil, mépris en cascade, rivalités et intrigues, bourgeois ennoblis exaltés d'être là, mais partagés entre cette satisfaction et l'envie d'un pouvoir à la mesure de leur richesse, non vraiment il n'appartenait pas à ce monde-là que pourtant il servait. Il se répéta que c'était le roi qu'il servait, mais au fond de lui la vérité renâclait car il savait bien, les ayant affrontés, quels intérêts pouvaient parfois souiller l'hermine du manteau du sacre. Allons, Nicolas, se dit-il, ne laisse pas le malaise d'une enquête difficile t'emporter.

— Ah ! Ah ! dit une voix jacassante, l'homme du jour ! Deux fois distingué. Et quand il paraît, on peut être assuré qu'il se passe quelque chose. Ne me laissez pas sur ma faim, moi qui mange comme un étourneau. Un vrai sujet d'étude pour M. de Buffon, oui vraiment ! Peste, il m'échappe… Marquis, marquis.

Un reflux de la foule venait de le séparer du duc de Richelieu. Il remercia le hasard et se laissa porter par la vague. Le bal battait son plein. Il ne se prolongea pas outre mesure, chacun avait vu et avait été vu. Un souper plus intime prévu pour le comte et la comtesse du Nord était offert chez la princesse de Lamballe, surintendante de la maison de la reine. Il y eut ensuite jeu, loto et un petit bal plus gai que le précédent, où de nouveau Marie-Antoinette dansa. Le roi n'y fit que paraître et se retira à son habitude. Nicolas devisa longuement avec M. de Corberon, qui lui révéla sur la cour russe quelques particularités qu'il se promit de mettre à profit.

Aimée, qui n'était pas de quartier auprès de Madame Élisabeth, s'éclipsa après un coup d'œil à Nicolas qui s'évanouit à son tour, après avoir prévenu Louis de son départ. Le vicomte considérait que la nuit était jeune encore ; la considération était de son âge, mais valait tout autant pour le père. Nicolas retrouva Aimée d'Arranet dans la cour du château. Il consulta sa montre et hocha la tête. Il ne pouvait se permettre d'être absent le lendemain matin ni à l'hôtel de police, ni à l'ambassade de Russie. Aimée, le voyant, fit la moue et se pendit à son bras. Elle ne disait rien, mais il la comprit à sa seule mimique. Il lui proposa de passer la nuit à Paris dans un lieu qu'elle connaissait bien et qu'elle appréciait, l'hostellerie du *Grand Cerf* où officiait Gaspard, l'ancien garçon bleu. Elle battit des mains. C'est encore une enfant, pensa Nicolas dans un mouvement d'émotion.

Sa voiture ne se trouvait plus à sa place initiale. Ils errèrent un moment quand ils entendirent derrière eux le bruit d'un équipage. Le fiacre apparut, la portière ouverte et le marchepied descendu. Nicolas eut juste le temps de s'intriguer que le cocher ait revêtu sa cape par un temps d'été. Il laissa Aimée le précéder. Elle sembla happée par l'obscurité de la caisse. Il perçut un faible gémissement comme un cri étouffé. Inquiet, il bondit. Ce qu'il découvrit le glaça. Un homme masqué en livrée, une main plaquée sur la bouche d'Aimée, l'autre braquant un pistolet sur la jeune femme, agitait la tête pour sommer Nicolas de monter. Que pouvait-il faire, il n'était pas armé et c'était la vie de sa maîtresse qui était en cause ; il obéit donc à l'injonction. La portière claqua dans son dos et presque aussitôt l'équipage s'ébranla et piqua au point d'atteindre rapidement un train d'enfer.

Nicolas tentait d'analyser les données de la situation. Il avait bien eu depuis quelques jours l'impression d'être suivi, mais il y avait tant de mouches à la suite du comte du Nord qu'il n'avait pas tiré les conséquences de ce qu'il ressentait. Un quart d'heure s'était écoulé environ, il lui parut qu'on roulait en pleine campagne et dans un chemin inégal tant la caisse tanguait et tressautait. L'homme qui le menaçait lui intima de se mettre à genoux, tête baissée. Nicolas entendit qu'on ouvrait l'autre portière. Il y eut un grand cri. Il leva la tête. Aimée venait d'être précipitée au dehors. Nicolas bondit sur l'homme qui lui asséna un terrible coup de pistolet sur la tempe. Le commissaire aux affaires extraordinaires s'écroula et perdit conscience…

Quelle est cette boule éclatante qui lui brûle les yeux ? Et ces cris autour de lui ? Il ne voit rien. Un murmure de voix dont il ne parvient pas à saisir le sens. On le prend violemment sous les épaules. On le dresse. Ses pieds traînent sur le sol et accrochent quelque chose qui craque et se rompt. Une odeur d'herbe froissée. Il reconnaît soudain le cri des oiseaux de nuit si souvent entendus au château de Ranreuil. D'évidence, on le conduit au fond d'une forêt. Il perçoit le vent qui bruisse dans les feuilles. De nouveau, des voix étrangères. Est-ce du russe ? Il le semble bien… On le jette brutalement à terre. Sa tête déjà douloureuse heurte une pierre. Allongé, il sent un liquide chaud qui coule dans son cou. Il comprend de quoi il s'agit. De nouveau des bruits dont il ne distingue pas l'origine. On s'approche de lui, on le palpe. Il sent une odeur rance, de crasse et de sueur.

Une main brutale fouille le bel habit de maître Vachon. Les contours craquent. Il sent qu'on lui arrache le cordon de Saint-Michel et la croix de Saint-Louis. La main a trouvé le reliquaire de poche, jadis remis par Madame Louise au Carmel de Saint-Denis, qui lui a un jour sauvé la vie. Va-t-on le détruire ? Il en éprouve une vraie douleur comme si une partie de lui-même lui était arrachée. Il comprend sans émotion qu'on va le tuer… Il se situe dans un espace supérieur où rien n'a plus d'importance. Ce n'est pas la peur qui le saisit, mais le sentiment de tant de choses inachevées, Louis à peine sorti de l'enfance, Antoinette qu'il espérait revoir, Aimée dont le sort le poigne. Il pense à ses amis, au roi… Il voit la pointe enfin atteinte et les flots paisibles qui vont l'engloutir. Une sérénité le prend. Il remet son âme à Dieu. Le canon froid d'une arme se plaque sur sa tempe. Une déflagration. Pourtant rien n'est venu qui le fasse souffrir. Ce n'était que cela. Il perçoit le bruit de corps qui s'effondrent et le bruit de chevaux qui s'approchent. Une voix grinçante s'élève.

— Ah ! Mon cher Nicolas, il est heureux que parfois je me mêle de la *cuisine des enquêtes*. Que feriez-vous sans moi ?

Il reconnaît la voix de Sartine. Qui a vendu la mèche sur la *cuisine* ? On s'affaire autour de lui, on le relève, on lui ôte le bandeau qu'il a sur les yeux. De nouveau, la boule éclatante dont l'éclat s'atténue peu à peu… Il comprend que c'est la lumière d'une lanterne sourde braquée sur son visage. Sartine est agenouillé près de lui et lui tamponne la tempe avec un mouchoir. Une pensée douloureuse soudain le traverse ; qu'est-il advenu du reliquaire remis par Madame Louise ? La parole précipitée, il en parle, s'inquiète, s'agite.

— Que diantre veut-il nous dire avec son reliquaire ? Il bat la campagne, c'est la commotion !

Une autre pensée torture ensuite Nicolas qui s'en veut de n'y avoir point songé aussitôt.

— Aimée, Aimée ! Il la faut rechercher.

— Ah ! reprend Sartine satisfait, voilà qui est plus raisonnable et découle d'une conscience plus claire. Rassurez-vous, mon bon, ces rufians l'ont précipitée sur la chaussée. Quelques bosses et des égratignures. Dans quelques jours il n'y paraîtra plus. Elle a regagné l'Hôtel d'Arranet avec son père.

Peu à peu Nicolas retrouve ses esprits. Il s'étonne de la présence de Sartine et qu'il soit au fait de l'état d'Aimée d'une aussi précise manière. Sa surprise est telle que Sartine, devant cette évidence, se met à rire.

— Encore une fois, Nicolas, me croyez-vous si lointain que de ne me préoccuper de rien ? Faire accroire que l'on ignore et tout savoir autorise bien des choses et permet, comme vous le constatez, d'arriver à la rescousse à bon escient.

Nicolas demeure hagard, ne comprenant pas ce que l'ancien lieutenant général de police lui signifie.

— Pour vous mettre les points sur les *i*, mes gens, enfin ceux qui dépendent de certaines activités, avaient reçu instructions de vous suivre et de ne vous quitter du regard, jamais.

— Que ne sont-ils intervenus dans la cour du château ?

À la faible lueur de la lanterne, le visage de Sartine lui parut démoniaque.

— Hé, hé, nous voulions savoir ce que ces sicaires entendaient faire et où ils se dirigeaient.

— Au risque que je sois tué sur-le-champ ou dans la voiture, et Mlle d'Arranet avec moi !

— Point. L'auraient-ils voulu qu'ils se seraient mis tout de suite en besogne. D'ailleurs, voyez, tout s'est déroulé comme je le supposais.

— Mais quel pari risqué !

— Soit. Mais on ne sacrifie que ce qui a du prix pour soi.

Sartine mesure-t-il la cruauté de sa formule ? C'est un choc pour Nicolas.

— Voilà, monseigneur, qui me réconforte et me rassure !

— Maintenant nous vous ramenons rue Montmartre. Il faut vous reposer.

— Mlle d'Arranet ?

— Je lui envoie un messager la rassurer sur votre sort. Et demain, repos absolu, croyez-m'en.

— Je ne puis, l'enquête continue.

— Quelle enquête ? Allons, elle est terminée ! J'ai réfléchi à votre affaire. Vos agresseurs sont morts. On va remettre la main, tôt ou tard, sur la Kesseoren, pivot de ces meurtres. Elle est responsable de celui du comte de Rovski et de ce maître d'hôtel sur lequel, pour des raisons que nous découvrirons, elle a voulu faire porter la responsabilité du précédent. Quant à la sûreté du prince, nous l'avons assurée jusqu'ici et nous continuerons. Tout est limpide désormais.

— Permettez-moi de m'étonner que tout vous semble résolu. Pour ma part, j'estime ma tâche loin d'être achevée.

— Plaît-il ?

— J'affirme que l'enquête, loin d'avoir atteint sa conclusion, aborde le milieu de sa carrière vers des fins inconnues. Il ne suffit pas d'affirmer, sans preuves à l'appui, que la princesse de Kesseoren est la coupable, il faudrait surtout comprendre le pourquoi de ces crimes et en particulier le lien entre la mort du comte de Rovski et les événements de l'Hôtel de Lévi.

— Monsieur, ce ton me passe. J'attendais mieux de vous après vous avoir sauvé la mise. Sachez que les contredisants tiennent pour vrai le contraire de ce qu'on leur dit. Misérable habitude !

— Ma reconnaissance ne pousse pas jusqu'à contrefaire le complaisant qui feint de gober tout ce qu'on lui sert.

Pourquoi, songea Nicolas, faut-il que tout débat avec Sartine tourne à l'aigre ! Il en était malheureux et cela d'autant plus que sa présence sur le terrain, même si les causes qui la justifiaient étaient multiples, lui avait sauvé la vie. À sa surprise, ce fut pourtant Sartine qui baissa les armes le premier.

— Je vous aime trop, Nicolas, pour poursuivre cette polémique. Nous sommes des hommes de bonne foi dont les différends naissent d'un long commerce d'amitié. Et j'ajouterai que, pourvu qu'on use bien de ces disputes, rien n'offre plus de champ pour trouver la vérité ou pour la persuader aux autres. C'est avec une commune contention que nous tendons vers un même but. Foin de ces noises et de ces bisbilles, elles ne sont dignes ni de vous ni de moi ! Tout ce petit grabuge entre nous excité va finir en deux mots : je vous aime.

Nicolas se jeta dans les bras de Sartine, ému de ce langage, pour une fois, il le sentait, exempt de cette duplicité dont Sartine trop souvent entachait ses attitudes.

— Alors Nicolas, quels éléments vous troublent encore avant de toucher au but ?

— Je crains que l'affaire ne soit plus complexe. Seuls les motifs de ces assassinats nous peuvent conduire à mieux percer ces mystères. Au cours du bal de la reine, j'ai revu M. de Corberon qui fut chargé d'affaires du roi à Saint-Pétersbourg. La conversation a porté sur cette prétendue princesse de Kesseoren dont nous n'ignorons pas à Paris, où ses méfaits ne se comptent plus, la nature d'escroc en jupons.

— Et quelle nouveauté Corberon vous a-t-il dévoilée ?

— Que lui-même durant son séjour en Russie avait eu vent d'autres activités de ladite dame.

— Et lesquelles à la parfin ?

— Que, sous le couvert de son sexe et de ses activités délictueuses qui ne sont qu'une gaze, elle serait l'un des agents les plus efficients et retors d'un service…

— Rien que cela ! fit Sartine, l'air sceptique. Une femme ! Dans un service ! Le *secret* de Catherine II !

— Les croyez-vous incapables de traiter de ces matières ? Ne connaissons-nous pas certaine personne du sexe qui, à Londres au milieu de nos ennemis, rassemble pour nous tant d'informations en matière navale que nous sommes aussi bien au fait des mouvements des navires que messeigneurs les lords de l'amirauté ?

— Vous avez raison. Tout est possible par les temps qui courent ! Et vos *corbineries* pourraient changer bien des choses.

— Reste en effet à tirer les conséquences de cette découverte.

Sartine se mit à arpenter la clairière, considérant les deux corps qu'on relevait pour les placer dans une voiture qui venait d'arriver sur les lieux. Nicolas supposa qu'elle devait suivre à quelque distance la cavalcade de l'ancien ministre. Que tout cela avait été soigneusement préparé !

— Les a-t-on fouillés ? s'écria-t-il soudain.

Un homme en noir s'approcha.

— Oui, monseigneur. À part des armes, un peu d'argent, quelques louis et du billion. Rien d'autre, si ce n'est ce brimborion !

Nicolas, en dépit de sa faiblesse, se précipita sur l'exempt pour lui arracher son trésor, au grand étonnement de Sartine. Il avait retrouvé son reliquaire.

— C'est, dit-il, un souvenir de mon père.

— Nous avons affaire à des gens que la prudence gouverne. Il est bien dommage que nous les ayons dépêchés, ils auraient pu parler… Nicolas, vous ne croyez pas que Kesseoren puisse être l'assassin du comte de Rovski, n'est-ce pas ?

— Je ne saurais être affirmatif en ce domaine. Rien ne le prouve dans l'état de l'enquête. Ce qui me trouble, c'est pourquoi apporter les pages arrachées au carnet du comte à l'Hôtel de Lévi pour les placer sur le corps de Pavel, le maître d'hôtel ?

— Vous l'avez vous-même soutenu. C'est pour le faire accuser du premier meurtre.

— Certes, mais désormais nous savons que Kesseoren est sans doute un agent de l'impératrice, pourquoi aurait-elle tué ou voulu faire accuser Pavel qui lui aussi, de l'aveu du grand-duc, était un affidé du même service ? Ou alors ?

— Ou alors ?

— Une pensée me traverse, mais si confuse et si mal formée que je dois pourpenser son examen et préfère me taire.

— Allez vous reposer. Je vous reconduis rue Montmartre.

— Aimée d'Arranet est-elle au courant de mon état ?

— Elle a été prévenue par mes soins que vous êtes sauf.

— Monseigneur, je ne sais comment vous dire…

— Rien ! Ne dites rien. Demeurez vous-même.

Il fouilla dans sa poche et en sortit le cordon de Saint-Michel et la croix de Saint-Louis.

— D'autres s'en parent qui ne les méritent pas. Le roi apprendra le détail de cette nuit.

— Il n'en appréciera que davantage son ancien ministre.

Ils éclatèrent de rire alors que leur voiture s'ébranlait.

Dimanche 9 juin 1782

À l'hôtel de Noblecourt, l'arrivée à sept heures du matin d'un Nicolas, la tête enveloppée d'un pansement, ne passa pas inaperçue. Le vieux magistrat descendit en toute hâte de sa chambre en madras et robe de cachemire. Marion en jupons donna des ordres à tout va, frappant le sol de sa canne, et Catherine, à son habitude dans les graves circonstances, fit chauffer de l'eau à tout hasard. Pluton aboyait ou plutôt hurlait, excitant Mouchette qui miaulait sourdement. Poitevin, qu'on avait envoyé rue Saint-Honoré, revint bientôt avec le docteur de Gévigland qui entreprit aussitôt d'examiner et de sonder la plaie à la base de la nuque. Elle avait beaucoup saigné. Il n'y avait pas lieu de s'inquiéter, un bon emplâtre au pain ramolli tenu par un taffetas suffirait et quelques heures de repos remettraient le commissaire d'aplomb. On accompagna le blessé jusqu'à sa chambre. Catherine lui fit engloutir une tisane tirée de sa réserve, amas de pots et de sachets de toile, sur laquelle elle veillait jalousement. Nicolas ne résista pas à ce traitement et s'endormit aussitôt.

Ce fut Louis qui, rentré de Versailles et fou d'inquiétude, réveilla Nicolas sur le coup de midi en dépit des admonestations de la maisonnée. Nicolas se trouva frais et dispos, fit sa toilette, se rasa et après que Catherine lui eut renouvelé son appareil, surgit chez Noblecourt où la table avait été dressée pour le dîner dominical. Noblecourt, curieux, se fit raconter le bal de la veille. Louis mêla ses remarques à celles de son père. À peine commençaient-ils à prendre place à table qu'un bruit se fit entendre. Une voiture venait d'entrer dans la cour en hâte. Des pas pressés dans l'escalier suivirent et Aimée, en simple robe de mousseline, son bras gauche enveloppé d'un tour de gaze, surgit essoufflée et se jeta dans les bras de Nicolas. Noblecourt sonna pour qu'on dresse un quatrième couvert.

— Je vois, mon ami, dit Aimée après avoir salué M. de Noblecourt et Louis, que vous vous préoccupez de moi en reprenant des forces.

Le ton était mi-plaisant, mi-ironique.

— M. de Sartine m'avait heureusement fait rassurer sur votre sort et j'avais espéré qu'on vous prévînt que j'étais sauf. Imaginez mon angoisse quand vous fûtes précipitée sur la chaussée.

Catherine arriva avec le quatrième couvert, ce qui fit diversion.

— Ma bonne Catherine, dit Noblecourt, quel régal nous avez-vous mitonné ? Je n'ai sur l'estomac que le pain bénit de Saint-Eustache et Nicolas, et sans doute Mlle d'Arranet, ont-ils tous deux besoin de se réconforter.

— Tout d'abord, des homards que j'ai fait chercher à la Halle abrès l'arrivée de Nicolas. Zimplement traités en ragoût. Je barde les grosses bêtes et je les emmaillote dans des bandes de linges, blacés dans un poêlon, ils cuizent au four. Pas trop, juste pour bouvoir éblucher et tirer la chair et tronçonner. Les morceaux, je les basse au beurre, avec fines herbes hachées, ciboule, sel, poivre, muscade. Alors juste avant de vous les servir, je bilonne le dedans de la tête avec un filet d'huile d'œillette, un trait de vinaigre rosat et un petit verre de jus d'orange. Le homard chaud et qui commençait à dessécher s'imbibe et se rebaît de cette sauce et y retrouve son moelleux. Mais j'y cours. J'entends Marion qui me hèle !

— Nous ne saurons pas la suite, mais si elle est égale au préambule, nous pourrions nous satisfaire du volume in-folio !

Aimée, qui paraissait avoir oublié sa rancœur, demanda à Nicolas le récit de son aventure. Celui-ci fut vingt fois interrompu par Louis qui pressait son père de questions sur le détail de l'événement. Noblecourt se félicita de la sollicitude de Sartine.

— Certes, dit Nicolas, j'étais l'agneau qu'on promène pour attirer le loup. Il s'en est failli de peu que je succombe. Les fins tireurs de Sartine auraient pu manquer mes agresseurs. Alors c'en était fait de moi.

— À quoi pensiez-vous, mon père ?

— À vous, Louis, à mes amis, au roi et, *the last but not the least,* à vous, Aimée.

Il s'était levé et lui baisait la main.

Il y eut un mouvement d'émotion général. Noblecourt toussait, Louis fixait le plafond et Aimée se tamponnait les yeux avec sa serviette. Catherine le rompit en apparaissant avec le plat de homard fumant. Poitevin la suivait avec une carafe de vin rouge qui intrigua Nicolas.

— C'est, répondit Noblecourt, un présent du duc de Richelieu, mon vieil ami. Il me fait tenir ce nectar issu de son vignoble de Fronsac. Il y avait d'ailleurs fait bâtir une folie où il donnait, alors gouverneur de Guyenne, des fêtes très courues. C'est ce même vin que le feu roi goûta médiocrement. Pour ma part, je m'en régale et je suis heureux et fier d'en posséder quelques barriques dans ma cave.

Aimée raconta alors comment elle avait été recueillie par une voiture de la cavalcade de Sartine et reconduite à Fausses-Reposes. On se divertit ensuite des menus incidents du bal de la veille. Noblecourt était particulièrement en verve, n'ayant aucun représentant de la Faculté qui freinât sa gourmandise. Catherine apporta le plat principal.

— Voici, dit-elle l'air fiérot, du canard à la sauce orientale.

— C'était d'obligation au milieu de nos contes ! Et le récit de votre manière, ma mie ? claironna Noblecourt, qui abusait du vin de Fronsac.

— Diable, il y vaut la main ! On doit ouvrir les canards par le dos pour retirer la chair et laisser enzemble la beau sans rien défigurer. Cette chair en farce va remblir la défroque avec du lard, des dattes du Levant, du limon confit, des macarons bilés et des bistaches. Sel, cannelle et poivre. Remettre alors la chair dans l'enveloppe de beau cousue. À la broche enzuite en arrosant de vin blanc doux. Quant à la sauce, limon, cannelle encore avec un peu de miel et un trait de vin de Malaga. Et autour des racines de céleris sautées avec un ébarbillement de grains de grenades. On se bourlèche !

— Diable ! Ne trouvez-vous pas que notre Catherine élargit son registre ?

Une compote de cerises conclut le festin. Aimée entraîna Louis à la maison de Montreuil de Madame Élisabeth. La sœur du roi, à qui le jeune officier avait été présenté la veille, souhaitait lui faire visiter ses jardins. M. Le Monnier, botaniste du feu roi, l'avait initiée à l'étude des plantes et entraînée à de fréquentes herborisations dans le bois de Satory, dans les serres de Versailles et dans ses propres courtils. Cette visite des jardins devait être suivie d'une collation chez Mme de Mackau qui occupait un petit bâtiment dépendant du château. On devait enfin jouer aux ombres chinoises. La princesse adorait diriger la séance et chacun, à tour de rôle, était appelé à deviner le nom des personnes qui passaient derrière la toile. Nicolas constata avec un peu de mélancolie que tout ce programme distrayant appartenait au monde des jeunes gens.

Il demeura avec Noblecourt qui sirotait une sauge réclamée pour la forme, comme un hommage du vice à la vertu, tentative qui, aux dires sarcastiques de Catherine, ne serait, vu la consommation excessive de vin de Fronsac, qu'un emplâtre sur une jambe de bois. Les yeux fermés, mais ne dormant pas, Raminagrobis à l'affût, le procureur s'enquit de l'évolution de l'enquête en cours. L'image évoquée par Bourdeau – était-ce lui ? – ressurgit.

— J'ai deux taches d'encre que je voudrais voir réunies, car j'ai le sentiment qu'elles n'en doivent faire qu'une.

— La partie qui veut rejoindre le tout.

Il relata le cours des événements et les différentes hypothèses de travail.

— Mon cher, votre problème est celui de la succession des visites chez le comte de Rovski le soir de son assassinat.

— Vous avez mis du premier coup le doigt sur l'essentiel ! C'est quand nous aurons découvert qui a tué Rovski que nous déterminerons précisément le lien qui existe avec ce qui s'est déroulé à l'Hôtel de Lévi.

— Êtes-vous assuré que votre Dangeville n'est pas l'auteur du meurtre de Pavel ?

— Est-on sûr de quelque chose ? Nos constatations indiquent le contraire. Reste que le doute subsiste, les corps ayant été d'évidence déplacés. Cette vision des choses modifierait évidemment la donne.

Il s'arrêta. Comme souvent une pensée vague, insaisissable, venait de lui traverser l'esprit.

— Mais dans ce cas, reprit-il, que venait faire la princesse de Kesseoren à l'Hôtel de Lévi ? Ce ne serait donc pas elle qui aurait déposé les pages du carnet de Rovski dans la poche du maître d'hôtel.

— Peut-être pas. Soit elle disposait des papiers, mais n'avait pas tué le comte. Elle s'en est peut-être saisie, l'occasion faisant le larron. Soit elle s'introduisait dans l'Hôtel de Lévi pour une tout autre raison.

— Que de portes ouvertes !

— Et ces crimes touchant des filles du boulevard ?

— Rien de plus que les soupçons de Sanson sur la nature et l'outil de ces égorgements. Il faut ajouter cette arme de collection dérobée dans le cabinet du prince.

— C'est sans doute pousser les choses bien loin que de vouloir les raccorder avec des événements intervenus en Russie à des milliers de lieues de Paris !

— Il est vrai que cela passe le vraisemblable. Je bute sur l'inconnu. Je marche en aveugle depuis des jours et ne peux vous dissimuler, à vous, mon cher ami, que parfois je désespère de trouver l'issue. Si aucun événement ni aucune découverte ne surviennent pour redonner son élan à l'enquête, aboutirons-nous ? D'autant plus que les jours s'écoulent et que bientôt le comte du Nord s'éloignera avec sa suite, réduisant à quia la solution éventuelle de ces mystères. La tentation me prend parfois de tout laisser là en plan et de quitter Paris, de rejoindre Ranreuil. Ce qui me retient, je le confesse, n'est rien d'autre que…

Il s'aperçut soudain que Noblecourt s'était assoupi. Mouchette sur ses genoux, les yeux clos, ronronnait, paisible. Nicolas se sentit bien seul. Il remonta dans son appartement, considéra avec tristesse le bel habit de maître Vachon, souillé et déchiré. Était-ce là le symbole de son existence actuelle ? Il soupira, se ressaisit. Il fallait reprendre le harnais. Il s'habilla et, dédaignant les protestations de Catherine, prit à pied le chemin de l'hôtel de police. Il y trouva Le Noir et Sartine discourant des avantages de la perruque et procédant de concert à l'énumération des raisons qui justifient son port.

— L'abbé Thiers dans son *Traité des perruques* énumère les différentes situations. Soit paraître plus jeune, soit dissimuler la couleur rousseau, soit vouloir être brun quand on est blond et vice-versa. D'autres souhaitent des cheveux longs. Certains, pour d'immorales causes, se déguisent pour se rendre méconnaissables. La plupart enfin pensent qu'ils ne paraîtraient gens du monde à la mode s'ils ne disposaient pauvrement que de leurs cheveux. Pour moi, il n'y a jamais eu d'autres raisons que mon goût pour la beauté, la texture, l'apprêt, la couleur et le faste de ces splendeurs. Mais voici Nicolas ragaillardi ! N'êtes-vous pas de mon avis, cher ?

— Comment pourrait-il en être autrement ? Je fus parfois votre rabatteur et souvent votre fournisseur.

— C'est vrai, avec une longanimité remarquable et dont je vous suis reconnaissant.

— Lorsque je traitais des affaires de Bretagne, j'avais observé, poursuivit Le Noir, les élégantes habitudes des magistrats de Rennes. Les plus raffinés de ce parlement faisaient au moins trois toilettes par jour. Le matin, perruque à la présidente, pour cacher les papillotes aux audiences. Après dîner, le grand accommodage pour les cartes et le soir, perruque à la grecque pour les petits soupers.

— J'étais à l'époque clerc de notaire à Rennes. J'ai vu ces beaux messieurs d'ordinaire vêtus de noir arborer des habits de couleur pour manifester aux yeux du public qu'ils n'étaient plus gentilshommes, ayant, en manière de protestation et jusqu'à nouvel ordre, répudié leur qualité de magistrats.

— Nous nous égarons avec bonheur dans nos souvenirs. Nicolas, un plan de bataille ?

— Je me propose de ce pas d'aller visiter la comtesse Skzrawonski qui héberge, ou aurait hébergé, notre Kesseoren.

— Qui doit se trouver bien démunie depuis que ses sicaires ont été mis hors d'état de nuire !

— Le Noir, vous en parlez à votre aise, grinça Sartine, nous ignorons toujours où ces malfaisants se pouvaient cacher. Que font nos gens ?

— Hélas, monseigneur. Ils sont nombreux mais, outre la surveillance de la ville et des étrangers, la sûreté organisée du comte du Nord et les autres habituelles affaires, ils ne suffisent pas à la tâche. Je pressens d'ailleurs que la dame ne doit pas manquer de se travestir afin d'échapper à nos recherches.

— Soit ! Alors bonne traque, Nicolas.

Nicolas reprit une voiture pour gagner la rue d'Anjou. À l'angle du cul-de-sac de Nevers se dressait une vieille demeure à l'aspcct digne et vénérable. La comtesse habitait un grand appartement au premier étage. Une vieille femme, manière de gouvernante, lui ouvrit la porte et, à pas menus, alla prévenir sa maîtresse. Elle revint le chercher et le fit entrer dans un petit salon tendu de damas bleu où se tenait debout, devant la cheminée, une grande femme entre deux âges à haute coiffure poudrée.

Elle portait une robe marron. Un châle de dentelle lui couvrait les épaules. Elle braqua sur l'intrus un face à main.

— Monsieur le marquis de Ranreuil, me dit-on ? Cela ne m'évoque rien. Nous connaissons-nous ?

— Madame, je suis un ami de la baronne d'Oberkirch.

Le visage de la comtesse s'éclaira à la mention de ce nom.

— Fort bien. Quelle est la raison de votre visite ?

Il avait choisi de louvoyer entre la vérité et le mensonge.

— Il se trouve, madame, que je suis en quête, pour l'avoir croisée jadis, de la princesse de Kesseoren, dame à portrait de Sa Majesté impériale. La connaissez-vous ?

Il y eut un silence dont Nicolas devina la cause. La comtesse ne souhaitait pas répondre à cette question directe et cherchait une chose à dire qui fût plausible.

— Ce nom ne m'est pas inconnu… Cependant je n'ai jamais rencontré, personnellement, cette dame.

L'adverbe était superflu et soulignait son trouble.

— Ma femme de chambre va vous reconduire, monsieur le marquis. J'ai été ravie de vous connaître. Transmettez, je vous prie, mes sentiments à Mme d'Oberkirch.

Elle tirait déjà le cordon de la sonnette quand à son étonnement elle vit Nicolas saisir le dos d'un fauteuil, disposer le meuble face à elle et s'y asseoir.

— Monsieur, que dois-je comprendre ? dit-elle fort crêtée. Vous ai-je invité à vous asseoir ?

— Madame, je ne bougerai pas d'un pouce tant que le mensonge présidera à notre entretien. Soyez sincère et je me lève tout aussitôt.

— Me faut-il appeler le guet ?

— Ne vous en avisez pas, madame. Il vous en cuirait et je puis vous assurer que la conséquence serait toute à votre détriment.

— Au nom de qui et de quel droit vous permettez-vous de me menacer ainsi ?

— Au nom du roi, madame. Je suis le marquis de Ranreuil, chargé par Sa Majesté des affaires extraordinaires. Si vous regardez par la croisée, vous apercevrez un fiacre. Un exempt de police attend mon signal pour vous venir arrêter et mener dans une maison de force.

— Monsieur, quelle que soit votre qualité, je vous rappelle que je suis étrangère, noble et sujet de Sa Majesté impériale la tsarine Catherine II. J'en appellerai à notre ministre à Paris. Vous n'avez aucun droit sur moi, aucun. Sortez, monsieur !

— Vous tirez à blanc, madame. Je mène une enquête que Son Excellence le prince Bariatinski suit avec intérêt. Dois-je vous apprendre que j'appartiens à la suite du grand-duc Paul et que les informations que je requiers de vous intéressent au premier chef la sûreté de l'héritier de l'Empire, aujourd'hui hôte du roi de France ? Cela modifie-t-il votre attitude ou faut-il que j'appelle notre homme ?

Il feignit de se lever. La comtesse se tordait les mains en serrant les pointes de son châle. Enfin elle soupira et se laissa choir dans une bergère. Il craignit un moment qu'elle ne se réfugiât dans un évanouissement, ultime argument des femmes dans une situation difficile.

— Monsieur, je proteste contre la violence qui m'est faite et dont je doute qu'elle soit autorisée par le droit de gens. Mais dans ces conditions, je dois me résoudre à céder à celle-ci car je n'ai rien à dissimuler.

— Il y va, madame, des intérêts de votre pays et de la sûreté du prince Paul. Je me félicite que la raison et le bon sens gouvernent enfin votre conscience. Je repose ma question : connaissez-vous la princesse de Kesseoren ?

Elle prit une forte inspiration avant de parler.

— Monsieur, puisqu'il faut le dire, je la connais, enfin depuis peu et à la requête expresse des autorités de mon pays.

— Bon, voilà un début. Quelle était cette demande ?

— Monsieur, vous me mettez à la torture. Ce sont là matières dont j'ignore si je suis autorisée à les dévoiler.

— Madame, faudra-t-il que je vous mène à votre ambassadeur ? Il ne faut rien dire ou tout dire.

— Soit… J'ai reçu il y a quelque temps un message de la cour impériale, d'un proche conseiller de Sa Majesté, me priant, m'enjoignant, d'accueillir et d'aider une certaine princesse de Kesseoren sans m'ingérer d'aucune façon dans ses activités et de ne m'étonner de rien. Tels étaient, selon mon correspondant, les recommandations et ordres de Sa Majesté impériale.

— Et donc vous avez accueilli cette dame ? À quelle époque ?

— Il y a plusieurs semaines. Mais elle a disparu plusieurs jours. Elle est réapparue depuis prendre son bagage.

— Avez-vous eu des conversations avec elle ?

— Elles se résumaient à peu. Son mutisme était égal à ma discrétion. Il ne fut question que de détails matériels. Monsieur, je m'étonne que vous paraissiez suspecter de je ne sais quelles menées une dame, une princesse, recommandée à moi par la cour impériale.

— Votre remarque coule de source. L'enquête que je mène vise précisément à éclairer le trouble que suscite cette contradiction. Mais je dois vous dire que la princesse, si tant est qu'elle le soit, est impliquée dans une affaire criminelle où l'on décompte déjà beaucoup de victimes. De plus votre dame était acoquinée avec deux bandits que la police de Sa Majesté a été contrainte de mettre hors d'état de nuire.

— Qu'y puis-je, monsieur ? En suis-je responsable ?

— Madame, je ne suis pas en mesure de mettre en cause votre bonne foi. Cependant, prenez garde que vous pouvez être impliquée dans des affaires de meurtre comme complice et, chose aggravée, dans un complot d'État. Nous sommes en guerre et tout étrangère que vous soyez, rappelez-vous qu'il n'en sera tenu aucun compte si le doute s'installe sur votre innocence. Je vous salue, madame.

Elle se leva, raide, et, le visage fermé en femme outragée, sonna. La duègne apparut aussitôt. Sans doute, se dit Nicolas, écoutait-elle leur dialogue, l'oreille collée à la porte. Il salua la comtesse. Elle ne répondit pas. Sur le seuil de la pièce, il s'arrêta et se retourna.

— Une dernière chose, madame. Ne vous avisez pas de prévenir cette prétendue princesse de Kesseoren de ma démarche. Je vous informe en loyauté que vous êtes dès ce moment surveillée et que le moindre de vos mouvements me sera signalé. Je vous conseille donc la prudence la plus sourcilleuse. Et j'ajoute, car la police sait tout en France, que l'an dernier vous fîtes réparer une broche à portrait chez M. Böehmer... Cela vous chante-t-il quelque chose ?

Et il disparut sur cette dernière flèche. Comme pour l'exempt dans le fiacre, cette vieille astuce policière ne manquait jamais son effet. Il n'était pas dit qu'une surveillance ne serait pas organisée à tout hasard.

Sa voiture enfila la rue de Nevers jusqu'au quai de Conti où elle prit à gauche pour rejoindre, par les quais et les rues Saint-Roch et Neuve-des-Petits-Champs, l'Hôtel de Lévi. Là, il retrouva Bourdeau qui piaffait d'impatience, ne l'ayant trouvé ni rue Montmartre ni au Châtelet.

Il se mit à bougonner et à enfiler des phrases sans suite à la mesure de l'angoisse ressentie. Son émotion redoubla au récit concis de l'aventure. Il supplia Nicolas de prendre garde à lui et d'éviter les imprudences solitaires. Il était passé à la basse-geôle où avaient été apportés les cadavres des rufians tués dans la nuit. Le premier examen des corps avait révélé qu'ils portaient des marques d'infamie et qu'il s'agissait sans doute de prisonniers en fuite. Restait à comprendre les raisons de leur présence en France au service d'une princesse. Nicolas lui relata sa conversation avec la dame à portrait. Les éléments recueillis à cette occasion confirmaient ce qu'ils supposaient. Ces deux-là avaient sans doute, en raison de leurs *qualités*, été recrutés pour servir d'hommes de main et de gardes du corps de la princesse de Kesseoren, possible espionne patentée du pouvoir impérial.

À l'Hôtel de Lévi, les illustres visiteurs dormaient encore, n'étant revenus des fêtes de Versailles qu'à quatre heures du matin. L'inévitable Nikita accueillit Nicolas et l'inspecteur. Au point où en était l'enquête, Nicolas décida de brusquer les choses. Il avait jusqu'à présent été empêché par les circonstances de visiter les quartiers du majordome. Certes le personnage, dont il n'avait pas à se plaindre et qui lui avait avec patience apporté son aide, n'appartenait pas au cercle étroit des suspects, mais son expérience lui avait enseigné ne devoir rien négliger.

— Je dois poursuivre, dit-il, ma visite des chambres du domestique et de la suite. Puis-je vous demander de me conduire à votre logement ?

Aucune expression ne passa sur le visage égal du majordome. Tout était lisse chez cet homme-là.

— Je crains que le désordre qui y règne ne soit un obstacle à cette visite. Un peu plus tard, si cela vous convient ? Je vais, de ce pas, disposer mes effets d'une manière digne et vous reviens chercher.

Il se précipitait quand Bourdeau se mit par son travers avec une mimique si menaçante que l'homme s'arrêta dans son élan.

— Halte-là, l'ami ! Nous t'allons accompagner dans tes quartiers, le commissaire et moi.

Le logement de Nikita se trouvait non loin de celui de Dimitri, le secrétaire du prince Paul. C'est en silence qu'il les conduisit sous les combles de l'hôtel, endroit que Nicolas avait déjà en partie visité. Il ouvrit la serrure avec une clé qu'il portait en sautoir, attachée à une chaîne. À leur grande surprise, la chambre apparut en ordre, la couchette faite et sans aucune harde ou objet sur le fauteuil, la table de bois ou la commode. Leur coup d'œil éloquent parut pour le coup troubler Nikita. Il se frappa le front d'un geste dont le naturel manquait de sincérité.

— Ah ! J'avais oublié avoir tout rangé ce matin. J'ai la tête ailleurs avec cette visite qui met tout sens dessus dessous !

— Bon, cela simplifiera l'examen, dit Bourdeau, poussant le majordome dans le couloir.

— Je puis vous aider ? Dois-je accepter cela ? Je me plaindrai au prince, mon maître. Qu'ai-je fait pour être ainsi traité ?

Nikita après la comtesse, cela suffisait pour la matinée. Nicolas fit un geste péremptoire. Une poussée plus vigoureuse expulsa Nikita dans le couloir et la porte lui fut claquée au nez. La manière dont Nikita avait tenté d'éluder et de freiner la fouille de sa chambre redoubla l'énergie qu'ils déployèrent à l'examen systématique de ses effets.

— Mettons-nous dans la tête que si quelque chose est ici dissimulé, il ne peut être que très bien caché ou d'une évidence telle que nous passerons vingt fois devant sans y prêter attention.

— La recommandation est d'usage, encore faudrait-il savoir ce que nous recherchons.

— La pointe en forme de dague d'une arme ancienne, et tel autre indice dont je ne connais ni la nature ni le nom. Au travail !

Chaque vêtement fut examiné jusqu'aux coutures palpées. Les meubles, peu nombreux au demeurant, firent l'objet de leur particulière attention. Le parquet et les plinthes furent sondés et auscultés. L'attitude étrange de Nikita justifiait l'espèce d'acharnement mis à fouiller ce logement. Pourtant ils ne découvraient rien. Ils allaient renoncer et rejoindre le rez-de-chaussée de l'hôtel quand Nicolas considéra avec curiosité un ouvrage ancien ouvert sur la table. L'ouvrage n'était pas imprimé. Il s'agissait d'un livre enluminé de gravures pieuses, une bible ou des Évangiles d'évidence. Il reposait sur un petit napperon en dentelle à l'aspect inhabituel ou peut-être hors d'usage. Nicolas souleva le livre, l'examina avec soin, le feuilleta. Le napperon à son tour subit l'évaluation du commissaire.

— Regarde, dit-il, je croyais que le linge était troué par l'usure ou par des insectes. Il n'en est rien. Il est en parfait état !

— On dirait une grille aux trous inégaux, qu'on aurait disposés et répartis au hasard.

Nicolas réfléchit un moment, hocha la tête, se mit à rire de manière convulsive au point d'inquiéter Bourdeau. À la fin, il prit son vieil ami par les épaules, le secoua et le serra contre lui.

— Tu es un génie, cher Pierre. Que ferais-je sans ta sagacité ? Grille, grille, grille, mais oui ! Tu as trouvé le mot et la solution. Grille ! Grille !

— De quel accès es-tu saisi ? Je vais te reconduire rue Montmartre. C'est sans doute le coup que tu as reçu cette nuit.

— Ce coup, je m'en moque, Pierre, comme d'une guigne ! La grille est la matrice. Oui, la matrice de tous les secrets. Il faut saisir le cabinet noir. À Versailles, à Versailles chez Vergennes. Ce serait le comble de ne pas en avoir retenu au moins un. Ils sont passés inaperçus… Et pour cause. En russe et chiffrés. Ah ! Cela ouvre des perspectives. De larges avenues… Elles nous mèneront jusqu'à… Peut-être, ou pas du tout. Les taches se rejoignent. Se mêlent-elles ? Je ne sais. Kesseoren, pourquoi ? Que voulait-elle ? Qui est mort le premier ? Et Harmand, le pourquoi, oui le pourquoi ? Avant, après ? Cela changerait beaucoup de choses. Pourquoi l'avoir exclu ? Reste le prince. Nous sommes à l'étrange.

Bourdeau écoutait avec une inquiétude grandissante le flux de la réflexion à voix haute de Nicolas dont il ne comprenait pas un traître mot.

— Pierre, as-tu du papier ? Les feuilles de mon carnet sont trop petites pour la besogne que j'envisage.

— M'expliqueras-tu à la fin le sens de ce galimatias ?

— Tu as dit le sésame. Grille, grille. Nous sommes en présence d'une grille qui sert à chiffrer des messages secrets. Regarde.

Nicolas saisit le napperon et ouvrit le livre de piété. Il plaqua le tissu sur l'une des pages. Sa dimension correspondait exactement.

— Considère le résultat. Là où la dentelle fait des jours…

— Oui… et alors ?

— Et alors tu observeras qu'à chaque trou du tissu correspond exactement une lettre. Il suffit donc à l'autre bout du circuit que soient envoyés des numéros de pages. Si tu ne possèdes pas la clé du système, sa totalité, à savoir le livre et le napperon, tu ne peux absolument pas traverser les messages qui sont ainsi transmis sans risque.

— Il faut donc avoir de l'autre côté un ouvrage identique et un doublon du napperon.

— Exactement. Et je te pose une question. Pourquoi ce matériel d'espion se trouve-t-il dans la chambre du majordome du prince Bariatinski, ministre de Catherine II à Paris ? La réponse est aisée. Le personnage appartient à un service de renseignement. Aussitôt, entends-tu la cascade des conséquences qui s'écoule à grand bruit ? Si la princesse de Kesseoren est elle-même affidée du même service, connaissait-elle le rôle de Nikita ? Dans ces conditions, quel rôle a joué ce dernier dans le crime de l'hôtel de Vauban ? Quelle raison a conduit la princesse à l'Hôtel de Lévi ?

— Tu oublies Dimitri, le secrétaire.

— Non, je le place sur le même rang dans la sinistre ronde des suspects.

Il se frottait les mains d'excitation.

— Qu'allons-nous faire ?

— Rien.

— Comment rien ?

— Réfléchis. Si nous intervenons maintenant, nous découvrons nos batteries. En un instant tout va s'agiter, se disperser, se fondre dans les ténèbres et nous perdrons tous les avantages acquis de cette longue et pénible enquête. Je le répète, as-tu du papier de taille utile ?

Bourdeau fouilla une poche de son pourpoint et en sortit un petit carré de papier plié en huit. Il le tendit à Nicolas qui le déploya.

— Il fera l'affaire. Voilà un crayon. Tu vas me copier très exactement le dessin de ce napperon. Fais attention aux jours qui doivent être reproduits très exactement.

— Et que feras-tu de ces copies ? Tu ne veux pas donner l'éveil, tu ne peux t'emparer du livre et sans lui aucun message traversé ne peut être déchiffré.

— Tu me tires les mots de la bouche. Nous disposerons d'une arme secrète. L'ouvrage ne va pas disparaître. Replaçons tout en l'état. Rassurons Nikita et le moment venu l'ouvrage en question sera notre plus puissant argument. La prudence s'impose au dernier degré, nous sommes dans une ambassade étrangère. Rien ne peut être dévoilé avant que nous détenions l'ensemble des lumières sur cette affaire, sur ces affaires.

Après avoir tout replacé à l'identique, ils sortirent de la pièce et trouvèrent Nikita qui les attendait, le visage fermé.

— Monsieur, dit Nicolas amène, nous sommes satisfaits et, comme je le pressentais, nous n'avons rien découvert de suspect dans votre logement. Je ne pouvais éviter cet examen, vous le comprenez. Vous vous devez de donner l'exemple. J'ai confiance en vous et j'espère que vous consentirez à m'apporter votre appui comme vous l'avez fait jusqu'à présent.

L'homme s'apaisait à ces paroles enveloppantes. Nicolas appela Bourdeau qui traînait dans la chambre.

— Je suis votre serviteur, monsieur le marquis. Je suis désolé que ma pauvre mémoire ait pu vous laisser supposer que je dissimulais quelque chose.

Dans le vestibule de l'Hôtel de Lévi, le calme régnait. Ils sortirent dans la rue inondée de soleil de cette fin d'après-midi. Nicolas expliqua à Bourdeau ce qu'il attendait de lui. Se rendre à Versailles et voir avec les services de Vergennes si des messages indéchiffrables à destination de Nikita Paline, majordome à l'ambassade de Russie, avaient été interceptés. Ceux-ci devaient porter des chiffres compris entre 0 et 657. Sur ce, ils se séparèrent et Nicolas, sifflant un air de Balbastre, alla flâner sur le boulevard. Le choix du morceau avait un goût de revanche et marquait que les affaires reprenaient.

XII

CHANTILLY

> « En l'honneur de l'hôte étranger, on voulut représenter *Hamlet*, mais l'acteur qui devait en tenir le rôle déclara qu'il jugeait déplacé de le jouer en présence du Hamlet russe. »
>
> *Mozart*

Du lundi 10 juin au mercredi 12 juin 1782

Les bureaux de Versailles ne furent pas longs à retrouver trace d'étranges messages chiffrés émanant de Russie et traversés par le cabinet noir. Ils avaient désespéré les commis les plus chevronnés appelés à s'échiner sur ces énigmes. Copies avaient cependant été conservées de ces textes benoîtement adressés par la poste au nom de Nikita Paline, Hôtel de Lévi à Paris. Malgré l'impatience de M. de Vergennes, Nicolas fit comprendre que le temps n'était pas venu de procéder, dans des conditions à définir, à la soustraction du livre matrice. Il y avait certes un risque de voir l'objet disparaître entre-temps, mais le commissaire entendait laisser mûrir l'affaire et agir au moment propice. De plus, il ne sous-estimait pas les difficultés de l'opération à l'intérieur d'une ambassade étrangère.

Le 10, Nicolas prit place dans l'une des voitures qui menaient le couple grand-ducal et sa nombreuse suite à Chantilly pour une visite de deux jours chez le prince de Condé. Depuis le bois de Champlâtreux, l'attelage à huit chevaux du couple impérial fut escorté par des gardes à cheval. Le prince, Mlle de Condé, le duc de Bourbon son frère, sa femme et le petit duc d'Enghien accueillirent leurs hôtes à leur descente de carrosse. Il y eut d'abord salon et présentations. Le duc fit compliment à Nicolas des prouesses écuyères de Louis qu'il avait eu l'occasion d'admirer au manège de Versailles. Après le dîner, la compagnie se rassembla pour une promenade en calèche et la visite des écuries, chenil de la meute, jardins, potagers et réservoir. Rien ne fut oublié et tout fut présenté avec la plus exquise délicatesse. Une collation fut servie au Hameau suivie d'une comédie où fut joué *L'Ami de la maison*. Cette première journée s'acheva par une illumination des jardins et de la galerie des cerfs. Au pont Saint-Jean, une décoration, des lacs d'amour au chiffre du comte et de la comtesse du Nord, s'embrasa en artifices et feux volants. Un jeu de bague et un bal champêtre conclurent gaiement la soirée. Nicolas gagna sa chambre où un valet lui prodigua les services les plus exacts.

Le lendemain 11 juin, se promenant au petit matin sur la terrasse du château, Nicolas fut hélé par un grand homme sec en habit de cavalier. Il reconnut Toudouze, le lieutenant des chasses du prince de Condé, avec lequel il avait *courru* à l'époque du feu roi.

— Ah ! Monsieur le marquis, fort aise de vous revoir. Je suis assuré qu'il y aura un vrai veneur dans toute cette *foutricaillerie*. Qu'attendez-vous là ?

— Mon ami, on doit tout visiter ce matin, en corps…

— Je vous plains et, de plus, cela ne vous apprendra rien. Jadis, vous avez accompagné le vieux roi à plusieurs reprises. La tournée est toujours la même : avant le dîner, caravane dans les appartements et la galerie des conquêtes. Que des tableaux !… Puis les salles d'histoire naturelle, celle d'armes, et le jeu de paume, où l'on fait jouer deux godelureaux pour la montre. Et l'après-midi, on cavalcade, enfin le cul dans une calèche, en forêt, aux étangs, à la ménagerie, aux eaux thermales, aux cascades et *tutti quanti*. Si le cœur vous en dit, je vous emmène relever les traces dans le grand parc en vue des prises de soir.

— Avec joie, Toudouze. Ma présence auprès des invités est inutile pour le moment.

Il passa en compagnie des hommes de la vénerie du prince, que dirigeait Toudouze d'une main de maître, quelques heures d'oubli et de pur bonheur. Il rejoignit la compagnie sans que quiconque se fût aperçu de son absence, hormis le prince de Condé, qui lui fit un clin d'œil et lui confia s'être douté, compte tenu de la réputation de veneur de Ranreuil, que son lieutenant des chasses l'avait accaparé. Le soir tombé, à la lueur de dizaines de flambeaux, une chasse dans les toiles fut lancée et tout le parc s'embrasa de lumières courantes. Après quoi, on soupa derechef au Hameau avant de nouvelles et superbes illuminations. Pour finir, les invités embarquèrent dans des pirogues afin de rejoindre la place de l'Orme où dansaient bergers et bergères au son des flageolets, des fifres et des tambourins.

À deux heures du matin, on frappa à la porte de la chambre de Nicolas. Il enfila sa chemise et courut ouvrir, se cogna le pied au passage, n'ayant eu le temps d'allumer sa chandelle, jura et finit par découvrir Magnier, un exempt de police responsable de la poignée de policiers chargés d'assurer la sécurité du couple impérial pendant ses déplacements. Il éleva une lanterne qui éblouit Nicolas et se mit à parler d'une manière si précipitée que son propos était incompréhensible.

— Allons, Magnier, reprenez souffle et expliquez-moi distinctement ce qui vous amène à me réveiller à une heure aussi peu chrétienne ?

Il avait fait entrer le policier dans sa chambre, allumait le flambeau et se rhabillait en hâte.

— Voilà, monsieur le commissaire. Il y a eu un drame dans le parc du château. Vous savez, quoi qu'on en ait, le public finit par y pénétrer, en particulier des filles. En plus de tous ceux qui avaient participé au ballet champêtre. Ajoutez à cela, qu'il y a en ce moment plus de trois cents personnes au château, maîtres et domestiques.

— Suggérez-vous qu'ils en usent, de ces filles ? Au fait, Magnier, au fait !

— Monsieur, on a massacré une pauvre fille dans les taillis, et de vilaine façon, semblablement aux deux du boulevard, il y a peu. À ce que j'ai appris, la foule s'étant retirée après les illuminations de ce soir, la fille en question a sans doute dû rester dans le parc pour marauder et chercher bonne fortune. Elle a fait une rencontre, fatale pour elle. Des gardes de monsieur le prince font des rondes chaque nuit afin de pourchasser les braconniers qui n'ont que trop tendance à piller le gibier, si abondant à Chantilly. Vers deux heures et demie, ils ont entendu un grand cri et, étant peu éloignés, se sont précipités, et ont trouvé le corps de la fille. Après une courte battue, ils ont fini par débusquer le coupable qui s'est aussitôt enfui. Il y a eu des sommations. Vu la direction prise, ils craignaient qu'il ne se réfugiât au château.

— Au château !

— C'est vous dire si chacun frémissait à la pensée qu'il pût s'agir d'un invité de monsieur le prince de Condé. Imaginez le scandale ! Ils ont visé les jambes… Dans l'obscurité, le tir ne pouvait qu'être incertain et, de fait, il a pris la volée de plombs en plein dos. Quand ils l'ont rejoint, il était mort. Affolés, ils sont venus me chercher. C'est pourquoi, monsieur, j'ai cru de mon devoir de vous faire rapport sur-le-champ.

— Et tu as décidé de m'éveiller. Et, ce faisant, tu as parfaitement agi, avec une promptitude des plus méritoires. Reste que l'homme a été tiré comme du gibier ? On ne pouvait pas le saisir ?

Magnier, penaud, baissait la tête.

— Je n'y étais point et ne peux vous rapporter que ce qui m'a été affirmé.

— Je ne t'en veux pas, tu as eu raison et, dans ces circonstances, c'était la seule chose à faire. Comment se présente-t-il, cet assassin ?

— Oh ! Pour le peu que j'en ai vu, un étranger vêtu de curieuse manière. Hirsute et barbu, cela m'a frappé. Pourpoint sur pantalons à la turque… Et des bottes. Si vous m'en croyez, c'est quelqu'un de la suite des barbares du Nord.

La description cavalière de Magnier frappa Nicolas. Le portrait qui venait d'être dressé lui rappelait celui de Dimitri, le secrétaire du prince Paul. Il se mit à réfléchir sur la situation présente. La principale priorité consistait à éviter un scandale public qui risquerait de troubler la visite chez les Condé. Il en tenait du simple bon sens.

— Qui est au courant de la chose ?
— Les gardes qui ont tiré, et moi.
— Penses-tu pouvoir leur faire tenir le secret ?
— Je le crois. Quand ils ont vu le corps, ils sont tous tombés dans une grande affliction et inquiétude d'avoir tué un invité de Son Altesse sérénissime.

Nicolas forlongeait sa réflexion.

— Je t'accompagne pour voir les corps et les lieux. Ensuite tu les fais discrètement enlever et conduire à la basse-geôle. Je te donnerai un mot pour l'inspecteur Bourdeau. Pour les gardes, tu les convaincs, ne pleure pas quelques louis…

Il lui tendit une poignée de pièces tirées de son portemanteau.

— … Assure-les qu'ils sont sous la protection du roi et ne courent aucun risque dans cette affaire. Si on les interroge, qu'ils rendent compte d'avoir surpris des braconniers et de les avoir fait fuir en tirant d'abord en l'air. Quant à moi, je dois, hélas, demeurer avec le grand-duc jusqu'à la fin de la visite. J'espère que l'absence du secrétaire du prince, si toutefois il s'agit bien de lui, ne se fera pas sentir dans l'agitation d'un programme aussi chargé. Pour la suite, à Paris, je me chargerai d'informer qui de droit. Je vais te faire un mot pour Bourdeau sans attendre.

Il s'assit devant un petit bureau dans lequel tout était agencé pour écrire, plume, papier, encre, sable et un pain de cire à cacheter. Il résuma la situation à Bourdeau, lui demandant d'informer Le Noir, que les précautions fussent bordées pour prévenir tout événement.

Nicolas suivit ensuite Magnier jusqu'à l'endroit où gisait l'assassin. Il le retourna et reconnut en effet Dimitri, le secrétaire de Paul. Il fouilla les hardes du mort sans rien trouver d'autre que des formules en russe écrites sur des bouts de papier qu'il recueillit soigneusement. Point d'arme. Il s'approcha des gardes à qui Magnier venait d'expliquer la conduite à tenir. Il leur demanda si l'un d'eux avait trouvé l'arme dont avait usé l'assassin. Ils n'y avaient point songé tant précipité avait été le déroulement des événements et rapide la traque qui s'était ensuivie. Magnier les entraîna tous vers l'endroit où se trouvait la victime. Nicolas découvrit un pauvre corps disloqué, au visage chiffonné d'enfant. Les blessures qui lui avaient été infligées étaient effroyables et semblables à celles relevées sur les victimes du boulevard. Il ordonna qu'on fouillât les buissons alentour. L'un des gardes, au bout d'un quart d'heure de quête infructueuse, le héla. Il venait de ramasser une sorte de dague ensanglantée dans laquelle Nicolas reconnut la pièce manquante de la collection d'armes anciennes du grand-duc.

Nicolas se retint de tirer sur-le-champ les conséquences qui découlaient de ce drame. Il était nécessaire de laisser retomber l'excitation fiévreuse qui accompagnait toujours la découverte d'un crime. Pour le moment, la seule certitude qui s'imposait résidait dans le limpide constat de l'événement. Pour la troisième fois, Dimitri, secrétaire du tsarévitch, avait assassiné une prostituée. Il retourna vers la victime et ne recueillit sur elle que les pauvres objets habituels, un mouchoir, un peu de rouge dans un cornet, un peigne aux dents brisées, une petite boule d'étoupe et une fiole contenant ce qui semblait être du vinaigre et quelques liards.

Des brancards furent apportés par les gardes à la seule lueur des étoiles afin d'éviter d'attirer l'attention. Nicolas accompagna le cortège jusqu'aux voitures de police, seulement salué par les cris des oiseaux de nuit. Il s'assura que rien n'entravait la fin de la translation, répéta ses recommandations à Magnier, remercia les gardes, en réitérant les assurances de sa protection, puis, comme un fantôme, traversa les pelouses et rejoignit sa chambre. Il dut errer un moment dans les couloirs pour la retrouver, au risque, dans l'obscurité, de renverser les vases de nuit pleins déposés devant les portes.

Il ne réussit pas à retrouver le sommeil, tournant et retournant dans sa tête les tenants et les aboutissants de la probable culpabilité de Dimitri. Lors de leur unique rencontre, l'homme lui était apparu sombre, enfermé en lui-même, animé d'une foi sévère et, selon le témoignage d'Olga, repoussant l'amour des femmes. À côté de cela, le grand-duc lui accordait une confiance totale que justifiait sans doute une raison inconnue. Paul aurait à répondre aux questions du commissaire à ce sujet. Mais y consentirait-il ? Il eut un petit rire amer : il n'était vraiment pas aisé d'avoir comme témoins des têtes couronnées, même si elles ne l'étaient pas encore ! Devait-on pousser les conséquences jusqu'à mettre au compte de Dimitri le meurtre de Rovski ? Dans ce contexte, les icônes retournées dans la chambre de l'hôtel de Vauban, suggéraient-elles que le bigot ait voulu leur épargner la vue d'un massacre ? Ou bien… Corberon lui avait expliqué le rapport quasi magique que les orthodoxes entretenaient avec les images saintes auxquelles ils reconnaissaient des capacités miraculeuses. Jusqu'à l'aube, il confronta toutes sortes d'hypothèses sans être en mesure d'en privilégier aucune.

Le programme du 12 juin prévoyait une chasse à laquelle le prince de Condé avait invité le marquis de Ranreuil. Il le rencontrait parfois au petit lever et avait remarqué que le roi se plaisait à parler avec lui des incidents de la chasse de la veille. Le valet lui ayant apporté une tenue à sa taille, Nicolas s'habilla.

Devant le château, une monture lui fut désignée et il s'achemina au petit trot vers le Poteau du roi, fixé comme rendez-vous dans le grand parc. Les valets de limiers et les veneurs précédant les chasseurs étaient allés à la quête. Chacun marquait son passage par des brisées pour éviter que les pistes ne se brouillassent. Nicolas connaissait toutes les subtilités de cette préparation, dont l'étude des traces constituait la principale boussole. L'attaque eut lieu au bosquet de Verneuil et, après deux succès, une dernière tête fut poursuivie pendant trois heures dans le parc jusqu'au grand canal, vis-à-vis la ménagerie. Le cerf, une bête magnifique, passa à la fin par la grille du grand haha[1] du Vertugadin et, forcé par la meute, se jeta dans le grand canal.

Le point de vue était prodigieux. Nicolas fut surpris par la foule rassemblée tout le long du canal. Des embarcations faisaient force rames vers le cerf qui se débattait contre les attaques des chiens. Sur la berge, le carrosse du comte du Nord était arrêté. Les dames en étaient descendues et contemplaient le spectacle. Le prince de Condé fit tirer un coup de carabine, soucieux d'empêcher les chiens en plein chaud de nager trop longtemps. Cette apothéose inattendue eût-elle été voulue qu'elle n'aurait pas été plus réussie.

Toute la noble compagnie se rendit au château pour dîner au Hameau devant lequel la curée fut faite dans un concert éclatant de trompes. À son issue, le prince de Condé attira Nicolas à l'écart.

— Ranreuil, j'ai un mot à vous dire.

Le visage du prince était grave.

1. *Haha* : ouverture au mur d'un jardin avec un fossé en dehors.

— Je vous dois beaucoup. Je sais ce qui est advenu cette nuit dans le parc. Mes gens sont loyaux… en dépit de vos judicieux et généreux conseils.

— La loyauté de ses gens est un hommage rendu à Votre Altesse sérénissime.

— Quoi qu'il en soit, sachez que je vous sais gré de votre… initiative. Vous avez évité avec tact et intelligence que ne soit gâchée et entachée d'un scandale une visite préparée de longue main, que j'entendais être parfaite en tous points. Il me plairait, monsieur le marquis, vous voir souvent à ma chasse.

Le prince rejoignit ses hôtes qui rentraient à Paris, mais souhaitaient au préalable visiter à Ermenonville l'île des Peupliers où reposait Rousseau. Remerciements et embrassades furent multipliés et beaucoup de larmes répandues de part et d'autre en se quittant. Nicolas décida de regagner Paris aussitôt. Il quitta Chantilly à quatre heures et toucha l'hôtel de police deux heures après, le cocher ayant failli crever les chevaux. Il n'y trouva ni le lieutenant général ni Bourdeau et prit donc sans désemparer le chemin du Grand Châtelet. Au moment où sa voiture s'engageait sous le porche, il saisit au vol le couplet d'une chanson serinée par un aveugle :

Qu'un grand-duc de Moscovie
Voyage superbement
Eh ! Qu'est-ce qu'ça me fait à moi ?
Je n'ai pas telle folie.

Les situations se répétaient avec l'implacable régularité d'un balancier. De nouveau le commissaire descend l'escalier suintant d'humidité qui mène à la basse-geôle. Le père Marie à son arrivée lui a indiqué que Bourdeau et le docteur Semacgus officiaient là où il savait. Quelle est cette lassitude qui le saisit à la perspective des images, des bruits et des odeurs qui vont à nouveau l'assaillir, ceux-là même qui le poursuivent depuis tant d'années comme les furies antiques ? Sa main torture sa poche pour y saisir sa tabatière. À mi-descente, il s'arrête, prise, éternue cinq ou six fois, se mouche et repart l'âme un peu moins lourde.

— Ah ! dit Semacgus en le voyant entrer. Voilà notre Russe !

Nicolas jeta un œil sur la table où le corps de Dimitri était étendu, voilé de quelques chiffons.

— Tu manques Sanson qui vient de partir. Il a traité la fille. Ses conclusions sont formelles, approuvées par le docteur. Point de déduit, mais, pour le reste, le *modus operandi* est similaire à celui observé sur les deux victimes du boulevard.

— Bien ! Cela ouvre de larges allées à la réflexion. Et pour notre homme ?

— Nous venons de l'achever, si j'ose dire. Là, tu vas être étonné, car nous avons fait une importante découverte qui est peut-être la clé de ces massacres.

— Qu'est-ce à dire ? Tu m'intrigues.

— Il y a, poursuivit Semacgus, que l'examen de ce cadavre…

Il s'était approché de la table et d'un geste vif venait de dénuder le cadavre étendu. Nicolas, d'abord, ne vit que la tête à la chevelure broussailleuse, le visage livide mangé par la barbe dont les yeux mi-clos et aux prunelles troubles ajoutaient encore à l'horreur du tableau. Soudain, l'effroi saisit Nicolas quand il constata l'absence des organes de la génération. Rien d'ailleurs n'indiquait à première vue qu'il pût s'agir d'une opération récente. L'homme avait été émasculé.

— Tu as compris, reprit Semacgus. Ce coq était un chapon ! Reste que celui-ci ne chantait pas[1] !

Des bribes des conversations avec le baron de Corberon resurgissaient de la mémoire de Nicolas. Peu à peu se reliaient entre eux un certain nombre d'éléments, tableau de la situation religieuse de l'empire du Nord, rivalités renouvelées chaque siècle entre le sceptre et la crosse, révoltes issues de ces débats et apparition de sectes étranges, toutes circonstances qui favorisaient l'existence de religieux susceptibles de pousser jusqu'à ses extrémités leur frénésie spirituelle. Corberon ne citait-il pas l'attitude de vieux-croyants qui aimaient mieux se laisser couper la main plutôt que renoncer au signe de croix avec deux doigts, celui qui atteste que le Saint-Esprit ne procède que du père ? Ces *raskolniks,* enfin, les plus fanatiques, exaspéraient encore davantage leur protestation en professant d'étranges doctrines ; elles les conduisaient à pratiquer sur leur corps les plus affreuses mutilations. Nul doute que Dimitri eût appartenu à ces cénacles et que sa haine de la génération l'eût entraîné à la folie et à ces terribles représailles sur des filles innocentes. Il y avait présomption que les meurtres de Saint-Pétersbourg lui pussent être imputés.

Il s'ouvrit de ses réflexions à ses deux amis. Semacgus approuva les conclusions de Nicolas. Lui aussi avait entendu évoquer les pratiques étranges des sectes russes. Il estimait vraisemblable que le sacrifice consenti, joint à l'exaltation religieuse, autorisait à supposer que Dimitri, alias Ivan Kripaeev, suspect à Saint-Pétersbourg et coupable à Paris, appartînt à cette secrète et meurtrière cabale.

— Porte-t-il des griffures aux avant-bras ?

1. *Chapon* : désignation moqueuse des castrats-chanteurs au XVIIIe siècle.

— Oui, et une grande coupure sur la joue droite. Il n'y a pas mystère, l'examen des ongles de la fille, qu'elle portait fort acérés, témoigne de l'ardeur de sa défense quand elle a été attaquée.

— Y en aurait-il d'autres ?

— Il semble, mais cela n'est pas probant ; elles figurent plutôt des cicatrices anciennes. Reste aussi que le dos du sujet, grêlé par les plombs qui l'ont tué, porte les traces de coups de fouet ou plutôt des morsures que peut occasionner une discipline à bouts de plomb. Ainsi retombons-nous dans le tableau précédent.

— Cette mort ressortit-elle à notre affaire ? demanda Bourdeau avec une moue dubitative.

— Hélas, je ne le crois. Certes il serait aisé de tout régler avec ce coupable. Mais trop d'éléments s'accumulent sur lui seul pour penser qu'il en soit l'unique et universel organisateur.

— Pourtant, tout laisse supposer sa main dans l'assassinat de Rovski.

— Justement. Il y a trop de présomptions pour faire une bonne preuve. Je doute toujours de l'accumulation des indices. Le coupable n'est pas uniquement celui qui tire.

— Que veux-tu dire ?

— Que la tête qui décide et manœuvre la main criminelle l'est tout autant.

— Bon ! Nous voilà à pied d'œuvre derechef.

Bourdeau s'adressa au cadavre.

— Te voilà, pauvre hère, loin de tes steppes, tout garrotté de soupçons, mais déjà puni de tout et de rien.

Semacgus se mit à rire.

— Pierre tire l'échelle sous toi, pauvre hère. Et pourtant « *elles ne sont point exagérées ses fautes, pour lesquelles il a subi la mort* ».

— Je lis Shakespeare comme vous, dit l'inspecteur un peu piqué de l'ironie de Semacgus.

— Il me reste, dit Nicolas coupant court à cet échange, une rude besogne à accomplir : porter à la connaissance du grand-duc les forfaits de son fidèle secrétaire. Je m'attends à une tempête et à subir l'usure de son courroux. « *Quel orage de coups vont fondre sur mon dos !* »

— Molière entre en scène, dit Bourdeau avec un clin d'œil moqueur à l'intention de Semacgus, qui salua. Nicolas, que comptes-tu faire maintenant ?

— Retourner à l'Hôtel de Lévi, prévenir le prince. Et… Je crois que le moment est venu d'accélérer le mouvement. Je vais devoir prendre des dispositions pour m'emparer du livre découvert chez Nikita. Le prendre n'est rien, mais il me faut choisir le moment propice et surtout parvenir à crocheter la serrure du logement. La plupart du temps cela fonctionne, mais une fois sur trois c'est l'échec !

Bourdeau riait sous cape. Il fouilla dans sa poche et, triomphant, en tira une clé.

— Tu me pressais de sortir de la chambre de ton Russe. Or j'ai toujours sur moi tout un désordre d'en-cas et, notamment, un petit cube de cire destiné à prendre l'empreinte d'une clé. Ce que je fis pendant que tu parlais à Nikita. Durant ton séjour à Chantilly, j'ai fait faire une copie par un serrurier de nos amis.

Tout Bourdeau était là, dans cette capacité à prévoir et à offrir au moment décisif le moyen nécessaire à l'action. Nicolas le remercia d'un regard appuyé qui suffisait entre eux et signifiait tout avec l'éloquence d'un sentiment.

— Alors, à Dieu vat. Le plus simple n'est pas à venir. Pierre, il serait utile de tenir à ma disposition, dans les meilleurs délais, un traducteur de russe susceptible, dès que nous tiendrons la matrice, de transcrire les dépêches saisies par le cabinet noir. Les as-tu rapportées de Versailles ?

— Elles sont ici en dépit des cris d'orfraies de leurs détenteurs habituels. Il a fallu en appeler à M. de Vergennes qui a heureusement tranché en ma faveur. N'oublie pas le napperon, surtout !

— Ma Doué, je n'y pensais plus !

Sur le chemin de l'Hôtel de Lévi, Nicolas dressait ses plans. Le meilleur moment pour s'emparer du livre détenu par Nikita lui paraissait être celui du souper au moment où le domestique, pris par de multiples tâches, désertait ses quartiers et ne prêtait aucune attention aux allées et venues d'un personnage qui, depuis des jours, faisait partie des meubles et bénéficiait de l'indifférence générale. Quant au prince, il espérait que, se présentant devant lui juste avant son souper, auquel étaient souvent conviés des invités extérieurs, il parviendrait à limiter l'éclat qu'il pressentait.

Il trouva Nikita qui attendait justement les hôtes du prince dans le grand vestibule. Il accueillit Nicolas avec son amabilité habituelle.

— Puis-je vous aider, monsieur le marquis ?

— Certes, je souhaiterais parler à Son Excellence le prince Bariatinski pour une communication qui ne souffre aucun délai.

— Je ne sais si... Il se trouve pour l'heure avec Son Altesse impériale.

Nicolas insistant, à regret le majordome se retira. Peu après il reparut, précédant l'ambassadeur qui parut irrité d'être ainsi dérangé.

— Monsieur le marquis, quelles que soient les raisons qui autorisent votre présence permanente dans cette ambassade, cette tolérance ne va pas jusqu'à intervenir à tout moment et sans de bonnes raisons. Puissiez-vous avoir la courtoisie de le comprendre. Suis-je assez clair ?

— On ne peut plus. Cependant ces raisons sont graves et quand vous en apprendrez la teneur, je pense que vous comprendrez que je doive vous déranger.

— Alors, quelles sont-elles ?

— Le secrétaire du prince n'est pas rentré de Chantilly.

— Oui, il paraît en effet. Il a sans doute manqué le rendez-vous du départ. J'ai fait envoyer une voiture pour le prendre à Chantilly. Nous l'attendons, le prince l'a réclamé à plusieurs reprises.

— L'attente, j'ai le regret de vous le dire, risque d'être longue.

— Qu'est-ce à dire, monsieur le marquis ?

— J'ai le regret de vous annoncer que Dimitri a été tué par les gardes du prince de Condé. J'ajouterai, hélas, que lesdits gardes n'ont pas tiré par inadvertance, mais parce que l'homme s'était rendu coupable d'un crime abominable sur une fille galante dans le grand parc du Château, la nuit dernière.

L'ambassadeur, atterré, réfléchissait à haute voix.

— C'est vrai que je ne l'ai point vu ce matin au départ de la chasse… Le prince de Condé ?

— Il a été informé du drame et a tenu, je n'ai pu que l'approuver, à tenir la chose secrète afin de ne point troubler la visite de Son Altesse impériale.

— Et… où est…

— Le corps ? Il a été porté à la basse-geôle du Grand Châtelet avec celui de sa victime mutilée d'une abominable façon.

— Est-on assuré de sa culpabilité ?

— Sans doute aucun. L'arme du crime le prouve sans conteste.

Nicolas sortit de son habit un paquet long enveloppé de papier qu'il déballa. La dague apparut.

— Est-ce là votre preuve ? Une arme trouvée ne signifie rien.

— Sauf, monsieur l'ambassadeur, que l'arme en question appartient à la collection du grand-duc Paul et que, seul, un de ses proches était à même de la dérober.

— Êtes-vous sûr que c'est cette arme volée que vous tenez là ?

— Elle correspond à la description que m'en a faite Son Altesse lors du dîner où il m'avait fait l'honneur de me convier. Le plus simple serait de lui demander de le confirmer.

— Il serait en effet souhaitable que ce soit vous qui lui apportiez ces tristes nouvelles.

Nicolas comprenait que l'ambassadeur se défaussât devant cette besogne.

— Malheureusement ce n'est pas la seule information que j'ai à lui apporter.

— Comment ? Quoi d'autre de pire ?

— Tout autant, sinon davantage. Dimitri, enfin alias Ivan Kripaeev de son vrai nom, comme vous le savez sans doute, est soupçonné de deux assassinats de filles galantes sur le boulevard à quelques toises de l'Hôtel de Lévi.

— C'est impossible. Un homme pieux, réservé, dans lequel le prince avait toute confiance !

— Et j'ajoute, vous êtes sans doute informé, même à Paris, des événements qui se déroulent dans votre capitale, que ce même Dimitri ou Ivan pourrait être responsable de crimes identiques survenus à Saint-Pétersbourg.

— Mais l'homme est ici !

— Je n'avais pas achevé. Ces crimes ont cessé à peu près à l'époque où nous supposons que votre homme a quitté la Russie.

— Ce que vous me dites est incroyable.

— La question se pose… Je suis désolé de vous entêter avec tout cela et crains d'abuser de votre courtoisie et des facilités qui m'ont été prodiguées. Mais reste à savoir…

— Au point où nous en sommes, je puis tout entendre.

— Pourquoi le prince a-t-il accordé sa confiance, comme secrétaire privé, à Ivan Kripaeev, surgi d'une manière inopinée à la fin d'un périple de plusieurs mois en Europe ? Il y a là un point particulier à éclaircir. J'ajoute que l'homme peut être aussi impliqué dans les meurtres survenus ici même, mais également dans l'assassinat du comte de Rovski.

L'ambassadeur, en dépit de sa maîtrise, ne put réprimer un mouvement d'effarement.

— Monsieur, cela n'a pas le sens commun ! Je ne le peux croire. Quant à la confiance de Son Altesse, je vous sais avoir suffisamment l'usage des cours pour entendre que même moi, dans les fonctions que je remplis, ne suis pas toujours au fait des raisons de nos princes. Posez-lui la question, si toutefois il y consent.

Il y avait un peu d'ironie dans ce conseil.

— Je puis assurer Votre Excellence que je m'attacherai à préserver le secret d'une affaire – que dis-je ? – autour d'affaires qui, dans le cas où leur matière transpirerait dans le public, ne pourraient avoir que les conséquences les plus désavantageuses pour les intérêts de votre pays et les relations avec la France.

— Avez-vous autorité et mission de M. de Vergennes pour me tenir ce langage ?

— Ce que vous appelez langage n'est que la constatation des risques que nous encourons, vous et moi, dans un *imbroglio* qui touche de si près l'héritier de l'Empire russe. Les avertissements confidentiels que je vous livre ne sauraient être que le reflet atténué de ce que M. de Vergennes pourrait vous faire entendre avec l'autorité qui est la sienne. Monsieur l'ambassadeur, puis-je vous demander de m'annoncer à Son Altesse impériale ?

— Comme il vous plaira.

Nicolas attendit quelques instants avant qu'un valet vînt le chercher pour le conduire au premier étage dans le cabinet du prince. Il le trouva, admirant avec Bariatinski une petite commode en écaille et bronze doré qui venait de lui être livrée.

— Ah ! Monsieur le marquis, ne pensez-vous pas qu'il n'y a qu'à Paris qu'on trouve de pareilles merveilles ?

— J'aurais mauvaise grâce, monseigneur, à vous démentir sur ce point.

— On me dit que vous souhaitez me parler, je vous écoute.

D'évidence l'ambassadeur s'était bien gardé de manger le morceau. Nicolas sortit la dague de son habit et la tendit au prince ; ce geste déclencha un premier mouvement d'effroi vite réprimé.

— Votre Altesse impériale peut-elle me confirmer que cette pointe est bien celle dérobée à sa collection ?

Revenu de sa surprise, Paul s'approcha et prit la dague dans ses mains pour l'examiner.

— C'est elle, en effet. Mais par quel miracle, monsieur, l'avez-vous retrouvée ?

— Par le fait qu'elle était détenue par votre secrétaire Dimitri.

— Ah ! C'est donc lui que l'on doit féliciter ?

— Pas exactement. À vrai dire, j'ai la regrettable obligation d'éclairer Votre Altesse. C'est Dimitri, trompant la confiance de Votre Altesse, qui l'a dérobée.

Le visage du prince se retourna du tout au tout, comme saisi du haut mal, une série de tics agita sa face empourprée, ses yeux se révulsèrent. Paul grinçait des dents. Il poussa un long hululement. L'ambassadeur recula jusqu'à la muraille.

— Comment ? s'écria Paul. Que dites-vous ? Êtes-vous fou ? Hein ? Hein ?

— Je comprends que Votre Altesse s'irrite de cette situation. Il y a autre chose. Votre secrétaire Dimitri est convaincu d'avoir, la nuit dernière, assassiné, la mutilant sauvagement, une fille galante dans le parc de Chantilly. Poursuivi par des gardes du prince de Condé, lequel a été informé du drame, il a été tué. J'ajoute pour que le tableau, hélas, soit complet, qu'il est soupçonné d'avoir, de similaire manière, assassiné deux filles sur le boulevard.

Nicolas se souviendrait longtemps de la scène de furie qui fut la conséquence de ces révélations. Écumant et déblatérant de longues minutes, Paul ravagea le cabinet en renversant dans une course saccadée fauteuils et guéridons, balayant vases et statuettes précieuses. Il parlait russe jusqu'au moment où, s'arrêtant devant Nicolas et prenant un des boutons de son habit, il le secoua en reprenant le français.

— Complot… ou conspiration… Autour de moi. Toujours, toujours… Tout pour accuser mon fidèle Dimitri. On veut me tuer… On commence par ceux qui m'aiment… Mon père ! Oh ! Je sais bien de qui vient le coup… Je ne le sais que trop ! Trouvez le vrai coupable, monsieur, et n'écoutez pas les accusations insensées de ceux qui veulent ma perte !

Comme la crise s'atténuait par degrés, Nicolas, d'une voix douce et compatissante, interrogea le grand-duc.

— D'où provient, monseigneur, la confiance absolue que vous accordiez à Dimitri ?

— Accordiez, accordiez ? Que j'accorde toujours à ce pauvre et saint ami.

Il se signa trois fois à la manière des orthodoxes.

— Un saint martyr. Je le peux bien dire à vous. C'est sur la recommandation d'un mien ami de Saint-Pétersbourg, de ceux qui m'informent de ce qui se trame au… Je n'en dirai pas plus. Cherchez le coupable, monsieur.

Il parlait comme un enfant d'une voix dolente, caressant le meuble qu'il avait épargné tout au long de sa crise.

Nikita était entré dans la pièce pour annoncer que les invités étaient arrivés et que le prince était servi. L'ambassadeur s'éclipsa et Nicolas salua et sortit. Dans l'agitation générale de la réception, il erra dans l'hôtel et, au moment propice, se faufila dans un escalier de service qui le conduisit vers les logements des combles. Il gagna rapidement la chambre de Nikita. La clé que Bourdeau avait fait forger fut introduite. Le pêne joua, et la porte s'ouvrit. Le livre et le napperon n'avaient pas bougé, il s'en saisit et, à l'emplacement où ils se trouvaient, il plaça un papier avec une croix de Saint-André.

Il n'était pas lui-même capable d'expliquer son geste. Était-ce un leurre ? Une provocation ? Il savait par Corberon combien saint André était vénéré en Russie comme l'apôtre de l'évangélisation, et il lui semblait utile d'intriguer Nikita, le lançant, lorsqu'il découvrirait le larcin, vers des soupçons et des pistes internes à son ambassade. Il referma soigneusement la porte, traversa les couloirs avec précaution, se retirant dans des coins d'ombre dès qu'un bruit se faisait entendre. Il parvint au rez-de-chaussée sans encombre et, n'ayant rien à faire de plus à l'Hôtel de Lévi, rejoignit l'âme légère le bureau de M. Le Noir. Il trouva celui-ci inquiet. Il revenait de Versailles, y avait rencontré Vergennes et Sartine. On lui avait appris les événements de Chantilly et il se morfondait d'impatience d'en connaître le détail de la bouche de son commissaire aux affaires extraordinaires.

Nicolas lui dressa le tableau exhaustif des derniers ressauts de l'enquête. Le Noir s'émerveilla de l'audace de son interlocuteur, s'effarant après coup des conséquences qu'aurait pu avoir la découverte du vol et de son auteur. Désormais Nicolas attendait avec impatience le lendemain quand seraient rapprochés les copies de la correspondance de Nikita, le napperon-grille et le livre pieux, matrice de ce système de chiffrement. Le Noir l'invita à partager son souper. Cette maison était celle d'un gourmet et il lui fut servi un macaroni à la sicilienne qui, en strates savoureuses, rassemblait un hachis de filet de bœuf braisé et des couches successives de pâtes, le tout noyé d'un triple consommé et recouvert d'un lit de fromage de Parme. Le repas fut joyeux et dignement arrosé de vin de Clos-Vougeot issu d'un foudre que M. Feydeau de Brou, maître des requêtes et intendant de Bourgogne, lui fournissait libéralement. Il fut question du séjour du comte du Nord à Chantilly et Le Noir rapporta la rumeur publique selon laquelle « *le roi avait reçu le comte du Nord en ami, le duc d'Orléans en bourgeois et le prince de Condé en souverain* ». Pour conclure, Le Noir, un peu parti, souhaita, en riant, que cette visite pût s'achever au plus vite sans autre anicroche. Nicolas, moins insouciant, remarqua sous forme de sentence que le passé nourrissait l'avenir et que ses fruits, doux ou amers, étaient encore à mûrir.

Jeudi 13 juin 1782

À peine éveillé, Nicolas écrivit à Aimée d'Arranet avec laquelle il n'avait pu s'entretenir en tête à tête depuis l'agression de Versailles. Il savait que les prochains jours seraient tout entiers consacrés à l'enquête, dont les trames paraissaient se resserrer. Il acheva sa lettre :

Chère Aimée, je souhaite vous dire, ne l'ayant pu depuis notre commune aventure, l'horreur de la crainte ressentie quand je vous vis aux mains de ce brigand. J'eus alors l'impression de perdre toute espérance. Pourquoi n'exprimons-nous pas toujours les sentiments que nous ressentons le plus ? Chaque jour et chaque nuit me paraissent si longs quand je suis loin de vous. Il n'est point d'instant où votre visage aimé ne s'impose à moi au milieu de mes tâches. Puissiez-vous en être persuadée. Mon cœur est toujours le même et la crainte éprouvée m'a fait mesurer cette tendresse dont auparavant je ne connaissais pas l'étendue. Je sais, dans ma charge, avoir trop peu de temps à vous consacrer et que vous en souffrez, mais vous êtes la première dans mes pensées. Je vous quitte impatient de vous tenir dans mes bras et vous baise, mon amour, comme jamais amante n'a été baisée.

Nicolas.

Au moment où il posait sa plume, le visage d'Antoinette s'imposa. Il s'examina avec cette native sincérité qui présidait toujours à ses examens de conscience. Il menait sa vie et ne mêlait pas les diverses affections qu'il éprouvait. En dépit de sa volonté de se sentir coupable de sentiments parallèles, il n'y parvenait pas. Son existence comportait des tiroirs dont le contenu ne se mélangeait pas et dont la valeur ne se comparait d'aucune façon. C'était ainsi. Il soupira et mesura combien la nature humaine était complexe, sans véritable capacité à résoudre ses propres contradictions.

Il écrivit une seconde lettre destinée à sa sœur, Isabelle de Ranreuil, religieuse à l'abbaye royale de Fontevraud. Louis, en garnison à Saumur, la lui porterait. Il gagna ensuite la rue Montmartre où régnait le silence. La goutte visitait la maison et Noblecourt reposait après une mauvaise nuit de douleur et d'insomnie. Louis fut surpris achevant son bagage. Il se jeta dans les bras de son père avec d'autant plus d'émotion qu'il craignait de ne le point revoir avant son départ. Nicolas remit à son fils le pli pour sa tante et une bourse bien remplie, destinée à ses menus plaisirs, le tout dûment accompagné de multiples recommandations. Mouchette, râleuse, continuait à bouder et Pluton dormait aux pieds du lit du vieux magistrat. Nicolas fut houspillé par Catherine, que son absence prolongée irritait. Il prit un fiacre devant Saint-Eustache à destination du Grand Châtelet.

Une déception l'attendait. Un pli de Bourdeau venait d'arriver de Versailles par porteur. L'inspecteur était retenu par Vergennes qui souhaitait que le commissaire les rejoignît au plus vite avec *le matériel ad hoc.* À mots couverts, il indiquait qu'il était hors de question de transférer à Paris les copies des messages et que le travail devait se faire sur place ; en conséquence Nicolas devait se mettre en route dès réception de ce message. Il enragea de ne pas avoir pris Sémillante, qui l'eût mené à destination au grand galop en peu de temps. Il chargea le père Marie, toujours expert en expédients, de lui trouver une voiture rapide. Il consulta sa montre ; il ne serait pas à Versailles avant l'heure du dîner, au mieux vers midi. Il faisait confiance au père Marie à qui il avait précisé sa hâte d'éviter une de ces voitures de place, ces fiacres qu'il utilisait si souvent en ville, inconfortables, sales, aux boîtes puantes, tirés par des haridelles éreintées. Ces véhicules n'allaient pas plus vite qu'un homme à pied, ce qui engageait souvent Nicolas à favoriser son goût de la marche.

L'huissier vint le chercher. Il avait fini par trouver un cabriolet proposé par un jeune homme qui n'avait pas licence de le louer mais qui, orphelin de père, faisait ainsi vivre sa mère et ses deux sœurs de son commerce clandestin. Le père Marie en prévint Nicolas, en lui recommandant une indulgence que l'urgence conseillait. Le véhicule offrait un train rouge à deux roues et, posée sur de longs ressorts, une caisse légère garnie de drap gris et recouverte d'une capote en cuir luisant. Le jeune homme avait la mine ouverte et se confondait en gentillesse. Il manifesta dans les rues étroites et dans les embarras une aisance remarquable ; la voiture devançant charrettes et fiacres, se faufila entre les carrosses et fila avec vélocité le long des bornes. Nicolas craignait à tout moment qu'on ne renversât un chaland car le cabriolet, moins bruyant, surgissait toujours à l'improviste. Le cheval risquait alors de ne pas pouvoir être détourné à temps. Mille doléances remontaient jusqu'au lieutenant général de police, demandant la proscription des cabriolets, regardés comme dangereux pour la sécurité publique.

À Fausses-Reposes, Nicolas résista à l'envie de s'arrêter pour saluer Aimée. Que n'avait-il livré lui-même son billet au lieu de charger Poitevin de le porter à la grande poste du Louvre ? Était-elle seulement là ? Parvenu à Versailles, il se fit conduire à l'Hôtel des Affaires étrangères. Il demanda à son cocher de l'attendre : la récompense serait le triple du tarif habituel. Bourdeau le guettait et l'entraîna à travers une enfilade de salons jusqu'à une salle particulière garnie de meubles à tiroirs sur lesquels s'accumulaient layettes et répertoires. M. Radot, commis expert dans les langues slaves, se mit à leur disposition.

— Par quel texte voulez-vous que nous commencions, monsieur le marquis ?

— Depuis quand cette correspondance dure-t-elle ?

— Hélas ! Hélas ! Depuis des années, en fait depuis l'arrivée du prince Bariatinski comme ministre de Russie auprès de Sa Majesté.

— Combien de messages depuis le début de l'année ?

— Cinq ou six et, semble-t-il, fort brefs.

— Le premier, à quelle date ?

— Au départ, 6 février 1782.

— Commençons donc.

Furent disposés sur une grande table-bureau, orné d'un cuir bleu à liserés d'or, le livre, le napperon et le premier document en copie. M. Radot saisit la copie, l'aplatit et la lissa, puis il appliqua soigneusement le napperon dont la dimension correspondait très exactement à la surface du document. Il soupira et leva les yeux au ciel.

— Hélas ! Hélas ! Cela ne correspond nullement. Voyez vous-même, aucune lettre n'apparaît dans les trous de la dentelle.

— Il suffirait peut-être de mettre le napperon dans l'autre sens. Rien ne nous dit quel est le haut ou le bas.

M. Radot considéra Bourdeau avec une réprobation non feinte. Il suivit pourtant le conseil de bon sens qui lui avait été donné.

— Ah ! Voilà qui va beaucoup mieux. Hélas ! Hélas ! Mille pardons, monsieur l'inspecteur. Où avais-je la tête ?

Bourdeau salua modestement au grand amusement de Nicolas.

M. Radot s'était mis à transcrire les mots russes qui se révélaient au fur et à mesure de sa lecture. Puis il remit le tout au propre sur une feuille de papier qu'il tendit à Nicolas.

COUPLE RAMIERS MAI OU JUIN.
PRÉFÉRENCE PIGEONNIER PROPRIÉTÉ.
RAMIER CONVAINCU GARÇON D'ÉCURIE.
LE 23 DE MARS 1782

M. Radot se remit au travail et, pour le coup, traduisit l'ensemble des messages. Nicolas se plongea, intrigué, dans leur lecture.

RAMIER EN MAI. INSISTANCE PIGEONNIER.
CHIEN DE GARDE EN ROUTE.
LE 18 D'AVRIL 1782

ÉTALON CAVALERIE PAR MER.
ASSURER SURVEILLANCE.
LE 8 MAI DE 1782

SELLE DU CHEVAL. HAVRESAC.
GRAIN À TRIER. ÉTALON À MAÎTRISER.
LE 20 MAI DE 1782

— Bon ! dit Nicolas, si nous possédions les réponses, cela faciliterait l'intuition.

— Oui, dit Bourdeau, mais apparemment, s'il y en a eu, elles ont été transmises par un moyen qui nous est inconnu. Pourquoi ce langage codé doublement ?

— Une dernière précaution pour le cas où le chiffrement serait traversé

— Voyons, monsieur Radot, le dernier message de l'année 1781.

Le commis se remit au travail et en tendit le résultat au commissaire.

— Voilà, monsieur le marquis.

SURVEILLER PIGEON PRINCIPAL
TROP PROCHE RAMIERS.
BIENTÔT RECETTE POUR SOINS VOYAGE.
LE 16 DÉCEMBRE DE 1781

— Nous vous sommes très reconnaissants, monsieur Radot, de votre aide. Peut-être aurons-nous encore recours à votre service.

Demeuré seul avec Bourdeau, Nicolas médita un long moment.

— Je sais, Pierre, que cela est à la fois trop clair et bien obscur. Le clair est transparent et l'obscur ténébreux. Comme le pêcheur d'Anthèdon, nous nageons dans des eaux glauques.

— Encore ! C'est du Noblecourt ? Qui est ce pêcheur-là que je ne connais point ?

— Glaucos qui, selon la légende, fut changé en dieu marin.

— Ils t'en contaient de belles, tes jésuites !

— Et je leur en suis reconnaissant.

— Que crois-tu tirer de cette histoire de pigeons et de chevaux ?

— Allons, ne te fais pas plus obtus que tu n'es !

Ils rirent.

— Je pense que le *couple de ramiers* évoque le comte et la comtesse du Nord. Qu'instructions sont données à Nikita de surveiller tout d'abord l'ambassadeur, *le pigeon principal*, et ensuite *l'étalon cavalerie* par mer pourrait s'attacher au comte de Rovski, à surveiller lui aussi, y compris par la fouille de son bagage. *Havresac et selle* se rapportent à cela. Reste la question de *l'étalon à maîtriser* ? Doit-on comprendre que c'est un ordre de le tuer ?

— Et ce *garçon d'écurie ?*

— Ne serait-ce pas Pavel, le maître d'hôtel ?

— Tu as raison ! Que signifie alors la mention *ramier convaincu garçon d'écurie ?*

— Peut-être qu'à l'autre bout, à Saint-Pétersbourg, on paraît être assuré que Pavel a obtenu la confiance du tsarévitch.

— Ce qui n'était nullement le cas, nous le savons par les confidences du prince Paul. Je suis intrigué par la formule. Fais venir M. Radot.

— Monsieur *Hélas, hélas* ? Il me rappelle le duc de La Vrillière avec ses *Comment, comment.*

L'intéressé fut interrogé sur la formule incertaine. Il s'envola aussitôt, affairé, pour revenir les bras chargés de dictionnaires et de traités de grammaire de langue russe. Au bout de cette consultation, il soupira.

— Hélas ! Hélas ! Monsieur le marquis, j'ai faussement traduit, trop de hâte n'est-ce pas ? Il faut entendre que le ramier au contraire, comment dirais-je ? doute du *garçon d'écurie*.

Alors qu'ils continuaient à commenter la teneur des messages, M. Radot soudain se leva, s'inclina et recula jusqu'à une pile de layettes qu'il faillit renverser mais qu'il retint d'une main tremblante. Nicolas et Bourdeau se retournèrent et découvrirent M. de

Vergennes qui, avec la majesté qui lui était propre, contemplait la scène.

— Alors messieurs, qu'en est-il de nos *traversements* ?

— D'abord, monseigneur, que Nikita Paline, majordome du prince Bariatinski, appartient soit à un groupe qui conspire contre le grand-duc Paul soit, plus assurément, à un service de secret de l'Empire russe. Il appert également de la traduction que le maître d'hôtel Pavel, assassiné à l'Hôtel de Lévi, émargeait lui aussi à des services et était chargé de surveiller le prince, mais celui-ci en avait été informé. Enfin, nous avons trouvé traces d'instructions concernant un étalon de cavalerie dans lequel nous reconnaissons le comte de Rovski, qu'il s'agissait de surveiller, de maîtriser et de fouiller.

— Mes compliments. Quelle féconde moisson ! Mais ces services sont-ils les mêmes ou agissent-ils indépendamment les uns des autres ?

— Aucun élément ne nous permet de le dire.

Vergennes saisit au hasard sur une table une dépêche qu'il parcourut puis rejeta, semblant ainsi se donner le temps de méditer la suite.

— Passez-moi, monsieur le marquis, que j'ai l'expérience des choses et des hommes. Pour lors vous sentirez comme moi que nous nous trouvons au carrefour de plusieurs voies. Si par malheur ou méconnaissance nous nous engagions dans la mauvaise, les conséquences en seraient incalculables. Je me fie à votre sagesse, que garantit Sartine. Il s'y connaît en caractères et, au reste vous appuie depuis vingt ans, à ce qu'on m'a dit. Le roi lui-même… Enfin, faites au mieux, en évitant de susciter le trouble entre le royaume et l'Empire russe. Après tout ce sont là affaires de Russes !

Et le ministre quitta la scène aussi rapidement qu'il y était paru.

— Eau bénite de cour ! grommela Bourdeau.

Sans doute, songea Nicolas, toujours sensible à ce genre d'impalpables sentiments, Pierre s'est senti humilié que Vergennes ne lui ait prêté la moindre attention. Ah ! Comme trop souvent les grands perdent l'occasion de se gagner les cœurs et les âmes par l'oubli d'une simple politesse, même si celle-ci comprend trop souvent plus d'habitude et de vanité que de bienveillance.

— Crois-tu que des instructions aient jamais servi à quelque chose ? Les ai-je jamais suivies ? Il faut continuer à aller de l'avant, quels que soient les risques encourus.

Ils remercièrent M. Radot, tout émoustillé de l'aventure et, surtout, qu'un ministre soit descendu de son ciel empyrée, ce que, de mémoire de commis des Affaires étrangères, on n'avait jamais vu. Ils retrouvèrent le cabriolet dont le cocher astiquait les cuivres ; à grand train, il les reconduisit à Paris. Au Grand Châtelet, Nicolas lui donna son nom avec autorisation d'en faire état en cas de mauvaise passe avec l'autorité. Il lui conseilla de régulariser sa situation au plus vite car, s'il était saisi et arrêté, il perdrait toute ressource pour sa famille, sans parler des risques judiciaires qui suivraient. Le jeune homme se nommait Jean-Marie Péquin et demeurait rue de Thorigny, à l'angle de celle de la Perle.

Midi avait depuis longtemps sonné et Bourdeau proposa d'aller manger un morceau chez son pays de Chinon qui tenait taverne *mangeante* rue du Pied-de-Bœuf.

Ils y furent accueillis en familiers, conduits à une table tranquille et régalés d'un plat du pays de Tours, la beuchelle, qui mêlait rognons, ris de veau, champignons, petits oignons, crème et moutarde. Ce fut un régal dont ils se souviendraient et qu'ils arrosèrent d'abondance d'un vin de Cravant. Nicolas s'enquit des vignes de Bourdeau, dont la dernière vendange fut vantée. Le tenancier avoua vouloir acquérir d'autres lopins et fut gaiement traité de *seigneur*. Le lieu leur rappelait à tous deux les commencements de leur complicité.

L'hôte refusa, pour une fois, de donner la manière de son plat, arguant qu'il s'agissait d'un secret de famille, que chaque Tourangeau avait la sienne et que des malédictions poursuivraient celui qui en trahirait les secrets. Il voulut bien concéder que la réussite du plat résidait dans les cuissons séparées des éléments, car chacun d'entre eux ne supportait pas la chaleur du potager de la même façon.

Au bureau de permanence, le père Marie les informa qu'un vieil homme se disant orfèvre, M. Koegler, souhaitait les entretenir de la part de M. Chéron, commissaire du quartier du Louvre. Nicolas se frappa le front, ayant sursauté à l'énoncé du nom.

— Je le connais ! Te souviens-tu, Pierre, de cette bague appartenant à Madame Adélaïde que j'avais soumise à l'examen d'un orfèvre, il y a vingt ans[1]. Je comprends qu'il s'agit maintenant d'un vieil homme ! Qu'on le fasse entrer.

— Il ne te connaît pas. Et pour cause, tu t'étais déguisé pour cette consultation. Même le père Marie ne t'avait pas démasqué !

Un vieux monsieur chauve entra, appuyé sur sa canne.

1. Cf. *L'Homme au ventre de plomb*.

— Je cherche monsieur le commissaire Le Floch, de la part de monsieur le commissaire Chéron.

— Je vous écoute, monsieur Koegler. Il y a bien longtemps que nous nous sommes vus pour la première fois.

Koegler se pencha pour examiner Nicolas de plus près. Il hocha la tête.

— Vous faites erreur, monsieur, je ne vous remets point.

— Il y a vingt ans, vous souvenez-vous qu'un vieillard est venu vous consulter au sujet d'une bague à fleur de lys ?

— Mon Dieu, oui ! Malgré l'âge, la mémoire demeure. C'était donc vous ?

— Pardonnez-moi, il y allait à l'époque d'une affaire d'État et je m'étais grimé pour en conserver le secret.

— Je comprends. Hélas, monsieur, ce que j'ai à vous révéler me semble également grave pour l'État. Vous savez que je suis joaillier et expert de ma compagnie. On me consulte souvent, comme vous le fîtes vous-même, il y a vingt ans.

Bourdeau, impatient, se mettait en mesure de faire accélérer le récit, mais Nicolas lui fit un signe de laisser aller M. Koegler.

— … Et c'est ainsi qu'il y a quelques jours, il me serait difficile de préciser lequel, car sur le moment je n'ai guère prêté attention à la chose… Bref, un homme est venu me demander de juger du bon aloi de louis d'or qu'il venait de recevoir comme prix d'une vente. Enfin, c'est ce qu'il a prétendu. Il les avait trouvés suspects et souhaitait recevoir mon avis. Après examen, j'ai estimé que sa suspicion était légitime et que la pièce était fausse. Or hier, lors d'un repas de corps, j'ai conté l'affaire à un mien confrère. Excusez du peu ! Le joaillier de la Couronne, mon estimé ami M. Böehmer.

Nicolas sourit intérieurement. Le pauvre M. Koegler eût été bien navré d'apprendre que, pour M. Böehmer, les orfèvres du Pont-au-Change n'étaient que de vulgaires *trébucheurs*.

— M. Böehmer s'est montré intéressé par mon récit et m'a conté qu'un commissaire de police au Châtelet l'avait récemment consulté sur le même sujet. La pièce qu'il m'a décrite correspondait en tous points à celle que l'homme m'avait présentée. Nous avons jaboté un bon moment sur la question, évoquant les incidents du passé quand, à plusieurs reprises, les ennemis du roi avaient tenté d'introduire de la fausse monnaie. C'est alors que M. Böehmer m'a indiqué que, pour le coup, tout cela paraissait mettre en cause des crocs russes. Je me souvins que mon visiteur, alors que je lui révélais sa mauvaise fortune, avait juré, tempêté et maudit entre ses dents, *les foutus étrangers qui lui avaient fait ce coup, qu'il se vengerait et avait moyen de faire avec ce qu'il savait sur eux.* Sur le moment je n'avais pas prêté attention à ces vociférations, mais la conversation avec M. Böehmer m'a mis à la puce à l'oreille. La falsification des monnaies est un crime majeur et quand il se double de louches menées étrangères, il est du devoir d'un sujet fidèle et d'un bon citoyen d'en avertir qui de droit. Je m'en suis ouvert à M. Chéron qui m'a conseillé de vous consulter. Voilà, monsieur le commissaire.

— Monsieur Koegler, vous avez agi sagement et nous vous remercions pour ce récit qui nous apporte beaucoup plus que vous ne pouvez l'imaginer. Maintenant je vois l'inspecteur Bourdeau sur les charbons, qui souhaite, je le sens, vous poser quelques questions.

— Monsieur Koegler, auriez-vous l'obligeance de nous dresser le portrait de l'homme qui s'est adressé à vous pour ce louis ?

— Certes oui, monsieur. Dans notre état nous avons l'œil bon et scrutateur. J'envisageai un jeune homme à la figure avenante, un peu muguet. Mais à bien le considérer mon impression fut tout à rebours. C'était là l'image qu'il voulait offrir de lui-même. Sa langue dorée l'était tout aussi peu que son louis ! Dans ce roquentin je soupçonnai alors un artisan et même je vous dirai de quel état. J'ai encore l'œil bon. Il avait force cheveux collés sur son habit et j'en déduisis qu'il travaillait comme coiffeur ou chez un fabricant de perruques.

— Monsieur Koegler, dit Nicolas, votre perspicacité fait mon admiration. Nous devrions vous prendre comme surnuméraire au Châtelet. Auriez-vous un dernier élément à livrer à notre réflexion ?

— Rien, répondit l'orfèvre, après un temps de réflexion, si ce n'est que le jouvenceau paraissait désespéré.

Il allait se retirer quand Nicolas le retint.

— Une dernière question. Pourriez-vous nous préciser à quelle date et, si possible, à quelle heure cet inconnu est venu vous consulter ?

— La date ? Dans la quatrième semaine de mai, il me semble… Quant à l'heure de sa visite, la chose est nette. Nous avions une commande à achever et nous avons œuvré fort tard. Je dirais vers onze heures.

— Merci de votre visite, monsieur Koegler.

Nicolas fit dresser procès-verbal de la déposition de M. Koegler, qui fut reconduit avec tous les égards dus à son heureuse initiative.

— J'espère, dit Bourdeau, que ton nageur en eaux glauques distingue mieux les choses.

— De cette compendieuse mais riche contribution, je tire, comme lui sans doute, quelques certitudes et de nouvelles interrogations.

— Va pour les certitudes.

— L'interlocuteur de M. Koegler ne peut être que le jeune Richard Harmand que nous savons avoir été aux abois en raison de ses dettes. Il s'est rendu compte que ses louis étaient suspects. Il a voulu s'en assurer. Du récit du joaillier et de sa conversation avec M. Böehmer, il ressort que le jeune homme s'en est pris vivement à ceux qui l'avaient trompé.

— En effet, il a employé un pluriel, je l'ai noté.

— Des étrangers. Russes ? Américains ? Anglais ? On peut supposer, en replaçant les faits dans l'ensemble, que ce sont des Russes.

— Et les interrogations ?

— Primo, sachant qu'il était trompé, qu'a fait Harmand ? A-t-il exercé un chantage qui lui a été fatal ? Nous avons trouvé les louis dans sa chambre. Était-ce un premier versement pour service rendu ? Pourquoi l'a-t-on assassiné ? Secundo, si ce sont les Russes, nous en avons beaucoup : Pavel, Dimitri, Nikita, la « princesse » de Kesseoren et ses deux spadassins ! À nous de débrouiller la pelote.

Et, sur ce plan de bataille, les deux amis se séparèrent, l'un se dirigeant vers l'hôtel de police et l'autre vers le faubourg Saint-Marcel.

XIII

TRICTRAC ET APPEAUX

TRICTRAC : bruit que font les chasseurs pour effaroucher le gibier d'eau afin de le faire tomber dans leurs pièges.

Dimanche 16 juin 1782

Les jours précédents n'avaient guère apporté du nouveau à l'enquête. Le temps, désormais, pressait ; le couple de visiteurs quitterait Paris le 19. Le programme se poursuivait cahin-caha avec un rien de lassitude tant du côté russe que du côté français par la répétition des réceptions et des harangues. Pour l'heure, Marly avait les honneurs de la curiosité grand-ducale ; Nicolas retrouvait avec plaisir un lieu découvert jadis lors d'un des rares séjours du feu roi, qui ne l'appréciait pas. Pour le coup, l'éblouissement avait été immédiat. L'homme du roi et de l'État aimait la grandeur écrasante de Versailles, l'homme privé goûtait Marly, dont la splendeur n'accablait pas. L'hôtel du grand roi et ses douze pavillons aux façades en trompe-l'œil ordonnaient familièrement les eaux et la végétation autour d'eux. Jardins, terrasses et bosquets offraient l'image d'une harmonie simple et sans apprêts, d'une symphonie entre l'élégance des bâtiments et l'enjouement de la nature. Partout les eaux étaient présentes, en pièces, bassins, cascades et abreuvoirs, et si proches, et si humaines, que de beaucoup d'endroits on entendait le saut des carpes. Ces poissons gigantesques avaient-ils connu Louis XIV ? Les écailles multicolores de ces monstres bienveillants étincelaient au soleil de juin. C'était un mélange de bleu, de jaune, de blanc et d'or, des joyaux vivants et agités. Nicolas songeait que tout homme, fût-il le plus grand roi du monde, avait droit à une retraite, à un refuge aimé. Marly s'imposait comme le théâtre favori des fuites de l'esprit, du repos de l'âme et du rêve. Ici s'adoucissait la rigide étiquette et le monarque, libéré, pouvait écarter les atours obligés et s'en remettre à son choix souverain. Ici Louis faisait retour sur lui-même, tout y concourait. Une nostalgique émotion submergeait Nicolas, alors qu'en l'honneur du grand-duc, les eaux jouaient et s'élevaient en crépitant. Bientôt un arc-en-ciel se forma au-dessus des bassins, suscitant des murmures d'admiration. Il songea à Ranreuil, à son granit et à ses bruyères, à ses marais et aux vents du libre océan.

Tout en suivant le cortège, le présent s'imposa à lui. Il ne se passait rien à l'Hôtel de Lévi. Nikita, observé et épié, paraissait serein et rien ne transpirait dans son attitude d'une éventuelle inquiétude consécutive à la soustraction du livre pieux et du napperon. Après tout, il n'était peut-être qu'un simple agent, une mouche intérieure qui se contentait de rendre compte à Saint-Pétersbourg. Cette activité secrète n'impliquait nullement des actes criminels. Il était aberrant de se mettre martel en tête alors que des coupables évidents pouvaient s'imposer, Pavel,

Dimitri, la princesse de Kesseoren. Ne courait-il pas une mauvaise voie ? Il avait multiplié les conversations avec l'homme qui s'y était prêté avec courtoisie et déférence, y prenant même un évident plaisir. Restait que la ruse du commissaire, ce papier avec la croix de Saint-André, avait dû produire son effet et Nikita était sur ses gardes vis-à-vis du domestique.

Pour le reste, les rapports quotidiens de Bourdeau le désespéraient. Il déplorait que le lieu où les deux spadassins avaient logé demeurât inconnu : on aurait pu y relever des indices intéressants. Quant à la princesse de Kesseoren, on avait perdu sa trace en dépit de la mobilisation de dizaines de mouches et des efforts de Gremillon, de Rabouine et de Tirepot. À force de contention, Nicolas sentit germer une idée. Seul, un piège soigneusement fomenté était susceptible de créer l'événement qui bousculerait un paysage figé. En dépit de tant d'écueils traîtreux, son jeu comprenait de multiples cartes. Mais de quelles couleurs étaient les retournes ? Le tout, désormais, consistait à déterminer de quelle manière le chasseur, qui se réveillait en lui, allait tendre ses rets. Le temps pressait et, parfois, Nicolas, saisi par le doute, se demandait si Versailles souhaitait vraiment l'aboutissement de cette enquête. Après tout, Dimitri faisait un coupable idéal.

Nicolas redescendit sur terre. La reine qui accompagnait l'illustre visiteuse l'avait remarqué et lui adressait un salut des plus gracieux. Comme de juste, après l'invitation à la danse au bal paré, ce geste fit événement parmi les présents. Devant prendre médecine, le grand-duc s'était décommandé au dernier moment. Son épouse remerciait Marie-Antoinette pour un présent de sa part, remis au cours de sa visite à la manufacture de Sèvres.

— Son Altesse impériale, dit la baronne d'Oberkirch à l'oreille de Nicolas, avait été frappée de la splendeur d'une toilette en porcelaine bleu lapis, ornée de peintures et montée sur or, qu'elle avait supposé être destinée à la reine. Or, c'était un souvenir de Sa Majesté à son intention. L'Hôtel de Lévi est en ébullition dans le souci d'emballer un objet, si précieux à tant d'égards, qui pourrait se briser au cours de la route.

— Madame, il y a peu, j'ai eu l'heur de rencontrer la comtesse Skzrawonski, que vous connaissez, je crois ?

— Oh, c'est une connaissance lointaine et bien récente ! Elle possède à Meudon une charmante folie à lanterne depuis laquelle on admire tout Paris. Une amie commune m'y a conduite. Nous y prîmes une collation de crème et de fruits alors que le soleil se couchait. Le moment était magnifique.

— Meudon est un endroit charmant, surtout le château. J'ai aussi fréquenté celui de Bellevue, tout proche, sous Mme de Pompadour…

Elle le considéra sans dissimuler sa surprise. Il sentit soudain son âge et qu'il apparaissait *vieille cour* à cette jeune femme[1]. Elle eut la politesse de ne point commenter la chose.

— Justement, la demeure de la comtesse se trouve dans la grande allée qui conduit… à celle de Meudon[2].

Soucieux de ne pas donner l'alerte à la baronne, qui pourrait avertir la comtesse de l'intérêt soudain du marquis de Ranreuil à son égard, Nicolas ne poursuivit pas. Sa relation avec Mme d'Oberkirch datait de peu et seule la visite russe les avait rapprochés. Jusqu'à ce premier voyage à Paris, elle n'était

1. Elle est née en 1754, Nicolas en 1740.

2. Le château de Meudon appartint au grand dauphin, fils de Louis XIV. Sur son emplacement fut édifié l'observatoire de Meudon au XIXe siècle.

qu'une provinciale cantonnée à l'Alsace et à la petite cour des Wurtemberg à Montbéliard, où elle avait connu la princesse Dorothée avant que celle-ci ne devînt l'épouse du prince Paul. Elle ne se lassait pas d'interroger son *cicérone* sur tout et sur rien, durant les interminables harangues adressées aux princes.

Il reprit la route avant le cortège, maudissant le sort de se trouver si loin de Paris dans une voiture si lente. *Nom de toui, il ne risquait pas la versade !* Il retrouva Bourdeau à six heures de relevée et le mit aussitôt au courant de sa conversation. Il en déduisait qu'une chance subsistait que la princesse de Kesseoren se fût réfugiée et cachée à Meudon, dans la folie de la dame à portrait. La comtesse Skzrawonski avait été rien moins que sincère et, dès l'abord, Nicolas avait soupçonné qu'elle en savait davantage que ce qu'elle avait bien voulu lui confier.

— Comment entends-tu la manœuvre ?

— Plus qu'une manœuvre, un branle-bas de combat ! Je veux qu'on environne l'endroit des quatre côtés. Il est exclu que la dame réussisse à nous glisser entre les doigts, si tant est qu'elle soit bien là. Rassemble nos gens, Gremillon, Rabouine et les autres. Au grand galop ! Dans deux heures nous partons pour Meudon. Là-bas, nous recueillerons les renseignements pour trouver la folie à lanterne de la comtesse. Elle est située près du château, ce ne devrait pas être malaisé. Le lieu reconnu, investissement immédiat et complet. Toi et moi commencerons la fouille de la maison.

— Et si la comtesse est présente ?

— Nous lui imposerons notre loi et une prise de corps. L'autre jour, elle m'a dissimulé certaines choses et je l'avais prévenue du sort qui l'attendait. Nous sommes en temps de guerre.

Les ordres donnés, l'exécution est immédiate. Des voitures sont réunies. Gremillon et Rabouine ont rameuté leurs gens. Le cortège s'ébranle, Nicolas et Bourdeau dans la voiture de tête. À neuf heures, après questionnement de l'habitant, la folie est repérée et son encerclement achevé. Le bâtiment de style classique, flanqué d'une lanterne ouverte, domine un large panorama et surplombe le parc et les pièces d'eau du château. La grille, donnant accès à un petit jardin planté d'ifs en cône et de buis, se révèle solidement verrouillée. Un haut mur clôture sur trois côtés la propriété, le dernier formant terrasse donne sur un à-pic. Nicolas s'évertue, rossignol en main, à forcer la serrure sans y parvenir. À voix basse, quelqu'un les hèle. C'est Gremillon qui tient à la main de curieux instruments.

— Il faut passer le mur, dit le sergent.

— Oui, le conseil est facile. Comment le sautes-tu ? répond Bourdeau, hilare.

— Non, mais je vais vous dresser un escalier. Après, en haut, il faudra sauter.

À la surprise des deux policiers, il insinue plusieurs longs clous de charpentier dans les interstices des moellons. À coup de marteau, la tête en est matelassée de tissus pour assourdir le bruit, il enfonce solidement les pièces de fer, en quinconce verticale, de telle sorte que la partie dépassant du mur puisse supporter aisément le poids d'un homme. Son travail achevé, il les salue, leur désigne l'échelle ainsi constituée, recule et disparaît dans l'ombre de la nuit qui tombe.

Nicolas se hisse le premier sur le faîte du mur, il s'y assied à califourchon. De là-haut, la vue est dégagée, la maison silencieuse ; pourtant, il lui semble qu'une lointaine lueur tremblote à l'intérieur d'une croisée du premier étage. Un souffle court à côté de lui, c'est Bourdeau qui l'a rejoint. Nicolas désigne le jardin d'un geste et se laisse choir sur le gazon, aussitôt suivi par l'inspecteur. À pas de loup, ils s'approchent de la demeure. En cas de danger, la pelouse ne leur offre aucune espèce de retirade. La nuit est désormais tombée. Ils gravissent les degrés qui mènent à la porte centrale. Elle est close. Nicolas réitère le coup du rossignol, mais cette fois avec plus de succès. Le pêne joue, ils sont dans la place. Bourdeau, jamais à court d'initiatives, sort la petite lanterne de poche qu'il a jadis fait fabriquer par un artisan, il bat le briquet et allume la mèche. Un faible halo de lumière éclaire un élégant vestibule que seule meuble une console supportant un buste antique. Ils avancent, le pas glissant sur le marbre. Au fond un escalier, de chaque côté deux grandes portes. Ils les entrouvrent l'une après l'autre. Un salon qui donne sur un boudoir, une bibliothèque et en retour un corridor qui mène à l'office. Dans celui-ci, de la vaisselle sale que Bourdeau renifle.

— C'est du frais, murmure-t-il. La ripopée est encore tiède.

La constatation les fait redoubler de prudence. Rien au rez-de-chaussée. La cave ? Mais pourquoi s'y cacherait-on lorsque tout concourt à garantir votre retraite ? Nicolas rappelle à Bourdeau qu'il a cru apercevoir une lueur au premier et lui recommande de prendre garde. Ils montent et trouvent un hall carré avec deux fauteuils et un guéridon, sur lequel donnent quatre autres pièces. Les portes sont fermées. Laquelle ouvrir ? Par force gestes, ils décident d'en ouvrir chacun une en parallèle. Le parquet sous leurs poids craque. Si quelqu'un est là, aux aguets, il ne peut que les avoir entendus. Leurs sens sont aiguisés par la proximité d'un danger tapi dans l'ombre.

Au moment où Nicolas ouvre la grotte obscure d'une chambre, il n'y distingue rien ; Bourdeau ayant conservé la lanterne sourde, un coup de feu éclate derrière son dos. Dans l'instant il croit que l'on a tiré sur lui. Cependant il ne ressent rien. Alors il entend un corps qui tombe dans un grand cri. Comme dans un cauchemar, les impressions se succèdent d'une manière presque simultanée. La lanterne a roulé sur le parquet, son verre brisé, l'huile s'est répandue et une grande flamme jaune s'élève déjà près du corps effondré de Bourdeau. Il se précipite. À nouveau un coup de feu éclate. Une balle lui frôle l'oreille en sifflant et va fracasser le verre d'une gravure dont les morceaux tombent en tintant. Nicolas se jette à terre, saisit son pistolet de poche, l'arme et tire au jugé dans la pièce où allait pénétrer l'inspecteur. Il entend un cri, un bruit de chute et un gémissement. Il prête l'oreille, accablé de tant de pensées… *Bourdeau… Bourdeau… Mon Dieu, pourvu que…*

Il entend au rez-de-chaussée un tumulte de voix et de piétinements. Des appels de Rabouine et de Gremillon lui parviennent. Il ne peut leur répondre tant sa gorge lui serre et le cœur lui bat. Il rampe sur le sol vers Bourdeau sous la chaleur de la flamme. Il n'ose hurler de crainte que l'ennemi dans la pièce en face de lui ne découvre l'endroit où il se trouve. Il oublie que l'éclat de l'incendie fait de lui une cible de choix. À tout hasard, il recharge son pistolet et tire à l'aveuglette. Aucun bruit, aucun tir. Il palpe le corps de Bourdeau qui ne bouge plus. Soudain, il sent un liquide chaud sur sa main et cette odeur métallique qu'il connaît si bien. *Le sang, du sang… Le sang de Pierre qui coule.* Un immense désespoir le saisit et en un instant les années défilent, les jours heureux et les jours terribles. Il entend monter dans l'escalier. Rabouine, Gremillon et des exempts surgissent. Bruits de bottes, éblouissement, grésillements des torches qui éclairent la scène. Il leur désigne la pièce en face de lui en leur criant de prendre garde. Ils s'y précipitent. Nicolas se relève pour aussitôt se pencher sur le corps de Bourdeau. Le tumulte dans la pièce voisine le distrait un instant.

Il perçoit des jurons, des cris aigus, et voit Gremillon et Rabouine qui traînent sur le sol un homme qui se débat. Que celui-ci soit couvert de sang lui procure une joie sauvage. Ainsi son tir au hasard n'a pas manqué sa cible. Les exempts s'évertuent à éteindre le feu qui a attaqué le parquet. À nouveau, Nicolas se consacre à Bourdeau. Ses mains tremblent et il n'arrive pas à faire les gestes nécessaires. Des mains amicales le saisissent aux épaules et le redressent. Il reconnaît Rabouine qui lui murmure des mots apaisants. Il regarde Gremillon penché à son tour sur le corps de Bourdeau. *Pourquoi hoche-t-il la tête ainsi ? Pourquoi ?* Il se tourne enfin vers Nicolas et lui fait un signe de tête. La vue brouillée, celui-ci ne parvient pas à en comprendre la signification. Maintenant il est debout ; il sent tous ses membres trembler, jamais il n'a ressenti cela. Il tend la main vers Gremillon, qui la saisit, le tire à lui, l'étreint et lui murmure à l'oreille :

— Rassurez-vous, monsieur, il respire encore.

Il entend la phrase qui devrait tempérer son désespoir ; cependant, seul le mot « *encore* » sonne, comme un glas. Tout se remet en marche dans sa tête. Il est lui-même étonné des propositions qui se présentent, se confrontent, s'accordent et finalement s'imposent.

— Nous sommes à Meudon. Le plus utile et rapide est de transporter Bourdeau chez le docteur Semacgus à Vaugirard. Est-il gravement touché ?

— Il a reçu, à première vue, une balle en pleine poitrine. Elle n'a pas touché le cœur et paraît avoir frôlé les côtes et être ressortie par le dos. Je vous le répète, il a perdu conscience mais respire.

Nicolas écarte Gremillon sans ménagement. Il s'agenouille près du corps de Bourdeau.

— Aidez-moi à lui enlever son habit et son pourpoint.

Nicolas se relève, met bas son propre vêtement, dénoue sa cravate et enlève la chemise qu'il lacère avec une sorte de rage. Il constitue des tampons qu'il applique avec délicatesse sur la plaie. Il donne des ordres, qu'il hurle comme saisi d'une rage contre une fatalité qui le frappe au plus près.

Ce n'est que lorsque Bourdeau a été déposé sur un brancard qu'il songe à s'inquiéter de ce qui s'est passé dans la chambre à côté. Il y pénètre et, à la lumière des flambeaux, il discerne, entravée sur le sol, une femme de massive constitution, échevelée, grimaçant et grinçant des dents. Elle est habillée avec des vêtements masculins. Le soulier et le bas de la jambe gauche lui ont été ôtés et celle-ci est ensanglantée. Il a bien fait mouche quand il a tiré. Là encore l'action reprend le dessus. Il ordonne de faire un pansement de fortune et de faire transporter la blessée au Grand Châtelet, où le médecin de permanence la prendra en charge. Il s'approche d'elle. Elle est consciente, la tête baissée et la mâchoire serrée à ce que montrent les gonflements convulsifs de ses joues. Le mot fureur correspond seul à l'état qui la domine. Nicolas se baisse, lui relève la tête sans excès de douceur, la considère et d'une voix sèche l'interroge.

— Madame, au nom du roi, veuillez me répondre. Qui êtes-vous et que faites-vous ici ?

Elle ne répond pas, le regard seul s'est levé sans ciller.

— Madame, je répète ma question. Êtes-vous la soi-disant princesse de Kesseoren ?

Elle ne répond toujours pas. Insister ne servirait à rien, mais elle ne perd rien pour attendre.

— Qu'on l'emmène.

Après avoir vérifié que la voiture portant Bourdeau à Vaugirard est bien partie, il s'attache, aidé par Rabouine, à la fouille systématique de la chambre de la princesse. Il découvre des armes, outre celles dont elle a usé contre lui et Bourdeau. Nicolas comprend pourquoi elle a si longtemps échappé aux recherches de la police ; dans un placard est empilée une collection complète de tenues disparates, de chapeaux, de perruques et de postiches. Rabouine sonde les murs, s'insinue sous le manteau de la cheminée, déclenchant une avalanche de suie dont il ressort plus noir qu'un Savoyard[1]. De papiers, point. En revanche, du rebord interne de la cheminée, il extrait plusieurs rouleaux de louis enveloppés de papier.

La mouche ensuite ouvre la fenêtre et pousse un cri de triomphe. Il vient de remarquer une mince ficelle qui, accrochée à la barre d'appui de bronze, soutient quelque chose, dissimulé plus bas dans la gouttière et les chéneaux. Il tire et ramène un petit paquet plat enveloppé dans du papier huilé imperméable. Il tend l'objet à Nicolas, qui rompt la ficelle et le déballe. Un épais parchemin apparaît avec un

1. *Savoyard* : on se rappelle que les ramoneurs étaient de petits Savoyards.

sceau que Nicolas reconnaît comme celui de l'Empire russe : un aigle bicéphale couronné, tenant en ses serres un globe et un sceptre. Le texte manuscrit est en langue russe. Il va falloir à nouveau recourir à M. Radot pour en comprendre la teneur. Il le replie et l'enfouit dans sa poche. Il ordonne qu'on mette des scellés sur la maison. La comtesse Szrawonski aura des comptes à rendre pour avoir donné asile à un ennemi de la Couronne. Il descend, emprunte le cheval d'un exempt et pique des deux pour rejoindre la demeure de Semacgus à Vaugirard.

Son cheval, carne rétive, lui ayant fait, à deux reprises, vider les étriers, il a dû courir pour le rattraper et le maîtriser. Il parvient à la Croix-Nivert avec beaucoup de retard et confie la monture au cocher de Semacgus. Il se rue à l'intérieur de la maison. Personne dans le salon, ni dans l'office. Il entend des voix venant de la salle où le chirurgien prend ses repas. Il s'y précipite. La pièce est bellement éclairée ; il voit Semacgus en chemise et, près de lui, Awa qui tient une bassine. Il ne les distingue que de dos. Ils sont inclinés sur la table où les vestiges du souper ont été enlevés et traînent çà et là sur le sol. Il s'approche. Bourdeau, les yeux clos, est étendu sur la table. Nicolas en éprouve un choc tant l'image le renvoie aux séances de la basse-geôle. Il est dénudé jusqu'à la taille et Semacgus paraît être sur le point de lui placer un pansement. Il s'aperçoit de la présence du commissaire.

— Nicolas, vous tombez à pic. Vous allez m'aider. Je dois placer une bande pour fixer un emplâtre. À nous deux nous allons le relever tandis qu'Awa nouera la toile. Allons.

— Il est inconscient ?

— Oui, non. Enfin je vous expliquerai, ensuite.

Semacgus place sa main à plat sous le côté droit du dos de Bourdeau, Nicolas aide le mouvement à l'épaule gauche. Awa pose la bande et la noue. Bourdeau est à nouveau allongé.

— Il s'agit maintenant de le coucher. J'ai fait installer un lit dans ma bibliothèque. Ainsi je l'aurai sous la main pour le mieux surveiller.

Le cocher est appelé à l'aide. Bourdeau est placé sur un drap dont les quatre coins vont être soutenus par Semacgus, Awa, Nicolas et le serviteur. Il est ensuite couché et dévêtu. Une veilleuse seule donne à la pièce, emplie de livres et d'étranges objets ramenés par le chirurgien de ses escales lointaines, un aspect sinistre. On croirait un mort qu'on veille, se prend à penser Nicolas.

Pendant qu'Awa s'affaire à remettre de l'ordre, Semacgus ouvre un flacon de rhum et emplit deux verres à ras bord. Il en tend un à Nicolas.

— Buvez ! Votre figure est éloquente ; l'émotion a été rude. Contez-moi donc comment cela s'est produit.

Nicolas reprend souffle et boit ; la liqueur l'inonde d'une bonne chaleur. Il exhale un long soupir tremblé et se met à raconter à Semacgus les événements survenus à Meudon.

— Mais, achève-t-il, me direz-vous à la fin ce qu'on est en droit d'attendre de l'état de mon pauvre Pierre ?

— Rassurez-vous mon ami, que du bon. C'est une forte nature que notre Bourdeau. Et surtout il a eu beaucoup de chance.

— Et encore ?

— Je ne vais pas vous tympaniser avec des détails de la profession. Qu'il vous suffise de savoir que la balle qui l'a frappé s'est échappée après l'avoir traversé de part en part. J'ai sondé la plaie. Certes elle a contusionné plusieurs côtes, mais n'a lésé aucun organe noble. Le danger d'une telle blessure réside dans le risque que les parties molles sous-jacentes ne soient écrasées, d'où épanchement de sang et risque d'infection et de gangrène. Il faut donc donner promptement issue à ce liquide, ce que j'ai fait.

— Mais il est inconscient ?

— C'est l'apparence qu'il vous offre. En vérité à son arrivée il était conscient au point d'avoir demandé de vos nouvelles. Maintenant il se trouve sous l'effet d'une potion de ma fabrication : éther, valériane, laudanum, sirop de capillaires et quelques petits ingrédients secrets. Il repose paisiblement.

— Et donc, la suite ?

— Ne peut être que favorable. Vous l'avez sans doute sauvé en me le faisant amener. Mes confrères, ceux du Châtelet en particulier, nous l'auraient tué. Ils ne connaissent que la saignée et l'émétique ! Ah, il serait mort de deux médecins et de quatre apothicaires ! En ai-je extrait des balles et soigné de telles blessures. C'était le tout-venant de chaque bataille… avec les amputations.

Il considéra Nicolas.

— Mon ami, il vous faut reposer. Bourdeau est entre de bonnes mains. Awa et moi allons nous relayer pour les premières heures, toujours décisives, quoique le risque soit minime. Vous, je demande à mon cocher de vous reconduire à Paris. Oui, je sais, l'enquête. Cette dame… Mais pour ce soir, je vous autorise seulement à prévenir Mme Bourdeau. Tout autre que vous ne la rassurerait pas. Laissez votre monture dans mon écurie et envoyez quelqu'un la prendre demain.

Apaisé, mais serein – serait-ce l'effet du vieux rhum de Semacgus ? –, Nicolas s'endort dans la voiture et se retrouve devant la demeure de Bourdeau, à l'angle de la rue des Fossés-Saint-Bernard et de la rue Blanche. À peine a-t-il soulevé le marteau qu'apparaît Mme Bourdeau en chenille, la chevelure dénattée. À sa vue, elle fond en larmes, pressentant un drame, tant extraordinaire est la présence du commissaire à cette heure. Il la prend dans ses bras, la berce, lui parle à l'oreille pour lui conter l'événement. Il la rassure tandis que trois petites têtes montrent leur minois à une porte entrebâillée.

— Je dois partir à Vaugirard. Monsieur Le Floch, pourriez-vous m'accompagner ?

— Jeanne, il faut être raisonnable. Pierre dort. Il a pris une potion de notre ami. Votre présence ne peut, en pleine nuit, que susciter une fâcheuse émotion et troubler ces premières heures où le calme est essentiel. Passez une bonne nuit. Je vous envoie à l'aube l'équipage du docteur qui m'a conduit à Paris. Prenez vos dispositions pour les enfants. Je vous donne ma parole que tout va bien.

Il a du mal à la convaincre, mais au bout finit par l'emporter. Elle le remercie. Il l'embrasse. Il reprend la voiture et ordonne d'être conduit au Grand Châtelet. Il n'entend pas dormir cette nuit.

Lundi 17 juin 1782

Nicolas consulta sa montre quand il arriva en vue de la vieille forteresse. Que voulait-il faire passé minuit ? Le savait-il seulement lui-même ? Il gravit l'escalier quatre à quatre et réveilla le père Marie qui dormait, ronflant sur la couchette de son guichet. Ahuri de voir surgir le commissaire, il se déborda[1] en reproches.

1. *Se déborder* : s'épancher.

— Quelle mouche te pique de troubler le repos d'un vieil homme ? Y a-t-il le feu ?

— Enfin, tu sais ce qui s'est passé et que Bourdeau a pris du plomb !

— Certes. Les gens du guet m'ont conté la chose. As-tu des nouvelles ?

— Oui, je l'ai fait conduire chez Semacgus. Il est entre de bonnes mains. Sa blessure sera sans conséquences. J'ai prévenu Mme Bourdeau. Et toi, tu as reçu la dame ?

— La grosse greluche a été placée en cellule. Le médecin de quartier l'a examinée et pansée. Elle n'a même pas d'os cassé, la garce ! Tout au plus du plomb dans la cuisse, que le docteur a extirpé. Elle gueulait, tu peux m'en croire, comme chez nous quand on égorge le cochon. Ah, la crapoussine ! Et elle est habillée en homme !

— Gremillon est encore là ?

— Je crois bien. Il pensait, contrairement à moi, que tu repasserais ici.

Et, de fait, Gremillon surgit.

— Comment se porte M. Bourdeau ?

— Vu sa blessure, point trop mal et Semacgus veille sur lui. Sergent, vous m'allez aider. Il faut envoyer un messager à M. Radot, rue de l'Orangerie à Versailles. Qu'on me le ramène ici et je veux dès à présent interroger la princesse.

— Est-elle en état ?

— C'est ce que le docteur nous dira. Mais j'en ferai à ma tête ; le temps presse.

Ils gagnèrent les cellules. Le médecin de permanence se heurta à eux et fut aussitôt interrogé.

— Elle a perdu du sang, mais vu l'ardeur avec laquelle elle m'a dégoisé des injures, elle peut certainement être interrogée. Je lui tirerai une palette demain matin.

Dans la cellule, le spectacle était curieux. Assise sur sa couchette, le dos au mur, ses grègues ôtées, ses jambes épaisses dénudées, la gauche portant pansement, le pourpoint ouvert, entravée par une chaîne reliée à un anneau fixé à la muraille, la princesse de Kesseoren offrait l'image d'un fauve capturé. Cette masse échevelée jeta un regard haineux sur le commissaire. Gremillon taillait une plume avec un canif. Derrière lui, le père Marie portait un plateau-écritoire, du parchemin et un encrier. Nicolas avait demandé au sergent de noter l'interrogatoire dans ses détails les plus menus. Des tabourets furent apportés par un geôlier qui ne dissimulait pas son mécontentement d'avoir à œuvrer si tard.

— Madame, dit Nicolas. Je suis commissaire aux affaires extraordinaires chargé au nom du roi de vous interroger.

Elle se redressa dans un grand bruit de chaînes.

— Je suis étrangère et n'ai rien à vous dire. Je proteste contre l'agression perpétrée contre moi par des bandits qui se sont introduits de nuit dans ma maison.

— D'abord, madame, comment vous nommez-vous ?

— Je suis la princesse de Kesseoren, sujet de Sa Majesté impériale russe.

— Et de surcroît, dit-on, dame à portrait ?

Elle ne répondit pas.

— Soit. Voici un premier point d'établi. Que faites-vous en France ?

— Je voyage pour mon plaisir avant d'aller prendre les eaux en Allemagne.

— Pourquoi habitez-vous Meudon ?

Il y eut comme une imperceptible hésitation.

— C'est une maison que j'ai louée pour le bon air de sa situation.

— À qui ?

— Cela s'est fait par truchement de notaire.

— Qui est-il ?

— J'ai oublié son nom.

— Soit. Est-ce votre premier séjour dans le royaume ?

— Le premier, monsieur.

— Je constate, madame…

— Madame la princesse.

— Je constate que la femme qui se prétend être la princesse de Kesseoren a répondu à six reprises faussement à nos questions. Notez cela, je vous prie.

— Vous m'outragez, monsieur. Veuillez faire prévenir le ministre de Russie.

— Madame, je vous invite à modérer votre courroux. Vous vous présentez à moi en bel équipage et soutenez avec indécence des faussetés avérées. Vos déportements sont condamnables au regard des charges qui pèsent sur vous.

— Lesquelles ? Lesquelles ? hurla-t-elle.

— Vous mentez et je vais vous débiter quelques vérités qui appuient nos présomptions. Premièrement, ce n'est pas votre première visite à Paris. Deuxièmement, Kesseoren n'est pas votre nom, en tout cas pas plus que Dabout-Spada, Brienne, ou Bruth. Voyez que nous vous suivons à la trace depuis longtemps.

— Est-ce un crime de voyager incognito ?

— Certes non, sauf lorsque ce choix s'accompagne d'actes si délictueux que l'un ne va pas sans l'autre.

— Que voulez-vous dire, monsieur ? Et de quoi m'accuse-t-on ?

— Vous êtes en premier lieu suspectée d'avoir usé de fausses relations pour former des liaisons ainsi que des intrigues et d'avoir trompé les personnes qui ajoutaient créance à ces fables.

— Oh, le beau salmigondis ! Il ferait beau voir, monsieur, que vous en avanciez les noms !

— Rien n'est moins malaisé. Par exemple celui de M. de Richemont, homme de mérite d'une bonne maison du Berri qui, persuadé de votre bonne foi et ébloui par vos titres, vous a prêté une somme de plus de quarante mille livres, avant que vous disparaissiez l'an dernier de Paris. Cette affaire a éveillé alors toute l'attention de la police afin de découvrir les ressorts employés par vous pour soutenir ce système de tromperie. Du reste, votre coupable industrie n'est pas cantonnée à la France et, avant de sévir ici, l'existence que vous avez menée à Cassel répondait aux mêmes artifices.

— Vous faites erreur sur la personne.

— Point, madame. Le marquis de Vérac, notre ambassadeur, avait signalé vos intrigues à Saint-Pétersbourg où vous essayâtes de l'approcher sous le fallacieux prétexte de démêlés avec votre gouvernement. Vous vouliez alors vendre des secrets…

À part lui, Nicolas remerciait le baron de Corberon pour les dernières précisions apportées lors du bal de la reine.

— Je suis dame à portrait de Sa Majesté impériale.

— Parlons-en ! M. Böehmer, joaillier de la Couronne, vous en remontrera, à qui vous avez joué un tour de votre façon. Il en témoignera.

— Fi, monsieur ! Un artisan.

— Artisan, peut-être, mais de votre chute, madame, assurément !

Elle s'était tournée vers la muraille et ne regardait plus Nicolas.

— Madame, il faut examiner votre situation en face. Nous ignorons votre vrai nom, mais nous connaissons tous ceux dont vous avez usé pour vos tromperies. Croyez-vous donc que, mis en présence, nos témoins ne vous reconnaîtront pas ? M. de Richemont, M. Böehmer, auxquels j'ajouterai, pour faire bonne mesure, Germaine Raveux, dite la Tison, tenancière d'un cercle de jeu, à laquelle vous avez abandonné en gage un objet éloquent. Mais ce n'est pas tout. Il y a plus grave.

Elle ne put s'empêcher de se retourner et de fixer Nicolas.

— Hé quoi ! Monsieur, la charrette n'est point assez emplie ?

— La charrette dont vous évoquez mal à propos l'image va vous conduire à l'échafaud si vous persistez à ne pas vous expliquer. Car vous êtes aussi accusée d'avoir assassiné le comte de Rovski, officier de la garde impériale, à l'hôtel de Vauban. Et la liste de vos forfaits supposés ne s'arrête pas là. Vous êtes soupçonnée de vous être introduite dans l'Hôtel de Lévi chez l'ambassadeur de Russie, déguisée en marchande de mode et, accompagnée de deux coupe-jarrets porteurs d'une caisse de rubans, d'avoir assassiné un homme de peine et un serviteur du grand-duc Paul. Vous avez été dévisagée par plusieurs témoins sur place qui ne manqueront pas de vous reconnaître lorsqu'ils seront mis en votre présence. J'ajoute que vous avez corrompu Veyrat, dit La Jeunesse, valet de place du comte de Rovski, et je n'oublie pas deux balles, l'une qui a blessé mon inspecteur et l'autre qui m'a manqué.

— Monsieur !

— Enfin, vous êtes convaincue, pour le coup et à partir d'informations recoupées parvenues à notre connaissance, d'appartenir à un service qui se livre céans à l'espionnage. Nous sommes en état de guerre. Ces actes sont passibles de la peine de mort.

Il s'approcha d'elle, lui parlant en plein visage.

— Madame, je vous le dis, nous savons suffisamment de choses sur vous et vos forfaits pour décider de vous faire disparaître aussitôt sans que jamais on ne retrouve votre trace. C'est dire que seule une attitude qui vous conduirait à apporter votre concours à l'enquête pourrait sauver votre tête. Oui, votre tête !

En achevant son propos, il toqua le front de la princesse de son index, puis se tourna vers Gremillon.

— Sergent, prévoyez des exempts pour porter les convocations des témoins à partir de neuf heures. Ils seront confrontés à cette femme. Peut-être que la fin de la nuit lui portera conseil. Et surtout qu'on ne la quitte pas des yeux.

Le fantôme familier d'un vieux soldat, mort pendu dans sa cellule, traversa comme toujours la pensée de Nicolas. Il se tourna vers le geôlier et, à voix basse, lui demanda d'aller ouvrir la cellule de Piquadieu. Il s'y rendit accompagné de Gremillon.

— Monsieur, dit le sergent, pourquoi ne pas lui avoir parlé de la mort d'Harmand ?

— Pour quelles raisons l'aurait-elle fait tuer ? C'est Piquadieu qui lui a permis d'approcher le comte de Rovski et qui a été stipendié par M. Smith. Et pourtant on n'a pas cherché à le faire disparaître. Concluez vous-même.

— Cela signifierait qu'il y aurait un troisième suspect dans la mort du comte de Rovski ?

— C'est en effet la conclusion à laquelle je n'ai pas pu m'empêcher d'aboutir.

Ils avaient atteint la cellule de Piquadieu que le geôlier venait de brutalement réveiller.

— C'est-y chrétien de déranger un pauvre homme ? Ah ! C'est qu'vous, monsieur le commissaire. Vous venez-t-y me délivrer ?

— C'est selon, suivant ta bonne ou mauvaise volonté pour répondre aux questions que je vais te poser.

— Ma foi, je vous ai tout dit !

— Pardi ! M'est avis que tu gardes toujours une poire pour la soif. Il ne te servira de rien de t'épouffer. Pour ta gouverne, M. Smith, l'Américain, a été interrogé, ta grosse cliente que tu as rameutée pour ton maître est ici, à quelques toises de toi, elle a également parlé. Ses deux serviteurs, capturés, gisent dessous ta cellule et ont causé, eux aussi.

Nicolas estimait utile de faire bonne mesure et de charger la barque de vrai et faux.

— Vois-tu, reprit Nicolas, tu n'as plus rien à craindre, sauf peut-être de nous, si tu t'obstines à ne pas dégoiser. Allons, Veyrat dit Piquadieu, dit La Jeunesse, un bon mouvement, que diantre ! Ce n'est pas à ton âge que tu vas risquer de finir aux galères. Et quand je dis les galères, dans le meilleur des cas, car enfin on peut t'accuser de complicité de meurtre. Et alors… la colonne du *nec plus ultra* de la vie[1].

Piquadieu baissait la tête. Il semblait que ce rude discours l'eût ébranlé. Il finit par exhaler une sorte de gémissement.

— Soit. Que voulez-vous savoir de plus ?

— Quelques petits détails sur la nuit où le comte de Rovski est mort. Sa soirée fut occupée par des visites successives : l'Américain, la dame à portrait et… et qui d'autre ?

1. Le gibet.

— Je ne le sais point !

— Allons, en dépit de ce que tu n'as pas cessé d'affirmer, tu es demeuré toute la soirée autour et dans l'hôtel de Vauban. Tu espérais sans doute glaner quelques morceaux d'arlequin juteux qui nourriraient un chantage bien mitonné. Non ?

— C'est point moi qui traînais là, mais un autre.

— Que chantes-tu là ? Ah ! Voilà que l'automate se met en branle. Faut-il remonter le ressort davantage ? Si tu as vu quelqu'un d'autre, c'est donc que tu étais là ?

— Je flânais.

— Tu flânais ? Tu n'avais rien de mieux à faire en pleine nuit ? Et qu'as-tu vu, oiseau de nuit ?

— Harmand, lâcha-t-il, comme à regret. Il était dissimulé en face de l'hôtel et guettait. Enfin, je ne l'ai pas repéré sur-le-champ…

— Et il ne t'a pas remarqué ?

— J'étais dans le réduit à balais, qui a jour sur la rue.

— Et pourquoi ce guet ?

— Je vérifiais si tout se déroulait bien.

— Le succès de ton souci fut complet ! Et qu'as-tu remarqué ?

— C'était après que j'eus récupéré ma clé de l'Américain avec lequel j'avais rendez-vous au guichet du Louvre. Je suis revenu et j'ai croisé la dame qui paraissait hors d'elle et m'a bousculé au passage. Dehors je n'avais pas remarqué Richard. Était-il déjà là ? Je ne sais.

— Cela ne va pas. C'est bien toi qui devais introduire cette femme chez ton maître, non ? L'as-tu fait ?

Piquadieu exhalait la mauvaise odeur du mensonge et de la peur. La sueur lui dégoulinait du front.

— Lorsque Smith quitte ton maître, presque aussitôt tu introduis la dame au portrait.

— Oui.

— Et alors ?

— Je file au guichet du Louvre récupérer ma clé. Je reviens à l'hôtel, croise la dame et me cache dans mon réduit.

— Bon, et que se passe-t-il ?

— Une voiture surgit qui s'est arrêtée devant l'hôtel. Le cocher et un homme dans la caisse. Ils en sont descendus et sont entrés dans l'hôtel.

— Entrés ? Et comment ?

— Je l'ignore, mais ils ont réussi à ouvrir la porte. Peut-être avaient-ils un double ?

— Et alors ?

— Ils sont montés au premier. Je n'ai rien entendu. Un petit quart d'heure après, ils sont repartis. Ce que j'ai…

— Attends, tout cela est bien rapide. Les as-tu envisagés ? Peux-tu les décrire ?

— L'un n'avait rien qui le pût distinguer, mais l'autre, menant l'équipage, portait des culottes très larges comme les turcomans.

— Et alors…

— Je n'ai pas achevé. Au moment de leur départ, un homme s'est dressé devant le cheval, qui s'est cabré. La voiture s'est arrêtée, le passager est descendu. Il y a eu une vive discussion. Soudain j'ai reconnu le perturbateur. C'était Richard Harmand. Le cocher turc l'a assommé par derrière et ils l'ont hissé dans la voiture. Puis celle-ci a disparu vers la rivière.

— Bon. Et pourquoi as-tu gardé la clé que tu avais empruntée à Richard Harmand ?

D'évidence à la géhenne, Piquadieu, pitoyable, soupirait.

— J'peux pas vous le dire. N'ai-je point craché tout c'que vous vouliez ?

Nicolas connaissait trop bien l'âme humaine pour se tromper sur la détermination de Piquadieu à refuser d'en dire davantage. Dans ce genre d'interrogatoire, le moment survenait toujours où le débat atteignait un point d'équilibre et basculait soudain d'un côté ou d'un autre. C'était le cas, et tout ce que Nicolas pourrait tenter ne servirait à rien et ne convaincrait pas Piquadieu de pousser outre. Le commissaire pourrait bien agiter des menaces et ouvrir les plus terribles perspectives, rien n'y ferait et le valet buté ne parlerait plus. Une force supérieure lui imposerait silence. Sans un mot, Nicolas se retira et entraîna Gremillon vers la cellule de la princesse de Kesseoren. Il la trouva la tête baissée, fixant le sol, image de l'accablement le plus complet. Avait-il réussi à entamer les défenses de cette femme dont le passé disait toute la capacité d'astuce et de rebond ?

Nicolas réfléchissait à ce que Piquadieu avait lâché. Deux informations essentielles découlaient de cet interrogatoire. D'une part, le comte de Rovski était encore vivant au moment où la princesse de Kesseoren quittait sa chambre. Sur ce point, une voix intérieure lui soufflait que rien ne prouvait le fait et que les mystérieux visiteurs n'avaient, peut-être, trouvé qu'un cadavre encore chaud. Pourtant, il fallait bien tenter de bâtir sur cette hypothèse la plus vraisemblable. Pour parfaire la mise en scène qu'il imagina sur-le-champ, il demanda à Gremillon de faire venir ce qu'il trouverait de gardes et de geôliers à cette heure tardive et de faire le simulacre d'un détachement venu saisir la suspecte. Ceci fait, il entra dans la cellule.

— Alors, madame, ces quelques instants vous ont-ils porté conseil ?

Elle leva la tête, le regarda comme si elle ne le voyait pas.

— Entendez-vous ce que je vous dis ?

Un long moment s'écoula. Puis on entendit le bruit de pas cadencés qui martelaient le dallage. Gremillon avait fait merveille. Elle sursauta, s'agita et fit tinter ses chaînes.

— Quel est ce bruit, monsieur ?

— Ce bruit ? Ah ! Madame, ce sont les hommes qui vous doivent saisir et entraver, encore davantage si possible, pour vous mener incontinent à Lyon, au château de Pierre-en-Cize[1]. Vous verrez, la vue y est imprenable, des prairies, des troupeaux, un délicieux tableau qui, lorsqu'on est sous les verrous, n'est qu'un supplice de plus. Il est vrai que vous n'en profiterez guère. De cet *in pace* gothique, vous ne sortirez, assez vite d'ailleurs, que cousue dans un sac lesté de pierres qu'on jettera dans la Saône. *Requiescat !*

Elle soupirait. Nicolas n'éprouvait aucun plaisir à ce jeu cruel qu'imposaient les circonstances.

— Monsieur, dit la Kesseoren, j'ai une proposition à vous faire. Me voulez-vous entendre ?

— Madame, vous n'êtes pas en situation d'en imposer. Cependant je veux bien vous écouter.

— Je suis sujet de Sa Majesté impériale, et sa servante. Dans le cas où vous me garantiriez liberté et sauvegarde, me permettant par exemple d'être expulsée et bannie du royaume, je pourrais envisager de m'ouvrir à vous. Et dans ce cas, je serais disposée à vous dévoiler certains secrets qui pourraient vous

1. Château de Pierre-en-Cize : ancienne résidence des archevêques de Lyon. Prison d'État jusqu'à sa démolition en 1791.

être utiles. Le tout serait entouré du secret le plus absolu. Comprenez que ce qui me sauve d'un côté peut me perdre d'un autre.

Nicolas réfléchissait. Il était trop honnête homme pour se parjurer et ne pas tenir une promesse solennelle. Il pouvait bien user de subterfuges et mentir pour la bonne cause, mais tromper sur un enjeu aussi grave, il ne s'y résoudrait jamais. Avait-il autorité à faire cette promesse ? Et serait-elle honorée en haut lieu ? Pouvait-il s'engager à partir d'une *marchandise* dont il ignorait encore la nature et la qualité ? D'un autre côté, existait-il une autre voie pour atteindre le but qu'il s'était fixé : démêler des affaires liées sur lesquelles pesait la raison d'État. Il y avait des moments dans la vie d'un homme où il était indispensable de choisir entre deux aléas. Pour risquée que fût la manœuvre, il décida de la conduire. Il ne put cependant aller contre sa native honnêteté et s'empêcher de gazer à la dame ses réticences.

— Je vous donne ma parole de tout faire pour favoriser cette solution. Mais je vous dois prévenir qu'au-dessus de moi on pourrait en décider autrement.

— Le débat ne laisse pas d'être simple. Je penche là où le risque me paraît moindre. Oui, monsieur, je suis innocente. En tout cas des meurtres dont on m'accuse.

— J'en reçois l'affirmation et j'en espère la démonstration. Madame, nous savons que vous travaillez pour les services de Sa Majesté impériale. Il ressort de ce que nous avons appris que vous étiez chargée d'approcher le comte de Rovski, favori disgracié de l'impératrice, pour des raisons que vous m'allez exposer.

— Je n'ai guère d'éléments en plus à vous donner. Il semble que vous sachiez tout, dit-elle avec un rien d'ironie.

— Alors, entrons dans le menu des détails. Vous avez voyagé dans le même paquebot que le comte. Pourquoi ne pas l'avoir abordé durant cette traversée ?

— Le lieu ne s'y prêtait pas et j'étais contrainte de mesurer mes démarches, car Rovski était sous la surveillance d'un agent américain, un certain Smith.

— L'auriez-vous séduit ? dit Nicolas à tout hasard.

— Pour la bonne cause et pour le mieux surveiller.

— Quelle était la fin dernière de votre mission ?

— Récupérer une correspondance entre l'impératrice et le comte de Rovski et veiller à ce qu'il n'en fasse pas mauvais usage.

— Y avait-il autre chose ?

Surprise, elle le contempla.

— Rien, monsieur, je vous l'assure.

— Vous arrivez à Paris. Que se passe-t-il ?

— J'observe le comte et son genre de vie. Il va se ruiner et, au fur et à mesure que ses ressources s'amenuisent, grandit le risque de le voir monnayer les documents en sa possession. Ce risque inquiète au plus haut point Saint-Pétersbourg.

— Vous le signalez à vos autorités.

— Oui.

— Comment ?

— Tout simplement en messages chiffrés transmis par chevaucheurs, la malle-poste étant trop lente et peu sûre.

— Vous disposiez de fonds pour cela ?

Elle émit un petit ricanement moqueur.

— Sans compter…

— Ce qui explique sans doute que vous laissiez des bijoux en gage chez la Tison !

— C'était pour mieux jouer mon rôle. Je l'aurais récupéré ensuite.

— Vous ne recevez aucune instruction concernant Rovski.

— À son sujet, aucune.

— Alors qu'alliez-vous faire chez le comte ce soir-là ?

— Ce qu'une femme peut faire avec un homme. Je comptais me faire passer pour la Gambut, une fille galante croisée un soir et à qui j'avais emprunté sa réclame.

— Il ne pouvait donc vous reconnaître ?

— J'avais veillé sur le bateau à ne le jamais croiser.

Voilà qui recoupait exactement le témoignage de Mlle Desmarets, l'institutrice que Bourdeau avait interrogée.

— Que s'est-il passé ?

— Son valet m'avait ouvert la voie. Je découvre le comte ivre mort, presque inconscient. Je commence à fouiller partout sans rien trouver.

— Pas de carnet ?

— Vous avez raison. Un carnet avec des chiffres, sans intérêt pour moi. À ce moment, il reprend conscience et me voit, me traite de putain, de voleuse. Nous nous battons, il tombe sur le lit. Le temps qu'il se relève, je m'étais envolée.

— Quelque chose vous a-t-il frappée, en entrant et en sortant de l'hôtel de Vauban ?

— Rien, j'ai regagné ma retraite sans encombre.

— Une chambre bien close au-dessus de l'atelier d'un marchand plumassier.

— Oui… J'ai appris que vous m'aviez fait visite.

— L'oiseau s'était envolé ! Et la comtesse Skzrawonski ?

— N'allez pas lui chercher noise, elle est innocente et avait reçu des ordres de…

— Bien, nous ne pousserons pas plus loin. Venons-en maintenant à votre visite en marchande de rubans à l'ambassade de Russie, le 27 mai dernier.

— Monsieur, j'agissais sur ordre. Il m'était indiqué d'avoir à prendre contact avec Nikita Paline, le majordome de l'ambassadeur prince Bariatinski, et de lui rendre compte de mes tentatives auprès du comte de Rovski.

— Et ce Paline, le connaissiez-vous auparavant ?

— Non, et je ne l'avais même jamais rencontré. J'en avais déduit qu'il était le chef à Paris des mouches russes.

— Que s'est-il passé à l'Hôtel de Lévi ?

— Le désordre y était tel que je n'ai pas réussi à le joindre et j'ai dû partir assez vite de peur que mon incognito soit traversé.

— Qui étaient ces hommes qui vous accompagnaient ?

— Ce sont deux gardes qu'on m'avait imposés à Saint-Pétersbourg pour me porter aide, et, le cas échéant, me défendre. Et sans doute aussi pour me surveiller.

Nicolas s'approcha et la regarda dans les yeux, qu'il remarqua fort beaux, d'un bleu tirant sur le vert.

— Et puis-je apprendre de votre bouche les raisons pour lesquelles vous leur aviez donné l'ordre de m'enlever et de m'assassiner ?

Ou la surprise de la femme était feinte et alors c'était une grande comédienne, ou elle était réelle et la constatation faisait naître de nouvelles questions.

— Comment, monsieur ! De ma vie je n'ai causé la mort de quiconque. Volé, oui ! Escroqué, oui ! Mais assassiné, jamais !

— Alors, comment expliquez-vous l'attaque dont j'ai été victime et dont je suis sorti sauf à l'extrême limite, au moment où l'un de vos sbires allait me dépêcher ?

— Monsieur, si tel avait été le cas et si je devais ordonner le trépas de quelqu'un, je ne pourrais me résigner à tuer un Français.

Cela fut exprimé avec beaucoup d'émotion.

— Mais vous n'hésitez pas à nous tirer dessus !

— Je ne vous connaissais pas alors, dit-elle avec un sourire aguichant.

— C'est une pirouette, et non une réplique ! Pourquoi donc ne tuez-vous pas les Français ?

— Parce que je suis russe par mon père mais française par ma mère, qui fut séduite lors de la tournée de sa troupe à Saint-Pétersbourg.

Elle était donc comédienne, je comprends tout !

— Je le fus aussi à mes débuts, puis la vie…

— Ceci explique cela. J'étais sur le point de vous demander comment il était possible de parler un français si parfait. Mais revenons à vos gens.

— Je ne les ai pas vus depuis que vous êtes tombé sur mes traces. Aussi n'étais-je pas en mesure de leur ordonner quoi que ce fût !

— Nous sommes devant un impénétrable mystère.

— Puis-je suggérer la possibilité qu'ils aient reçu des instructions d'une autre personne que moi ?

— C'est en effet une hypothèse. Madame, pour en achever, pouvez-vous me montrer vos bras ?

Il ordonna qu'on la détachât.

— J'aurais préféré vous les présenter dans d'autres circonstances. Mais les voici.

Il lui prit les mains, qu'elle avait brûlantes, et constata l'absence de toutes écorchures suspectes.

— Alors, monsieur ?

— L'examen vous est plutôt favorable. Dernière chose. Pourriez-vous me donner un exemplaire de votre écriture ?

Il détacha une page de son petit carnet et la lui tendit avec une mine de plomb. De la main droite, elle écrivit quelques mots et lui rendit le billet sur lequel il lut : « *N'oubliez pas votre promesse.* »

— Il va de soi, madame, que dans le cas où vous seriez bannie du royaume, l'or trouvé à Meudon dans votre cheminée servirait à dédommager les victimes de vos duperies.

— Hélas, au jeu, il faut savoir perdre.

Nicolas remonta dans le bureau de permanence, l'esprit agité par de multiples raisonnements qui finissaient par se détruire les uns les autres. Devait-il parier sur la franchise de la Kesseoren ? Son intuition le faisait pencher dans ce sens. Mais alors, *quid* des événements de la rue de Richelieu et de l'Hôtel de Lévi ? Certes il possédait la quasi-certitude que le barbier turc du prince était impliqué dans l'affaire. Mais qui l'accompagnait ? Pavel, Dimitri ou Nikita ? Il songea soudain à l'examen qu'il venait de faire subir à la Kesseoren. Devait-il agir de même avec Nikita Paline ? Les corps de Pavel et de Dimitri, qui reposaient en bas à la basse-geôle, avaient déjà été examinés sans succès. Cette réflexion le conduisit au sommeil.

Mardi 18 juin 1782

Ce fut le père Marie qui le réveilla et le fit sortir, une tasse de café au lait avec des oublies aidant, de sa torpeur.

— Il y a là un M. Radot qui t'attend.

— Fais-le entrer.

Le traducteur de russe entra l'air éberlué, la perruque de travers et l'habit mal boutonné.

— Monsieur Radot, comment puis-je assez vous remercier de répondre ainsi à mon appel ?

— Serviteur, monsieur le marquis. Hélas ! Hélas ! Je n'ai point eu le choix et n'ai point autant de mérite que vous le dites. J'ai un peu rechigné…

— Diable, je suis navré au dernier degré d'avoir gâché votre nuit. Mais il y va d'une affaire d'État.

— Alors ?

— J'ai à vous soumettre un papier saisi dont je souhaiterais connaître la teneur.

— Hélas ! Hélas ! Je n'ai point mes besicles.

— Peu importe…

Nicolas fourragea dans le tiroir de bureau et en tira une lentille grossissante.

— … Nul doute que cela pourra en faire usage et vous aidera.

M. Radot se pencha sur le document trouvé à Meudon. Il le lut et se mit à balancer la tête comme un magot chinois.

— C'est un document signé par… Mais il vaut mieux que je vous le lise.

C'est par mon ordre et pour le bien de l'Empire que le porteur du présent a fait ce qu'il a fait.

Ce 24 avril 1782,
Catherine

— Voilà qui est bel et bon, mais ne fait point mon affaire. Cela confirme tout au plus ce que je savais déjà.

— J'en suis désolé, dit M. Radot du ton aigre, d'évidence ulcéré du peu de considération que sa traduction suscitait. La Russie est à la mode. Je n'arrête pas depuis quelques jours, du français au russe et du russe au français. Imaginez que même M. de Sartine, l'ancien ministre de la Marine, m'est venu trouver il y a trois jours pour me faire mettre en russe un salmigondis dans lequel je n'ai rien démêlé.

— M. de Sartine ! Du français au russe. Voilà qui ne laisse pas d'intriguer. Et de quoi s'agissait-il ? D'une affaire de commerce ?

— Point, point ! Je n'y ai rien entendu. On y parle du bal de la reine, d'une voiture, et d'un homme en habit gris de cour avec un cordon noir. La route à prendre et une clairière où il fallait en finir. Je n'y comprenais goutte, mais n'était-ce pas préférable ? L'ignorance est une qualité dans notre métier.

— Je vous remercie, monsieur Radot. On va vous reconduire à Versailles.

Et le traducteur, qui était en veine de causerie, fut poussé dehors par un commissaire impatient de se retrouver seul.

— Tiens donc ! Monseigneur de Sartine. Comme cela se trouve. La surface des choses, hein ! La surface des choses.

XIV

DÉCHIREMENTS

« Serments fallacieux, salutaire
[contrainte
Que m'imposa la force et
[qu'accepta ma crainte,
Heureux déguisements d'un
[immortel courroux,
Vains fantômes d'État, évanouissez-
[vous ! »

Corneille

Nicolas était moulu et, seule, une bonne toilette lui parut susceptible de le dégourdir. Il fit monter de l'eau pour se laver dans le cabinet qui jouxtait le bureau de permanence et dans lequel, à l'occasion, il se grimait. Ces soins émerveillèrent l'huissier, qui avança sans vergogne ne s'y résoudre qu'aux quatre vigiles. Nicolas avait toujours observé que les habits du père Marie étaient soigneusement brossés, mais qu'il émanait d'eux en permanence une forte odeur composite de vieux bois, de graillon et de fumée.

Il fit appeler une voiture et se fit conduire rue Vieille-du-Temple chez maître Vachon, son tailleur.

La mention de son habit gris dans le billet traduit en russe par M. Radot l'intriguait. Qui pouvait savoir, hors évidemment son tailleur et Louis, la couleur de l'habit de cour destiné à être porté au bal de la reine ? Il aborda le vieil artisan avec circonspection, affirmant avoir souhaité le remercier pour les deux habits qui avaient suscité l'admiration de tous. Maître Vachon, confondu de reconnaissance, lui avoua avoir montré l'habit à plusieurs personnes et, notamment, à M. de Sartine, sa vieille pratique, venu le saluer alors qu'il passait près de sa boutique. Nicolas prit congé et sortit, l'esprit bourdonnant de ce qu'il venait d'apprendre. Il était exclu que l'ancien ministre prît la peine sans arrière-pensées de venir saluer maître Vachon. Seule la vanité du vieil homme pouvait imaginer une telle attention. Ce qui était, en revanche, vraisemblable, c'est que Sartine, hanté par ses *fomentations*, souhaitait connaître sa tenue, les bals parés n'étant pas si fréquents à la cour. Leur tailleur commun était l'homme idoine pour lui tendre sur un plateau les renseignements recherchés.

Ruminant sa fureur, il gagna Vaugirard où il trouva Bourdeau éveillé, que Semacgus, satisfait de l'état de la blessure, achevait de panser. Mme Bourdeau, rassurée, le veillait avec Awa. Nicolas confia en quelques mots l'étrange évolution de l'enquête. L'inspecteur s'agita, furieux d'être immobilisé à ce moment crucial. Nicolas quitta la Croix-Nivert un poids en moins sur la poitrine.

Le retour à l'hôtel de police lui permit de mettre au point sa stratégie. D'une manière ou d'une autre il importait désormais d'attirer hors de l'Hôtel de Lévi Nikita, qui n'en sortait jamais. Peu à peu une idée germa dans son esprit que vingt ans et plus de police n'avaient pas laissé sans force stratagèmes en réserve. Il décida de jouer cavalier seul et de n'en faire qu'à sa tête. Ah ! On lui avait dissimulé sciemment une partie du livret. Il en tirerait les conséquences et chanterait son aria aussi bien qu'un autre ! Il s'interrogeait sur le rôle joué dans tout cet imbroglio par M. Le Noir. Il penchait en faveur de l'ignorance du lieutenant général de police que Sartine avait toujours tenu en lisière. Celui-ci lui pardonnerait-il un jour d'occuper un emploi où il avait excellé, mais dans lequel son successeur n'avait pas démérité et, de surcroît, bénéficiait d'une grande popularité ? Le commissaire, ulcéré, sentait pourtant des scrupules qui montaient et bâtissaient peu à peu un mur d'objections. Puis ce furent sa native honnêteté et son honneur de gentilhomme qui le tenaillèrent, lui exposant avec sévérité les inconvénients d'atteindre le vrai par le faux. Ce débat, il l'avait soutenu tant de fois qu'il pouvait bien l'alimenter de ses propres réflexions, il savait à quoi il aboutirait. Une fois pour toutes, Nicolas Le Floch, marquis de Ranreuil, avait de longue main consenti à ce que ce métier et les trames qu'il imposait tutoyassent en permanence les troubles rivages de ce qui ne se nommait point.

À l'hôtel de police, Nicolas signifia à Le Noir surpris d'avoir d'urgence à prévenir M. de Vergennes et M. de Sartine que leur présence était respectueusement requise à quatre heures de relevée. Nicolas fut satisfait de l'attention de Le Noir qui, sans broncher ni demander le moindre éclaircissement, consentit aux demandes du commissaire. Nicolas lui indiqua qu'il allait paraître sous peu dans la cour de l'hôtel, qu'il fallait prévoir l'immédiate arrestation de l'homme qui l'accompagnerait, le tenir entravé, surveillé jusqu'au moment de le faire comparaître dans le bureau du lieutenant général de police.

Cette affaire réglée, sa voiture le conduisit à l'Hôtel de Lévi. Il avait beaucoup réfléchi et s'était convaincu de l'impossibilité de saisir et d'interroger le barbier, cet esclave turc, si proche du grand-duc. L'ambassade de Russie était un chantier populeux et bruyant, où valets, gagne-deniers et portefaix clouaient les caisses contenant, soigneusement emballés, les nombreux achats du couple impérial. Nicolas se félicita de ne point croiser le prince Bariatinski. Il saisit au vol Nikita Paline qui jouait les mouches du coche en tentant d'organiser un désordre que ses interventions semblaient aggraver.

— Monsieur, lui dit aimablement Nicolas. Je dois vous entretenir en privé d'une gravissime affaire.

Il attira le majordome dans le petit salon, repoussa le battant de la porte et le prit par les épaules, lui parlant presque nez à nez.

— Mon cher, les événements ne favorisent pas nos affaires. Notre système est sur le point d'être traversé par le secret français ! Il semble qu'un des leurs ait mis la main sur des objets vous appartenant… Quelle imprudence ! Auraient-ils été dérobés ici ? Prenez garde et méfiez-vous, il y a dans cette maison des traîtres et des infidèles.

Au fur et à mesure que tombaient les paroles de Nicolas, prononcées sur un ton dramatique, le visage d'habitude serein de Nikita reflétait tous les sentiments qui se succédaient en lui : la surprise, l'incrédulité, l'inquiétude et, pour finir, la panique. Il se dégagea de l'étreinte de Nicolas.

— Monsieur le marquis, je ne comprends rien à votre discours. Permettez-moi de quitter ce salon, les préparatifs de départ de Leurs Altesses impériales me requièrent.

Nicolas lui barra le passage et le repoussa jusqu'à un fauteuil où Nikita tomba, abasourdi du mouvement de son interlocuteur.

— Monsieur, un peu de sérieux que diantre ! J'entends bien que, perplexe, vous puissiez soupçonner quelque torve tentative. Dois-je vous prouver que je suis l'un des vôtres et que notre grand empire étend sa toile sur l'ancien monde ?

Il fouilla dans sa poche et lui mit sous les yeux l'ordre de mission signé par Catherine II. Nikita s'en saisit, le regarda, le lut plusieurs fois, l'examina sous tous les angles et, vaincu, considéra Nicolas avec stupéfaction.

— Mais… monsieur, vous êtes français.

Nicolas trouva la réplique en songeant à ce que lui avait avoué la princesse de Kesseoren.

— Monsieur, sachez que mon père était français, mais ma mère russe. Enfin, si vous en doutez encore, je vous laisse libre par vos moyens habituels d'obtenir confirmation de Saint-Pétersbourg. Bien sûr à vos risques et périls. Il est vraisemblable qu'*on* appréciera votre défiance.

— Point, point, la surprise seule explique… Enfin, je suis à vos ordres. Que dois-je faire ?

— M'accompagner près d'ici. Je voudrais vous présenter des objets qui vous ont été volés et qui laissent indécis ceux qui les ont examinés. On a fini par conclure qu'ils étaient exempts de tout mystère. Pour ma part, je ne possède pas et pour cause leur candeur et souhaiterais qu'au plus vite vous les récupériez. Il y a là un livre précieux et…

— Plus un mot, c'est cela. Je vous suis. Sortez, monsieur le marquis, et je vous retrouve dans la rue.

Nicolas se retira sans autre rencontre et vit bientôt Nikita le rejoindre. Ils marchèrent un long moment sans parler. Quand ils approchèrent de l'hôtel de police, Nikita manifesta, en dépit de sa maîtrise, quelques signes d'inquiétude. Nicolas pouvait imaginer que, parisien depuis longtemps, l'homme ne devait pas ignorer la nature de l'endroit.

— Nous allons pénétrer dans l'hôtel de police. Ne vous inquiétez pas. Où donc seriez-vous davantage en sécurité ?

Il ajouta en riant :

— Rien n'est plus sûr que la gueule du loup !

Ils entrèrent dans la cour et tout se déroula en un éclair. À peine abordés les degrés du perron qu'une foule d'exempts jaillit du vestibule et se précipita sur Nikita, qui fut aussitôt immobilisé, lié aux mains et aux pieds, et entraîné dans une pièce du sous-sol pour y être enfermé.

Que Nicolas fût fier de cet exploit peu glorieux était loin de la vérité. Il éprouvait à l'issue de cette manœuvre réussie l'amère sensation d'un remords. Et puis le mouvement des événements l'emporta. Oui, il avait en fourberie trompé cet homme, mais quel était-il ? Un espion tapi au sein de la capitale du royaume, sans doute l'un des éléments importants de la toile étendue sur l'Europe par la Sémiramis du Nord. Il espionnait et, au bout du compte, avait peut-être massacré quatre personnes. Nicolas devait se concentrer sur quelques points demeurés obscurs. Dangeville avait-il été tué par Pavel ou par Nikita ? Ou alors… Pourquoi un espion patenté avait-il tué un autre représentant du renseignement russe, au dire même du grand-duc qui soupçonnait clairement Pavel de le surveiller ?

Une longue marche s'imposait. Après avoir pris avec Le Noir les dispositions matérielles de la comparution de Nikita Paline, il gagna les boulevards, y prit un fiacre et se fit conduire à l'ouest de Paris où s'étendait un bois touffu appelé Boulogne. On avait commencé à y tracer des allées de plus en plus courues ; il s'en écarta et s'assit dans un lieu solitaire sur un talus herbeux, écoutant gazouiller les oiseaux tandis qu'au bout du chemin, des biches et des cerfs s'enfuyaient.

Un détail le tourmentait. Qu'un homme du secret russe, d'évidence aussi expérimenté, ait cédé aussi vite au subterfuge utilisé l'inquiétait. Pourtant il avait noté que sa résistance s'était dissipée devant sa certitude de tenir en main un ordre authentique de sa souveraine. Bourdeau en aurait tiré d'édifiantes considérations sur la puissance et l'influence des despotes et la faiblesse d'esprits aussitôt disposés à abandonner leur libre arbitre. Et d'ailleurs, se disait Nicolas, qu'aurait-il lui-même conclu devant un ordre similaire émanant du roi ?

Pour bronzé que fût Nicolas aux émotions de ce genre de séances multipliées depuis son entrée dans la police, le cœur lui battit plus fort quand il pénétra dans le cabinet du lieutenant général de police. Au centre Vergennes, à droite Sartine et à gauche Le Noir occupaient trois fauteuils installés derrière le bureau. Les expressions des visages suggéraient autant de considérations muettes. Le ministre des Affaires étrangères, indéchiffrable, laissait apparaître, en dépit de son impassibilité coutumière, quelques signes de désagrément de se trouver là. Sartine arrangeait, en secouant la tête, les marteaux de sa perruque. Le bon visage de Le Noir reflétait la bienveillance envers Nicolas entrant dans l'arène et l'inquiétude qui le tenaillait de le voir dévorer.

— Monsieur le marquis, nous vous écoutons.

— Messeigneurs, j'ai été jeté dans la situation particulière de quelqu'un appelé au nom d'un bien supérieur à organiser un mal nécessaire…

— Monsieur, je vous interromps, dit Vergennes, ne revenons pas sur une mission que vous avez d'ailleurs acceptée et remplie au mieux. Vous n'êtes pas responsable des anicroches que nous connaissons et qui demeurent sans aucune conséquence.

— Sauf pour le malheureux Dangeville.

— La mort l'attendait de toute manière, dit Sartine.

Nicolas soupira. Pourquoi, à cet étage de puissance, se croyait-on obligé de toiser et de morguer la pauvre humanité comme Gulliver les Lilliputiens ? N'auraient-ils pas dû redouter, si grands fussent-ils, que, réunis par l'esprit du siècle, les Lilliputiens n'en viennent un jour à se dresser contre eux pour imposer une autre volonté ?

— Des situations criminelles sont apparues, toutes deux intéressant des sujets de l'Empire russe. D'une part, l'assassinat du comte de Rovski, officier de la garde impériale, favori en disgrâce et en exil de Catherine II. L'autre a touché l'ambassade de Russie où, à la suite de l'opération que vous savez, Dangeville, notre homme, fut surpris et tué, mais également Pavel, le maître d'hôtel du grand-duc. Outre cela, comme les satellites, ces petites planètes qui tournent autour d'une plus grande, nous devons considérer trois crimes atroces commis sur des filles galantes par le secrétaire du tsarévitch, Dimitri, alias Ivan Kripaeev, surpris et abattu à Chantilly par les gardes du prince de Condé, et l'assassinat de Richard Harmand, commis à l'hôtel de Vauban, tué et jeté à la Seine. Et je n'évoquerai pour rien les attentats perpétrés contre le commissaire en charge de ces affaires et son inspecteur. Reprenons les choses une par une.

— Sans être par trop compendieux, jeta Sartine, dont l'énervement croissait au détriment de sa perruque, vous nous présentez tout uni un tableau dont nous ignorons la manière.

— Ah, certes ! Je pourrais vous développer l'enquête en sa totalité comme papier troué d'un orgue de Barbarie, et le gros du menu et le menu du gros ! Vous dire que, jour et nuit, elle nous a menés dans de mauvais lieux, chez divers artisans, la plume et la perruque, chez le joaillier de la Couronne et même chez dame Paulet, que nous avons coupé et recoupé ce que nous apprenions, et que nous nous sommes divertis à l'occasion de plaisantes séances à la basse-geôle ! Avec quelques balles et un enlèvement en prime. Le voulez-vous, monseigneur ? Non ? Pour le meurtre du comte de Rovski, je n'entrerai donc pas dans le détail des interrogations et recherches diligentées qui ont permis d'approcher la vérité.

— Lorsqu'on approche d'un point précis, il se faut méfier des mirages et…

— Si on laissait Ranreuil s'expliquer, Sartine.

Vergennes avait coupé sèchement la parole à l'ancien ministre.

— Le soir de sa mort, le comte de Rovski a reçu plusieurs visites. Tout d'abord celle de M. Smith, alias Galbraith, espion américain mandaté par le Congrès, chargé en Russie de favoriser les intérêts des Insurgents et de favoriser des marchés d'armes. L'homme avait corrompu Rovski, escomptant son influence pour faciliter ses négociations. Las ! Les sommes ont été perdues au jeu et le favori disgracié. Smith voulait récupérer les fonds dilapidés. Grâce à l'entregent de La Jeunesse, valet en place du comte, il parvient à s'introduire, mais échoue dans sa mission. En fuite et arrêté, il finit sur le conseil de Franklin par tout nous révéler.

— Il a pu tuer Rovski, dit Sartine.

— Non, car peu après le comte reçoit la seconde visite de la soirée. Là aussi aidée par La Jeunesse, s'introduit, sous la figure d'une fille galante dans la chambre de la victime, la princesse de Kesseoren, escroc notoire connue tant à Saint-Pétersbourg qu'à Paris et soupçonnée par notre ambassadeur d'être un agent des services russes. Il semble qu'elle ait été chargée de récupérer une correspondance compromettante pour l'impératrice. L'état du comte, ivre mort, ne permet pas d'aboutir. A-t-elle pu assassiner le comte ? Certes. Mais intervient une troisième visite dont le valet de place est témoin. Deux hommes, dans l'un desquels, les recoupements établis, il faut reconnaître un esclave turc, barbier du prince Paul, et un inconnu que rien ne distingue. Ils pénètrent dans la chambre du comte. Qu'y font-ils ? Ils fouillent et se saisissent de pages d'un carnet. Le comte est-il déjà mort ? Nous y reviendrons. Ils repartent et sont interpellés par Richard Harmand, commis de l'hôtel de Vauban, qui a favorisé leur entrée par le passe qu'il détient. Pourquoi cette attitude ? L'enquête a montré que l'or répandu dans les mains de ce jeune homme, joueur ruiné, était de la fausse monnaie. Il demande une explication, il est assommé, emporté et précipité à la Seine.

— Permettez, Ranreuil, dit Vergennes, je suis avec attention le récit que vous nous faites. Je voudrais pourtant savoir qui, selon vous, a assassiné le comte de Rovski et les preuves que vous nous pouvez apporter.

— Qui a tué Rovski ? Je l'ignore.

Les trois têtes du tribunal s'agitèrent.

— Je l'ignore, mais je sais qu'il ne peut s'agir que du barbier turc du grand-duc ou de Nikita Paline, majordome du prince Bariatinski. J'ajouterai que le prince Paul avait menti en affirmant ne pas connaître la présence du comte à Paris alors que celui-ci apparaissait sur les listes des visiteurs venus faire leur cour à l'Hôtel de Lévi. Je vous demande l'autorisation de faire comparaître Nikita Paline.

— Comment ! s'écria Vergennes. Vous avez osé vous saisir d'un sujet russe, membre du personnel d'une ambassade ! Nous allons à l'incident.

— Je pense que non, monseigneur. Et nous allons sur-le-champ vous convaincre que non seulement l'intéressé a participé au meurtre de Rovski, mais également à celui de Pavel, maître d'hôtel du prince, à l'Hôtel de Lévi.

Étroitement lié, Nikita fut traîné devant la compagnie.

— Qui êtes-vous ? demanda Sartine, qui reprenait, au grand dam de Le Noir, le ton et le rôle du lieutenant général de police.

— Nikita Paline, sujet russe. J'appartiens à Son Excellence le prince Bariatinski et j'exige qu'on me libère et qu'on me remette entre ses mains.

— Monsieur, il suffira que vous répondiez aux questions que le marquis de Ranreuil va vous poser et, si votre bonne foi a été surprise, votre innocence sera reconnue et vous serez libéré, ajouta Le Noir.

— De quoi m'accuse-t-on ?

— Premièrement, de l'assassinat du comte de Rovski.

— Je ne le connais point.

— J'indique, messeigneurs, qu'un code saisi chez le prévenu a pu être traversé et qu'il appert de son examen que Nikita Paline est un espion russe, tant vis-à-vis de nous que de son ambassadeur, et qu'il avait reçu l'ordre de « *maîtriser* » ledit comte de Rovski.

— Que répondez-vous à cela ?

— Que j'ignore ce dont il est question.

Nicolas donna un ordre et les mains du prisonnier furent déliées. On l'approcha du bureau, un papier et une plume lui furent tendus.

— Monsieur, dit Nicolas, veuillez écrire votre nom.

Paline s'exécuta.

— À quoi rime cette comédie ? demanda Sartine.

— Nous allons le voir, monseigneur. Elle rime envers et contre tous !

Nicolas s'empara de deux épais carnets posés sur une console et sortit de sa poche les pages arrachées à celui trouvé dans la chambre de Rovski.

— Messeigneurs. Voici deux carnets vierges découverts chez la victime. Voilà les pages arrachées d'un autre de même origine et dont il ne subsiste que la reliure en cuir. Vu l'épaisseur des pages, il faut une force certaine pour déchirer l'ensemble.

Il s'approcha du bureau.

— Voyez les traces sanglantes de doigts sur ces documents. Considérez le talon du carnet et les feuilles. Je suis droitier et je vais tenter devant vous de déchirer un carnet vierge pour en récupérer les feuilles.

Après s'être légèrement enduit les doigts d'encre, Nicolas accomplit le geste annoncé avec beaucoup d'efforts. Il tint fermement le cuir de la couverture, saisit la masse des feuillets et les arracha. Il reposa le tout sur le bureau.

— Maintenant, messeigneurs, imaginons un instant que je suis gaucher. Contrairement à la démonstration précédente, je ne saisis pas le cuir de la couverture, mais celui du bout du carnet et j'arrache les feuilles. Voyez la différence !

Il posa les feuillets sur le bureau.

— Je vous demande d'observer que, dans le premier cas, celui d'un droitier, les empreintes de doigts apparaissent, le pouce sur le recto tourné vers la droite et le petit doigt du verso aussi. Dans le second cas, c'est le contraire : même remarque, de légères traces de paumes ensanglantées, l'une est à l'envers du recto et l'autre au-dessus du verso. Je vous demande de me dire…

Il posa sur le bureau les vestiges découverts dans la chambre du comte de Rovski.

— … en comparaison de l'original, lequel de mes deux essais s'en rapproche le plus, selon vous ?

C'est Vergennes qui prit les choses en main. Il chaussa ses besicles et, longuement, examina les pièces.

— Le marquis de Ranreuil voit juste. La pièce originale se rapproche étrangement de l'expérience par la main gauche.

— Merci, monseigneur. J'ai devant vous demandé il y a un instant à Nikita Paline d'écrire son nom. Vous avez pu noter qu'il est gaucher. Or je remarque que de ceux qui ont été en situation de tuer le comte de Rovski, aucun n'est gaucher, sauf M. Smith, mais il fut aussi le premier à le visiter.

— Et le barbier turc ?

— Précisément. Ayant eu l'honneur de dîner avec le grand-duc Paul, il a fait appeler cet homme pour me montrer sa collection d'armes anciennes. Quant à M. Paline, au cours de ce même repas, il remplaçait Pavel, le maître d'hôtel du prince. C'est ainsi que longuement j'avais remarqué cette particularité. De plus, lors de l'ouverture des victimes de l'Hôtel de Lévi, notre praticien m'avait fait remarquer que ce même Pavel avait été tué par un gaucher. Voilà, Messeigneurs, pourquoi, et ce n'est qu'un commencement, j'accuse Nikita Paline d'avoir, sur ordre de Saint-Pétersbourg, assassiné le comte de Rovski.

Les regards se portèrent sur Nikita Paline, qui ne broncha pas, les yeux fixes.

— J'ajouterai qu'un petit mystère subsiste dont la nature pouvait avoir une conséquence sur la suite des événements. À l'instar de nombreux Russes, le comte de Rovski possédait de petites icônes qu'il avait alignées sur la tablette de sa cheminée. En découvrant son cadavre et visitant sa chambre, j'avais remarqué que ces tableautins avaient été retournés comme si on avait souhaité voiler leurs saintes faces devant l'horreur du forfait. Je demeure indécis sur l'auteur de cette attention. Il y avait là une arrière-pensée qui pouvait ultérieurement mettre en cause la personne la plus dévote de l'entourage du prince, son secrétaire Dimitri.

— Mais comment prouver, dit Le Noir, que ce geste ait été volontaire dans le projet de compromettre celui que vous venez de désigner.

— Il est vrai que Paline ne pouvait prévoir le drame de l'Hôtel de Lévi et les conséquences de cette… tentative de vol de la broche d'émeraude.

Vergennes avait levé une main, soucieux que l'affaire Dangeville ne soit pas évoquée dans toute sa dimension.

— Je veux dire par là, reprit Nicolas, que Paline avait déjà dans l'esprit de se débarrasser du maître d'hôtel du prince. Je l'en accuse et je m'en explique. Le voleur qui force la commode de la grande-duchesse est surpris par le maître d'hôtel du prince. On ignore pourquoi Pavel se trouvait là. Espionnait-il le couple impérial comme le supposait le prince ? Il y a lutte entre le voleur et lui. Il est probable qu'il le tue. Cela se déroule dans un silence relatif qui pourtant attire Paline, lequel comprend aussitôt le bénéfice, si j'ose dire, de la situation. Il dépêche Pavel, qui pousse un grand cri. Son visage conservera l'expression d'étonnement en reconnaissant qui l'attaque. Ce cri est entendu dans l'hôtel et attire le secrétaire du prince, Dimitri, qui se précipite dans l'appartement de la grande-duchesse. Le meurtrier, Nikita, doit s'échapper par un des couloirs de service et redescend par un petit escalier. Il feint la surprise quand le secrétaire du prince vient le prévenir du drame. Il écarte Dimitri sous un vain prétexte, remonte dans l'appartement, bouge le corps de Pavel comme les témoignages le prouvent, et place le document, les pages arrachées du carnet de Rovski, dans l'habit du maître d'hôtel. Il sait que le meurtre d'un sujet russe remontera jusqu'à l'ambassade, qu'une enquête aura lieu au cours de laquelle il peut espérer que le rapprochement sera fait avec ce qui sera forcément découvert dans la poche de Pavel.

— Nous vous écoutons, dit Vergennes, nous vous comprenons, nous sommes effarés du tableau qu'avec tant de talent vous nous brossez. Mais… Mais, monsieur le marquis, pourquoi M. Nikita Paline, majordome de l'ambassadeur de Russie, aurait-il voulu tuer ce Pavel ? Si j'en juge par ce que vous nous avez laissé entendre, leurs efforts étaient communs et allaient dans le même sens : celle de leur activité d'espions de la puissance impériale.

Ceci fut énoncé sur ce ton de simple hauteur sans acrimonie qui était le propre du ministre.

— Je me suis moi-même posé ces questions. Et c'est au bal de la reine que j'ai trouvé la solution en parlant avec M. de Corberon qui tout au long de cette enquête m'a prodigué les conseils les plus judicieux. Puis-je oser vous présenter une autre hypothèse ?

— Nous vous en prions instamment.

Nicolas fit signe qu'on fasse sortir Nikita Paline.

— Il se trouve qu'à l'ambassade de Sa Majesté à Saint-Pétersbourg nos gens répondent avec honneur et excellence à que l'on attend d'eux. Ils cherchent, approfondissent, se renseignent, nouent des liaisons, recoupent et comprennent pour mieux informer…

Vergennes, d'un air satisfait, approuva.

— … De ce que m'a appris M. de Corberon, je retiens un renseignement capital. Ce Nikita Paline n'est pas un inconnu. Le peu qu'il m'avait confié sur lui-même ne laissait pas de m'intriguer. Pratique parfaite du français, ce qui est en Russie le propre de la haute noblesse, et d'ailleurs, selon lui, éduqué et instruit comme y appartenant. De fait, Nikita Paline est le fils naturel d'un proche du père du grand-duc, le tsar Pierre III, destitué puis assassiné. Son père ayant été exécuté lors du coup d'État de Catherine II, il fut recueilli par la famille du prince Bariatinski. Mais il y a chez Nikita Paline, cet homme d'apparence policée et au caractère égal, une formidable fureur dissimulée. De quoi est-elle composée ? Il sent qu'en dépit des qualités qui sont les siennes, il est condamné à occuper des fonctions subalternes. Il a été entraîné dans des conditions que nous ignorons dans la foule innombrable des espions de la puissance impériale. Il est d'ailleurs curieux que ses origines n'aient pas dressé des obstacles à son entrée dans cette carrière. De fait, dans sa frénésie, il n'éprouve aucune reconnaissance envers le prince Bariatinski, éclatant représentant de la famille qui l'a protégé.

— Dans ces conditions, demanda Sartine, comment expliquez-vous des meurtres contradictoires ?

— Les contradictions sont les formes habituelles de cette sorte de folie. Il assassine Rovski parce qu'il en a reçu l'ordre et il tue Pavel parce que ce dernier est un espion de la tsarine. Travaille-t-il pour Paul, le fils du tsar assassiné que servait son père naturel ?

— Soit, dit Vergennes. Et Dimitri ?

— Là encore je me réfère aux informations de Corberon. Il existe en Russie des sectes qui poussent jusqu'à l'extrême des formes cruelles de piété. L'ouverture pratiquée sur le corps du secrétaire du prince a montré qu'il avait subi une castration qui est le propre des affidés de cette tendance. Nous possédons le témoignage de la femme de chambre de l'Hôtel de Lévi. La pauvrette était tombée amoureuse de Dimitri. Il n'a cessé de la repousser. Il avait le genre féminin en horreur. Aucune preuve n'indique que les meurtres des filles galantes, qui ont endeuillé Saint-Pétersbourg et ont cessé après le départ pour la France de l'intéressé, puissent lui être imputés. Cependant les mêmes abominations apparaissent à son arrivée à Paris avec la tuerie de deux filles sur le boulevard proche de l'Hôtel de Lévi. Enfin, preuve incontestable, le secrétaire du grand-duc est surpris quasiment sur le fait dans le parc du château de Chantilly. Subsiste un mystère. Pourquoi cet homme étranger a-t-il rallié la caravane princière à Paris ? De quelle mission était-il chargé pour que le prince Paul l'accueille en familier ? Qui avait pu intervenir pour favoriser sa position auprès de Paul, si soupçonneux pour ses entours ? La question est troublante et n'a point de réponse dans l'état de notre enquête. Peut-on imaginer qu'une force mystérieuse ait pu placer cette machine infernale près du tsarévitch en espérant que ses agissements éclabousseraient le prince Paul ? Reste le cas de la prétendue princesse de Kesseoren.

— Celle-là, en tous cas, vous la tenez, dit Le Noir.

— Oui, et elle a parlé.

— Vous y êtes parvenu ?

— J'ai agité les habituelles menaces. Or il se trouve qu'elle est française par sa mère. On peut tout lui reprocher et, notamment ses multiples agissements qui ont trompé tant de dupes. C'est sans doute cette capacité qui l'a fait recruter dans le bataillon volant des espions de l'impératrice. Kesseoren, Brienne, Dabout-Spada, faisait sa pelote personnelle dans l'impunité de ses fausses identités et bénéficiant d'une auguste protection. Chargée de récupérer une correspondance entre Rovski et l'impératrice, elle reçoit l'ordre de contacter Nikita, sans doute le chef des espions russes à Paris.

— Comment expliquez-vous, demanda Le Noir, que ceux-là apparemment s'ignoraient ?

— Le propre de ces situations, autant que le suppose mon inexpérience, implique une stricte séparation qui sauvegarde le secret dans le cas où l'un des affidés serait surpris et arrêté.

— Soit, reprit Le Noir. Reste cependant, cher Nicolas, que l'attentat, dont Mlle d'Arranet et vous-même furent les victimes, a manqué vous tuer. La dame vous a-t-elle expliqué les raisons qui l'ont poussée à cette tentative *vindictueuse*.

— Certes, nous en avons parlé. L'affaire est aussi obscure pour elle que pour nous. Elle n'avait plus contact avec ses deux sbires qui, au passage, paraissaient avoir comme principale consigne de la surveiller. Ces deux-là sont morts grâce à la miraculeuse – le mot n'est pas trop fort – intervention de M. de Sartine, qui avait, d'une manière encore plus providentielle, réussi à retrouver la trace de ces deux brigands et se jeter à leur suite.

Pendant toute l'exposition du rapport de Nicolas sur la Kesseoren, Sartine n'avait pas cessé de détruire les rouleaux de sa perruque, perdu dans d'indéchiffrables pensées.

À ce moment on gratta à la porte et le vieux valet, courbé et saluant à la ronde, s'approcha de M. Le Noir. Il hésita un moment.

— Parlez, mon ami. Nous sommes entre nous.

— Monseigneur, il y a là le prince Bariatinski qui fait grand tapage et vous veut parler sur l'heure. Je lui ai dit que vous étiez en conférence, mais il refuse de se retirer et tempête de plus belle !

— Voilà qui est fâcheux, dit Vergennes.

— Souhaitez-vous que je le reçoive à part ?

Vergennes réfléchissait quand Nicolas intervint.

— Monseigneur, j'ai là une pièce qui, dans ces circonstances, car nous pouvons supposer ce qui conduit ici l'ambassadeur de Russie et ce qu'il va exiger, vous serait de la dernière utilité.

— On n'exige rien du gouvernement de Sa Majesté. S'il le croit, il s'égare. Le résultat serait contraire à ses vœux supposés. Toutefois, prenons garde à ne pas troubler le départ du prince par un incident dont la responsabilité revient à la partie russe. Puisque je suis là, recevons-le. Au fait, quel est ce document, monsieur le marquis ?

Nicolas sans un mot tendit l'ordre de mission trouvé chez la princesse de Kesseoren à Meudon. Vergennes le lut, le regarda et le secoua, impatient.

— La belle affaire, ce papier est en russe. Que voulez-vous que j'y comprenne ?

— Veuillez me pardonner ! En voici la traduction effectuée par M. Radot.

Vergennes se plongea dans la lecture de l'ordre de mission. Il enleva ses besicles, ses yeux se plissèrent, presque rieurs, et tout son visage s'inonda d'une sorte de jubilatoire malice.

— Ranreuil, dit-il, d'où tenez-vous ce document ?

— Monseigneur, saisi dans la chambre de Paline à l'Hôtel de Lévi.

Le mensonge était de taille ; il en aurait rougi, n'était-ce l'enjeu en cause. *Ad majorem regis gloriam*...

— Vous suggérez donc, dit Vergennes qui comprenait vite, que…

— D'utiliser ce document. Quelle preuve plus éclatante de la collusion des services russes dans toute cette affaire ? Que le majordome de l'ambassade de Russie puisse être convaincu de sombres menées et soit porteur d'un ordre de l'impératrice aussi extraordinaire, voilà de quoi autoriser de le prendre de haut avec l'ambassadeur et lui clore le bec.

Tout affriandé à cette perspective, Vergennes ordonna qu'on introduisît le prince Bariatinski et se composa un visage d'impénétrable majesté.

— Messieurs, que personne n'intervienne. Je mène cette barque-là.

L'ambassadeur parut d'évidence fort courroucé. Qu'en était-il au vrai, se demanda Nicolas, tant il est commun de constater que la figure d'un diplomate n'épouse pas toujours le débat intérieur qui l'agite ? Il salua sèchement. Il lui fut répondu par des inclinaisons de tête.

— Excellence, dit Vergennes. Que nous vaut cette visite impromptue ? M'auriez-vous demandé audience à Versailles que je vous eusse aussitôt reçu. Nul doute qu'un problème grave ne vous émeuve pour agir ainsi en dehors des règles habituelles. Me tromperais-je ?

— L'urgence seule, monseigneur, m'a conduit à me précipiter chez M. Le Noir, que vous aviez autorisé à vous représenter auprès de moi.

Nicolas admirait l'usage que Vergennes faisait des formules et des politesses. Comme celui qui observe les planètes vise à côté de l'astre choisi, le ministre avait déplacé le débat, *enguenillant* son propos de quelques anecdotes qui faisaient diversion au point qu'au moment d'exposer ses motifs Bariatinski paraissait déjà apaisé et dégonflé de la colère réelle ou feinte qui avait présidé à son entrée.

— Monseigneur, je suis au désespoir d'avoir à protester.

— Protester, monsieur l'ambassadeur, protester, voilà un mot bien fort !

— Enfin, demander une explication au sujet de l'enlèvement par M. le marquis de Ranreuil de Nikita Paline, mon majordome. Si je l'affirme, c'est que plusieurs de mes gens les ont vus partir ensemble et que l'un d'entre eux les a même suivis jusqu'à l'hôtel de police.

— Très curieuses pratiques, oui très curieuses ! Faire suivre un magistrat du roi ! Monsieur le marquis, que dites-vous des accusations qu'on porte contre vous ?

— Que Nikita Paline m'a suivi de son plein gré. Dans le cas contraire, prince, vos gens auraient dû remarquer des mesures particulières, de celles dont on use avec les criminels, liens, entravement et arme pointée. Était-ce le cas ?

— Non, à ce qu'on m'a rapporté, je le reconnais,

— Dans ces conditions, j'ai le regret de vous révéler que l'enquête du commissaire aux affaires extraordinaires a démontré la responsabilité – que dis-je ? –, la totale culpabilité de votre majordome dans la mort du comte de Rovski à l'hôtel de Vauban. Il y fut d'ailleurs aidé par Koutaïssoff, le barbier turc de Son Altesse impériale. Et tout fut mis en apparence pour que les indices, *modus operandi* de la blessure infligée et icônes retournées, conduisent le cas échéant à soupçonner Dimitri. Je suis persuadé que votre majordome connaissait parfaitement le passé de cet homme et les crimes dont il était responsable à Saint-Pétersbourg.

— Mais…

— Point, monsieur. Ledit Nikita Paline, votre majordome, est également coupable avéré du meurtre de Pavel, maître d'hôtel du prince. Si nous ajoutons à cela les meurtres de filles galantes à Paris et à Chantilly par Dimitri, avouez, monseigneur, que l'ambassade de Russie puisse inquiéter ceux qui vous accueillent et inciter les serviteurs de Sa Majesté à vous demander les raisons de ces errements.

— Je ne puis croire, monseigneur, à de telles accusations et j'ai le regret de vous exprimer les plus vives…

Vergennes avait levé la main et se dressait derrière le bureau.

— Monsieur l'ambassadeur, je vous arrête. Ne prononcez aucune parole que vous seriez, dans l'instant qui suivrait, dans l'obligation de ravaler.

Le mot était fort et Bariatinski regimba.

— Votre majordome n'a certes rien avoué. Il se réfugie dans le silence ; mais les faits sont accablants et les preuves péremptoires.

— Cependant…

— Non, monsieur l'ambassadeur. J'ajoute à mon grand regret que le gouvernement de Sa Majesté serait en droit de se sentir gravement préoccupé par la conviction qu'un membre de votre ambassade, au reste subalterne, soit porteur d'un ordre de mission qui ne laisse aucun doute sur la nature de ses activités. Voyez, les situations se retournent et la flèche de l'accusation revient sur celui qui la lance !

Il tendit à Bariatinski l'ordre de mission de Catherine II. Celui-ci le lut, l'examina et le rendit, comme à regret, à Vergennes.

— Je comprends, prince, que vous soyez sans voix. J'ajoute que ce document demeure entre nos mains.

— Et Nikita Paline ?

Vergennes sourit. Nicolas appréhenda aussitôt ce qui allait être dit.

— Paline ? Mais, monsieur l'ambassadeur, nous n'en avons que faire et il me plaît de répondre à votre demande. Nous vous le rendons. C'est un sujet de Sa Majesté impériale, n'est-ce pas ? Nous sommes confiants dans la justice de l'Empire russe. Mais nous gardons le document. Dans le cas où nous ne serions pas satisfaits de cette justice, il serait délibérément utilisé et publié dans les meilleures gazettes de l'Europe, avec les commentaires les plus détaillés.

— Monseigneur, seules les convenances m'interdisent d'exprimer mon sentiment sur…

— Sur cette réponse du berger à la bergère ? Croyez que je me mets à votre place ; je fus plusieurs fois ambassadeur de Sa Majesté. Hélas ! Ces hautes fonctions ne sont pas toujours des sinécures, je vous l'accorde. Serviteur, Excellence. Qu'on donne les ordres nécessaires pour remettre le coupable entre les mains de son ambassadeur.

Nicolas se retira pour faire exécuter l'instruction de Vergennes pendant que l'ambassadeur prenait congé en cérémonie. Le majordome eut un sourire méprisant quand Nicolas le délia.

– Justice m'est rendue, monsieur le marquis.

— Les avis divergent sur ce point. Les vôtres vous récupèrent… Mais à votre place, je ne serais pas assuré d'avoir gagné au change.

Le prince Bariatinski survint qui, après un bref salut à Nicolas, entraîna son serviteur vers le carrosse qui l'attendait devant le perron de l'hôtel de police.

La fureur animait Nicolas de voir une fois de plus un coupable s'échapper pour des raisons d'État dont il se sentait la dupe. S'avisant que la porte du cabinet était demeurée entrouverte, Le Noir s'étant retiré, appelé par un de ses secrétaires, il s'approcha et entendit la conversation de Vergennes et Sartine.

— L'enquête de Ranreuil a été magistrale, disait le ministre, mais il n'a vu que du feu quant au véritable objectif de notre plan.

— C'est mon élève, répondit Sartine. Je l'estime, mais il a toujours conservé la candeur d'un honnête homme. Nous voilà en tout cas débarrassés du secret russe à Paris. Le désordre que nous y avons jeté n'est pas près de s'apaiser.

— Et le futur tsar ne pourra nous en vouloir.

— Ah ! Messeigneurs, s'écria Nicolas en les faisant sursauter, notre homme est libéré. Nul doute qu'on récompensera comme il le mérite ce triple assassin que nous avons laissé échapper.

— Comprenez, Ranreuil, dit Vergennes piqué, que nos relations…

— Je sais, monseigneur, cela fait près d'un quart de siècle, en exagérant un peu, que j'en connais les raisons suffisantes. *Une main cachée, mais puissante, le dérobe aux rigueurs de la justice. Sa témérité insolente triomphe des lois.* Il faut cependant que vous sachiez que l'ordre signé de Catherine II n'a point été trouvé sur Nikita Paline, mais chez la princesse de Kesseoren. À ce sujet, je me dois de vous soumettre une requête au sujet de cette dame. Elle nous a grandement aidés. L'or découvert dans la cheminée de son refuge à Meudon pourra servir à dédommager les victimes de ses escroqueries. Bannissons-la du royaume ! J'ai la candeur d'espérer que vous comprendrez la simplicité de mes raisons, qui exclut toute dissimulation.

— Mais nous ne doutons nullement de…, répondit Vergennes dont la gêne transpirait. Enfin, cette dame nous importe peu. Sur ce, je vous quitte et vais rendre compte à Sa Majesté. Elle a reçu écho de la rumeur autour de cette affaire ; elle sera satisfaite de son heureuse fin et je ne manquerai pas de lui rappeler la part décisive, et honorable, que vous y avez prise.

Sartine et Nicolas demeurèrent seuls.

— Allons, Nicolas, il faut vous y faire. La surface des choses… La surface des choses, vous dis-je !

Il sortit de sa poche le passe à passementerie rouge et or de l'hôtel de Vauban dont la disparition avait tant intrigué et l'agita joyeusement sous le nez de Nicolas.

— Vous voulez jouer à la paume, monseigneur ; y êtes-vous de force ? Je n'y suis point mauvais non plus !

Et Nicolas brandit à son tour la transcription des propos de Radot concernant les instructions adressées aux deux sbires.

— Et que penser, dans les ténèbres qui nous environnent, de cette petite traduction du français… au russe ? Et de quelle nature ce document, me direz-vous ? Croirez-vous qu'après s'être inquiété auprès de notre tailleur commun de la couleur de mon habit, *on* a lâché sur le marquis de Ranreuil de dangereux chiens courants ? Bien sûr pour se débarrasser d'eux, mais aussi pour se donner l'élégance et le mérite de sauver ledit marquis *in extremis*. Le risque était grand, ne pensez-vous pas ? Un conseil, évitez les bureaux, surtout ceux des Affaires étrangères, car on jase, monseigneur, on jase !

Laissant sur place un Sartine stupéfait, Nicolas Le Floch sortit du bureau en fredonnant un air de Grétry, « *Certain coucou, certain hibou...* ».

ÉPILOGUE

Quittons donc pour jamais une ville
[importune
Où l'honneur a toujours guerre
[avecque la fortune.

Boileau

Le marquis de Ranreuil accompagna la caravane princière jusqu'à Choisy, où toute la famille royale était présente pour dire adieu aux hôtes de la France qui visiteraient Lorient et Brest avant de gagner les Flandres. Le prince Bariatinski ne marqua aucune prévention à l'égard de Nicolas et l'entretint familièrement. À l'instant du départ, le grand-duc fit signe au commissaire d'approcher et lui remit la croix de chevalier de l'ordre de Saint-André. Les raisons de cette faveur intriguèrent le récipiendaire qui, tout en se confondant en remerciements, allait décliner au prétexte que toute distinction étrangère impliquait l'autorisation du roi. Louis XVI, qui observait la scène, un sourire ironique aux lèvres, acquiesça sans un mot. Paul voulait-il, par cette attention accordée à quelqu'un qui avait bousculé ses entours, écarter tout soupçon sur lui-même dans la disparition du comte de Rovski, dans laquelle son ressentiment s'était pour une fois conjugué avec les oukases de Saint-Pétersbourg ?

Quelques jours plus tard, la Seine rejeta dans le filet de Saint-Cloud le corps affreusement mutilé de Nikita Paline. Il rejoignait dans la mort, et au même endroit, sa victime, Richard Harmand. L'ambassade de Russie se désintéressa de la dépouille qui fut inhumée à la fosse commune auprès de celles des deux sbires. La prétendue princesse de Kesseoren, expulsée du royaume, s'était embarquée à La Rochelle pour le nouveau monde. Quelque temps plus tard, Nicolas reçut une lettre des Amériques lui annonçant le mariage de la dame avec M. Galbraith, alias Smith.

Fin juin, Nicolas, qu'un détail obsédait, fit visite à la Paulet. Il se souvenait que la pythonisse, grand jeu battu, l'avait mis en garde, sans aller plus avant dans sa prédiction… Elle s'esclaffa à sa demande.

— Te v'là bien comme j'te connais, toujours martel en tête. Ça te servira à quoi d'le savoir ? Comme d'un clou à un soufflet ! Tu bats toujours la campagne allant de *scribe en syllabe*. Ah, non ! pas de leçon, hein ! Je cause comme je cause et j'me comprends, moi ! Bon, je vois que ça te pèse. La Paulet est bonne fille et je vas te le dire.

Elle fouilla dans son fameux jeu de tarot et choisit une lame qu'elle lui tendit.

— V'là, dit-elle, la responsable de tout.

Il lut sur la carte le mot « L'IMPÉRATRICE ».

Début juillet, Nicolas décida de s'éloigner un temps de Paris. Aimée d'Arranet, retenue par son service auprès de Madame Élisabeth, ne put l'accompagner. Il partit, Sémillante trottant aux portières d'une malle-poste qui emmenait Bourdeau, sa femme et leurs plus jeunes enfants dans leurs vignes du Chinonais, où l'inspecteur achèverait de se rétablir. Les étapes furent nombreuses et marquées de joyeuses agapes. Enfin la compagnie se sépara et Nicolas rejoignit Saumur où il demeura quelques jours avec Louis et rendit plusieurs visites à sa sœur Isabelle, à l'abbaye de Fontevraud. Il évoqua devant elle l'étrange dépôt du petit reliquaire par Madame Adélaïde, mais la religieuse demeura bouche close. Il gagna enfin Ranreuil, où ses gens lui firent fête.

Le lendemain de son arrivée, il gagna la côte à travers le marais, mit bas l'habit et, dans l'état de nature, comme jadis avec les galopins de son âge, il entra dans le libre océan pendant que Sémillante galopait le long du rivage, le naseau élargi, ivre de liberté. Le vent soufflait fort. Une vague plus forte saisit Nicolas, le renversa et le roula dans l'écume. Il se releva, lavé des vilenies du siècle.

La Bretesche,
octobre 2010 – octobre 2011

REMERCIEMENTS

Mon affectueuse gratitude va tout d'abord à Isabelle Tujague qui, avec un soin exceptionnel, continue à procéder à la mise au point de mon texte.

À Monique Constant, conservateur général du patrimoine, pour ses conseils et ses encouragements dans cette traversée au long cours.

À Pascale Arizmendi et Miquèl Ruquet pour leur sollicitude amicale à l'égard du héros et de son auteur (site www.nicolaslefloch.fr).

À mon éditeur et à ses collaborateurs pour leur confiance, leur amitié et leur soutien, depuis onze ans !

À mes lecteurs si fidèles.

À tous merci !

TABLE

MIXTE
Papier issu de sources responsables
FSC® C003309

10/18, une marque d'Univers Poche,
est un éditeur qui s'engage pour
la préservation de son environnement
et qui utilise du papier fabriqué à partir
de bois provenant de forêts gérées
de manière responsable.

Impression réalisée par

BRODARD & TAUPIN

La Flèche (Sarthe), 70945
Dépôt légal : janvier 2013
X05906/01

Imprimé en France